TOR

»Die Galaxie und das Licht darin« ist der vierte Band des »Wayfarer-Zyklus«.
Band 1: Die lange Reise zu einem kleinen, zornigen Planeten
Band 2: Zwischen zwei Sternen
Band 3: Unter uns die Nacht
Band 4: Die Galaxie und das Licht darin

Becky Chambers ist als Tochter einer Astrobiologin und eines Luft- und Raumfahrttechnikers in Kalifornien aufgewachsen. Die Zeit zum Schreiben ihres ersten Romans hat sie sich durch eine Kickstarter-Kampagne finanziert. Das Buch wurde prompt zu einem Überraschungserfolg. Seitdem wurde sie für zahlreiche Preise nominiert und hat einige davon gewonnen, u. a. den Hugo Award für die beste Serie.

Weitere Informationen finden Sie auf www.tor-online.de und www.fischerverlage.de

BECKY CHAMBERS

DIE GALAXIE UND DAS LICHT DARIN

ROMAN

Aus dem Englischen
von Karin Will

TOR

2. Auflage: Juli 2024
Erschienen bei FISCHER Tor
Frankfurt am Main, Juni 2022

Die Originalausgabe erschien 2021
unter dem Titel »The Galaxy and the Ground Within«
bei Hodder & Stoughton Ltd in London.

Satz: Dörlemann Satz, Lemförde
Druck und Bindung: CPI books GmbH, Leck
ISBN 978-3-596-70701-0

FÜR DIE FREMDEN, DIE MIR GEHOLFEN HABEN.

PROLOG

ÖFFNUNGSZEITEN

EMPFANGENE NACHRICHT

VERSCHLÜSSELUNG:	0
VON:	Infoteam der Orbitalkooperative Gora (Pfad: 8486–747–00)
AN:	Ooli Oht Ouloo (Pfad: 5787–598–66)
BETREFF:	Möglicher Serviceausfall

Es folgt ein Update der Orbitalkooperative Gora zur Satellitennetzwerkabdeckung zwischen 6.00 Uhr und 18.00 Uhr heute, Tag 236/307.

Bei einem Teil unserer Solarenergie-Flotte sind routinemäßige Wartungsarbeiten und Anpassungen geplant. Wir hoffen zwar, dass es nicht zu Unterbrechungen kommen wird, aber die Bewohner und Geschäftsinhaber in den Stadtteilen 6, 7 und 8 (Süd) müssen während der obengenannten Zeit mit einem vorübergehenden Abfall oder Ausfall der Stromversorgung rechnen.

Unser Wartungsteam wird zwar alles in seiner Macht Stehende tun, um das zu verhindern, aber bitte treffen Sie dennoch entsprechende Vorkehrungen. Wir empfehlen Ihnen, Ihr Notstromsystem vorab zu aktivieren und zu testen.

Bei Fragen wenden Sie sich bitte über diesen Scribus-Pfad an unser Infoteam.

Vielen Dank, dass Sie Ihre lokale planetarische Kooperative unterstützen!

OULOO

In den Linkings war das System als Tren aufgeführt. Am wissenschaftlichen Anteil der Dateien war höchstens die Kürze bemerkenswert, denn selbst der enthusiastischste Astronom hätte sich für diesen verlassenen Abschnitt der Karte nur schwerlich begeistern können. Trens namensgebender Stern war von mittlerem Alter und eher gewöhnlich, und abgesehen von den verschiedenen Sorten Staub und Trümmern, wie sie in jedem Sonnensystem zu finden waren, umkreiste ihn lediglich ein knochentrockener Planet von mittlerer Größe, ohne Mond, ohne Ringe, ohne irgendetwas, das man hätte ernten oder abbauen oder im Urlaub hätte bestaunen können. Es war nichts als ein Felsbrocken, an dem sich ein Hauch von Atmosphäre gerade so eben festklammerte. Der Planet hieß Gora, das Hanto-Wort für *nutzlos*.

Das einzig Bemerkenswerte an Tren und Gora war, dass sie auf der Navigationskarte zufällig in einem günstigen Abstand zwischen fünf anderen Systemen lagen, die viel Verkehr anzogen. Die Zwischenraum-Tunnel, die von diesen lebhafteren Häfen abzweigten, waren alt, erbaut mit einer Technologie, der die Reichweite moderner Wurmlöcher fehlte. Damals waren die Tunnel deutlich kürzer gewesen, und auf den alten Routen aus der Harmagianischen Kolonialzeit gab es für gewöhnlich viele Stellen, an denen Schiffe in den Normalraum zurückkehren konnten, bevor sie die nächste Etappe ansteuerten. Schließlich bekam der langweilige kleine Felsbrocken, der um die triste kleine Sonne kreiste, einen Zweck: Er wurde zum Anker zwischen den eigentlichen Zielen der Reisenden.

Der Verkehr an einem Tunnelknotenpunkt wie Gora war kompliziert, da die Übergänge zwischen den Wurmlöchern akribisch überwacht werden mussten. Unreguliert von einem Tunnel in den nächsten zu rauschen war ein perfektes Rezept für Unfälle, vor allem, wenn man in einen Tunnel eintrat, den jemand anders noch nicht verlassen hatte. Wie alle solche Knotenpunkte wurde auch Tren von der Transitbehörde der Galaktischen Union kontrolliert. Jedes Schiff, das in einen Tunnel eintrat oder ihn verließ, musste zuerst einen Flugplan einreichen, in dem Ankunftszeit, Ausgangspunkt und endgültiges Ziel angegeben waren. Die Transitbehörde gewährte dann den Zugang zu dem betreffenden Zieltunnel und wies dem Schiff eine Abfahrtszeit zu. Die Durchquerung des normalen Raums von einem Tunnel zum anderen dauerte zwar nur ein paar Stunden, aber so kurz waren die Wartezeiten im Tren-Sonnensystem nur selten. Häufig wartete man länger als einen halben Tag, es sei denn, das Verkehrsaufkommen war ungewöhnlich gering. Und so hatte der einsame Planet im Laufe der Jahrzehnte reichlich Gesellschaft angezogen. Gora war übersät von bauchigen Habitatkuppeln mit Zerstreuungsangeboten und Dienstleistungen aller Art. Es gab Hotels, Technik-Tauschbörsen, Restaurants, Reparaturwerkstätten, Lebensmittelhändler, Sim-Läden, Kick-Läden, Smash-Läden, Gärten, Tet-Häuser und Schwimmbäder, und sie alle buhlten um die Gunst der müden Raumfahrer, die sich nach echter Schwerkraft und einem kurzen Tapetenwechsel sehnten.

Eine dieser Kuppeln, die sich auf einer flachen Ebene in der südlichen Hemisphäre befand, beherbergte ein bescheidenes Etablissement. Es hieß – so stand es in verschiedenen Sprachen auf das Shuttlepad gepinselt – Five-Hop One-Stop.

Und Ouloo hatte es sich zur Lebensaufgabe gemacht, dass man dort absteigen wollte.

Wie immer wachte sie vor dem Morgengrauen auf. In der schwindenden Dunkelheit öffneten sich ihre Augen mühelos, denn ihr Körper war längst daran gewöhnt, zu genau dieser Stunde und bei genau dieser Beleuchtung aus dem Schlaf zu erwachen. Sie rekelte sich in dem Kissenberg in ihrer Schlafkoje, zog den Kopf unter einem ihrer Hinterbeine hervor und schüttelte ein paar verirrte Fellsträhnen aus den Augen. Dann streckte sie eine Pfote aus und schaltete den nicht benötigten Alarm ab (von dem sie nicht einmal mehr wusste, wie er klang).

Ouloo reckte ihren langen Hals durchs Zimmer und sah, dass die Schlafnische, die gegenüber von ihrer lag, leer war. »Tupo?«, rief sie. Es sah ihrem Kind gar nicht ähnlich, so früh wach zu sein. In letzter Zeit begann jeder Morgen mit einem vorpubertären Krieg, und jeder war langweiliger als der davor. Ouloo spürte eine schwache Hoffnung in sich aufsteigen, die sagenhafte Vorstellung, dass Tupo von allein aufgestanden war, mit der Hausarbeit begonnen und vielleicht sogar *gekocht* hatte.

Beinahe hätte Ouloo über sich selbst gelacht. *Nie im Leben.*

Sie tappte durch den Raum, betrat ihren Pflegeschrank, schloss sich in der geräumigen Kabine ein, stellte ihre Füße auf die vier Platzierungsmarker und tippte mit der Nase auf einen Knopf. Sie seufzte, als sich eine Reihe intelligenter Maschinen an die Arbeit machte, sie kämmte und lockte, wusch und spülte, ihr die Pfotenballen massierte und die zierlichen Ohren säuberte. Sie mochte diesen Teil des Morgens, auch wenn sie ein wenig die Zeit vor Gora vermisste, als zu ihrer Morgenroutine noch duftende Seifen und Kräuterpuder gehört hatten. Aber als Gastgeberin eines Etablissements für eine Vielzahl von Spezies war ihr nur allzu klar, dass das, was für sie köstlich roch, bei anderen alles zwischen einer allergischen Reaktion bis zu einer persönlichen Kränkung auslösen konnte, und die langfristige Zufriedenheit ihrer Kunden war ihr um ein Vielfaches wichtiger als das flüchtige Vergnügen eines reichhaltigen Springkrautschaums. Ouloo war eine Laru, die Details ernst nahm, und in ihren Augen war kein Detail zu geringfügig – nicht, wenn es um ihre Kunden ging.

»Tupo?«, rief sie erneut. Angemessen zurechtgemacht verließ sie die Kabine und ging durch den Flur, der ihren Schlafraum mit den anderen Zimmern verband. Ihr Haus war weder groß noch luxuriös, aber genau richtig für zwei Personen, und mehr brauchten sie auch nicht. Es war zwar untypisch für Laru, in einer so kleinen Gruppe zu leben – sofern man zwei Leute überhaupt als Gruppe bezeichnen konnte –, aber Ouloo hielt sich nicht für typisch, in keiner Hinsicht. Worauf sie durchaus stolz war.

Der Korridor war von Dachfenstern gesäumt, hinter denen es so geschäftig wie immer zuging. Tren war gerade erst aufgegangen, aber der Himmel war hell und glitzerte von den Satelliten, den Orbitern und dem beständigen Kommen und Gehen der Schiffe, die starteten, landeten und vorbeiflogen. Als Ouloo an einem Fenster vorbeikam, entdeckte sie, dass das Shuttlepad einen neuen Anstrich brauchte. Im Geist setzte sie es auf Tupos Liste.

Ihre frischen Locken sträubten sich wütend angesichts der Szene, auf die sie am Ende des Ganges stieß. »Tupo!«, schimpfte Ouloo. Ihre Augenlider schlossen sich, und sie seufzte. Sie musste an den längst vergangenen Tag denken, als sie in ihre Bauchtasche gesehen und das hellrosa Klümpchen darin ihren Blick endlich erwidert hatte. Zwei Tagzehnte nach der Geburt hatten Tupos Augen gerade erst begonnen, sich zu öffnen, und Ouloo hatte siren Blick mit aller Liebe und allem Staunen der Welt erwidert, atemlos vor Verbundenheit mit diesem wundervollen, vollkommenen Baby, diesem winzigen, lebendigen Schatz, dem sie sanft und beruhigend zugurrte, während sie sich fragte, zu was für einem Wesen er wohl heranwachsen würde.

Die Antwort war deprimierenderweise das Desaster, das hier auf dem Boden schnarchte, die Gliedmaßen ausgebreitet wie bei einem überfahrenen Tier. Auf dem Projektor in der Nähe lief irgendein albernes Video, dessen Einpersonenpublikum mit dem Gesicht voran in einer Schüssel voller Algen-Crispies schlief.

Für so etwas hatte Ouloo jetzt keine Zeit. Sie marschierte zu ihrem Kind hinüber, schlang den Hals um beide Seiten sires Rumpfes und schüttelte sihn fest. »Tupo!«

Tupo erwachte ruckartig und schniefte. »Ich war es nicht«, stieß ser hervor.

Ouloo stapfte zum Projektor hinüber und schaltete ihn aus. »Du hast doch gesagt, dass du bis Mitternacht ins Bett kommst.«

Mühsam hob Tupo siren Hals und blinzelte verwirrt, immer noch mit Algenbröseln im Gesichtsfell. »Wie spät ist es?«

»Es ist *Morgen*. Wir bekommen bald Gäste ... und jetzt schau dich an!«

Tupo blinzelte erneut und schnitt eine Grimasse. »Mein Mund tut weh«, jammerte ser.

»Lass mich mal sehen«, sagte Ouloo. Sie ging hinüber und schwang ihr Gesicht dicht vor das von Tupo, wobei sie nach Kräften die Tatsache ignorierte, dass ihr Kind den Inhalt der Snackschale vollgesabbert hatte. »Mund auf.«

Gewohnheitsmäßig öffnete Tupo weit die Schnauze. Ouloo

spähte hinein. »Oje«, sagte sie, und Mitgefühl mischte sich in ihren Ärger. »Der wird bis zum Ende des Tagzehnts rauskommen, jede Wette. Wir schmieren etwas Gel drauf, hmm?« Tupos bleibende Schneidezähne standen kurz vor dem Durchbruch, und wie alles am Körper dieses Kindes geschah das wenig elegant. Erwachsenwerden war für keine Spezies ein Spaß, aber die Laru waren langlebiger als die meisten anderen und hatten dadurch viel mehr Zeit, diese unangenehme Angelegenheit in die Länge zu ziehen. Ouloo hatte keine Ahnung, wie sie das noch mindestens acht Jahre lang aushalten sollte. Tupo war immer noch so weich, so babyhaft in sirem Wesen, aber jetzt hatte ser endgültig die Schwelle zwischen *klein und niedlich* zu *groß und grobschlächtig* überschritten. Nichts passte mehr zusammen, und alles war dabei, sich zu verändern. Es waren nicht nur die Zähne, sondern auch die Gliedmaßen, der Kiefer, das Erwachsenenfell, das an eine schlecht gestutzte Hecke erinnerte, und der Geruch – Sterne, das Kind müffelte. »Du musst dich waschen«, sagte Ouloo.

»Das habe ich doch erst gestern Abend gemacht«, protestierte Tupo.

»Dann mach es noch mal«, sagte Ouloo. »Nachher kommen Äluoner zu Besuch, und wenn *ich* dich riechen kann, werden *sie* dich auf jeden Fall riechen.«

Geistesabwesend wühlte Tupo mit einer Vorderpfote in der Snackschale, auf der Suche nach Crispies, die nicht nass waren. »Wer kommt denn heute?«

Ouloo holte ihren Scribus von dem Beistelltisch, wo sie ihn am Abend zuvor hingelegt hatte, wie immer. Sie zeigte auf den Bildschirm und rief die Liste mit den Neuankömmlingen auf. »Es stehen drei Landungen bevor«, sagte sie. Nicht gerade ein Rekordtag, aber auch nicht schlecht. So hatte sie noch Zeit, ein paar Reparaturen zu erledigen, und Tupo konnte anfangen, das Shuttlepad zu streichen. Ouloo gestikulierte erneut, um die Einzelheiten auf dem Bildschirm in den Projektionsmodus zu schalten, so dass Tupo sie sehen konnte.

Die Liste lautete:

HEUTIGE LANDUNGEN
Saelen (Ankunft ca. 11.26 Uhr)
Melody (Ankunft ca. 12.15 Uhr)
Korrigoch Hrut (Ankunftszeit ca. 13.06 Uhr)

»Welches Schiff ist das von den Äluonern?«, fragte Tupo mampfend, den Mund voller Algen-Crispies.

»Was glaubst du denn?«

»Keine Ahnung.«

»Ach komm schon. Du weißt es.«

Tupo seufzte. Normalerweise mochte ser diese Art von Ratespielen – und gab dabei manchmal ganz schön an –, aber morgens war nicht sire beste Zeit, selbst wenn ser die Nacht nicht in einer Snackschale verbracht hatte. »Saelen.«

»Warum?«

»Weil das ganz klar ein äluonischer Name ist.«

»Und woran erkennt man das?«

»An der Endung. Und an dem ›ae‹.«

»Sehr gut.« Ouloo deutete auf den dritten Schiffsnamen auf der Liste. »Und welche Sprache ist das?«

Tupo kniff die Augen zusammen. »Ist das Ensk?«

»Ganz kalt. Sieh dir doch die Konsonanten an.«

Tupo verengte die Augen noch mehr. »Tellerain!«, sagte ser, als wäre das schon die ganze Zeit klar gewesen. Sire schläfrigen Augen leuchteten auf. »Sind das Quelins?«

»Quelin, Einzahl, auch wenn es eine Gruppe ist, und ja, richtig.«

Tupo war sichtlich aufgeregt. »Wir hatten schon lange keine Quelin mehr hier.«

»Nun, es sind ja auch nicht so viele von ihnen im GU-Raum unterwegs. Verkneif dir bitte neugierige Fragen darüber, was sie hier draußen machen, ja?«

»Ja. Ihre Beine sind so *komisch*, Mom.«

Ouloo runzelte die Stirn. »Was hatten wir noch mal besprochen?«

Tupo schnaubte, was das Fell unter sirer Nase zum Zittern brachte. »Nicht komisch, nur *anders*.«

»Ganz genau.«

Tupo verdrehte die Augen, dann wandte ser sich wieder der Liste zu. »Was ist mit dem zweiten Schiff?«

»Könnte alles Mögliche sein«, sagte Ouloo, denn das Schiff trug einen Klip-Namen. »Wahrscheinlich eine gemischte Besatzung.«

»Schau nach, biiitte«, bettelte Tupo.

Ouloo gestikulierte zu der Liste hin und rief die Details auf, die bei der Transitbehörde hinterlegt waren.

MELODY
Schiffskategorie: Familienshuttle
Zugehöriges Orbitalschiff (sofern vorhanden): Harmony
Geplante Aufenthaltsdauer: Zwei Stunden
Pilotin: Speaker

»Was für ein Name ist denn Speaker?«, fragte Tupo. »Das ist doch kein Name.«

»Es ist eindeutig ein Ser-Name«, sagte Ouloo, aber jetzt war sie ebenfalls neugierig. Wahrscheinlich handelte es sich um eine Modderin. Modder hatten immer so ulkige Namen. Sie rief die Fluglizenz auf, die mit dem Landeantrag übermittelt worden war. Die Datei erschien auf dem Bildschirm, zusammen mit einem Foto der fraglichen Pilotin.

Ouloo schnappte nach Luft.

Tupo war jetzt hellwach. »Was ist *das* denn?«, rief ser und schob das Gesicht näher zum Bildschirm. »Mom, was *ist* das?«

Ouloo machte große Augen. Das … konnte einfach nicht stimmen.

TAG 236, GU-STANDARD 307

KURSÄNDERUNGEN

SPEAKER

Als Speaker erwachte, war Tracker nirgendwo zu sehen. Das überraschte sie nicht. Tracker war immer als Erste auf den Beinen. Vor dem Schlüpfen war Tracker fast schon aus ihrer Schale heraus gewesen, als Speaker begann, ihre eigene zu durchbrechen – etwas, woran sich keine der Zwillingsschwestern erinnerte, wovon aber ihre Verwandten immer wieder erzählten. Speaker hatte nie ein Leben ohne Tracker gekannt, genauso wenig wie sie jemals aufgewacht war, während ihre Schwester noch im Bett lag. So war es auch nicht das Geräusch ihrer geschäftigen Schwester, das Speaker an diesem Morgen weckte, sondern das Summen einer Benachrichtigung.

»Kannst du rangehen?«, rief Speaker, unwillig, das Kissen loszulassen, um das sie sich gerollt hatte.

Das Summen ging weiter, womit sie ihre Antwort hatte.

Widerwillig krabbelte Speaker zum Rand des Hängebetts. Sie streckte einen Unterarm aus und verankerte sich mit dem großen Keratinhaken am Ende ihrer viel kleineren Hand an der nächstgelegenen Stange. Dann schwang sie ihren Körper aus dem Bett und griff mit dem gegenüberliegenden Haken nach der nächsten Stange und so weiter und so fort. Wie auf jedem Akarak-Schiff gab es auch auf der *Harmony* in jedem Raum Gitter mit Stangen die vom Boden bis zur Decke reichten, jedes ein eigens konstruierter Parcours, um die Routen durch die Bäume nachzuahmen, die ihre Vorfahren benutzt hatten. Weder hatte sich Speaker je durch einen echten Baum fortbewegt, noch bewegte sie sich so gewandt, wie es ihre Vorfahren ihrer Vorstellung nach getan hatten. Wie viele andere war Speaker mit dem geboren worden, was ihr Volk das Irirek-Syndrom nannte – eine umweltbedingte genetische Erkrankung, die sie im Gebrauch ihrer Beine einschränkte. Die beiden kurzen Gliedmaßen, die unter ihr hingen, während sie sich durch den Raum hangelte, konnten zwar greifen und sie passiv stützen, aber das war auch schon alles. Es waren ihre Arme, die sie trugen, und die waren stark und unermüdlich, selbst an einem Morgen, an dem sie unsanft geweckt worden war.

Speaker erreichte das in die Wand eingelassene Kommunikationsbedienfeld und ließ sich in einer der geflochtenen Sitzhängematten nieder, die davor hingen. Mit einer Geste zu dem Panel hin rief sie die Daten des eingehenden Rufs ab. Eine lokale Übertragung, kein Ansible-Ruf. Speaker holte tief Luft und zwang sich zur Ruhe. Wer weiß? Vielleicht würde es dieses Mal gutgehen.

Auf dem Bildschirm erschien eine Laru – die Gastgeberin ihres Zielstandorts, wie Speaker annahm, denn der vokallastige Name, den sie sich zuvor gemerkt hatte, als sie einen Landeplatz am Five-Hop angefordert hatte, konnte nichts anderes als Laru sein. Die allermeisten Akaraks hatten Mühe, diese Spezies zu lesen, da ihr dichtes Fell so viel von ihrer Gesichtsmuskulatur verdeckte, aber Speaker konnte sowohl die Mimik als auch die Körpersprache der Laru deuten, wie bei den meisten GU-Spezies. Sie hatte beharrlich geübt und wusste, dass sie gut darin war.

Diese Laru hier war nervös, was Speaker sowohl ermüdete als auch kein bisschen überraschte.

Die Laru sprach sie in umständlichem Hanto an. *»Ich bin Ouloo, Ihre planetarische Gastgeberin. Bitte nennen Sie mir* *den Grund Ihres Besuchs.«* Das Fehlen einer Begrüßungsfloskel oder eines Willkommensgrußes war auffällig, besonders in der blumigen Kolonialsprache. Man hätte es vielleicht auf Ouloos offensichtliche Schwierigkeiten mit der Sprache schieben können, aber die Erfahrung hatte ihre Gesprächspartnerin eines Besseren belehrt.

Speaker nahm eine Haltung ein, von der sie wusste, dass sie auf Laru funktionierte: Die Schultern hängend, den Kopf weiter vorgestreckt, als es für sie natürlich war. Bei den Laru traf das in etwa die visuellen Marker für jemanden, der entspannt war. »Hallo, Ouloo«, erwiderte Speaker in tadellosem Klip. »Ich freue mich, Sie kennenzulernen. Mein Name ist Speaker. Sie müssten die Reservierung für unser Shuttle in Ihren Unterlagen haben – die *Melody.*«

Ouloos lehmrotes Fell sträubte sich vor Überraschung, und Speaker musste nicht erst raten, was der Grund war: Akaraks waren nicht dafür bekannt, sich flüssig auf Klip zu verständigen. »Oh, ich …« Die Laru geriet durcheinander und gab mit ihren zottigen Pfoten Befehle ein. »Die …?«

»Die *Melody*«, wiederholte Speaker. Sie bezweifelte, dass Ouloo die Reservierung nicht schon zuvor gesehen hatte.

Die großen Augen der Laru huschten auf und ab, während sie auf einem unsichtbaren Bildschirm eine Datei las. »Ja, hier«, sagte Ouloo. Immer noch klang ihre Stimme unsicher, abwesend. »Entschuldigung, ich wusste nicht, dass Sie …« Sie unterbrach sich. »Könnten Sie … Könnten Sie mir die Flugerlaubnis für Ihr Schiff senden?«

Speaker widerstand dem Drang, verärgert mit dem Schnabel zu klappern, und hielt den Kopf weiter beruhigend vorgestreckt. »Mein Pilotenschein müsste Ihnen eigentlich vorliegen, zusammen mit den anderen Unterlagen unserer Reservierung«, sagte sie. »Genügt das nicht?«

»Doch, ähm, durchaus. Es dient nur zur zusätzlichen Bestätigung. Eine ganz normale Sicherheitsmaßnahme.«

Speaker fragte sich, ob es diese Sicherheitsmaßnahme schon vor diesem Gespräch gegeben hatte. »Einen Moment«, sagte sie. Sie rief die Datei auf und schickte sie los.

Ein Zirpen erklang auf Ouloos Seite, als die Datei einging. Die Augen der Laru bewegten sich auf und ab, auf und ab, ein paarmal mehr, als es für das Lesen einer so kurzen Datei nötig war. »Vielen Dank«, sagte Ouloo. »Es scheint alles seine Richtigkeit zu haben.« Sie gab sich jetzt Mühe, freundlich zu klingen, aber ihre Stimme wirkte immer noch ein wenig schroff. »Willkommen auf Gora. Wir freuen uns, Sie im Five-Hop begrüßen zu dürfen. Ich werde bei Ihrer Ankunft im Büro sein, um Ihre Wünsche entgegenzunehmen und Sie durch die Anlage zu führen.« Erneut hielt sie inne. »Es tut mir leid, aber wir hatten noch nie Gäste, die Akaraks waren. Ich versuche immer, für jede Spezies etwas anzubieten, aber ich habe keine – ich weiß nicht –« Sie lachte verlegen. »Ich meine – es ist wohl ein Versehen meinerseits ...«

»Keine Sorge«, sagte Speaker. »Wir werden uns nur kurz bei Ihnen aufhalten und fühlen uns in unserem Shuttle ohnehin am wohlsten. Ich brauche nur ein paar Vorräte.«

»Ah ja«, sagte die Laru. »Nun, ich hoffe, Sie haben dennoch einen angenehmen Aufenthalt. Ähm ... Sie haben im Leitfaden für die Andockreservierung gesehen, dass Waffen bei uns strengstens verboten sind, nicht wahr?«

Speaker ertrug die unterschwellige Beleidigung, wie so viele andere auch. »Wir führen keine Waffen«, sagte sie.

»Oh«, sagte Ouloo, wieder überrascht. Ihre Miene hellte sich auf, während sie sich bemühte, das Gespräch zu retten. »Dann verursachen Sie weniger Umstände als die Äluonerin. Hier ist gerade ein Shuttle hereingekommen, nach irgendwelchen Schwierigkeiten an der Grenze, und *sie* musste definitiv ein paar Gegenstände einschließen. Sie werden ihr vermutlich begegnen.«

»Bestimmt«, sagte Speaker. »Wir sehen uns dann beim Andocken.«

Der Bildschirm wurde schwarz. Speaker atmete tief durch. Sie warf einen Blick auf die Uhr – noch eine Stunde bis Gora. Ausreichend Zeit für ein paar leibliche Annehmlichkeiten.

Sie schwang sich von Stange zu Stange aus dem Schlafzimmer in den Waschraum hinüber, wo sie etwas Wasser trank, sich erleichterte und sich eine Packung Wiesenschmelz-Dentbots in den Schnabel warf. Wiesenschmelz war *ihre* bevorzugte Geschmacksrichtung, nicht die von Tracker, aber es war Tracker gewesen, die beim letzten Markteinkauf die Lebensmittelbestellung aufgegeben hatte. Speaker musste lächeln, als sie den Reinigungsschaum wieder ausspuckte. Ihre Schwester hatte ein Gespür für wortlose Gefälligkeiten.

Nachdem sie sich nun wieder besser fühlte, machte Speaker sich auf den Weg durch den Korridor, wobei sie im Vorbeigehen in jeden Raum einen Blick warf. Für eine typische Akarak-Familie von zehn oder mehr Personen wäre die *Harmony* viel zu eng gewesen, aber auf diesem Schiff lebten nur Speaker und Tracker. Die unbewohnten Räume waren jedoch keineswegs leer, sondern allesamt vollgestopft mit Technik, Medizin, haltbarem Essen, Bettzeug, Lufttanks – lauter aussortiertes Zeug, das sie geschnorrt oder geschenkt bekommen hatten. Speaker und Tracker transportierten die Sachen nicht für sich selbst, sondern für die Leute, denen sie bei der Arbeit begegneten. Man konnte nie wissen, wer wann etwas brauchen würde, also nahm man am besten alles mit.

Wie zu erwarten war, befand sich Tracker gerade in einem der beiden Räume, die die Schwestern nicht für praktische Zwecke reserviert hatten. Das eine Zimmer gehörte Speaker, die es zurzeit als akustisches Paradies herrichtete, um dort Musik zu hören. Trackers Zimmer – der Raum, den Speaker jetzt betrat – war eine Art Garten. Tracker züchtete Kristalle, und sie hatte den Raum ausschließlich zu diesem Zweck eingerichtet. Der untere Teil des Zimmers war voller Regale, in denen Becher, Brenner sowie Gläser mit Pulvern und Salzen standen. Die Wände waren mit bunten Lämpchen geschmückt, die hier und da in asymmetrischen Winkeln angebracht waren. Den Rest des Raums nahmen Trackers anorganische Kreationen ein, in Schalen und Bechern, die an Bindfäden zwischen Fortbewegungsstangen hingen. Einige der Kristalle waren gezackt, andere klobig und glatt. Manche ähnelten Wassereis oder Motorkohle oder geschmolzenem Glas. Ihre Farben hätten nicht unterschiedlicher sein können, und jede noch so kleine Bewegung von Speaker führte dazu, dass sich der Raum in ein immer neues Glitzerkaleidoskop verwandelte, geboren aus Lichtwellen, die sich in den unterschiedlichen Mineralien brachen.

Tracker hing gerade mit den Füßen am Deckennetz und ordnete den Inhalt einer ebenfalls hängenden Schale. »Die hier entwickeln sich sehr schön«, sagte sie in ihrer Muttersprache Ihreet.

Speaker kletterte auf die fragliche Schale zu, aber auf halber Höhe funktionierte das Labyrinth aus Stangen und Behältern, das Tracker um ihre eigenen Bewegungen herum konstruiert hatte, nicht mehr bei jemandem mit anderen Beinen. Tracker merkte, dass Speaker Mühe hatte, und ohne dass zwischen den beiden Schwestern ein Wort gefallen wäre, schwang sie sich nach unten, um ihr zu helfen. Tracker drehte horizontale und vertikale hintere Gliedmaßen, um ihren Körper auf eine Weise zu wenden, die Speaker nicht möglich war. Sie hakte ihre Handgelenke bei Speaker ein. Sie half, stützte, führte. Speaker folgte, lehnte sich an, ließ sich fallen. Es war ein Tanz, der beiden vertraut war.

An Trackers Oberkörper gedrückt hörte Speaker die Lunge ihrer Schwester rasseln. »Kein guter Tag heute?«, fragte Speaker.

»Nicht besonders«, sagte Tracker. Das Irirek-Syndrom war ihr zwar erspart geblieben, aber sie hatte andere Probleme. Es war Speaker gewesen, die bei Tracker die ersten Anzeichen einer brüchigen Lunge bemerkt hatte, ganze drei Jahre nachdem die unzureichend gefilterte Luft, die sie als Schlüpflinge eingeatmet hatten, eine langsam voranschreitende Mutationsstörung ausgelöst hatte. Anfänglich hatte Speaker keine Ahnung gehabt, was los war, nur dass sie, wenn sie nachts ihr Ohr an die Nasenlöcher oder das Herz ihrer Schwester legte, manchmal hören konnte, wie deren Atem sich verhaspelte und im Schlaf aussetzte. Hätte sie Tracker nicht zum Arzt geschleppt, wäre Speaker zum Einzelkind geworden – das Schlimmste, was einer Akarak passieren konnte.

»Hast du dein Medikament genommen?«, fragte Speaker.

»Noch nicht«, sagte Tracker. Sie zog Speaker noch ein kleines Stück weiter, bis zu der Sitzhängematte neben der Schale, an der sie gearbeitet hatte.

»Nimm dein verdammtes Medikament«, sagte Speaker ruhig, während sie Platz nahm. Sie beugte sich vor und blickte in die Schale. Die Kristalle darin waren von einem tiefen Blau, geheimnisvoll und beruhigend, und verzweigten sich in einer betörenden Geometrie nach außen. Sie nahm einen heraus und betrachtete ihn bewundernd, während sie ihn in dem farbigen Licht hin und her drehte. »Hast du den Anruf deshalb nicht angenommen?«

»Nein«, sagte Tracker, während sie sich in einer Hängematte unter ihr ausstreckte. »Ich wollte mich einfach nicht damit befassen.«

Speaker sah zu ihrer Schwester hinüber. »Danke«, sagte sie. Tracker spreizte freundlich abwehrend die Arme zur Seite. »Sag mir, dass es nicht irgendwas Verlogenes war.«

»Oh, es war eindeutig verlogen«, sagte Speaker.

»Mhm«, sagte Tracker. »Und nichts macht so etwas schlimmer als jemand mit einem Akzent, wie ich ihn habe.«

»Dein Akzent ist okay«, sagte Speaker. »Du bist schließlich nicht die Einzige in der Galaxis, die mit hörbarem Akzent spricht.«

»Na ja, ich kenne nicht halb so viele Wörter wie du. Nicht mal die Hälfte. Ungefähr … ein Achtel. Ein Sechzehntel.«

»Für einen Landeanruf reicht das vollkommen.«

Tracker verhakte die Handgelenke hinter ihrem Kopf und fläzte sich auf eine Weise in die Hängematte, die ausdrückte, dass sie hier nicht einlenken würde. »Du bist die Sprecherin, nicht ich.«

Speaker legte den Kristall in die Schale zurück. »Kommst du dieses Mal mit?«

»Nein«, sagte Tracker. Speaker war nicht überrascht. Tracker verließ das Schiff nur selten ohne triftigen Grund. Dieser Charakterzug war typisch für ihre Spezies, aber Tracker hatte ihn vorsätzlich kultiviert. Sie war eine Meisterin darin, nirgendwo hinzugehen. Doch dann fiel ihr nach ihrer Antwort noch etwas ein. »*Wie* verlogen war der Anruf?«

Speaker begriff, was sie eigentlich wissen wollte: *Ist es gefährlich für dich, allein dorthin zu gehen?* »Keiner von der gefährlichen Sorte«, sagte sie. »Sie wirkte pingelig, nicht gewalttätig. Außerdem sind Waffen bei ihr verboten.«

»Na schön. Und du bist dir sicher?«, fragte Tracker.

»Ich bin mir sicher.« Speaker begann vorsichtig den Abstieg. Tracker wollte ihr helfen, aber Speaker winkte ab. »Nicht nötig.« Sie schwang sich zu Trackers Hängematte, und ihre Schwester rutschte beiseite. Mit dem altbekannten Bewegungsablauf legten sie sich umeinander, in einer Anordnung, die sich so natürlich ergab wie die Form der Kristalle. Tracker begann zu husten, und Speaker hielt die Hände ihrer Schwester, während der kurze Hustenanfall anschwoll und wieder abebbte. »Übrigens, solange ich weg bin …«, sagte sie.

Tracker atmete ein paarmal langsam und bewusst durch, um sich zu vergewissern, dass in ihrer Brust alles ordnungsgemäß funktionierte. »Ja?«, fragte sie dann.

Speaker sah Tracker eindringlich an. »Nimm dein Medikament.«

ROVEG

Der Meeresstrand war so schön wie immer. Der Himmel darüber schimmerte im blassen Amethystblau des Mittags. Unten plätscherte das Wasser wie eine zarte, rhythmische Liebkosung gegen den schwarz glänzenden Sand. Alle möglichen Spezies tummelten sich hier, einige Leute schliefen, andere schwammen, manche sammelten Muscheln. Der Strand war beliebt, aber nicht laut; friedlich, ohne langweilig zu sein. Hier hatte man viel Platz, um den eigenen Gedanken nachzuhängen, während man dennoch aus der Ferne von der beruhigenden Gesellschaft der anderen profitierte.

Roveg saß inmitten dieser Szenerie, die Bauchbeine ordentlich unter sich gefaltet, während seine Brustbeine mit der wichtigen Aufgabe beschäftigt waren, ein ausgiebiges Frühstück zu beenden. Vor ihm auf dem Tisch standen verschiedene Speisen, die er an diesem Morgen sorgfältig aus der Stasetruhe ausgewählt hatte. Was er zusammengestellt hatte, war teilweise von den Aandrisk beeinflusst: Getreidecracker mit eingelegten Früchten, würzige, in frischen *Saab Tesh* gewickelte fermentierte Pilzpaste und ein paar ausgewählte Scheiben heiß geräucherten Flussaals (hierbei handelte es sich um ein äluonisches Gericht, das aber gut zu den anderen Speisen passte). Das Tüpfelchen auf dem i bildete eine Schale Tee – zufälligerweise eine delikate Laru-Mischung – und ein kleines Glas Seegrassaft. Letzteres war der einzige Teil der Mahlzeit, der von Rovegs Spezies stammte, und obwohl er schon die verschiedensten Frühstücke aus den verschiedensten Welten zu sich genommen hatte, hing er immer noch an der alten Quelin-Tradition, den Morgen mit einem reinigenden Schluck dieses Gebräus zu beginnen. Manche Gewohnheiten ließen sich einfach nicht ablegen.

Mit einer unteren Reihe seiner Beine verteilte Roveg die Konfitüre auf den letzten Crackern, während er gleichzeitig mit denen in der Nähe seines Mundes ein Pilzbrötchen hielt. Er knabberte daran und beobachtete dabei einen Schwarm Pelzfische, die jenseits der Wellen spielerisch durchs Wasser sprangen. Ein leichter Windstoß ließ das sandige Gestrüpp direkt hinter ihm rascheln, begleitet von dem Gesang der Chorkäfer, ihr eindringliches Lied leise und süß.

»Freund«, sagte Roveg klar und deutlich. Er drehte seinen Kopf in die Richtung, wo sich seines Wissens die getarnte Wand-Vox befand. »Schalte die Käfer aus.«

Freund zwitscherte bestätigend durch die Lautsprecher, und die Chorkäfer verstummten.

Roveg hatte nichts gegen Käfer, aber heute wollte er etwas anderes, etwas … »Spiel Entspannungsmix Nummer 6«, sagte er. »In zufälliger Reihenfolge.«

Freund zwitscherte erneut, und die Musik setzte ein.

»Schon besser«, sagte Roveg. Er aß weiter und summte beim Kauen leise vor sich hin. »Wie lange dauert es noch bis zum Landeanflug?«

»Zwanzig Minuten«, antwortete Freund.

Roveg bog in milder Überraschung den Bauchpanzer durch. »Nur? Na schön.« Er blickte auf den Rest seiner morgendlichen Genüsse hinunter. »Mist.« Er erwog kurz, den Rest seiner Mahlzeit rasch hinunterzuspülen, aber Essen ohne Genuss war fast so schlimm, wie Lebensmittel wegzuwerfen. Sorgfältig packte er die Reste ein, trank den Seegrassaft mit einem anerkennenden Schaudern aus und stand auf. »Freund, bitte setze die Musikwiedergabe über das Soundsystem fort.« Er gestikulierte zu einem Bedienfeld hinüber. Der Strand verschwand, und zurück blieben nur der Projektor und glatte Wände. Durch die Flügeltür betrat er das dahinterliegende Gangsystem seines Schiffes.

Die *Korrigoch Hrut* war schon seit etlichen Standards Rovegs Shuttle, und er mochte sie sehr. Sie war zwar nicht sein Zuhause – das hatte er auf Chalice zurückgelassen, eine charmante Wohnung in einer Klippe über dem Stadtzentrum. Aber er bereiste das Weltall am liebsten in einem Schiff, das sich wie ein Zuhause anfühlte, und hatte die *Korrigoch Hrut* entsprechend eingerichtet. Außerhalb des Antriebskerns gab es keine Wand ohne Kunst. Hier hingen abstrakte Aandrisk-Gemälde, äluonische Farboper-Masken, exquisite Kugeln aus harmagianischem Glas, ein paar Geschenke, ein paar Erinnerungen, ein bisschen schnelllebiger Nippes von Spaziergängen über den Markt. Als er in die Küche ging, strich er mit einem Bein über ein von Menschenhand gemaltes Landschaftsbild. Dieses Stück hatte es ihm besonders angetan.

Er verstaute die Reste mit akribischer Pedanterie, stellte sie sorgfältig in die Stasefächer und ging dann in den Kontrollraum, wobei er weiter die Musik mitsummte, die ihm folgte.

Der Planet Gora füllte den Bildschirm ganz aus; er hatte sein Frühstück keinen Moment zu früh geopfert. Er war noch nie über Gora gereist, und sein erster Eindruck war ein ausnehmend ordentliches Durcheinander. Die anderen Transitknotenpunkte, durch die er gereist war, befanden sich allesamt in der Nähe belebter Planetensysteme, auf denen sich das Leben auf der Planetenoberfläche abspielte und der Verkehr sich auf die Orbiter darüber beschränkte. Aber hier, wo der Planet nur dem einen Zweck diente, die vorübergehenden

Bedürfnisse der Durchreisenden zu befriedigen, wo sich jede Kuppel in Privatbesitz befand und das einzige gemeinsame Territorium die Verkehrswege waren, die die Schiffe benutzten, hatte alles den Beigeschmack von utilitaristischer Künstlichkeit. Es gab hier keine Meere, keine Wälder, keine großen Städte. Dieser Ort wurde benutzt, nicht bewohnt.

Rovegs Facettenaugen waren zwar imstande, viele bewegte Objekte auf einmal zu erkennen, aber selbst er hatte Mühe, die Szene vor ihm zu analysieren. In dem Abschnitt des Weltalls, durch den er flog, tummelten sich Schiffe aller Art: schnittige Kreuzer mit polierten weißen Rümpfen, farbenfrohe Tränenschiffe, dafür gebaut, schnell zu fliegen und dabei gut auszusehen, wuchtige, schwer beladene Schlepper, luxuriöse Urlaubsjollen, billig wirkende Raumkapseln und Shuttles, die nur noch von einem Schweißbrenner und der schieren Hoffnung zusammengehalten wurden. Die Schiffe bewegten sich, als würden sie einer Pheromonspur folgen. Im Gänsemarsch flogen sie hintereinander her, dockten hier an und wendeten dort und warteten geduldig in der Wurmlochschlange, bis sie an der Reihe waren, durch den Raum innerhalb des Raums zu springen. So dicht der Verkehr auch war, Roveg fand dennoch Trost in den geordneten Schiffsströmen und den durchkalkulierten Reihen der Bojen. Er flog gern durchs All und freute sich über jede Gelegenheit, mit seinem Shuttle für ein paar Tagzehnte hinauszufliegen, aber er tat es nicht besonders oft. Der Weltraum war nicht sein Leben. Er war niemand, der sich etwas aus einer ungeplanten Spritztour durch die weniger bekannten Abschnitte der galaktischen Karte machte, und ganz sicher landete er nicht gern irgendwo, wo das Transitrecht mehr als Vorschlag denn als Regel galt – vor allem angesichts der Route, auf der er sich gerade befand. Die Aufgabe, die vor ihm lag, war schon heikel genug, auch ohne Verstöße gegen das Transitrecht.

Während Roveg darauf wartete, dass Freund die *Korrigoch Hrut* in den richtigen Einflugwinkel steuerte, fiel ihm eine zweite maschinelle Choreographie auf, die sich unterhalb des Schiffsverkehrs abspielte – zumindest soweit »unten« im dreidimensionalen Raum eine Bedeutung hatte. Die Orbitalschicht, die Gora umgab, beinhaltete genauso viele Satelliten wie jede andere Welt, die er je bisher besucht hatte. Er sah Comm-Technik und Solarkollektoren. Letztere waren dank ihrer charakteristischen Form unverkennbar – riesige fotosynthetische Platten, die im Dickicht der Comm-Schlüsseln aufleuchteten. Ihre Paneele glitzerten, während sie das unmittelbare, von keiner Atmosphäre gefilterte Sonnenlicht aufnahmen, und er achtete darauf, nicht zu lange zu den konzentrierten, auf die Kollektoren der Planetenoberfläche gerichteten Strahlen aufzublicken. Solarstrom war die einzige Art Energie, die auf einer wind- und wasserlosen Welt sinnvoll war, und es freute ihn, dass dieser Teil der Infrastruktur offenbar gemeinschaftlich organisiert wurde. Die Vorstellung, dass jede Kuppel eine Blase für sich wäre, betrieben von irgendeinem Generator, den der Besitzer hatte auftreiben und bedienen können, gefiel ihm nicht sonderlich. Roveg war durchaus ein Verfechter der Philosophie, sein eigenes Ding zu machen, aber es gab ein paar Bereiche, wo Individualität keine Tugend mehr war und zum Glücksspiel wurde.

»Wir sind bereit zum Eintritt, Roveg«, sagte Freund. Die KI war weder intelligent noch empfindungsfähig, denn Roveg verabscheute es, die fühlenden Varianten zu benutzen. Dennoch war es ihm wichtig gewesen, Freunds sprachliche Dateien umgänglich zu gestalten – auf Klip natürlich. Roveg verwendete seine Muttersprache nur in wenigen Kontexten.

»Danke, Freund«, sagte Roveg, auch wenn die KI mit einem Dankeschön nichts anfangen konnte. »Los geht's.«

Es gab Leute, für die es Ehrensache war, ein Raumschiff manuell zu landen, aber bei Physik ging Roveg kein Risiko ein. Er sah keinen Sinn darin, seine Rüschen wegen etwas spielen zu lassen, was jede Spezies in der GU ihren Maschinen schon vor Jahrhunderten beigebracht hatte.

Er betrat das Sicherungsgeschirr, das in der Mitte des Raumes hing, und hielt still, während sich die Roboterriemen zwischen seinen Bauchbeinen hindurch und um seinen Brustkorb wanden. »Freund«, sagte er, während er eine seiner Gliedmaßen zu einem Fach in seiner Nähe ausstreckte. Er öffnete die kleine Kammer und holte ein Päckchen Schwerkrafttabletten heraus. »Erbitte die Erlaubnis zu landen.«

»Einen Moment«, sagte Freund. Die Flugstatusmonitore veränderten sich, während die KI arbeitete.

Roveg riss das Päckchen auf und aß die Plättchen mit der darin enthaltenen kalkhaltigen Medizin, wobei seine Luftröhren vor Ekel kurz rebellierten. Die Sicherheitsmaßnahme war notwendig, wie er von früheren heiklen Landungen wusste, aber er konnte sich kaum ein schlimmeres Ende für ein schönes Frühstück vorstellen als Schwerkrafttabletten. Der Hersteller hätte sie wahrhaftig schmackhafter machen können.

Freund meldete sich wieder. »Die Bodenstation hat uns grünes Licht zum Landen gegeben.«

»Ausgezeichnet«, sagte Roveg. Er faltete das leere Päckchen zweimal und legte es wieder in das Fach, bereit für die Verbrennungsanlage. »Leite die Landung ein.«

Es folgte das dumpfe Ruckeln des sich ausschaltenden Artigravs, das laute Surren der Triebwerke beim Positionswechsel, das Dröhnen, als sich Rovegs Schiff in eine präzise Parabelkurve einfädelte. Von einem Moment auf den anderen stürzte die *Korrigoch Hrut* auf Gora hinab, und die natürliche Schwerkraft packte sie mit unerbittlichem Nachdruck. Roveg zwang sich dazu, sich in seinem Geschirr zu entspannen, wie er es sich vor langer Zeit beigebracht hatte. Sich zu verkrampfen machte den Eintritt in die Atmosphäre nur schlimmer, auch wenn alle seine Instinkte ihm etwas anderes geboten. Auf intellektueller Ebene war ihm klar, dass er das hier schon unzählige Male getan hatte und sich keine Sorgen machen musste. Dennoch … der Anblick eines Planeten, der auf ihn zuraste, ließ sich nur schwer ausblenden. Trotzdem gelang es Roveg, sich zu entspannen und die Technik ihr Werk tun zu lassen. Seine beiden Mägen hielten stand, während das Schiff die dünne Luft von Gora durchschnitt. Das Frühstück blieb zum Glück bei ihm. Jetzt bereute er nicht mehr, die Medizin genommen zu haben.

Eine Kuppel nach der anderen raste bei seinem Sinkflug an ihm vorbei, und er beugte sich mit dem Oberkörper so weit zum Bildschirm vor, wie es die Gurte zuließen. Alles ging zu schnell, um viel zu sehen, aber er hatte bereits mehrere blaue und grüne Flecken entdeckt – das untrügliche Anzeichen pflanzlichen Lebens und der Wasseranlagen, die durch den Weltraum transportiert und für die Reisenden installiert worden waren. Auch ohne die Einzelheiten zu erfassen, wurde ihm beim Anblick der Farben leichter ums Herz. Er hing an seinen Simulationen – wie es sich für jemanden aus seiner Branche gehörte –, aber seine letzte Landung war bereits über zwei Tagzehnte her, und er war mehr als bereit für die wirkliche Welt, so künstlich sie auch sein mochte. Wenn er ehrlich war, zog Roveg Gärten ungepflegten Biomen bei weitem vor und verbrachte in Letzteren so wenig Zeit wie möglich. Wilde Orte hatten zwar ihre Daseinsberechtigung, und die Galaxie brauchte sie, gewiss, aber sie durften gerne hinter Zäunen und Mauern und möglichst dicken Fenstern bleiben.

Das Schiff wurde langsamer, und mit ihm die Welt. Die

Korrigoch Hrut trudelte auf ihr Ziel zu und landete so sanft, wie es nur möglich war. Die Aussicht entsprach im Großen und Ganzen dem, was man an einem solchen Ort erwartete: ein kreisrundes Shuttle-Rollfeld vor einer bescheidenen Habitatkuppel. Ein Schleusentunnel verband die Kuppel mit dem Landeplatz, wobei die sechs universellen Schleusenöffnungen sich wie Luftwege nach außen verzweigten. Während Freund das Schiff in die Andockposition brachte, warf Roveg beiläufig einen Blick auf die anderen Shuttles, die nun seine Nachbarn waren. Eines wirkte so militärisch wie äluonisch – weiß wie der Panzer eines Kindes, glatt wie nasses Porzellan, der wuchtige Rumpf konnte sicher einiges einstecken. Das Schiff war in hervorragendem Zustand und eine Augenweide; Roveg hatte noch nie ein äluonisches Schiff gesehen, bei dem das anders war. Die beiden anderen Schiffe sahen nach den vorgefertigten Bausätzen aus, die man mit einem bescheidenen Budget bei Multispezies-Händlern erwerben konnte, aber hier endete die Ähnlichkeit auch schon. Das eine Schiff gehörte offensichtlich seiner Gastgeberin, denn auf beiden Seiten prangte unübersehbar der Schriftzug »BESUCHEN SIE DEN FIVE-HOP ONE-STOP!«. Das andere … nun, es war ein billiges Schiff, ja, und je länger er es betrachtete, desto deutlicher wurde, dass es mit Hilfe von Komponenten aus anderen Bausätzen repariert worden war. Aber so zusammengestoppelt und unansehnlich es auch war, es hielt, und die Konstruktion sah nicht riskant aus. Das Schiff wirkte wie das Ergebnis der Bemühungen von jemandem, der mit dem Wenigen, was ihm zur Verfügung stand, sein Bestes getan hatte. Bei aller Liebe zur Ästhetik hatte Roveg davor durchaus Respekt. Manchmal konnte man nicht mehr tun, als etwas zum Laufen zu bringen.

Er hörte ein Klirren, ein Surren, dann wieder Stille. »Der

Andockvorgang ist abgeschlossen«, sagte Freund. »Wenn du so weit bist, kannst du das Shuttle gefahrlos verlassen.«

»Danke, Freund«, sagte Roveg, als das Geschirr ihn losließ. Sterne, und ob er so weit war. Ohne weitere Verzögerung ging er zur Luke, betrat die Luftschleuse, wartete geduldig, während er auf Schadstoffe gescannt wurde, und ging dann weiter.

Am Eingang der Luftschleuse erwartete ihn ein Laru – ein großes Kind, zu jung, um sich schon für ein Geschlecht entschieden zu haben. Es wirkte nicht, als würde es sich in diesem schlaksigen Körper wohlfühlen, und die Füße passten nicht zum Rest. Das Fell sah halbwegs gepflegt aus und war zu lang für das Gesicht. Es hing irgendwie unmotiviert über den großen schwarzen Augen, auf eine hilflose Art, so als wüsste es nicht, warum es noch wuchs, aber auch nicht, was es sonst tun sollte.

»Willkommen im Five-Hop One-Stop«, leierte das Laru-Kind lustlos herunter. Es stand auf drei Beinen – in der Pfote des vierten hielt es einen Scribus –, blickte auf den Bildschirm und reckte den gliedmaßenähnlichen Hals. Dann sah es zu Roveg hinüber, anschließend wieder auf den Bildschirm, und drehte den Scribus um, damit Roveg seine eigene Shuttle-Lizenz lesen konnte.

Es dauerte einen Moment, bis Roveg begriff, dass das Kind seine Identität überprüfen wollte. Das war wohl das, was man hier unter Andocksicherheit verstand. »Ja, das bin ich«, sagte er, wobei er hoffte, dass er mit seiner Interpretation richtiglag.

Das Laru-Kind wippte bestätigend mit dem langen, zottigen Hals und steckte den Scribus in den dünnen Rucksack, den es auf dem Rücken trug, schwang den Kopf nach links, trottete der eigenen Nase nach und führte Roveg ohne ein weiteres Wort hinaus.

Eine Flügeltür glitt auf. Dahinter lag der Five-Hop One-Stop. Der Ort war … kurios. Charmant, auf eine rustikale Art. Roveg war nicht der Typ, der auf so etwas herabsah; Arroganz war eine Eigenschaft, die er zutiefst verabscheute, und er legte Wert darauf, sie auszumerzen, wann immer er sie an sich feststellte. Aber zu behaupten, dass dieses Etablissement seine erste Wahl gewesen war, wäre eine Lüge gewesen. Eigentlich hatte er gehofft, in der Reskit-Lounge absteigen zu können, einem als gut bewerteten Restaurant auf Goras Südhalbkugel, aber dessen Landeplatz war ausgebucht gewesen, genauso wie der Goranische Skulpturengarten, die Harmagianischen Bäder und das Stadtfeld. Sosehr sich Roveg auch ein wenig Luxus gewünscht hätte, um sich die Reise zu versüßen – eigentlich brauchte er nur Treibstoff, und als klargeworden war, dass Andockplätze auf Gora an diesem Tag rar waren, hatte er seine Strategie geändert und die erstbeste Reservierung genommen, die er ergattern konnte.

Er sah sich um und nahm in Augenschein, wohin ihn diese Entscheidung geführt hatte.

Jemand hatte viel Mühe in diese Anlage gesteckt; jemand, der Geld durch Liebe ersetzte, wenn Ersteres knapp wurde. Der kreisförmige Raum innerhalb der Kuppel beherbergte ein Sammelsurium aus klobigen, unterschiedlich großen Gebäuden aus 3-D-Druck, alle in freundlichen Weiß- und Grautönen gestrichen – eine Farbauswahl, die eindeutig den Äluonern zuliebe getroffen worden war. Für Angehörige dieser Spezies kam eine in leuchtenden Farben gehaltene Umgebung einem beständigen Anschreien gleich und ermüdete sie. Die Gehwege, die sich zwischen den Gebäuden verzweigten, waren offenbar von Hand verlegt worden, mit einer Pflasterung, die sich für harmagianische Wagen eignete. Die gefilterte Luft war wärmer, als es sich ein Laru mit seinem dichten Fell vermutlich gewünscht hätte, aber recht angenehm nach Rovegs Maßstäben, mit einem gelungenen Kompromiss zwischen der Quelin-Vorliebe für ordentliche Luftfeuchtigkeit und der Aandrisk-Präferenz für wüstenartige Trockenheit. Es war zwar nicht perfekt, aber die meisten Leute würde es zufriedenstellen. Roveg hatte das Gefühl, dass das bei allem hier das eigentliche Ziel war.

Über dem Eingangsweg hing ein Schild, auf dem sich so viele Wörter in so vielen Sprachen drängten, dass es durch den gutgemeinten Versuch einer universellen Kommunikation beinahe unleserlich war. Das Tellerain war grammatikalisch holprig (auch wenn die Absicht zumindest Anerkennung verdiente), weshalb er stattdessen die Klip-Version überflog.

WILLKOMMEN IM FIVE-HOP ONE-STOP!
DER KLEINEN KUPPEL MIT DEN VIELEN MÖGLICHKEITEN!
GESCHÄFTSFÜHRUNG: OOLI OHT OULOO
ASSISTENZ DER GESCHÄFTSFÜHRUNG: OOLI OHT TUPO

Daneben war eine Nahaufnahme der beiden Geschäftsführer zu sehen, die begeistert für die Kamera posierten. Tupo musste das Kind sein, dem Roveg gerade folgte, denn das Kleine auf dem Porträt sah genauso aus, allerdings erst halb so groß, dafür aber doppelt so flauschig und gutgelaunt.

Die marktschreierische Beschilderung ging weiter.

UNSERE REGELN:
KEINE WAFFEN!
KEINE MAGNETE!
KEINE SCHLECHTE LAUNE!!!

HIER ENTLANG:

BÜRO UND GESCHÄFTE

- ZERTIFIZIERTE REISEGENEHMIGUNGEN
- ZERTIFIZIERTE SOFTWARE-UPGRADES FÜR IMMUNOBOTS
- OFFIZIELLE KARTENCHIPS DER GU-TRANSITBEHÖRDE
- WASSERFILTERSTATION
- SOUVENIRS!
- GESCHENKE!
- SNACKS!

PRIVATE RÄUMLICHKEITEN / LEBENSERHALTENDE ANLAGEN / KOMMUNIKATIONSINFRASTRUKTUR ZUTRITT VERBOTEN

DORT ENTLANG:

TREIBSTOFF UND REPARATURKITS

- ALGEN VOM FASS
- ALGENSTARTER
- FOTOVOLTAIK-REPARATUR
- ALLERLEI FÜR MECHTECHS
- KEIN COMPTECH-BEDARF VOR ORT, ABER ALLES KANN PER KURIER BESORGT WERDEN!

GORAS EINZIGARTIGES NATURKUNDEMUSEUM
IMMER EINEN BESUCH WERT!!!

GERADEAUS:
ERHOLEN SIE SICH WÄHREND IHRES AUFENTHALTS IM GALAKTOPHANTASTISCHEN MULTISPEZIES-BADEHAUS UND BLUMENGARTEN DES FIVE-HOP!

- ARMATUREN UND WASCHBECKEN FÜR ALLE WESEN!
- TESTEN SIE UNSERE HAUSGEMACHTEN SCHUPPENPEELINGS, BADESPRUDEL, DAMPFTABS UND SEIFEN!
- IM GARTEN WERDEN TÄGLICH ZWISCHEN 14.00 UHR UND 17.00 UHR TRADITIONELLE LARU-DESSERTS GEREICHT. GRATIS!
- WIR SIND STOLZ DARAUF, DASS WIR NUR HYPOALLERGENE PFLANZEN ANBAUEN AND VERWENDEN, DIE VOM LANDWIRTSCHAFTLICHEN LABOR UTLOOT ENTWICKELT WURDEN
- KEINE INSEKTEN! KEIN REGEN! BESSER ALS IM FREIEN!
- SCHWIMMBAHN IM HARMAGIANISCHEN STIL – IN KÜRZE VERFÜGBAR!

Gerade als ihn die Flut der Ausrufezeichen zu überwältigen drohte, tauchte vor ihm deren mutmaßliche Urheberin auf.

In Rovegs Augen sahen die Laru urkomisch aus. Er hätte ihnen das niemals ins Gesicht gesagt, und ihm war natürlich klar, dass biologische Normalität höchst relativ war. Er wusste, dass sein Äußeres auf viele Leute außerhalb seines Phänotyps merkwürdig wirkte. Aber bei den Sternen am Himmel – die Laru waren so *labbrig*. Ihre Gliedmaßen waren wie animierte Nudeln, ihr stämmiger Rumpf war dick und schwerfällig, die langen, schwanzartigen Hälse irgendetwas zwischen einem Albtraum und einem gigantischen kosmischen Witz. Diese Laru hier – Ouloo, wie er annahm – hatte ihr Fell zu einer Explosion aus kleinen Locken gestylt, die ihn unweigerlich an die mehreren Schichten Zuckerguss erinnerte, die er einmal in einer menschlichen Konditorei gesehen hatte. Sie wirkte eindeutig wie jemand, der ein Ausrufezeichen liebte (oder auch zwölf).

Rovegs Vermutung erwies sich als richtig, auch wenn die Lautstärke der Laru nicht ihm, sondern seinem jungen Führer galt. »Tupo!«, schimpfte die ältere Laru. Das Kind zuckte sichtbar zusammen. »Ich hatte dir doch gesagt, dass du das Dampfbad herrichten sollst, bevor Captain Tem eintrifft.« Mit der einen Pfote wies sie wütend auf den mittleren Weg. Roveg sah verführerische, verwinkelte Hecken, durch die eine Äluonerin schlenderte – vermutlich die Besitzerin des Shuttles.

Das Kind atmete seufzend aus den Tiefen seiner Lunge aus, als wäre das hier eine weitere Ungerechtigkeit eines Universums, das nur existierte, um sich gegen es zu verschwören. »Du hattest auch gesagt, dass ich zur Landung um 13.06 Uhr hier sein soll.« Es deutete auf Roveg, der sich plötzlich als Beweismittel in einer Gerichtsverhandlung wiederfand, mit der er nicht gerechnet hatte.

»Wenn du früher angefangen hättest, wäre beides drin gewesen«, sagte die ältere Laru. »Na los.«

Das jüngere Laru widersprach nicht mehr und stapfte gereizt davon.

»*Und stutz dir das Fell*«, rief Ouloo hinter ihm her. Verärgert bog sie den Hals und schwang ihr Gesicht zu Roveg herum. »Es tut mir wirklich leid. Pubertät, verstehen Sie?« Ouloo beugte sich vertraulich vor. »Das arme Ding fühlt sich gar nicht wohl, kein Wunder, wo ser gerade zahnt. Aber das ist keine Ausrede für … « Sie verdrehte den Hals, bis er komplett auf ihren Schenkeln ruhte, und schaute dem davontrottenden Kind hinterher. »… Na ja, alles andere«. Sie machte ein missbilligendes Geräusch, während sie ihren Kopf wieder in seine Richtung drehte. »Aber nur weil ser sire Manieren vergessen hat, muss das nicht auch für mich gelten.« Sie beugte ihren Hals tief herab und strahlte ihn an. »Willkommen im Five-Hop One-Stop! Ich bin Ouloo, und Sie müssen Roveg sein.« Diskret senkte sie die Stimme. »Kein Titel?«

»Nein«, sagte er und verspürte bei dieser Antwort einen leisen Stich. Der alte Schmerz hatte zwar nachgelassen, aber er war immer noch da.

Ouloo neigte erneut den Kopf. »Wir freuen uns sehr über Ihren Besuch, Roveg«, sagte sie, und das wiederum wusste er zu schätzen. Quelin wurden normalerweise niemals ohne einen Titel angesprochen; Exilanten durften keinen führen. Die Tatsache, dass Ouloo sowohl klug genug war, danach zu fragen, als auch so höflich, elegant das Thema zu wechseln, zeugte von großem kulturellem Geschick. Roveg verzieh ihr einige der Ausrufezeichen. Nicht alle, aber ein paar.

»Danke«, sagte er. »Ihrer Linking-Seite entnehme ich, dass Sie Algenkraftstoff mit hohem Fettgehalt führen.«

»O ja, allerdings«, sagte sie rasch. »Sie machen hier eine … vierstündige Zwischenlandung, richtig? Möchten Sie lieber jetzt volltanken oder später?«

»Später, wenn es Ihnen recht ist. Ich bin schon seit Tagzehnten auf meinem Schiff und würde mir gern ein wenig die Beine vertreten.«

»Oh, ich verstehe«, sagte die Laru in wissendem Tonfall. »Ich war schon seit vielen Standards nicht mehr auf einem längeren Flug, aber meine Pfoten fangen schon an zu zucken, wenn ich nur daran denke. Wohin fliegen Sie?«

»Vemereng«, sagte Roveg.

Offenbar kannte Ouloo den Planeten. »Oje, das ist eine lange Reise«, sagte sie. »Was war noch gleich Ihr Heimatplanet?«

»Chalice.«

»Richtig, ach du meine Güte. Es muss eine wichtige Reise sein, die Sie so weit von zu Hause fortführt. Geschäftlich oder zum Vergnügen?«

»Ich habe dort eine Verabredung«, sagte er.

Ouloo schwieg erwartungsvoll, aber Roveg gab nichts weiter preis. »Nun«, sagte sie, wobei sich ein Hauch von Enttäuschung in ihren ansonsten so munteren Tonfall schlich. »Für einen Spaziergang ist unser Garten genau das Richtige. Haben Sie Hunger? Wir haben hier zwar leider kein Restaurant, aber dafür eine wunderbare Auswahl an Snacks.«

Roveg war nicht hungrig, aber nichts weckte sein Interesse so sehr wie regionale Spezialitäten. »Zu Snacks sage ich niemals nein«, sagte er.

Ouloo lachte – für Roveg klang es überhaupt nicht wie ein Lachen, aber er wusste, was das schnaufende Geräusch bedeutete – und winkte ihm mit einer Pfote, ihm zu folgen. »Na kommen Sie, wir werden schon etwas für Sie finden«, sagte sie. »Mögen Sie Jenjen-Kuchen? Ich habe ihn heute Morgen frisch von meiner Nachbarin bekommen.« Sie tappte weiter und machte fröhlich Konversation. Aber während Roveg ihr folgte, konnte er nicht umhin, ihre gelegentlichen Blicke zu dem Treibstoffschuppen am Ende des Weges zu bemerken. Irgendetwas, was da drin war, beschäftigte die Laru.

Egal, das ging ihn nichts an. Er war hier, um zu tanken, sich ein bisschen Bewegung zu verschaffen und offenbar, um Kuchen zu essen. Unter den gegebenen Umständen gelüstete es ihn nicht nach etwas Komplizierterem.

PEI

Wenn äluonische Kinder die komplizierte Kunst des Gehens und Essens und des bewussten Einsatzes ihrer Farben gemeistert hatten, lernten sie bald darauf, dass ihre Umwelt eine andere Sprache verwendete als die von Leuten. *Leute* kommunizierten natürlich über die wirbelnden Chromatophorenflecken auf ihren beiden Wangen. Ihre pflanzlichen und tierischen Nachbarn taten dies jedoch nicht. Das purpurne Fell der *Lumae* bedeutete nicht etwa, dass sie wütend waren. Nektarflügel mit ihren orangefarbenen Flecken waren nicht traurig. Zitterfische waren keine Freunde, so liebenswürdig ihre blauen Schuppen auch aussehen mochten. Pei erinnerte sich verschwommen daran, wie viel Mühe ihr dieses Konzept bereitet hatte, wie sie das Gefühl gehabt hatte, dass die natürliche Welt nicht vertrauenswürdig war, sie irgendwie anlog. Farbe war Farbe, und Farbe hatte eine *Bedeutung*, und wenn für sie offensichtlich war, dass Lachen grün war und Ärger gelb, dann mussten andere Lebewesen das doch auch wissen.

Aus der Perspektive ihrer mittleren Jahre konnte sie zwar nicht den genauen Moment bestimmen, in dem diese irrige Vorstellung verblasst war, aber sobald sie diese Schwelle überschritten hatte, verstand sie, dass jeder Aspekt des Lebens mehrere Schichten aufwies. Es gab die Farbe an der Oberfläche, und es gab die darunterliegende Bedeutung. Gelb war, solange es nicht durch das Gesicht einer Person floss, oft nichts weiter als Gelb, Punkt. Man musste vor dem Reflex innehalten und sich fragen, ob die Erzählung, die man mit dem Auslöser verband, richtig war. Nachdem Pei das einmal begriffen hatte, konnte sie das Leben nie wieder als etwas Statisches sehen, etwas mit nur einer einzigen, unveränderlichen Definition. Das Universum war kein Objekt. Es war ein Lichtstrahl, und die Farben, in die es sich aufspaltete, veränderten sich, je nachdem, wessen Augen es gerade betrachteten. Man durfte nie etwas für bare Münze nehmen. Alles hatte verborgene Facetten, verborgene Tiefen, die auf tausend Arten interpretiert werden konnten – oder auf die gleiche Art und Weise fehlinterpretiert. Reflexe gaben einem Sicherheit, aber sie konnten einen auch dumm machen.

Pei wusste das, genauso wie sie wusste, wie man atmete, aber dennoch flößten die Akaraks ihr Misstrauen ein.

Sie hatte noch nie einen von ihnen an einem Ort wie diesem gesehen – in einem Raumhafen, ja, aber immer abseits, während sie sich durch Schrott wühlten, durch Gassen krabbelten, sich mit ihresgleichen unterhielten. Niemals im Gewimmel eines Marktes. Niemals allein. Niemals, während sie um einen Treibstoffschuppen herumliefen, sich zwischen Algenstartern und Treibstoffpumpen umsahen, so wie das Alien, das sie gerade aus der Ferne beobachtete. Im GU-Raum bekam man nur selten Akaraks zu sehen, aber Pei hatte natürlich schon mit ihnen zu tun gehabt – nicht mit Worten, sondern mit Waffen. Einmal hatte sie zwei von ihnen dabei erwischt, wie sie in der Nähe ihres Shuttles herumschnüffelten, und sie verjagt, indem sie lediglich die Pistole zog. Bei einer weiteren Gelegenheit hatte eine Akarak-Crew ihr die Fracht stehlen wollen, die sie und ihre eigene Besatzung abholen sollten. Dieser Konflikt hatte sich nicht so einfach beilegen lassen. Pei hatte zwar noch nie mit einem Akarak gesprochen, aber sie verdankte einem von ihnen eine Pulsgewehr-Narbe auf ihrem Oberarm und hatte zwei weiteren Akaraks persönlich den Garaus gemacht.

Das war eine der Tatsachen, deren vielschichtige Bedeutungen sie nicht weiter vertiefen wollte.

Pei wandte ihre Aufmerksamkeit wieder der Spirale aus blühenden Hecken zu, in der sie gerade stand. Ihre langen, hornartigen Blüten waren hübsch (obwohl sie gelb waren), und ihr Duft war angenehm süß. Ein kleiner Schwarm von Bestäubungsrobotern bewegte sich mit beruhigendem Schaukeln zwischen ihnen hin und her, schlängelte sich von Blüte zu Blüte, während sich die weichen, staubigen Bürsten der kleinen Apparate mit mechanischem Summen drehten. Pei war froh, draußen zu sein, froh, festen Boden unter den Füßen zu haben. Ihr Schiff – ihr Hauptschiff, nicht das Shuttle, in dem sie gereist war – hatte zwar wie üblich einen Garten, aber das war einfach nicht dasselbe wie ein Garten auf einem Planeten. Sie kniete sich hin, nahm eine Prise von dem Mulch, der die Wurzeln der Hecken bedeckte, und rieb ihn ehrfürchtig zwischen den Fingern. Sie liebte ihr Schiff, liebte ihre Crew, liebte ihr Leben, das sich oben statt unten abspielte, aber Sterne, manchmal gab es Zeiten, in denen sie *Erde* vermisste.

Ihr Nacken kribbelte von der leeren Berührung eines Blickes.

Sie hob den Kopf und schaute hinüber.

Der Akarak sah sie an.

Sie waren zu weit voneinander entfernt, als dass Pei das Gesicht des Akarak hätte sehen können – nicht, dass sie sein Mienenspiel hätte deuten können, so wenig, wie sie über die Akarak wusste. Wie alle sirer Art saß der Akarak in einem klobigen, zweibeinigen Mech-Anzug mit einem verglasten Cockpit, das etwa den gleichen Raum einnahm wie ein normal großer Kopf. Der Anzug selbst war etwas größer als Pei, aber sein Bewohner hatte die Größe eines Kindes – nein, sogar noch kleiner. Pei hätte sihn ohne Schwierigkeiten in einen Schulranzen stecken können. Sie konnte ein paar physische Details erkennen: spindeldürre Gliedmaßen, ein kurzer Torso, die Andeutung eines Schnabels, der sich im Schatten verbarg. Aber auch ohne das Gesicht des Akarak sehen zu können, erkannte Pei, dass sie sich gegenseitig anblickten. Der Moment, in dem sie beide so hätten tun können, als wäre das nicht der Fall, war vorbei.

In dem Anzug bewegte sich etwas: ein Hebel wurde gezogen, Knöpfe wurden gedrückt. Der Anzug gehorchte, richtete sich auf und hob die beiden vierfingrigen Metallhände. Auf Befehl des Akarak hin drehte er die Handflächen nach außen und kippte die Fingerspitzen leicht zur Seite.

Peis innere Augenlider zuckten vor Überraschung. Die Haltung, die der Anzug des Akarak eingenommen hatte, entsprach einer äluonischen Begrüßung, von der Art, wenn man zu weit voneinander entfernt war, um die Handflächen aneinanderzupressen. Es war eine unauffällige, alltägliche Art, ein freundliches »Hallo« auszudrücken, und es kam von dem letzten Wesen, von dem sie das erwartet hätte. Die Kombination war geradezu surreal.

Pei blieb kurz stehen, dann erwiderte sie die Geste vorsichtig.

Der Anzug des Akarak neigte sich höflich, wie zur Bestätigung, dann widmete er sich wieder dem Algenkauf.

Bevor Pei diesen Austausch verarbeiten konnte, vernahm sie ein lautes Rasseln, das sich ihr näherte. Pei hatte kein natürliches Gehör, aber das in ihre Stirn eingebettete auditorische Implantat erlaubte es ihr, Geräusche kognitiv aufzunehmen und die damit verbundene Bedeutung zu verstehen (das

Gefühl war so ähnlich wie beim Lesen, nur ohne Bildschirm). In einer Galaxis, in der alle anderen darauf zu bestehen schienen, sich mittels Luftvibrationen zu unterhalten, war es wichtig, auch die Richtung bestimmen zu können, aus der die Schallwellen stammten, aber das Implantat war dazu nicht in der Lage. Geräuschortung ließ sich einem nicht hörenden Gehirn einfach nicht vermitteln. Zum Ausgleich vibrierte das Implantat leicht auf der rechten Seite ihrer Stirn, um ihr mitzuteilen, woher das Geräusch stammte.

Als sie sich umdrehte, sah sie, wie das jüngere Laru gemächlich auf sie zukam. Ser ging auf den Hinterbeinen und schob mit den Vorderpfoten einen dreirädrigen Wagen. In der Mitte des Gartens befand sich eine Lichtung, eine weitläufige, kurzgeschnittene Rasenfläche mit Tischen und Bänken, die sich für die Hinterteile verschiedener Spezies eigneten. Dorthin war das Laru mit seiner Ladung unterwegs.

Pei näherte sich ihm, und der Geruch von warmem Zucker stieg ihr in die Nase. »Was hast du da?«, fragte sie, wobei sie mental die Sprachbox bediente, die an der Außenseite ihres Halses implantiert war (eigentlich konnte man eine Sprachbox überall implantieren, aber anderen Wesen war es meist lieber, wenn ihre »Stimme« – wenngleich computergeneriert – aus der Richtung ihres Kopfs kam).

Das Kind – hieß es Tepo? Tuppo? Irgendetwas in dieser Art – stellte den Wagen ab und drehte sich zu Pei um. Nur dass ser ihr … nicht *ganz* ins Gesicht sah. Pei war zwar durchaus mit der Spezies der Laru vertraut, aber man musste kein Experte sein, um zu erkennen, dass das zottige Kind schüchtern war. Es blickte irgendwo vage in die Richtung von Peis Gesicht, ohne ihr direkt in die Augen zu sehen. »Wir empfehlen Ihnen diese traditionellen Laru-Desserts, mit besten Grüßen von Ihren Gastgebern im Five-Hop«, leierte es lustlos und zeigte auf den Wagen, mit dem Enthusiasmus von jemandem, der einen verstopften Abfluss reinigte.

Pei konnte gerade noch das Lachen unterdrücken, das aus ihrer Sprachbox zu blubbern drohte, und hoffte, dass das amüsierte Grün, das ihre Wangen kitzelte, unbemerkt blieb. »Ich glaube, ich habe noch nie ein Laru-Dessert gegessen«, sagte sie. »Kannst du mir etwas darüber erzählen?«

Das Kind wand sich; offenbar hatte es gehofft, die Präsentation des Wagens würde sowohl als Begrüßung als auch als Verabschiedung genügen, aber es wandte sich pflichtbewusst den Leckereien zu. »Wir haben, ähm, Quetschkuchen, Malvenpudding, süße Salzküchlein, Babypfötchen und … Pfefferminzchips.«

»Hmm«, sagte Pei. »Interessant.« Ihre Bemerkung diente zwar vor allem dem Zweck, dem Laru-Kind die Sache zu erleichtern, aber sie meinte es ernst. Die festlich dekorierten Schalen und Tassen vor ihr sahen wirklich verlockend aus. »Was von alldem magst du denn am liebsten?«

»Ich, ähm … mag Malvenpudding.« Mit einer pummeligen Zehe deutete ser auf eine Schale, die mit etwas Schwarzem, Glibberigem gefüllt war, gekrönt von einer Spirale aus … einer Art Pflanzenspänen? Oder vielleicht gesponnenem Zucker?

»Ah ja«, sagte Pei. »Möchtest du auch einen?«

Das Kind stellte sich auf seine vier Füße und scharrte leicht im Gras. »Oh, ähm … Die sind nur für Gäste.« Das Bedauern, das in diesen Worten mitschwang, war so dickflüssig wie der Pudding.

Pei sah sich betont in Richtung Büro um. »Also *ich* kann ein Geheimnis für mich behalten«, sagte sie und klapperte schelmisch mit den Augenlidern.

Endlich hellte sich das Gesicht des Kindes auf. »Wirklich?«

»Wirklich.«

Mehr brauchte es nicht, damit das Laru wie ausgewechselt war. Mit einem Mal wurde ser lebendig und schnappte sich zwei Schüsseln Pudding, reichte eine Pei und behielt die andere für sich. Pei sah, dass Letztere die Schale mit der größeren Portion war. Damit hatte sie kein Problem.

Sie setzten sich beide ins Gras, Pei im Schneidersitz, das Kind auf seine Hüften. »Entschuldigung, wie war noch gleich dein Name?«, fragte Pei.

»Tupo«, sagte ihr Gegenüber, nahm die Schüssel in die Vorderpfoten und begann, den Pudding mit der dicken violetten Zunge aufzulecken, ohne Verwendung für die Alienlöffel, die sire Mutter ihm mitgegeben hatte.

Pei hingegen brauchte durchaus einen Löffel und aß damit mutig etwas von dem Pudding. »Hm«, sagte sie durch ihre Sprachbox, ohne hinunterzuschlucken.

»Schmeckt es Ihnen?«, nuschelte Tupo mit vollem Mund.

»Ja, ich glaube schon«, sagte Pei. Der Pudding hatte eine seltsame Konsistenz, eher breiig als cremig, und der Geschmack ließ sich nicht ohne weiteres definieren. Süß und erdig mit einem bitteren Beigeschmack, überraschend und anregend zugleich. »Es wird zwar wohl nicht *mein* Lieblingsdessert, aber es ist wirklich gut.«

Tupo sah erfreut aus. Ser schluckte hinunter, dann sagte ser: »Das ist echt seltsam.«

»Was ist seltsam?«

»Dass Sie reden können, während Sie essen.«

»Für mich ist es merkwürdig, wenn jemand beim Essen *nicht* reden kann«, sagte Pei und lächelte blau. »Wir benutzen unseren Mund nur zum Essen.«

»Und zum Trinken nicht?«

»Doch, zum Trinken auch.«

»Und zum Atmen?«

»Okay, ja, wir können auch durch den Mund atmen. Aber meistens benutze ich dafür meine Nase, so wie du.«

Tupo sah sie kurz an. »Darf ich mir Ihre Nase aus der Nähe ansehen?«

Pei blinzelte. »Ähm … ja, gern, warum nicht?«

Das Laru streckte den Hals vor und kam Pei dabei deutlich näher, als es ihre Komfortzone oder die guten Manieren erlaubt hätten. Tupo betrachtete ihre Nase mit lebhaftem Interesse. »Sie ist so *klein*«, sagte Tupo.

»Und deine ist für mich ganz schön groß«, sagte Pei, die noch nie einen so guten Blick auf die breiten, feuchten Nasenlöcher eines Laru gehabt hatte.

Nachdem sire Neugier augenscheinlich gestillt war, zog Tupo den Hals zurück und widmete sich wieder sirem Pudding. »Was für eine Art Captain sind Sie?«

»Fracht«, sagte Pei.

»Ich dachte, Sie wären vielleicht Soldatin.« Tupo klang enttäuscht. Ser leckte noch ein wenig Pudding auf, die Schüssel war schon etwa halb leer. »Meine Mutter hat gesagt, dass sie ein paar Waffen von Ihnen einschließen musste.«

»Wenn zwei ein paar sind, dann ja«, sagte Pei.

»Aber Sie sind doch gar keine Soldatin.«

»Nein. Ich besorge Soldaten die Sachen, die sie brauchen. Das macht den Großteil meiner Arbeit aus.«

»Fliegen Sie irgendwohin, wo gekämpft wird?«

»Ja«, sagte Pei sachlich.

»Ist das gefährlich?«

»Ja.«

»Sind Sie schon mal angeschossen worden?«

Pei legte bei Tupos unverblümter Frage den Kopf schief. Ser wirkte zwar harmlos, aber mit dieser Wendung hatte sie nicht gerechnet. »Ja«, sagte sie in gleichmütigem Tonfall.

»Hat das weh getan?«

»Was denkst du denn?«

»Ich glaube schon.«

Pei lachte. *»Du glaubst.«* Sie sah Tupo mit freundlichem Tadel an. »Ja, das tut weh.«

»Wie schlimm tut es weh?«

Pei *musste* zwar nicht unbedingt schweigen, während sie aß, nahm sich aber dennoch einen Augenblick Zeit, um diese Frage abzuwägen. »Meinst du wirklich, deiner Mutter wäre es recht, dass ich mit dir darüber rede?«

Tupo leckte sich etwas Pudding aus den Mundwinkeln. »Ich weiß nicht.«

»Mhm. Vielleicht sollten wir dann ein anderes Thema finden, über das wir reden können.«

Tupo blickte ein wenig mürrisch drein, riss sich dann jedoch zusammen. »Wenn Sie Captain sind, wo ist dann Ihre Crew?«

»Auf Landgang. Wir haben gerade einen … einen großen Auftrag abgeschlossen.« Auf keinen Fall würde sie über die Einzelheiten sprechen, auch wenn sie diese, wenn sie die äußeren Augenlider schloss, jedes Mal deutlich vor sich sah. »Deshalb haben wir jetzt Pause. Alle haben sich für eine Weile getrennt. Danach kommen wir wieder zusammen und brechen zum nächsten Auftrag auf.«

»Und wo gehen Sie jetzt hin?«

»Ich besuche einen Freund.«

»Wo wohnt Ihr Freund?«

»Auf einem Schiff. Er ist Spacer.«

»Sind Sie nicht ebenfalls Spacerin?«

»Ja.«

»Okay …« Tupo schien nicht sehr beeindruckt zu sein, »Sie verbringen Ihren Urlaub also auf einem *anderen* Schiff.«

»Na ja, Urlaub nimmt man schließlich von der Firma, nicht wahr?«

Tupo war nicht überzeugt. »Was ist das für ein Schiff?«

Sterne, dieses Kind ließ anscheinend einfach nicht locker, wenn es erst mal ein wenig Zucker intus hatte. »Eines mit gemischter Besatzung. Mein Freund ist ein Mensch.«

Tupo stieß ein sprudelndes Glucksen aus. »Menschen sehen so *komisch* aus.«

»Was?«, fragte Pei. »Wie meinst du das?«

»Keine Ahnung, sie sind einfach komisch. Sie haben Fell auf dem Kopf, sonst nirgends.«

»Sie haben überall Fell«, sagte Pei. »Es ist nur fast überall sehr, sehr dünn.«

»Ja«, sagte Tupo. »Wie bei *Babys*.«

Pei musste lachen, und ihr Gesicht blitzte grün auf. »Na ja«, widersprach sie freundlich. Nachdenklich aß sie einen Bissen von ihrem Pudding, ließ ihn über ihre Zunge gleiten und genoss den langsam schmelzenden Zucker. Hier und da blitzte verstohlen ein wenig liebevolles Blau in ihrem Gesicht auf. »Ich finde, manche von ihnen sehen gut aus.«

Auf dem Weg, der zurück zu den Hauptgebäuden des Five-Hop führte, tauchte ein anderer Blauton auf, und Pei nahm ihn mit Interesse zur Kenntnis. Ouloo führte gerade einen Quelin herum – vermutlich den, dessen Schiff vor dem Pudding gelandet war. Sein verwegenes, kobaltfarbenes Exoskelett glitzerte im Sonnenlicht, aber auf seinem Panzer waren keine anderen Farben zu sehen, keine Spur des eingelassenen Schmucks, den seine Spezies für gewöhnlich trug. Pei konnte die stumpfen Narben an den Stellen erkennen, wo die Edelsteine gewaltsam entfernt worden waren, die tiefen Furchen in den ehemals verschlungenen Radierungen, die seine Klasse und seine Abstammung beschrieben. Ein Verbannter, der aus seiner Heimat verstoßen worden war. Die einzigen Individuen, die man außerhalb ihres Territoriums je zu Gesicht bekam. In stummem Mitgefühl drückte sie ihre Zunge gegen die Rückseite ihrer Zähne. Das Quelin-Protektorat bestand wahrhaftig aus einem Haufen Mistkerlen.

»Zu euch kommen die verschiedensten Gäste, was?«, sagte sie zu Tupo und beobachtete, wie Ouloo den Quelin begeistert herumführte. Er schien sich besonders für eine der blühenden Hecken zu interessieren und beugte die vertikale Hälfte seines Körpers herab, um sie näher in Augenschein zu nehmen.

»Es waren schon mal Quelin hier«, sagte Tupo und blickte trübsinnig in seine leere Schüssel. »Nicht oft, aber manchmal. Aber Akarak noch nie. Meine Mutter erlaubt nicht, dass ich alleine mit ihr spreche.« Diese Tatsache ließ Tupo noch verdrossener dreinblicken als der fehlende Nachtisch.

Sie, nahm Pei zur Kenntnis. Sie hatte keine Ahnung, wie Akaraks ihr Geschlecht definierten, musste dem Kind also Glauben schenken. »Hat deine Mutter gesagt, warum du das nicht darfst?«, fragte sie vorsichtig. Sie wollte unbedingt mehr über die Akarak erfahren.

»Nein«, sagte Tupo. »Nur, dass ich nicht darf.« Ser streckte die Hand nach dem Wagen aus und nahm sich eine weitere Schale Pudding. »Stimmt es, dass sie alle Piraten sind?«

Pei schwieg kurz, denn natürlich stimmte das nicht, aber genau dieser Gedanke war ihr spontan ebenfalls gekommen, als sie den ersten Blick auf den Mech-Anzug erhascht hatte. »Nein«, sagte sie. Ein Akarak war einfach ein Akarak. Gelb konnte einfach nur gelb sein. Reflexe konnten einen töricht machen.

Diese Antwort enttäuschte Tupo erneut, aber überrascht schien ser nicht zu sein. »Sie hatte keine Waffen, also ist sie wahrscheinlich keine Piratin.«

»Deine Mutter nimmt das mit dem Einschließen der Waffen ziemlich ernst, was?«, fragte Pei.

»Ja«, sagte Tupo und schluckte siren Mundvoll Nachtisch ebenso nachdrücklich hinunter wie die vorherigen. »Sie kann Waffen nicht ausstehen.«

»Mein Freund ist auch so.«

»Ihr menschlicher Freund?«

»Ja«, sagte Pei. »Wahrscheinlich werde ich meine im Shuttle lassen müssen.« Was nur angemessen war, auch wenn es ihr nicht gefiel. Schließlich war es sein Zuhause.

»Wieso wollen Menschen …« Tupo verstummte unvermittelt. Sire Augen wurden riesengroß.

»Hast du dir auf die Zunge gebissen?«, fragte Pei. Die Sprachbox ließ die Frage neckisch klingen, aber sie hatte die Worte kaum ausgesprochen, als sie merkte, dass das Kind gar nicht sie ansah. Es schaute nach oben.

»Was ist das?«, rief Tupo.

Pei wandte sich dem Horizont zu, Tupos Blick folgend. Ihre Wangen wurden von Farbe geflutet, ihr Blut von Adrenalin.

»Captain Tem, was …«

»Bleib hier«, sagte sie und sprang rasch auf. »Ich werde …«

»Was ist das?!«

»Ich weiß es nicht«, sagte sie. In einem ersten Reflex wollte sie nach ihrer Waffe greifen, aber natürlich hatte sie sie nicht dabei. Sie machte einen Schritt nach vorn, zwischen Tupo und den Anblick, der sihn aus der Fassung brachte, und versuchte zu verstehen, was sie sah.

Hoch über der Kuppel, oben am Rande des Himmels, brannte etwas in der Atmosphäre.

SPEAKER

Emporzuschauen war schwierig, wenn man in einem Mech-Anzug saß. Durch das Kuppelfenster hatte Speaker zwar ein gewisses Maß an peripherer Sicht, aber um den Blick wirklich *nach oben* zu richten, musste sie den Anzug so bewegen, dass ihr Körper im Sitzen nach hinten kippte. Sie wäre nicht auf die Idee gekommen, das zu tun, hätte sie nicht zufällig von ihren Triebwerks-Kompatibilitätsdaten aufgesehen und bemerkt, wie die Aliens im Garten schreiend auf irgendetwas zeigten.

Rasch manövrierte Speaker den Anzug aus dem Schuppen und neigte den Torso so, dass sie etwas sehen konnte. Der Himmel war von gasförmigen weißen Streifen überzogen. *Wolken,* war ihr erster Gedanke, dem rasch die Erkenntnis folgte, dass Gora nicht genug Atmosphäre hatte, um Wolken zu bilden. Das bestätigte sich, als sich der Rand eines der Streifen von flauschigem Weiß in die unverwechselbare Farbe von Feuer verwandelte. An einer anderen Stelle tauchte ein weiterer, gleichartiger Streifen auf, dann noch einer und noch einer, ein stetig wachsender Chor ferner Feuerstreifen im freien Fall.

So schwer der Anzug auch war, sie konnte damit ziemlich schnell rennen.

»Was ist los?«, rief sie, während sie zu den anderen hinüberlief. Die Worte drangen aus der Vox, die sich außen an ihrem Anzug befand, gingen jedoch im Lärm der anderen unter, die Ähnliches durcheinanderbrüllten.

»Was ist da los?«, rief der Quelin.

Die Äluonerin kam angerannt, das Laru-Kind dicht neben sich. »Mama!«, sagte das Kleine und lief zu Ouloo hinüber.

»Verfügt der Planet über die Möglichkeit, einen Notruf abzusetzen?«, wollte die Äluonerin wissen.

Tupo schlängelte sich unter Ouloos Beinen hindurch. »Mama, *was ist das?*«

»Irgendein Alarmsystem?«, fragte die Äluonerin.

»Ich … Ich …« Entsetzt starrte Ouloo zum Himmel hinauf, Mund und Augen weit aufgerissen.

»Es sind so viele«, sagte der Quelin. »Könnte es vielleicht – o Scheiße.«

Eine gewaltige Explosion gesellte sich zu dem Chaos – lautlos durch die Entfernung, was sie jedoch um nichts weniger erschreckend machte. Durcheinanderwirbelnde Trümmer flogen in alle Richtungen davon, lauter trügerisch kleine Flecken am Himmel. Etwas Großes zerbrach dort oben, und es war nicht das einzige Irgendwas seiner Art, dem es so erging.

Alle reagierten auf ihre Art: Die Äluonerin verfärbte sich blutrot, das Fell der Laru sträubte sich, der Quelin spreizte die zahlreichen oberen Beine seitlich ab. Speaker saß reglos in ihrem Cockpit, sämtliche Muskeln angespannt, und durch das Stimmengewirr der anderen und das Durcheinander der Fragen, die ihr durch den Kopf schossen, drang ein einziger Gedanke:

Tracker war dort oben.

Die Äluonerin übernahm das Kommando. Entschlossen ging sie auf Ouloo zu, sah sie direkt an und sagte: »Wo ist Ihr Sib-Turm?«

Ouloo rang nach Luft und zeigte mit einer Pfote einen der Wege entlang.

Die Äluonerin lief los.

Speaker folgte ihr.

Der Ansible-Turm war nicht weit entfernt, und Speaker holte rasch auf und kam gleich nach ihr an. Die Äluonerin öffnete die manuelle Zugangsklappe, zog ihren Scribus aus dem Gürtelholster und sah sich um, als würde sie etwas suchen. Frustration färbte ihre Wangen violett.

Speaker begriff; die Äluonerin hatte den drahtlosen Zugangscode für den Turm nicht und musste ihren Scribus deshalb direkt anschließen. Speaker griff mit den Mech-Händen in die Fächer, die an der Taille des Anzugs befestigt waren, und holte ein Standard-Verbindungskabel heraus. »Geht das hier vielleicht?«, fragte sie und hielt es der Äluonerin hin.

Die Äluonerin sah sichtlich überrascht auf, als würde sie Speakers Anwesenheit erst jetzt bemerken. »Ich glaube schon«, sagte sie und griff mit langen, silbrigen Fingern nach dem Kabel. Sie hielt es zusammen mit dem Scribus hoch und betrachtete Buchse und Stecker. »Ja, ja, das wird funktionieren.« Sie schloss das Gerät an und warf Speaker einen kurzen Blick zu. »Danke.«

Ouloo kam von hinten angelaufen, offenbar hatte sie sich zusammengerissen. »Versuchen Sie es mit der Notverbindung«, sagte sie. »Der Kanal ist 333-A.« Ihr Kind klebte förmlich an ihr, und der Quelin war ihr dicht auf den Fersen.

Ein breiter Flammenstreifen zerriss den Morgenhimmel, und Speaker war zumute, als müsste ihr das Herz zerspringen. Sie musste hier weg. Sie musste zu Tracker. Was auch immer hier los war, sie und ihre Schwester mussten weg davon, und zwar sofort.

Die Äluonerin machte eine Geste zum Scribus-Bildschirm hin. Er reagierte auf den Befehl, indem er eine schwindelerregende Abfolge bunter Blitze anzeigte. Für die Äluonerin ergab das vermutlich Sinn, aber Speaker zuckte zurück, unfähig, direkt hinzusehen. Die Äluonerin gestikulierte erneut und sagte laut: »Farbübersetzung deaktivieren. Aktiviere Klip-Audiowiedergabe.«

Der Scribus gehorchte; eine Stimme erklang. »… *bitte bewahren Sie Ruhe, bis wir uns einen Überblick über die Lage verschafft haben.*«

»Ich kann nicht Ruhe bewahren, solange ich nicht weiß, was für eine Lage es ist«, schnaufte der Quelin.

»Still jetzt«, befahl die Äluonerin.

Die Rüschen des Quelin stellten sich bei diesen Worten auf.

Die Durchsage ging weiter. »… *bitte verzichten Sie auf Notrufe, sofern Sie nicht wirklich Hilfe brauchen. Wir sind über die Situation unterrichtet und lassen es Sie wissen, sobald wir die Lage angemessen …*« Weißes Rauschen unterbrach die Stimme. »… *wird derzeit … nicht … alle Flüge … vorerst canceln …*«

»Die letzte Wartung des Turms ist gerade erst gewesen«, sagte Ouloo verzweifelt. »Ich verstehe das nicht; eigentlich müsste er funktionieren.«

»Es liegt nicht am Turm«, sagte Tupo. Speaker wandte den Anzug zu dem Kind um. Zwischen den Beinen sirer Mutter verrenkte sich Tupo den Hals und schaute zum Himmel hinauf. Ser klammerte sich immer noch an Ouloo fest, aber in sirer Stimme lag die Ruhe von jemandem, der zu einer schrecklichen Erkenntnis gekommen war. »Da.«

Alle Erwachsenen sahen hin.

Der Himmel war inzwischen fast komplett von Rauch verhüllt, in dem hin und wieder Flammen aufblitzten. Die Trümmer waren jetzt dichter, und je länger Speaker hinsah, desto mehr Formen konnte sie im Chaos erkennen. Winkel. Gezackte Kanten. Hier und da das blaue Glitzern geborstener Solarzellen.

»Satelliten«, sagte Speaker. »Es sind die Satelliten.«

Roveg trat neben sie, seine vielen, spitz zulaufenden Füße tappten über den Boden. Seine Stimme war nur ein Flüstern. »Es sind *alle* Satelliten.«

TAG 236, GU-STANDARD 307

ZUFLUCHT

EMPFANGENE NACHRICHT

VERSCHLÜSSELUNG:	0
VON:	GU-Transitbehörde – Gora-System (Pfad: 487–45411–479–4)
AN:	Ooli Oht Ouloo (Pfad: 5787–598–66)
BETREFF:	DRINGENDES UPDATE

Es folgt eine wichtige Nachricht vom Bereitschaftsteam des Orbiters der GU-Transitbehörde, Abteilung regionales Management (Gora-System). Da sowohl die normalen Ansible- als auch die Linking-Verbindungen derzeit nicht verfügbar sind, werden wir bis auf weiteres über das Notfall-Netzwerk mit Ihnen kommunizieren. Bitte bleiben Sie mit Ihren Scriben auf diesem Kanal, bis die Kommunikation wieder wie gewohnt funktioniert.

Dies ist ein Notfall. Bitte suchen Sie in Ihren Schiffen, Häusern oder anderen stabilen Gebäuden Zuflucht, bis Sie von der GUTB Entwarnung erhalten. Habitatkuppeln bieten möglicherweise keinen ausreichenden Schutz vor großen Trümmern, die den Wiedereintritt in die Atmosphäre überstehen. Bitte stellen Sie sich darauf ein, mindestens für einen GU-Standardtag in Ihrem Unterschlupf zu bleiben.

Derzeit kommt es im Gora-Satellitennetzwerk zu schweren Kaskadenkoallisionen und einer Destabilisierung der Umlaufbahn. Da dieses unerwartete Ereignis noch im Gange ist, können wir über die Art des Systemausfalls keine genauen Angaben machen. Wir arbeiten jedoch eng mit Vertretern der Orbitalkooperative Gora in der Umlaufbahn zusammen, um die Situation einzuschätzen, und beide Behörden tun ihr Möglichstes, um Sie auf dem Laufenden zu halten.
Da die Orbitalkooperative Gora ebenfalls keinen Zugang zu

den Standard-Kommunikationskanälen auf der Oberfläche hat, wird die GUTB die Öffentlichkeit so lange wie möglich auf dem Laufenden halten.

Derzeit lässt sich noch nicht absehen, wann eine Entwarnung möglich sein wird. Wir bitten alle Reisenden, sich auf eine Verzögerung von etwa einem GU-Standardtag einzustellen. Uns ist bewusst, dass dies zu größeren Störungen der Reisepläne führt, aber Starts und Landungen stellen unter den derzeitigen Bedingungen ein extremes Risiko dar. Jeder Versuch, derzeit zur oder von der Gora-Oberfläche zu reisen, wird den sofortigen Entzug Ihrer Pilotenlizenz und möglicherweise die Beschlagnahmung Ihres Schiffes durch die GUTB zur Folge haben (sofern Ihr Schiff bei dem Versuch intakt bleibt).

Wir danken Ihnen für Ihr Verständnis. Dies ist eine Gemeinschaftsaufgabe.

ROVEG

Roveg kehrte zu seinem Shuttle zurück, so schnell seine Beine ihn trugen. Die Luke schloss sich hinter ihm, und er empfand tiefe Dankbarkeit, als er sie einrasten hörte. Er blieb in der Luftschleuse stehen und wusste nicht recht, was nun als Nächstes kam. In einer solchen Situation hatte er sich noch nie befunden. Ihm war klar, dass jegliches zivilisierte Leben von Maschinen und Gerätschaften abhing. Das alles bildete die Grundlage seiner Arbeit, und diese Abhängigkeit war ihm wohl bewusst. Aber das intellektuelle Wissen, dass Infrastrukturen kaputtgehen konnten, war etwas völlig anderes, als ihnen in Echtzeit dabei *zuzusehen*. Er hatte keine Ahnung, wie er damit umgehen sollte.

Dennoch war es nicht die sich entfaltende Orbitalkatastrophe, die ihn in stumme Panik versetzte – oder jedenfalls nicht in erster Linie. Nein, der Gedanke, bei dem seine Rüschen zuckten und seine Augenlider sich immer weiter öffneten, war:

Werde ich zu spät kommen?

»Freund«, sagte er laut. Die KI war überall, es gab also keinen Grund zu schreien, aber Schreien erschien ihm unter diesen Umständen als das einzig Vernünftige. »Ich muss ein paar Berechnungen anstellen.« Es war sinnlos, der KI das mitzuteilen, schließlich handelte es sich weder um einen Befehl noch um eine Frage. Ein nicht empfindungsfähiges Modell konnte der Aussage nur entnehmen, dass demnächst eines seiner Berechnungsprogramme laufen würde, was wiederum für eine Maschine ohne eigene Agenda keinerlei Bedeutung hatte. Aber Roveg hatte das Wort nicht an Freund gerichtet. Er sprach aus, was er vorhatte, formulierte den ersten Schritt in einem durchführbaren Plan. Durch den Korridor hastete er zum Kontrollraum, vorbei an mehreren Fenstern. Dahinter war zu sehen, wie der Himmel brannte. Kurz wurde ein Stück Metall sichtbar, bevor die Hitze des freien Falls es verschlang.

»Freund, bitte verdunkele die Fenster, maximale Undurchlässigkeit«, sagte Roveg. Freund gehorchte, und die Plex-Fenster verfärbten sich zu einem angenehmen abendlichen Lila. Auch die Umgebungsbeleuchtung passte sich an, das Licht wurde wärmer. Roveg reckte dankbar die Brustbeine, während er durch den Gang eilte. Es genügte zu *wissen*, dass etwas Schlimmes passierte. Er musste es nicht mit ansehen.

Als er den Kontrollraum betrat, erwachten die Statusanzeigen zum Leben, bereit für seine Anweisungen. »Freund, bitte rufe unsere aktuelle Reiseroute auf.« Auf dem Display erschien eine Sternenkarte, der Kurs des Schiffes war mit einem sauberen Pinselstrich aus Pixeln eingezeichnet. Das kleine gelbe Licht, das die *Korrigoch Hrut* repräsentierte, befand sich auf drei Viertel des Weges zu seinem Ziel. »Bitte berechne den Tag unserer Ankunft, wenn wir Gora in einem – nein, in zwei – Standardtagen verlassen.« Im Notruf war zwar nur von einem Tag die Rede gewesen, aber besser, er kalkulierte zu viel Zeit ein als zu wenig.

Das gelbe Licht bewegte sich den eingezeichneten Kurs entlang, und eine Reihe von Zählpunkten leuchtete daneben auf (anders als bei Sprache bevorzugte Roveg für seine Berechnungen stets Tellerain; seinem Gehirn widerstrebte es, Zahlen zu übersetzen). Die Ergebnisse wurden berechnet, und Freund lieferte ihm die Antwort: »Bei unserem derzeitigen

Treibstoffverbrauch würde die Verschiebung des Starts dazu führen, dass sich die Ankunftszeit um fünf Tage verzögert.«

Eine Welle der Beklemmung durchzuckte Rovegs Körper. Er hatte diese Reise akribisch geplant, um vor seinem Termin noch einen Puffer von drei Tagen zu haben, für den Fall, dass etwas schiefging (plus Zeit, um sich auszuruhen, zu verschnaufen und um etwas Mut zu schöpfen). Drei Tage waren ihm damals großzügig erschienen. Aber jetzt teilte Freund ihm mit, dass er Gefahr lief, fünf Tage später als geplant anzukommen. Fünf Tage bedeuteten, dass er seinen Termin verpassen würde. »Wie ist es möglich, dass eine zweitägige Verspätung die Ankunftszeit um fünf Tage verzögert?«, fragte er und versuchte erfolglos, das Zittern in seiner Stimme zu unterdrücken.

»Eine Verspätung in Gora wird höchstwahrscheinlich eine weitere Verspätung in Bushto zur Folge haben, was dazu führen wird, dass du deinen Platz in der Warteliste verlierst«, sagte Freund.

»Aber ich habe bereits vor einem Tagzehnt reserviert«, sagte Roveg. »Schon vor meiner Abreise.«

»Ich verstehe nicht«, sagte Freund.

Roveg holte Luft, wobei er bewusst langsam durch den Unterleib einatmete. In Augenblicken wie diesem begriff er, was eine KI mit Bewusstsein attraktiv machte (aber natürlich lag genau hier die Gefahr; Bequemlichkeit war der listigste Feind der Moral). »Bitte erklär mir die Berechnung, die der Verspätung in Bushto zugrunde liegt«, sagte er.

»Gora an 238/307 zu verlassen hat zur Folge, dass wir Bushto an Tag 242/307 erreichen. Derzeit haben wir für den Tunnelknoten Bushto einen Platz für Tag 240/307 reserviert. In der örtlichen Filiale des harmagianischen Reisebüros kann nur innerhalb eines Standardtags storniert werden. Wenn wir an Tag 242/307 ankommen, führt das dazu, dass unsere Reservierung storniert wird, also …«

»… verlieren wir unseren Platz und rutschen zurück auf die Warteliste. Ja, ich verstehe«, seufzte Roveg. Diese verdammten Harmagianer und ihre sinnlose Bürokratie. »Wenn wir die Geschwindigkeit erhöhen, könnten wir dann an Tag 240/307 in Bushto sein?«

Freund rechnete. »Ja«, sagte die KI. »Eine Erhöhung der Reisegeschwindigkeit auf fünfundsiebzig SU pro Tag hätte zur Folge, dass wir an Tag 240/307 ankommen.«

Das war zwar knapp, aber machbar. »Und wie würde sich das auf unseren Treibstoffverbrauch auswirken?«

Freund rechnete weiter. »Der Treibstoffverbrauch würde um zweihundertachtundfünfzig Kulks ansteigen.«

Endlich spürte Roveg, wie er sich entspannte. Zufällig parkte er gerade direkt vor einem Treibstofflager, zusammen mit nur zwei weiteren Kunden. Geld war kein Problem, und selbst wenn es eines gewesen wäre, waren ein oder zwei zusätzliche Fässer Algen ein geringer Preis dafür, pünktlich anzukommen. Wenn es sein musste, würde er Ouloos sämtliche Treibstoffvorräte aufkaufen. Er würde seine Kunst verkaufen, seine Ausrüstung, alles, was kein Motor oder Sauerstofffilter war. Selbst sein Schiff würde er hinterher verkaufen, solange er nur pünktlich ankam.

»Berechne unseren Kurs neu und leg dabei die aktuellen Berechnungen zum Ankunftsdatum und der Fluggeschwindigkeit zugrunde«, sagte Roveg. Diesmal blieb seine Stimme ruhig. Er verließ den Kontrollraum, während Freund arbeitete, und ging in die Küche, um sich eine volle Kanne Mek zu brauen. Normalerweise trank er das einschläfernde Zeug nicht in solchen Mengen, aber an einem Tag wie diesem hatte es seine Berechtigung.

SPEAKER

Das Shuttle war zu klein.

Früher war das nicht so gewesen. Speaker hatte das Shuttle viele Male für seinen vorgesehenen Zweck benutzt – schnelle Sprünge zwischen Planet und Orbit, vom Schiff zur Station oder auch von Schiff zu Schiff, normalerweise um Güter in die eine oder andere Richtung zu transportieren. Manchmal saß dabei ihre Schwester neben ihr. Bisher war es ihr nie eng vorgekommen, und das Shuttle war mit dem Notwendigsten ausgestattet, falls sich unerwartete Umstände einstellten, so wie jetzt. Es gab Wasser, zwei Schlafhängematten, reichlich Trockennahrung, eine halbwegs anständige Toilette, Atemluft – alles, was man für eine schnelle Flucht im Fall des Falles brauchte. Aber im Moment brauchte Speaker etwas anderes, etwas, dass das Shuttle ihr nicht bieten konnte, und dieses Fehlende machte sie wahnsinnig.

Sie musste sich bewegen.

Speaker schwang sich von Mast zu Mast, wobei ihre Handgelenk-Haken laut und wütend gegen das Metall knallten. Sie marschierte von einer Seite des zu kleinen Shuttles zur anderen, hin und her, hin und her, immer mit einem halben Blick zum Kommunikationsbildschirm. Dort drehte sich schon seit zehn qualvollen Minuten ein Fortschrittsrad, und jeden Moment würde es …

Der Bildschirm wurde weiß, das Zeichen für ein Update. Speaker ließ sich nach unten gleiten und krabbelte zur Konsole. »Komm schon«, sagte sie. »Komm schon, komm schon, komm …«

Die Außenhülle des Shuttles war dick, aber dennoch drang ein furchterregendes Geräusch hindurch: Ein knirschender Aufprall, dann ein Prasseln. Speaker sah zwar nicht, was passiert war, aber das war auch nicht nötig. Ohne Zeit zu verschwenden, rutschte sie die nächste Stange hinunter und schoss in den Zwischenraum unter der Konsole. Sie zog den Kopf ein und schützte ihren Hals mit den Armen. Irgendwo da draußen hatte es einen Aufprall gegeben, und sie hörte zwar keinen Dekompressionsalarm und keine alarmierenden Geräusche mehr, wappnete sich aber trotzdem. Es war ihr aus Sicherheitsübungen vertraut, einen echten Vorfall hatte sie noch nie erlebt. Ihr Puls ging schnell, und ihre Hände zitterten, aber sie verschränkte die Finger, schloss den Schnabel fest und wartete auf das, was kommen würde.

Nur kam da nichts. Das Shuttle und die Welt dahinter waren genauso still wie noch vor wenigen Minuten. Eigentlich hätte sie erleichtert sein müssen, aber Speaker traute dem Braten nicht. Wer fand schon Trost in einer Stille, die jederzeit ohne Vorwarnung enden konnte?

Zaghaft kam sie aus der Ecke heraus, in der sie Schutz gesucht hatte, und kletterte zum nächsten Fenster hinauf, um nach der Ursache des Geräuschs zu fahnden. Lange musste sie nicht danach suchen. Nicht weit von ihr entfernt war ein zerknautschtes Stück Metall heruntergekommen – weit genug, dass sie nicht das Bedürfnis verspürte, den Schiffsrumpf zu inspizieren, aber doch so nah, dass sie den Staub sah, der immer noch in der dünnen Luft über dem Ding hing.

Speakers Magen krampfte sich zusammen, als sie an all die unbekannten Faktoren dachte, die dazu geführt hatten, dass das torkelnde Stück Schrott dort drüben und nicht genau *bei ihr* gelandet war. Mühsam bezwang sie das Zittern ihrer Hände, kämpfte das helle Entsetzen nieder, das aus dem Gedanken erwuchs: *O Sterne, was wenn …?* Sie schloss die Augen und holte tief Luft, dann machte sie sich auf den Rückweg zur Kommunikationskonsole und versuchte, sich nur auf eine nervenzerfetzende Angst auf einmal zu konzentrieren.

Fehler, stand auf dem Comm-Display. *Die Verbindung mit dem gewünschten Empfänger kann nicht hergestellt werden. Mutmaßliche atmosphärische Störung.* »Was du nicht sagst«, flüsterte Speaker.

Die nicht zustande gekommene Verbindung war alles andere als überraschend. Genauso wenig überraschend wie bei den drei Malen zuvor. Das Shuttle hatte kein Ansible, sondern eine Kurzstrecken-Kommunikationsschüssel, und die benötigte eine starke, lückenlose Verbindung zwischen Sender und Empfänger. Da Letzterer behindert wurde durch die sich exponentiell vervielfachenden Trümmer von Ersterem, würde sie nie und nimmer senden können.

Sie versuchte es trotzdem noch einmal und wählte einen anderen Algorithmus für die Signalsuche aus, bevor sie weiter auf und ab lief.

»Alles bestens bei dir«, flüsterte sie ihrem immer noch zittrigen Selbst zu, wobei die Worte zu einem Rhythmus wurden, während sie sich mit beiden Händen in zwei Stangen einhakte. »Alles bestens, alles bestens, alles bestens.«

Tracker wüsste, wie man eine Verbindung zustande bekommt, dachte Speaker. Na schön, vielleicht. Vielleicht würde Tracker auch zu dem gleichen Schluss kommen wie das Comm-Display – dass manche Dinge auch für einen noch so cleveren Workaround zu kaputt waren. Trotzdem, so etwas auszuknobeln war Trackers Spezialität. Darauf ging auch ihr Name zurück. Sie liebte Muster und Ordnung; das galt zwar auch für

Speaker, aber in anderer Weise. Wo Speaker das Geflecht der Grammatik liebte, fand Tracker Trost in numerischen Reihen. Wo Speaker Nuancen, Semantik, Wortwurzeln und Doppelbedeutungen schätzte, ergötzte sich Tracker an Zahlenknobeleien und der Zufriedenheit, die im Finden der Lösung lag. Der Zweck ihrer jeweiligen Mittel war der gleiche: die Suche nach dem elegantesten Weg, einer Sehnsucht Ausdruck zu verleihen. In dieser Hinsicht waren sie zwei Bestandteile desselben Werkzeugs. Alle Akarak-Zwillinge waren halbierte Seelen, aber die Verbindung zwischen Speaker und Tracker war das, was man ein *triet* nannte. Die wörtliche Übersetzung war »gerader Schnitt«, aber in der Ihreet-Sprache hatte das Wort etwas Gewichtiges, Ehrfürchtiges. Es beschrieb ein Paar, das durch die gegenseitige Ergänzung ganz wurde.

Und nun konnte Speaker Tracker nicht erreichen.

Der Bildschirm wurde weiß, und wie eine Närrin rannte Speaker erneut darauf zu. *Fehler*, stand auf dem Bildschirm. *Die Verbindung mit dem gewünschten Empfänger kann nicht hergestellt werden. Mutmaßliche atmosphärische Störung.*

»Sterne!«, fauchte Speaker. »Verdammt nochmal!« Sie schlug mit der flachen Hand auf den Bildschirm und stieß einen wortlosen, frustrierten Schrei aus. Dieses Verhalten war völlig untypisch für sie. Es war Tracker, die zornig wurde, die in die Luft ging, im Gegensatz zu Speaker, die sich dann in sich selbst zurückzog. Tracker wurde laut; Speaker brachte sie herunter. Das war ihr Gleichgewicht, die Gezeiten ihrer Gefühlslage, Ebbe und Flut. Aber genau da lag für Speaker der Hund begraben: Ihre andere Hälfte war dort oben. Es war keineswegs so, dass Speaker sich nie von Tracker trennte. Bei einem Aufenthalt wie diesem hier tat sie das sogar oft, wegen des Widerstrebens ihrer Schwester, die *Harmony* zu verlassen. Aber das waren dann immer nur Stunden. Ein Nachmittag vielleicht. Die Zeitspanne zwischen Erwachen und Schlafengehen. Bisher hatte sie noch nie eine Nacht ohne Tracker verbracht.

Sie dachte an all die Gelegenheiten, bei denen ein bestimmtes Geräusch sie geweckt hatte – oder besser gesagt das Fehlen eines Geräuschs. Tracker, die aufgehört hatte zu atmen. Hin und wieder vergaß ihre gequälte Lunge einfach, was sie tun musste; und obwohl Trackers Immunobots eigentlich Alarm auf ihrem Scribus auslösen sollten, wenn der Sauerstoffgehalt in ihrem Blut beim Schlafen zu stark absank, reagierten sie nur selten so schnell wie die Schwester neben ihr. Dutzende von Nächten waren davon unterbrochen worden, dass Speaker Tracker wach rüttelte, ihr half, sich aufzusetzen, Luft zu holen, ihre Medikamente zu nehmen. Tracker, die daran gewöhnt war, schlief oft schnell wieder ein. Speaker hingegen tat das nie. Für gewöhnlich lag sie danach wach und lauschte, bis der Morgen kam und Tracker aufstand, um ihren Tag zu beginnen. Erst dann fühlte sich Speaker sicher genug, um wieder einzuschlafen.

Würde Tracker überhaupt wieder aufwachen, überlegte Speaker, wenn sie nicht da war?

Sie schwang sich zu den Schlafhängematten und nahm in einer von ihnen Platz. Sie schloss die Augen. Lockerte ihren verkrampften Schnabel. Diese ganze Aufregung brachte nichts. Das war Panik, und Panik war zwar eine normale Reaktion, wenn alles zusammenbrach, aber die Richtung, die ihre Gedanken nahmen, war wenig hilfreich und auch eher unwahrscheinlich. Tracker war kein Baby, und sie war nicht dumm, und es hing nicht von Speakers *Anwesenheit* ab, ob Trackers Lunge funktionierte oder nicht. Tracker war einfallsreich, sie war zäh. So große Sorgen musste sie sich nicht machen, sagte sich Speaker.

Sie machte sich dennoch Sorgen.

Speaker rieb sich die Hände. Nein, so ging das nicht. Sie würde nicht hier herumsitzen, einen ganzen Tag oder wie lange es eben dauerte – und sie bezweifelte, dass *etwa ein GU-Standardtag* eine präzise Schätzung dafür war. *Etwa ein GU-Standardtag* war die Floskel, mit der man abgespeist wurde, wenn die betreffende Behörde die Leute auf eine lange Wartezeit einstimmen wollte, genauso wie *Bitte kommen Sie zwanzig Minuten vor dem Termin* alles bedeuten konnte, von sofortiger Bedienung bis zu einer Wartezeit von einer Stunde. *Ein GU-Standardtag* war eine leere Phrase, eine Zahl, die durch das zugrunde liegende Konzept von *eins* und *Tag* schnellen Trost spendete und gleichzeitig durch die bürokratische Verwendung des Wortes *etwa* jede echte Bedeutung auslöschte. Speaker hatte in zu vielen Warteschlangen gestanden und zu viele Formulare ausgefüllt, um einer solchen Phrase zu vertrauen.

Na schön. Wenn die Comm-Verbindung ein hoffnungsloser Fall war und das Shuttle sie langsam in den Wahnsinn trieb, was blieb ihr dann übrig? Was war die bessere Art, *etwa einen GU-Standardtag* zuzubringen?

Sie lief zurück zu den Stangen und machte sich auf, um ihren Scribus zu holen.

PEI

Das *eelim* formte sich um Pei, als sie sich setzte, sein fensterkittartiges Polymer zerfloss und schmiegte sich um ihren Körper. Die Türen waren auf ähnliche Weise geschmolzen, als sie von Zimmer zu Zimmer gegangen war, kurz davor, den Verstand zu verlieren. Wie alle äluonischen Wohnräume passte sich das gesamte Innere des Shuttles ihren Bedürfnissen an. Das Möbelstück, in dem sie sich jetzt niederließ, war groß und praktisch und konnte sowohl als gemeinschaftliche Bank oder als Bett für drei Leute dienen (oder auch für mehr Personen, sofern man nichts gegen ein wenig Enge einzuwenden hatte). Aber diesmal reiste Pei allein, und das brachte den Luxus mit sich, dass sie sich ausstrecken konnte, ohne mit den Ellbogen ihrer Besatzungsmitglieder zusammenzustoßen. Normalerweise machte Beengtheit ihr nichts aus – wo sie arbeitete, war Bequemlichkeit oft zweitrangig –, aber sie musste einräumen, dass es schön war, das Schiff für sich allein zu haben. Nicht, dass es dazu eine Alternative gegeben hätte.

Es war seltsam, sich an so etwas zu erfreuen, wenn der Himmel in Flammen stand.

Eine brennende Atmosphäre war nichts Neues für Pei, was sich auch darin zeigte, dass ihr erster Impuls gewesen war, loszurennen, zu reagieren, zu schießen, zu beschützen. Aber Gora war kein Kriegsgebiet. Ihre Schusswaffen lagen in einem Spind, ihr richtiges Schiff befand sich woanders, und die

Rosk-Grenze war am Gora-Himmel nur ein Stern unter Millionen. Das derzeitige Problem – das Problem des brennenden Himmels – spielte sich im unteren Orbit ab, und von hier unten konnte sie den Leuten, die sich mit dem Chaos dort oben befassten, nicht helfen. Ihr blieb nichts weiter zu tun, als im Shuttle herumzusitzen und zu warten, so wie es den Anweisungen entsprach.

Auch warten war etwas, woran Pei gewöhnt war, aber es ging fast immer Hand in Hand mit Vorbereitungen. Normalerweise war die Liste der Angelegenheiten, die sie während des Wartens im Blick behalten musste, schier endlos und wurde beständig länger. Sie musste sich mit Hinterhalten und Kreuzfeuern befassen, mit Diebstählen, Streitereien, technischen Inspektionen, Einflugschneisen, Ausstiegsplänen, Treibstoffvorräten, der Frage, ob die Schotten intakt waren und die Verschalung hielt, mit humorlosen Zollinspektoren, Mittelsmännern ohne moralische Basis, mit Übersetzungen und digitalen Stempeln und der Einschätzung, ob die Schilde diesmal halten würden oder nicht. Sie hatte zwar eine Crew – und noch dazu eine verdammt gute –, an die sie solche Aufgaben delegieren konnte, aber als Captain trug sie die Verantwortung, und es gab kein Problem, bei dem ihre Entscheidung nicht erforderlich war, ob das nun *Ihr Pilot hat ein Auge eingebüßt* oder *Wir haben wieder mal keinen Mek mehr* war.

Und deshalb stellte Pei im Lauf der ersten Stunde, nachdem der Notruf hereingekommen war und alle sich wie kleine Krippenkinder in ihr jeweiliges Shuttle geflüchtet hatten, fest: Sie empfand die Situation, nichts weiter zu tun zu haben, als anderer Leute Anweisungen zu befolgen und darauf zu warten, dass die Betreffenden ihren Job machten, in erster Linie als … Erleichterung.

Sie hatte Schuldgefühle deswegen. Für die Verantwortlichen war dieser Vorfall eine Tortur, das stand außer Frage, und die Katastrophe hatte zweifelsohne Auswirkungen auf die Zeitpläne eines ganzen Planeten voller Leute, die irgendwohin mussten. Sie selbst verlor dadurch einen Tag Landurlaub, was eindeutig ihre Stimmung trübte, aber wahrscheinlich war es für andere mit strengen Zeitplänen und dringenden Anliegen viel schlimmer. Soweit sie wusste, war niemand ums Leben gekommen. Niemand in ihrer unmittelbaren Umgebung war verletzt worden. Dennoch, Schaden war Schaden, und sie fühlte sich zwischen zwei Wahrheiten hin und her gerissen, bis ihr klarwurde, dass sie sich gar nicht gegenseitig ausschlossen:

Das hier war keineswegs das Schlimmste, was geschehen konnte.

Dennoch war es schlimm.

Aber ihre Überlegungen waren müßig. Sie hatte keinerlei Kontrolle und trug keine Verantwortung, sie musste einfach nur hierbleiben und abwarten. Das wurde ihr fast nie zugestanden.

Richtig oder falsch – Erleichterung siegte über Schuldgefühle.

Sie entspannte die Schultern und ließ den Kopf sinken. Hier in ihrem Shuttle schien die Vorstellung, dass etwas nicht stimmte, absurd. Alles war ruhig. Sie war in Sicherheit. Durch ihr Fenster konnte sie den Garten sehen, in dem sie vorhin spazieren gegangen war, und die Hügel hinter der Kuppel wölbten sich so hoch, dass sie ihr den Blick auf den Himmel verwehrten. Sie ließ den Blick wieder in den Garten schweifen, der auf eine bescheidene Weise wirklich schön war. Er erinnerte Pei an den Garten der Krippe, in der sie groß geworden war und in dem einer ihrer Väter jeden Tag gearbeitet hatte. Voller Zuneigung dachte sie an die dreieckigen Beete, in denen vor allem Pflanzen wuchsen, von denen sich Kinder etwas abbrechen und naschen konnten. Dort geschah niemals etwas Böses, und vorübergehend empfand sie in Ouloos Garten das Gleiche. Sie wusste zwar, dass diese Gefühle nichts mit der Wahrheit zu tun hatten, dass überall etwas Schlimmes geschehen konnte und auch geschah, aber es war schön, sich der Illusion vorübergehend hinzugeben. Sie erlaubte sich, kurz in ihrer Phantasie zu verharren, auch wenn sie wusste, dass der Blick in den Himmel eine andere Geschichte erzählte.

Während ihr Verstand ruhig wurde, begannen ihre Gedanken zu schweifen, und Pei folgte ihnen müßig und spürte, wie ihre Wangen mal die eine und dann wieder die andere Farbe annahmen. In ihrem Beruf war es wichtig, sich der Vorgänge im eigenen Inneren bewusst zu werden, und sie pflegte diese Art von Selbstfürsorge in jedem freien Moment. Über die aktuelle Situation war sie sich schnell klargeworden und musste sich nicht weiter damit befassen. Aber es gab noch ein weiteres Problem, mit dem sie schon seit Tagzehnten haderte. Sie hatte dabei nur wenig Fortschritte gemacht, und je mehr sie sich damit auseinandersetzte, desto mehr erschien es ihr, als wollte sich das Gewirr der Komponenten miteinander verflechten, wie die Wurzeln von Pflanzen, die zu dicht beieinander wuchsen. Hätte sie doch nur Les Gartenschere, um sie kleinzuhacken und das Problem los zu sein.

Sie atmete aus und fuhr sich mit der Hand über den Kopf. Sie war das Chaos so leid, hatte es so satt, jedes Mal damit konfrontiert zu sein, sobald ihre Gedanken zu wandern begannen. Jetzt war nicht der richtige Zeitpunkt dafür, sagte sie sich. Da draußen gab es ein echtes Problem, sosehr sie auch davon abgekoppelt war. Sie hatte die Anweisung erhalten, Schutz zu suchen und Ruhe zu bewahren. Ersteres war leicht, Letzteres ein Vergnügen. Es gab keinen Grund, diese geschenkte Zeit mit rastlosen Grübeleien zu vergeuden.

Mit gleichmütiger Entschlossenheit drückte sich Pei rückwärts in den *eelim*, bis er nach ganz hinten kippte. Sie kuschelte sich in das behagliche Nest, verschränkte die Hände über der Brust und ließ sich in das Gefühl der Geborgenheit hineinfallen. Durch das Fenster über ihr sah sie in der Ferne die vorbeischwebenden Überreste eines Wettersensors, die, als sie auf die dünne Luft trafen, wie trockenes Holz aufflammten. Pei schloss die Augen, bevor die Teile aufgehört hatten zu brennen. Innerhalb weniger Minuten war sie eingeschlafen.

EMPFANGENE NACHRICHT

VERSCHLÜSSELUNG:	0
ABSENDER:	GU-Transitbehörde – Gora-System (Pfad: 487–45.411–479–4)
AN:	Ooli Oht Ouloo (Pfad: 5787–598–66)
BETREFF:	WICHTIGES UPDATE

Es folgt eine wichtige Nachricht vom Bereitschaftsteam des Orbiters der GU-Transitbehörde, Abteilung regionales Management (Gora-System). Da sowohl die normalen Ansible- als auch die Linking-Verbindungen derzeit nicht verfügbar sind, werden wir bis auf weiteres über das Notfall-Netzwerk mit Ihnen kommunizieren. Bitte bleiben Sie mit Ihren Scriben auf diesem Kanal, bis die Kommunikation wieder wie gewohnt funktioniert.

Dies ist keine vollständige Entwarnung. Zwar dürfen sich Personen auf der Planetenoberfläche innerhalb der Habitatkuppeln ab jetzt wieder frei bewegen, aber von Reisen zwischen den Kuppeln wird abgeraten. Alle raumtauglichen

Schiffe müssen bis auf weiteres am Boden bleiben. Derzeit sind keine Starts oder Landungen erlaubt.

Wir arbeiten weiterhin mit der Gora-Satellitenkooperative an einer umfassenden Einschätzung der Lage. Unser derzeitiger Wissensstand ist wie folgt:

Heute früh wurde die routinemäßige Anpassung des Satelliten durch einen Hardwarefehler gestört. Die Folge war eine Kaskadenkollision, die zum jetzigen Zeitpunkt schätzungsweise achtundsiebzig Prozent der goranischen Satellitenflotte beschädigt oder anderweitig beeinträchtigt hat. Wir rechnen damit, dass dieser Anteil noch zunimmt, da weiterhin beschädigte Hardware herunterkommt. Wie Sie vermutlich bereits festgestellt haben, sind sämtliche Verbindungen des Planeten davon beeinträchtigt.

Die Umstände dieses Hardwareausfalls müssen noch gründlich untersucht werden, aber erste Daten deuten darauf hin, dass der Vorfall sowohl zufällig bedingt als auch mechanischer Natur war. Uns ist bekannt, dass Gerüchte über einen nicht erkannten Asteroiden oder den Beschuss durch orbitale Waffen kursieren. Diese Gerüchte sind völlig haltlos.

Wie immer hat Ihre Sicherheit oberste Priorität, sowohl auf dem Planeten als auch außerhalb. Unser Ziel ist es, innerhalb eines GU-Standardtags Starts und Landungen zu ermöglichen, und wir arbeiten daran, so schnell wie möglich Lösungen zu finden.

Wir danken Ihnen für Ihre Geduld. Dies ist eine Gemeinschaftsaufgabe.

ROVEG

Entwarnung hin oder her, Roveg hatte es nicht eilig, sein Shuttle zu verlassen, nicht, solange jeden Moment alles Mögliche vom Himmel fallen konnte. Er hatte noch mehr Mek gebraut und Musik aufgelegt und fühlte sich in seinen eigenen vier Wänden pudelwohl. Der Drang, nach draußen zu gehen und einmal etwas anderes zu sehen, den er bei der Landung verspürt hatte, hatte nachgelassen. Bequemlichkeit und Vertrautheit waren das, was seine Nerven jetzt brauchten, und auch wenn er darauf baute, dass wirklich alles unter Kontrolle war, hielt er es nicht für notwendig, allzu bald wieder nach draußen zu gehen.

Die Wand-Vox schaltete sich ein. »Entschuldige die Störung«, sagte Freund. »Da ist eine Besucherin an der Schleuse, die mit dir sprechen möchte.«

»Wer denn?«, fragte Roveg. Wahrscheinlich war es Ouloo, die draußen vor der Tür stand.

Freund verstummte kurz, während er am anderen Ende des Schiffes eine Frage stellte. »Ihr Name ist Speaker«, sagte die KI.

Roveg ließ seine Tasse mit dem Mek sinken. Er hatte zwar noch nicht mit der Akarak gesprochen, aber er hatte zufällig gehört, wie Ouloo ihren Namen nannte. Seltsam. »Lass sie an Bord kommen«, sagte er nach kurzem Nachdenken. Er hatte noch nie mit einem Akarak gesprochen und hielt viel davon, solche Momente von Angesicht zu Angesicht zu erleben.

Nachdem er seine Tasse geleert hatte, stand er auf und ging zur Luftschleuse.

Der Mech-Anzug der Akarak verursachte beim Passieren der Schleuse mehr Lärm als die Schleuse selbst. Sterne, der Anzug war wirklich klobig – und hässlich außerdem. Während er die Akarak beobachtete, fragte er sich, wie sie sich wohl bewegte, wenn sie nicht in diesem Ding steckte. Tatsächlich hatte er Mühe, sich einen Akarak *ohne* Anzug vorzustellen, denn er hatte es noch nie gesehen. Das Ganze war verwirrend, zumal er sie nicht riechen konnte. Roveg nahm die Welt mehr durch den Geruch wahr als über seinen Gesichtssinn, und da die Akarak sich hinter Metall und Plexiglas verbarg, erschien sie ihm geisterhaft, künstlich, einem Bot ähnlicher als einem Lebewesen.

Die Akarak ließ ihn diesen Eindruck jedoch schnell revidieren. In ihrem Cockpit beugte sie den Oberkörper vor. Ihre beiden Körper hätten nicht unterschiedlicher sein können, aber er verstand die Geste. Roveg verneigte sich ebenfalls, wie es seine Gewohnheit war. Solche vertrauten Umgangsformen waren bei jemandem wie ihr eine angenehme Überraschung.

»Danke, dass ich hereinkommen durfte«, sagte Speaker. »Ich hoffe, ich störe nicht. Ich hätte genauso gern draußen mit Ihnen gesprochen.«

Wieder verspürte Roveg einen Anflug von Verblüffung. Er hatte gehört, es sei unglaublich schwierig, sich mit Akaraks zu verständigen. Man musste mit einer Sprachbarriere rechnen, die so groß war wie ein kleiner Mond, hatte man ihm gesagt. Aber Speakers Klip war tadellos, mit den freundlichen, neutralen Vokalen, die man in den angesehenen Städten des Zentralraums hörte. Sie klang wie jemand, der bei einem Diplomaten oder in einem Aufnahmestudio arbeitete. Dass Klip nicht ihre Muttersprache war, merkte man nicht etwa an einem besonderen Akzent, sondern daran, dass jeglicher Akzent fehlte.

Roveg war fasziniert.

»Sie stören überhaupt nicht«, sagte er. »Sie sind Speaker, ja?«

»Ja. Und Sie sind …«

»Roveg«, sagte er mit einer weiteren kleinen Verbeugung. Ihm kam ein Gedanke, und er richtete sich rasch auf. »Ist alles in Ordnung? Das, was da heruntergekommen ist, hat doch nicht etwa Ihr Schiff getroffen, oder doch?« Er hatte keinen Übernachtungsgast im Shuttle eingeplant und *wünschte* sich auch nicht unbedingt einen, aber notfalls hatte er genug Platz.

»Nein, bei mir ist alles bestens«, sagte Speaker. »Und bei Ihnen?«

»Nicht ein Kratzer. Alles noch heil, wie ich zu meinem Glück sagen kann. Also, was kann ich für Sie tun?«

In ihrem Cockpit griff Speaker nach einem Gerät – einem Scribus in Akarak-Größe, wie Roveg verspätet klarwurde. Er hatte noch nie einen so kleinen Scribus gesehen, aber das Gerät sah auch nicht nach Massenanfertigung aus. Es war händisch zusammengebastelt, wie die dicken Klebstoffreste an den Kanten und die unterschiedlich großen Schrauben in den Fugen bezeugten. Speaker gestikulierte zum Display hin, und Roveg nahm eine seltsame Unstimmigkeit wahr. Er wusste, dass die Person im Cockpit und der Mech-Anzug keine Einheit waren, aber es war dennoch eigenartig, eine zweibeinige Gestalt zu sehen, so groß wie ein Aandrisk – ein Körpertyp, dem er häufig begegnete –, die reglos dastand, mit herabhängenden Armen, während die winzige Person in ihrem Metallkopf mit anderen Dingen hantierte.

»Nun, eigentlich bin ich hier, um genau das herauszufinden«, sagte Speaker. Sie hob den Kopf, um ihn anzusehen, aber ihr Blick blieb an der Projektionsfläche hängen, die die Decke über ihnen ausfüllte. Im Moment war dort ein Himmel abgebildet, wie man ihn an einem typischen Frühlingstag in der Äquatorgegend von Sohep Frie sah – meergrün mit trägen Wolkenfetzen. Speaker drückte einen Hebel und kippte den Torso ihres Anzugs nach hinten, um das Ganze aus einem besseren Blickwinkel betrachten zu können.

»Das ist … wunderschön«, sagte sie.

»Danke«, sagte Roveg. Er sah zusammen mit ihr nach oben und bewunderte stolz den alltäglichen Anblick. »Ich bin ziemlich zufrieden damit.« Sie legte den Kopf schief und sah ihn an, und er erklärte: »Ich bin Sim-Designer. Das ist von mir.«

»Oh, sehr schön«, sagte sie und blickte wieder zur Decke hinauf. »Haben alle Quelin-Schiffe diese Projektionen? Ich bin noch nie in einem Ihrer Raumschiffe gewesen.«

»Nein, nein. Das hier ist nur eine Liebhaberei. Wo bleibt schließlich der Spaß, wenn man nur Dinge erschafft, die anderen Leuten gefallen?«

Die Akarak beobachtete, wie die digitalen Wolken dahintrieben und sich verformten. »Das muss ganz schön viel Energie verbrauchen«, sagte sie.

»Das stimmt«, sagte Roveg. »Aber wenn man länger im Weltraum ist, lohnt es sich auf jeden Fall. So behalte ich einen klaren Kopf. Das Spacer-Leben vertrage ich nur in kleinen Dosen.«

»Verstehe«, sagte Speaker während sie weiter die Wolken betrachtete. Unter ihrem Tonfall verbarg sich etwas, aber Roveg kam nicht darauf, was es war.

»Verzeihung«, sagte Roveg, »aber Sie … Ich habe nicht ganz verstanden, was Sie sagen wollten, bevor uns die Wolken unterbrochen haben. Sie sagten, dass Sie sich fragen … was ich für Sie tun kann?«

»Ja«, sagte Speaker. Sie richtete den Mech-Anzug auf und zückte ihren Scribus. Roveg gab sich Mühe, nicht ihre Hände anzustarren. Hände waren bei Aliens ohnehin schon eine reichlich merkwürdige Eigenschaft, aber er war an die schlanken Finger der Äluoner und die geschwungenen Aandrisk-Klauen gewöhnt, nicht an die rückwärts gebogenen Haken, die aus ihren beiden Handgelenken wuchsen wie knorrige Dornen. Sie hatten etwas an sich, bei dem sich Rovegs Fühler nervös aufrichteten, aber er schob sein Unbehagen beiseite. Speaker sah ihn an, ihre feuchten Wirbeltier-Augen waren aufmerksam und fokussiert. »Ich mache gerade die Runde, um herauszufinden, welche Kompetenzen die Leute hier im Five-Hop haben.«

»Wieso?«, fragte er. Er begriff nicht, wozu das gut sein sollte.

Seine Verwirrung beruhte offensichtlich auf Gegenseitigkeit, denn Speaker erwiderte seinen Blick auf eine Weise, die *Weshalb verstehen Sie das denn nicht?* auszudrücken schien. »Es handelt sich um einen Notfall. Wir müssen wissen, wer was beisteuern kann.«

Roveg blickte aus dem Fenster, das sich in dem Schott neben ihm befand. Dort draußen sah alles so aus wie schon Stunden zuvor. »Ist noch mehr passiert?«, fragte er mit einem Anflug von Besorgnis. Hatte er etwa etwas Wichtiges verpasst, während er auf dem Bauch gesessen und Mek getrunken hatte?

Speaker starrte ihn an. »Noch *mehr*, als dass das planetarische Satellitennetzwerk den Geist aufgegeben hat?«

»Nun, ich … Na schön, die Lage ist zwar ernst, und natürlich ein Notfall für diejenigen, die es richten müssen, aber hier unten, bei uns, ist doch alles gut, oder nicht? Solange nicht plötzlich wieder etwas herunterkommt?«

»Vorerst schon«, sagte Speaker. »Aber wir wissen nicht, wie lange es noch dauern wird, und die Comm-Verbindungen sind stark eingeschränkt. Es wäre gut, wenn wir wüssten, was zu tun ist, falls etwas passiert.«

In Rovegs Augen war das eine unnötige Vorsichtsmaßnahme und außerdem ein wenig albern. »Laut der Transitbehörde wird es einen Tag dauern«, sagte er.

Speaker sah ihn an und schwieg, spürbar nicht überzeugt.

»Nun ja«, sagte Roveg. Er fühlte sich, als hätte er bei einer Diskussion den Kürzeren gezogen, ohne die leiseste Ahnung zu haben, worum es dabei ging. »Ich kenne mich mit Technik aus.«

Speaker trug etwas auf ihrem Scribus ein. »Mechtech oder Comptech?«

»Beides«, sagte er, »aber eher oberflächlich. Ich kann eine Treibstoffleitung flicken oder ein kaputtes Eingabefeld reparieren, aber ich kann zum Beispiel kein Triebwerk bauen oder eine KI umprogrammieren.«

»Das ist nicht oberflächlich, das ist wunderbar«, sagte Speaker, während sie seine Antworten schnell und effizient aufschrieb. »Sie meinen, Sie können gewöhnliche Sachen reparieren, aber nichts, was sehr speziell ist.«

»Ganz genau. Oder, nun ja … es kommt auf den Einzelfall an.«

»Verstehe. Was noch? Denken Sie nicht nur an Ihren Beruf. Denken Sie an Ihre praktischen Fertigkeiten, auch wenn sie Ihnen trivial erscheinen.«

Roveg war nicht darauf vorbereitet, diese Liste aus dem Stegreif zu liefern, und hatte noch nie eine solche Bestandsaufnahme seiner selbst gemacht. »Ich kann … nun ja. Ich kann ein Schiff navigieren. Ich weiß, wie ein durchschnittliches lebenserhaltendes System funktioniert. Ich kann gut schreiben.«

»In welchen Sprachen?«

»Klip und Tellerain, die gleichen Sprachen, die ich auch spreche. Ich verstehe ein bisschen Hanto und Reskitkish, wenn langsam gesprochen wird, aber ich spreche keine dieser Sprachen.« Er stieß ein kurzes, gutmütiges Lachen aus. »Glauben Sie mir, Sie wollen nicht, dass ich es versuche.«

»Können Sie die äluonischen Farben lesen?«

»Ungefähr genauso gut wie alle, die sie nicht studiert haben. Ich kann in etwa erfassen, was sie fühlen, nicht, was sie sagen.«

Speaker schrieb jedes Wort mit. »Wie sieht es mit Erster Hilfe aus?«

Roveg konnte sich kein Szenario vorstellen, in dem das notwendig sein würde, aber er spielte mit. »Bei meiner eigenen Spezies ja, aber nur die Grundlagen. Ich könnte bei niemandem den Panzer lange genug verbinden, um ihn oder sie zu einem Arzt zu schaffen. Was andere Wesen angeht, nein.«

»Wie steht es mit Ihren eigenen Bedürfnissen? Was sollten wir anderen darüber wissen?«

»Sie meinen in Bezug auf …?«

»Allergien, gesundheitliche Probleme, solche Dinge.«

Roveg machte die Frage nervös, genauso wie die über die Erste Hilfe. Was glaubte denn die Akarak, was hier passieren würde? Sie hatten keine Bruchlandung auf einem Asteroiden hingelegt und trieben auch nicht mit einem Sauerstoffleck durchs All, sondern saßen in einer Habitatkuppel voller Kuchen und blühenden Hecken fest. Aber Speaker war es ernst mit ihren Fragen, und er wollte sie nicht kränken, so schwarzmalerisch er diese Befragung auch fand. »Keine Allergien.

Wobei … das heißt, nichts außer dem, was für meine Spezies normal ist. Physischer Kontakt mit einem Harmagianer oder Suddetwurzeln im Essen wären für mich ungünstig, aber angesichts der Gesellschaft, in der wir uns hier befinden, sehe ich da keine Gefahr. Und ich bin bei bester Gesundheit, zumindest sagen mir das meine Bots. Keine Vorerkrankungen, weder geistig noch physisch.«

»Gut«, sagte Speaker. »Ausgezeichnet.«

»Oh, und ich kann kommentierte Galaxiskarten lesen«, sagte er. »Das ist kein gesundheitliches Problem, sondern eine Fähigkeit.«

Speaker notierte es sich. »Genau wie Captain Tem.«

»Sie meinen die Äluonerin?«

»Ja. Ich habe bereits mit ihr gesprochen. Mit unseren beiden Gastgebern übrigens auch.«

»Die beste Befragung haben Sie sich wohl zum Schluss aufgehoben, was?«, sagte er freundlich.

Speaker schwieg, ohne auf seinen Scherz einzugehen. »Offen gestanden, ich … war mir nicht sicher, ob Sie überhaupt mit mir sprechen würden.« Sie verstummte erneut, als würde sie immer noch darüber nachdenken. »Auf keinen Fall hatte ich damit gerechnet, dass Sie mich hereinbitten würden.«

»Ah«, sagte Roveg. Sie musste ihm nicht erklären, wieso sie das gedacht hatte. »Bitte glauben Sie mir, ich teile zwar die Abneigung meiner Spezies gegen Suddetwurzeln, aber gegen die Gesellschaft anderer intelligenter Lebewesen habe ich nichts einzuwenden. Ganz im Gegenteil, jede Gelegenheit dazu ist mir sehr willkommen.« Mit anmutiger Langsamkeit senkte er seinen Oberkörper. »Tatsächlich würde es mich sehr freuen, noch eine Weile mit Ihnen zu plaudern, Speaker, über weniger düstere Themen. Wie es aussieht, haben wir ja Zeit dafür!«

Die Akarak schien sich ein wenig zu entspannen. »Das freut mich.« Es klang aufrichtig. »Und es ist eine gute Überleitung zu der zweiten Angelegenheit, die ich mit Ihnen besprechen wollte: Ouloo hat uns alle in den Garten eingeladen, zum ›Essen und gemütlichen Beisammensein‹, wie sie es ausdrückt.«

»Ooh«, sagte Roveg. »Wie nett von ihr.«

»Ich glaube, sie möchte, dass wir uns wohlfühlen, solange wir hier festsitzen. Sie ist sehr bekümmert über die ganze Angelegenheit.«

»Es ist ja wohl kaum ihre Schuld.«

»Ja, aber es ist ihr Zuhause«, sagte Speaker. »Ich kann das verstehen.«

Rovegs Widerwillen, sein Shuttle zu verlassen, war vollständig verflogen. Die Aussicht auf Snacks schadete dabei nicht, aber vor allem verspürte er eine ganz frische Neugierde auf die Leute, unter denen er gelandet war – vor allem auf die winzige Person, mit der er gerade sprach. »Nun, wenn Sie Ihre … Runde beendet haben«, sagte er, »wollen wir dann zusammen gehen?«

Jetzt war es die Akarak, die überrascht war. Natürlich konnte er das nicht riechen, aber die Grundlagen der Körpersprache von Zweifüßlern schnappte man rasch auf. Kannte man eine, kannte man alle. »Oh. Ähm, gern«, sagte Speaker. »Ich … wüsste nicht, was dagegenspräche.«

TAG 236, GU-STANDARD 307

BITTE RUHE BEWAHREN

Sterne, die Laru gab sich wirklich Mühe.

Es war derselbe Garten, in dem Pei schon Stunden zuvor gewesen war, aber Ouloo hatte die runde Grasfläche in der Mitte umfunktioniert. Auf den Tischen schienen sich sämtliche Gläser und Schüsseln zu türmen, die ihre Gastgeberin besaß, alle mit süßen und salzigen Snacks bestückt. Pei schaute in eines der Gläser und entdeckte Salzleckspiralen. Die anderen Schüsseln enthielten eine Auswahl ähnlicher Snacks: Algen-Crispies, Schnappfruchttörtchen, Geleehalme – all die beliebten Knabbereien, wie man sie auf multispeziären Märkten fand. Das Buffet war beinahe edel – es waren nicht die billigsten Algen-Crispies, und sie hatten vielleicht sogar mit echten Kräutern oder Früchten geflirtet oder mit anderen Zutaten, die in der Erde gewachsen waren. Es wirkte, als hätte Ouloo mit den Armen – oder, im Fall der Laru, wohl eher den Beinen – einen Teil ihrer persönlichen Vorräte zusammengerafft und sich bemüht, sie so hübsch wie möglich zu präsentieren, indem sie die Leckerbissen eilig auf zusammengewürfeltem Geschirr arrangierte.

»Hallo, Captain Tem!«, rief Ouloo. Die Geschäftsführerin stand am Rand der Grasfläche und errichtete ein provisorisches Sonnendach, bestehend aus Decken aus ihrem Haushalt und irgendwelchen Stangen, die offenbar bei einem Bauprojekt übrig geblieben waren. »Bitte bedienen Sie sich!«

Pei betrachtete das Sonnendach verwundert. Was sollte so

etwas in einer Habitatkuppel ohne Wetter? Ohne Regen, ohne Schnee, ohne etwas, das vom …

Oh, begriff sie. Ouloo wollte verhindern, dass ihre Gäste den Himmel sahen.

»Brauchen Sie Hilfe?«, fragte Pei. Die Laru schien mit der Konstruktion zu kämpfen.

»Nein, nein, ich habe …« Decke und Stangen brachen in tragikomischer Langsamkeit in sich zusammen. »O Scheiße.«

»Mom«, schimpfte Tupo lachend von irgendwoher, ohne dass ser zu sehen war. »Nicht fluchen.«

Pei ging in die Hocke und drehte den Kopf in die Richtung, aus der das Signal ihres Implantats kam. Das Kind hockte unter einem Tisch und stopfte sich Algen-Crispies aus der Tüte in den Mund. Pei wusste es zwar nicht genau, doch sie hegte den Verdacht, dass die betreffende Tüte für die Gäste bestimmt gewesen war. »Hey, Tupo«, sagte Pei. »Alles okay bei dir?«

»Ja«, sagte Tupo leise, doch sire Stimme drückte etwas anderes aus. Achtlos stopfte ser sich eine Pfote voll Crispies in den Mund. »Probieren Sie mal die Algen-Crispies«, sagte ser und hielt die Tüte so, dass Pei die Beschriftung sehen konnte. »Die sind echt gut.«

Algen-Crispies waren für Pei nichts Neues, und sie hatte keinen Hunger, aber da Ouloo sich so sehr ins Zeug legte und Tupo offenbar irrtümlich annahm, man müsse Pei *alle* Lebensmittel erklären, konnte sie schlecht ablehnen. Sie nahm sich einen Teller und begann, das provisorische Buffet zu sichten, doch bevor sie ihre Wahl treffen konnte, summte ihr Implantat erneut aus Ouloos Richtung. Die Laru brummelte gerade etwas in ihrer gurrenden Sprache, und Pei verstand die Worte zwar nicht, doch die Frustration, die darin lag, war unverkennbar.

Wortlos stellte Pei ihren Teller hin und ging zu Ouloo hinüber. »Okay«, sagte sie und hielt eine der wackligen Stangen fest. Sie musterte die Materialien, die Ouloo verwendet hatte: Decke, Stangen, Schnur. »Ich will mich ja nicht einmischen, aber ich glaube, ich könnte ...«

Seufzend überließ ihr Ouloo die Kontrolle. »Oh, bitte, falls Sie bessere Ideen haben, immer her damit.«

Pei überlegte kurz, dann machte sie sich an die Arbeit, arrangierte die Stangen und knüpfte feste Knoten. Langsam entstand eine Grundstruktur.

»Oh, Sie haben *eindeutig* bessere Ideen.« Ouloo lachte. »Wunderbar.« Sie reckte ihren langen Hals zu Peis Werk hinüber. »Ich hoffe, es ist in Ordnung, wenn ich zusehe. Es ist lustig, Ihre Füße – Entschuldigung, Ihre *Hände* – in Aktion zu sehen.«

Auf Peis Wangen trat ein lächelndes Grün. Natürlich war das in Ordnung. »Ich knüpfe nur Knoten«, sagte sie, während sie genau das tat. »Das ist alles.«

»Ja, aber Sie tun es so *schnell*«, sagte Ouloo. Sie hob eine Stummelpfote und wackelte mit den breiten Ballen. »Ich kann das nicht.«

»Und ich kann den Kopf nicht auf den Rücken drehen«, sagte Pei. »Ich habe mir immer vorgestellt, dass das praktisch sein muss.«

Ouloo sah Pei weiter gebannt bei der Arbeit zu. »Wo haben Sie das gelernt?«

»Auf der Militärakademie«, sagte Pei. »Auf die Schnelle einen Unterschlupf zu zaubern, gehört zu den Dingen, die man dort im Schlaf können muss.«

Tupo streckte seinen Hals unter dem Tisch hervor. »Sie haben doch gesagt, dass Sie keine Soldatin sind.«

»Bin ich auch nicht«, sagte Pei. Sie schlang die Schnur hier hinüber und da unten drunter und dort hindurch. »Aber ich habe mal mit dem Gedanken gespielt. Auf Sohep Frie gibt es diese Schulen – ich habe keine Ahnung, wie sie auf Klip heißen. Sie sind eine Alternative zu der normalen Schule, die man als Jugendliche besucht. Wer eine militärische Laufbahn anstrebt, kann dort herausfinden, ob es das Richtige für einen ist.«

»Für Sie war es dann wohl nicht das Richtige«, sagte Ouloo.

»Nein.« Pei zog einen letzten Knoten fest. »Ich bewundere die Institution«, sagte sie. »Aber ich bin lieber meine eigene Chefin.« Sie trat einen Schritt zurück, um ihr Werk zu begutachten. Das Sonnendach hielt.

Auf dem Pfad hinter der Hecke trafen die anderen Gäste ein.

»Sie müssen Captain Tem sein«, sagte Roveg und neigte grüßend den Oberkörper. »Ich freue mich, Sie kennenzulernen.«

»Ganz meinerseits«, sagte die Äluonerin. Ihre Gegenwart hatte eine beruhigende Wirkung auf Roveg, so fremdartig sie auch für ihn war. In Speakers Fragen hatte eine quälende Sorge gelegen, so als wäre die Situation vielleicht gar nicht so sehr unter Kontrolle, wie es ihm lieb gewesen wäre, aber hier stand diese tüchtige, selbstbewusste Kapitänin, die auf alles gefasst zu sein schien. Ihr Geruch verströmte Gelassenheit, was mit dem bläulichen Silberton ihrer Wangen im Einklang stand, ein leicht zu lesendes Anzeichen von Entspannung bei Äluonern. Wenn sie sich keine Sorgen machte, sah er ebenfalls keinen Grund dazu. »Ouloo, das sieht alles köstlich aus«, sagte er und nahm sich einen Teller. »Vielen herzlichen Dank für Ihre Gastfreundschaft.«

»Aber nein, das ist doch das Mindeste«, sagte Ouloo. »Die ganze Situation tut mir so leid. Bitte lassen Sie es mich unbedingt wissen, wenn wir Ihnen die Lage irgendwie erleichtern können.« Dabei sah sie Speaker eindringlich an. »Wir stehen zu Ihrer Verfügung.«

Etwas geschah zwischen Speaker und Ouloo, und Roveg konnte es zwar nicht klar einordnen, hegte aber die starke Vermutung, dass es sich um eine Entschuldigung handelte. Speaker reagierte freundlich, wie offenbar immer. »Danke«, sagte sie. »Das freut mich.« Offenbar hatte sie die Entschuldigung angenommen.

Ein warmer Luftzug strich über einige von Rovegs Zehengelenken, und er zuckte überrascht zusammen. Als er nach unten blickte, wurde ihm klar, dass es kein Luftzug war, sondern Atem. Das kleine Laru-Junge saß unter dem Tisch und versuchte, sich seine Beine anzusehen. »Na so was!«, sagte Roveg lachend.

»Tupo, was habe ich dir übers Versteckspiel in Gegenwart von Gästen gesagt?«, fragte Ouloo seufzend. »Komm bitte raus da, ja?«

Tupo rührte sich nicht vom Fleck.

»Entschuldigen Sie«, sagte sie zu Roveg und dämpfte ihre Stimme nur so weit, dass das Kind sie ohne jeden Zweifel noch verstehen konnte. »Wir haben nur selten Quelin-Gäste hier. Ich glaube, ser ist ein bisschen schüchtern.«

»Gar nicht«, maulte Tupo. Ser blieb unter dem Tisch hocken.

»Kein Problem«, sagte Roveg und sah dabei Ouloo an, obwohl seine Worte für kleinere Ohren bestimmt waren. »Als ich zum ersten Mal auf Angehörige einer anderen Spezies traf, war ich schon erwachsen, und vor *denen* hätte ich mich auch gern unter dem Tisch versteckt.« Er bückte sich, um das Kind anzusehen. Tupo erwiderte seinen Blick, er roch gespannt und neugierig. »Ich hoffe, du kommst bald heraus«, sagte Roveg. »Ich könnte ein bisschen Hilfe gebrauchen, wenn die Zweifüßler auf mich losgehen.«

Der Scherz flog an dem Kind vorbei und landete irgendwo hinter ihm in der Hecke. »Wieso sollten Sie denn …«

»Das war ein Witz, Tupo«, sagte Ouloo genervt. »Sterne.« Sie schüttelte ihr Fell aus und wandte sich den Erwachsenen zu. »Na schön. Es gibt keinen Grund für Sie, ebenfalls schüchtern zu sein. Bitte fühlen Sie sich ganz wie zu Hause!«

Speaker hatte ihr ganzes Erwachsenenleben damit verbracht, die Interaktion mit anderen Spezies zu erlernen. Ihr Volk setzte auf Abschottung, und selbst dort, wo sie sich unter anderen Spezies ansiedelten, blieben sie meist unter sich (aus Gründen, die man keinem Akarak in Erinnerung rufen musste). Speaker hatte ihre angeborene sprachliche Begabung und die Neigung zu dem, was Tracker als »Aufsaugen sozialer Fertigkeiten« bezeichnete, geschärft, um sich in den Schmelztiegel der Kulturen zu mischen und Zugang zu Orten zu erhalten, die ihren Leuten normalerweise verschlossen blieben. Was ihre diesbezüglichen Fähigkeiten anging, passte sie sich notwendigerweise an, denn man wusste nie, mit was für Wesen man reden musste. Sie war stolz auf ihre diesbezügliche Flexibilität. Mit Ausnahme einer kleinen Anzahl bekannter Märkte und verlässlicher Kontakte verkehrte sie nur selten zweimal am selben Ort, und ein Teil von dem, was sie und ihre Schwester so gut machten, war ihre Fähigkeit, sich anzupassen, was auch geschah.

Aber als sie hier am Rand des Gartens stand, inmitten von Essen und Blumen und Smalltalk, dämmerte ihr etwas. So unterschiedlich die von ihr besuchten Orte auch waren, eines war ihnen allen gemein: Zweckmäßigkeit. Speaker verkehrte in Treibstoffdepots, Tech-Läden, bei Hydroponie-Händlern, in Krankenhäusern, Bibliotheken, auf überfüllten Märkten, Wasserstationen, in Regierungsbüros, Raumflughäfen und anderen Anlagen mit klar definierter Funktion. Sie wusste, wie man handelte und Erkundigungen einzog und feilschte und Angehörige aller möglichen Spezies für sich einnahm.

Aber keiner von ihnen hatte sie je zu einem bloßen Beisammensein eingeladen.

Eigentlich hätte die Situation unverfänglich sein sollen, aber Speaker stand vor einer gewaltigen Herausforderung. Sie musste weiter das Selbstvertrauen ausstrahlen, das ihres Wissens so wichtig war, um andere Spezies freundlich zu stimmen, und gleichzeitig mit einer Situation fertigwerden, die ganz neu für sie war und sie unerwartet nervös machte, während sie zusätzlich ihr Verlangen, mit Tracker zu sprechen, während der Dauer der Zusammenkunft unterdrückte.

Sie holte Luft und ließ ihren Mech-Anzug nach vorn marschieren.

Zum Glück musste sie nicht diejenige sein, die ein Gespräch anfing. Roveg unterhielt sich gerade angeregt mit Captain Tem, während er Snacks auf seinen Teller lud. Die Rüschen um seinen Brustkorb wellten sich aufgeregt. »Ich muss schon sagen, Captain«, sagte er mit seinem starken Akzent, »Sie haben da ein wunderschönes Schiff. Das ist mir beim Landeanflug gleich aufgefallen.«

»Oh, vielen Dank«, sagte Captain Tem, während sie an etwas von ihrem eigenen (etwas bescheidener gefüllten) Teller knabberte. Speaker konnte die Wangenfarben noch nicht so gut lesen, wie sie es sich gewünscht hätte, aber die Äluonerin schien erfreut, ohne jedoch weiter auf die Bemerkung einzugehen. Captain Tem gab nicht an, aber sie widersprach auch nicht. Sie erkannte an, dass sie ein hübsches Shuttle hatte, und beließ es dabei. Speaker nahm das zur Kenntnis.

Roveg beugte sich ein klein wenig zu Captain Tem vor. »Angesichts der, äh, Robustheit Ihres Schiffes würde ich ja davon ausgehen, dass Sie aus gefährlicheren Gefilden zu uns gestoßen sind«, sagte er. In seiner Stimme lag die wohlmeinende, doch ahnungslose Anteilnahme von jemandem, der nichts über echte Gewalt wusste, abgesehen davon, dass sie schlimm war und man behutsam sein musste, wenn man das Gespräch darauf brachte. Nicht, dass Speaker wirklich etwas von solchen Angelegenheiten verstand. Sie hatte zwar häufig mit Leuten zu tun, die eine enge Beziehung zur Sterblichkeit pflegten und auch mit den damit zusammenhängenden Mitteln, aber sie und Tracker waren schon vor langer Zeit übereingekommen, dass Waffen bei ihnen nichts zu suchen hatten und sie ihre Hände niemals mit Blut beflecken würden. Die dunkleren Seiten der Galaxis waren ihnen nur aus zweiter Hand bekannt. Dennoch, das, was sie wusste, genügte ihr, um das Thema niemals selbst anzuschneiden, jedenfalls nicht so wie Roveg. Sein Interesse war unverhohlen, auch wenn es sich unter aufgesetzter Höflichkeit verbarg.

Doch welcher Art Captain Tems persönliche Erfahrungen auch sein mochten, sie behielt sie für sich. »Das stimmt«, sagte sie, ebenso gelassen wie bei der Erwähnung ihres Shuttles. Eine kurze Antwort, registrierte Speaker, gefolgt von einem raschen Themawechsel. »Ich habe gerade eine Lieferung abgeschlossen, und jetzt habe ich Urlaub. Ich fliege für ein paar Tagzehnte zu einem Freund.«

»Ihr Freund ist ein Mensch«, mischte sich das unter dem Tisch sitzende Kind endlich ins Gespräch ein.

»Ah, ich liebe Menschen«, sagte Roveg wohlwollend. »Diejenigen, die ich kennengelernt habe, waren alle hochinteressant. Und ihre Geschichte erst! Der Mars soll ja ein ganz reizender kleiner Planet sein.«

Captain Tem schlug erneut einen Haken. »Mein Freund ist Exodaner, dazu kann ich also nichts sagen.«

»Ach *wirklich?*«, sagte Ouloo. Jetzt war sie es, die neugierig wurde. Speaker überlegte, ob sie und Roveg zusammen vielleicht ein bisschen zu viel des Guten waren. »Das ist so ... ach herrje, ich weiß nicht. So *wild*, nicht wahr?«

Die Äluonerin lachte zwar nicht laut, vermittelte Speaker aber dennoch den Eindruck großer Erheiterung. »Ich werde es ihm ausrichten«, sagte sie trocken. Ihre inneren, seitlichen Augenlider zuckten, und sie wandte sich Speaker zu, um sie ins Gespräch zu ziehen. »Was ist mit Ihnen?«, fragte sie. »Wohin fliegen Sie?«

Speaker bezwang ihre Nervosität und ließ ihren Anzug die Kreisfläche betreten.

Pei verstand nichts von der Mimik der Akarak, und diese Wissenslücke war ihr unangenehm. Rovegs Gesicht war völlig reglos, aber sie hatte schon vor langer Zeit akzeptiert, wie unmöglich es war, die Quelin zu lesen. Speaker dagegen ... nun, wer wusste schon viel über die Akarak? Pei war kaum mehr über sie bekannt, als dass es sich um eine nomadisierende, versprengte Spezies handelte, deren Heimatplanet von den Harmagianern geplündert worden war, bevor die Hashkath-Abkommen dem ein Ende gesetzt hatten. Sie wusste, dass die Akarak im offiziellen GU-Raum lebten, nicht in den Randzonen, aber sie war ziemlich sicher, dass sie keinen Sitz im Parlament hatten (was ihr jetzt, da sie darüber nachdachte, merkwürdig vorkam). Sie wusste, dass die einzigen Akarak, mit denen sie je direkt zu tun gehabt hatte, versucht hatten, sie zu bestehlen, und dass man außer solchen Geschichten nie etwas von diesem Volk hörte. Abgesehen davon wusste sie nichts. Bisher hatte sie noch nie einen Anlass gehabt, über das Ausmaß ihres Unwissens nachzudenken, aber jetzt, da ein solcher Anlass direkt vor ihr stand, war ihr das unangenehm.

Wer war diese Person?

Pei konzentrierte sich auf Speaker und gab sich aufgeschlossen. Sie würde nur eine Antwort bekommen, wenn sie fragte.

»Ich bin auf dem Weg nach Kaathet«, sagte Speaker.

»Und was führt Sie dorthin?«, fragte Pei.

»Wir treffen dort mit einem anderen Schiff zusammen. Meine Schwester und ich helfen anderen Akarak-Schiffen bei ihren Besorgungen.«

Unwillkürlich zogen sich Peis Augenlider misstrauisch zusammen. Es ließ sich schwer sagen, ob *Besorgungen* ein Euphemismus war. »Was für Besorgungen?«

»In erster Linie hydroponische Ausrüstung. Und ein paar andere spezielle Kleinigkeiten.« Sie sah Pei direkt an. »Wir haben alles Benötigte in Port Coriol bekommen, und jetzt fliegen wir es zu den Empfängern.«

Alles an Speakers Tonfall und Sprechweise war von entwaffnender Freundlichkeit, aber Pei wusste, wann man ihr mit einem Blick zu verstehen gab, sich verdammt nochmal mit Beleidigungen zurückzuhalten. Sie hatte zwar keine Ahnung, wie gut Speaker sie lesen konnte, aber sie ließ dennoch ein ungezwungenes Blau auf ihre Wangen treten. »Dann sind Sie also ebenfalls Frachtschifferin«, sagte sie freundlich.

Speaker schwieg für einen winzigen Augenblick. »Vermutlich könnte man es so nennen«, sagte sie. »Aber ich würde mich niemals so bezeichnen. Und ich glaube nicht, dass unsere Tätigkeitsfelder einander ähnlich sind.«

Roveg hatte zwar keine Ahnung, woher die leichte Anspannung rührte, die auf einmal in der Luft lag, aber sie gefiel ihm nicht. So, wie dieser Schlagabtausch lief, würde die nächste

Frage außerdem *seinem* Ziel gelten, und das wollte er vermeiden. Er mischte sich ein und lenkte das Gespräch auf ungefährliches Terrain. »Also, eines interessiert mich bei den Menschen ja schon länger.« Er schwieg nachdenklich. »Käse. Gibt es den wirklich?«

Pei brach in Gelächter aus. »Igitt«, sagte sie. »Sterne. Ja, Käse gibt es leider wirklich.«

Roveg war von ihrer Antwort ebenso entzückt wie angewidert. »Nicht Ihr Ernst?«, fragte er.

Das lockte Tupo endgültig unter dem Tisch hervor. »Was ist Käse?«

Speaker legte den Kopf schief. »Das würde mich ebenfalls interessieren.«

»Oh, bitte zwingen Sie mich nicht, es zu erklären«, stöhnte Pei.

Die Akarak lehnte sich in ihrem Cockpit zurück. »Also jetzt *müssen* Sie es erklären«, sagte sie.

»Mom, was ist Käse?«, flüsterte Tupo deutlich vernehmbar.

»Keine Ahnung«, gab Ouloo zurück. »Das wirst du herausfinden, wenn du zuhörst.«

Pei stellte ihren Teller ab und seufzte entschuldigend. »Käse«, sagte sie sachlich, »ist ein Nahrungsmittel, das aus Milch hergestellt wird.«

Ouloo blinzelte. »Sie meinen wie …« Sie deutete auf ihren Unterleib, wo sich unter dem dichten Fell vermutlich ihre Brustdrüsen befanden.

»Jupp«, sagte Pei. »Ganz genau.«

»Ein Lebensmittel für Kinder also«, sagte Speaker, wobei ihrem Tonfall zu entnehmen war, dass sie das auch nicht seltsamer fand als das Konzept von Milch selbst.

Roveg lachte. »Na los«, sagte er aufmunternd zu Pei, knabberte weiter an seinen Snacks und genoss die Show.

Pei verzog das Gesicht. »Nein«, sagte sie zu Speaker. »Nicht für Kinder. Das heißt, Kinder essen zwar Käse, aber ... Erwachsene ebenfalls.«

Alle Anwesenden – mit Ausnahme von Pei – gaben unterschiedliche Geräusche von sich. Von Ouloo und Tupo kam ein lautes Fauchen, von Speaker ein kurzes Trillern. Roveg seinerseits ließ ein dreifaches Zischen hören. Eine kurze Kakophonie der verschiedensten Spezies, die alle das Gleiche ausdrückten: äußersten Ekel.

»Nein!«, sagte Ouloo.

Tupo gurrte, entsetzt und zugleich fasziniert.

»Moment, wie wird dann ...« Speaker schien zu zögern. »Diese Frage werde ich bestimmt bereuen. Wie ... wird Käse hergestellt?«

Pei schnitt eine Grimasse. »Die Menschen nehmen die Milch, fügen ein paar Dinge hinzu – bitte fragen Sie mich nicht, ich habe keine Ahnung, was genau –, und dann schütten sie alles in ... ein Gefäß. In eine Art Behälter. Und dann ...« Sie schloss die Augen. »... lassen sie es stehen, bis es von Bakterien besiedelt und fest geworden ist.«

Wieder brach ein Tumult los.

»Ich wusste ja, dass ich es bereuen würde«, sagte Speaker.

Roveg lachte und lachte. »Ich bin so froh, dass ich die Frage gestellt habe«, sagte er.

»Mom, können wir etwas davon bestellen?«, fragte Tupo.

»Auf *keinen Fall*«, sagte Ouloo.

»Es essen aber doch nicht alle Menschen Käse, oder?«, fragte Speaker.

»Das weiß ich nicht«, sagte Pei. »Meines Wissens wird er in der Flotte nicht hergestellt, und viele Leute dort können ihn nicht essen, ohne krank zu werden.«

»Verständlicherweise.«

»Nein, nicht deswegen. Menschen brauchen ein … oje, was war das noch gleich … etwas in ihrem Magen. Ein Enzym, glaube ich. Um Milch zu verdauen. Nur ein Teil der Menschen produziert es selbst. Aber jetzt kommt es: Sie sind alle so dermaßen verrückt nach Käse, dass sie das Enzym vor dem Verzehr von Käse zu sich nehmen, um ihn essen zu können.«

»Das erscheint mir ein wenig extrem«, sagte Roveg.

»Haben Sie schon mal Käse probiert?«, fragte Tupo.

»Nur über meine Leiche«, sagte Pei.

»Wie können sie von ihrer eigenen Milch krank werden?«, fragte Speaker. »Das muss doch bei der Versorgung ihrer Jungen ein Problem darstellen.«

»O nein, ich … Sterne, das Schlimmste hatte ich ganz vergessen.« Pei rieb sich den Nacken. »Sie stellen den Käse nicht aus ihrer eigenen Milch her. Sie nehmen welche von anderen Tieren.«

Jetzt brach Chaos aus.

»Dieses Detail kannte ich gar nicht«, sagte Roveg. Seine Vorderbeine zitterten. »Das … bah, ist das widerwärtig.« Und das war es wirklich, was seiner Erheiterung aber keinen Abbruch tat.

Tupo war ganz wissenschaftliche Neugier. »Und *wie* nehmen sie den Tieren ihre Milch weg?«

»Tupo, *bitte*«, sagte sire Mutter erschöpft.

Die Akarak war offenbar sprachlos. »Aber … *aber wieso?*«

»Ich habe keine Ahnung«, sagte Pei. »Keine Ahnung.«

»Ich wusste ja, dass sie andere Säugetiere essen, aber … *igitt*«, sagte Roveg.

»Sie essen *Säugetiere*?«, fragte Tupo. Sir Tonfall näherte sich einem Kreischen.

Speaker legte den Kopf schief. »Ist das denn verwerflicher?«, fragte sie. »Säugetiere zu schlachten und zu essen, anstatt ihnen etwas zu nehmen, solange sie noch am Leben sind?«

»In Ihren Augen etwa nicht?«, fragte Roveg.

»Wir essen ausschließlich Pflanzen«, sagte sie. »Das alles liegt außerhalb meines Erfahrungsbereichs.«

»Welche Pflanzen essen Sie?«, fragte Ouloo, die bereitwillig die Gelegenheit nutzte, das Thema zu wechseln.

»Ach«, sagte Speaker blinzelnd. Offenbar überraschte es sie, dass sich jemand für dieses Thema interessierte. »Na ja ... hmm.« Sie schwieg lange. »Ich weiß von keinem unserer Lebensmittel, wie sie auf Klip heißen.« Es war ihr offenbar unangenehm. »Ich glaube, ich habe darüber noch nie mit ...« Sie wies auf die Gruppe. »... Leuten wie Ihnen gesprochen.«

»In groben Zügen?«, fragte Roveg. »Früchte, Blätter, Nüsse ...?«

»Ja, all das«, sagte Speaker. »Besonders Obst und Blumen. Wir brauchen sehr viel Zucker.«

»Also *das* ist wirklich nett«, sagte Ouloo. »Es klingt nach sehr leckerem Essen. Könnten Sie mir vielleicht eine Liste Ihrer bevorzugten Lebensmittel geben, bevor Sie gehen? Die Übersetzungen dafür kann ich bestimmt nachschlagen.«

»Wozu?«, fragte Speaker.

»Nun, um etwas davon zu beschaffen! Wenn Sie dann mal wiederkommen – oder Sie uns an Freunde weiterempfehlen –, kann ich etwas auf den Tisch bringen, das Ihnen mehr zusagt.« Die Laru blinzelte hoffnungsvoll mit ihren großen Augen.

Roveg steckte sich ein Schnappfruchttörtchen in den Mund, während er Speakers Reaktion beobachtete. Irgendetwas schien das kleine Wesen völlig aus der Fassung gebracht zu haben.

Speaker brauchte einen Moment, bis sie verstand, was Ouloo meinte. Sie blickte sich zwischen den anderen um, die alle einen Teller in der Hand hielten oder etwas vom Tisch knabberten – oder, wie in Tupos Fall, direkt aus der Tüte. Sie sah sich selbst mit den Augen der anderen – wie sie am Rand stand, ohne sich etwas vom Buffet zu nehmen. Aber … das konnte doch nicht sein. Sie wussten doch sicherlich …?

Die anderen sahen sie erwartungsvoll an.

Nein. Natürlich wussten sie es nicht. Das eine Detail, das in den letzten zweihundert Jahren alles – *alles* – bestimmt hatte, und verdammt, sie wussten es nicht einmal.

Ein Klumpen aus Frustration saß in ihrer Kehle, ein Klumpen, der sich mit jedem Standard mehr und mehr zu verdichten schien – mit jedem Tagzehnt, so schien es ihr zuweilen. Für die anderen war die Frage vermutlich belanglos, und in Bezug auf das große Ganze stimmte das wohl auch, so wie ein Staubpartikel bedeutungslos war. Aber wenn sich eine Million Staubpartikel im Lauf der Zeit zusammenballten, wurden sie zu etwas Großem, Hässlichem, Unübersehbarem; etwas, das einem die Schiffsfilter verstopfen und den Tag verderben konnte. Sterne, sie war es so leid, immer und überall die Linkingdatei für ihre Spezies zu spielen. Sie hatte sich über die anderen informiert; wieso hatte niemals jemand, dem sie begegnet war, das Gleiche für sie getan?

Sie lokalisierte ihre Anspannung. Sie befand sich in ihren Händen, ihrem Kiefergelenk. Ganz bewusst ließ sie sie los.

»Es tut mir wirklich leid«, sagte sie freundlich zu Ouloo. »Ich wollte Sie nicht kränken. Das sieht alles köstlich aus.« Eigentlich hatte sie keine Ahnung, worum es sich bei den verschiedenen Gerichten handelte, aber in einer anderen Realität hätte sie tatsächlich gern etwas davon probiert. »Die Sache ist die …« Sie entschloss sich, die Frage zu stellen, auch wenn sie wusste, wie die Antwort ausfallen würde. »Was wissen Sie über unsere Anzüge?«

Schweigen senkte sich über die Gruppe, ein so bleiernes Schweigen, dass mehr als nur Unwissen darin mitschwang. *Aha. Etwas* wussten sie also, zumindest einige von ihnen. Captain Tem und Roveg schienen etwas zu argwöhnen, der Art nach zu urteilen, wie die Farben der Äluonerin ineinanderflossen und die Greifzehen des Quelin mitsamt dem Häppchen, das sich auf dem Weg zu seinem Mund befand, zum Stillstand kamen.

Es war Captain Tem, die schließlich antwortete, und zwar mit einer Frage. »Sie meinen, wie sie funktionieren, oder weshalb Sie sie tragen?«

»Beides.«

»Ich weiß, dass sie früher zur Bergbauausrüstung gehörten«, sagte Captain Tem. Ihr Tonfall war behutsam, aber direkt. »Vor den Abkommen haben die Harmagianer Ihre Spezies gezwungen, sie zu benutzen.«

»Das stimmt«, sagte Speaker. Ein paar Minuten Konversation genügten bei weitem nicht, um sich eine Meinung zu bilden, aber die Offenheit der Äluonerin flößte ihr Respekt ein, so wenig sie auch von ihrem Beruf hielt. »Wissen Sie, wieso wir sie außerhalb unserer Schiffe *immer noch* benutzen?«

»Ich … nein. Eigentlich nicht. Ich bin immer davon ausgegangen, dass sie ein Ausgleich sein sollen, für Ihre …« Captain Tem unterbrach sich und formulierte neu. »Sie sind sehr viel kleiner als wir anderen.«

»Das ist richtig«, sagte Speaker, »aber es geht nicht darum, anderen in die Augen sehen zu können.« Sie hätte niemals jemandem einen Vorwurf daraus gemacht, etwas schlicht nicht zu wissen, schließlich hatte sie sich selbst oft genug in dieser Lage befunden. Aber Sterne, glaubten sie das etwa *alle*? Dass ihr Volk sich einfach nur größer machen wollte? »Ein Grund ist, dass wir uns nicht so fortbewegen wie Sie alle hier.« Sie hob ihren linken Handgelenk-Haken. »Wir *gehen* nicht durch unsere Häuser. Wir klettern. Wir schwingen uns.« Sie zeigte auf einen der Tische. »Ohne meinen Anzug müsste ich auf dem Bauch kriechen, um dorthin zu kommen. Das könnte ich zwar tun. Aber es wäre alles andere als ideal.«

»Dann dient der Anzug also der Fortbewegung«, sagte Pei. »So wie die Wagen der Harmagianer.«

Speaker war dieser Vergleich verhasst, aber sie hielt sich ebenso wenig damit auf wie mit der Anspannung in ihren Schultern. »Zum Teil. Aber ich könnte hier nicht herumkrabbeln, selbst wenn ich es wollte.«

»Warum?«

»Weil ich Ihre Luft nicht atmen kann. Außerhalb meines Schiffes kann ich meinen Anzug nicht verlassen.«

Es war kein Vergnügen, in einer Gruppe das Objekt unter dem Mikroskop zu sein. Roveg war diese Rolle schon tausendmal zugefallen – der einzige Quelin auf der Party, der wieder und wieder und wieder die gleichen Fragen beantwortete, der so geduldig war, die Leute seinen Panzer begaffen zu lassen, der die unangenehme Rolle des politischen Analysten für die albernen Entscheidungen seiner früheren Regierung übernahm. Er wollte diese junge Frau – war sie überhaupt jung? Er hatte keine Ahnung, wie ihm plötzlich klarwurde – nicht in dieser wenig beneidenswerten Lage lassen und legte sich bereits eine Gesprächstaktik zurecht, um sie dort herauszuholen … aber verdammt, er war ebenfalls neugierig. Na schön. Ein paar Fragen, dann würde er sich ein Rettungsmanöver einfallen lassen. »Sie meinen, Sie sind gegen etwas weit Verbreitetes allergisch?«

»Nein«, sagte Speaker. »Wir atmen keinen Sauerstoff. In den von Ihnen benötigten Mengen ist er sogar giftig für uns. Wir brauchen in erster Linie Methan, das natürlich für Sie giftig ist.«

Diese Aussage stürzte Roveg in tiefe Verwirrung. »Aber ich dachte … bitte verzeihen Sie, meine letzte Biologiestunde ist schon lange her, und es war nie mein bestes Fach, aber ich dachte immer, alle intelligenten Spezies würden Sauerstoff atmen. Ich dachte, das wäre eine der fünf Säulen.«

»Was sind die fünf Säulen?«, fragte Speaker.

Tupo stimmte ein schwungvolles Lied an. »*Wasser zum Trinken, Sauerstoff zum Atmen …* «

»Tupo …«, flehte Ouloo.

Das Kind sang munter weiter, obwohl sich sire Mutter verzweifelt das Gesicht rieb. »*Sonnenlicht zum Leben! Protein als Baustoff, Kohlenstoff als Kitt, so wachsen alle Wesen!*«

»Das sind bei sämtlichen vernunftbegabten Lebewesen die Grundvoraussetzungen ihrer Existenz«, erklärte Pei.

»Ich dachte, das weiß jeder«, sagte Tupo. »Kannten Sie das Lied nicht?«

Speaker schwieg. »Nein«, sagte sie schließlich. »Auf mich trifft es ja nicht zu.«

Jetzt waren es die anderen, die still wurden.

Roveg knickte entschlossen die Vorderbeine ein. Der Zeitpunkt für das Rettungsmanöver war gekommen. »Na schön, wenn Sie nicht mit uns essen können, könnten wir ja vielleicht irgendetwas anderes zusammen tun, das Spaß macht«, sagte er. Er blickte sich in der Runde um. »Mögen Sie Videos? Auf meinem Schiff habe ich einen tragbaren Projektor. Wenn Sie wollen, hole ich ihn.«

»Oh!« Ouloos Gesicht hellte sich auf, sie sah erleichtert aus. »Ja! Eine hervorragende Idee.«

Speaker schien überrascht über die Wendung, die das Gespräch genommen hatte, aber sie ließ sich sofort darauf ein. »Ich … ja«, sagte sie. »Warum nicht?«

Roveg wandte sich an die Äluonerin. »Captain Tem, sind Sie dabei?«

»Gern«, sagte sie leichthin und ließ ein trockenes, grünes Lachen aufblitzen. »Ich muss ja schließlich nirgendwohin.«

TAG 237, GU-STANDARD 307

VERSUCH EINER INSTANDSETZUNG

PEI

Mit dem Schlaf hatte Pei normalerweise keinerlei Probleme. Sie war schon immer der Typ gewesen, der jederzeit und überall schlafen konnte, ganz gleich, ob daraus dann ein kurzes Nickerchen oder ein tiefer Schlummer wurde. Mit zunehmendem Alter war ihr Körper zwar nicht mehr so erpicht darauf, sich an Kisten zu lehnen oder aufrecht sitzend in einem Sessel zu dösen, den Kopf in den Nacken gelegt, aber solange sie ein Bett hatte – oder zumindest irgendeine horizontale Fläche –, durfte sie damit rechnen, einzuschlafen, sobald ihr Kopf abschaltete. Bei ihren Besatzungsmitgliedern war das teilweise nicht der Fall – ein paar von ihnen hatten nach einem harten Tag Schwierigkeiten, ihren Geist abends zur Ruhe zu bringen, aber welche unangenehmen Erinnerungen Pei auch belasteten, sie manifestierten sich nicht durch Schlaflosigkeit. Wenn sie einmal schlief, dann schlief sie.

In der letzten Zeit jedoch hatte ihr Rhythmus sich verändert. Die Nickerchen fielen ihr noch so leicht wie eh und je, aber wenn es um ihren Nachtschlaf ging, wachte sie manchmal unvermittelt auf, so wie jetzt, aufgekratzt und putzmunter. Sie seufzte entnervt und schaute zu dem glatten Schott über ihr. Es war zwar nicht der gleiche Anblick wie bei ihrer Kabinendecke auf der *Mav Bre*, aber das fremde Bett war nicht das Problem. Sie hatte schon oft im Shuttle geschlafen, normalerweise zusammen mit mehreren Besatzungsmitgliedern. Nein, dieses spezielle Problem verfolgte sie jetzt schon seit Tagzehnten, und so klein das Ärgernis auch war, es war dennoch … nun, ärgerlich.

Sie wusste, weshalb sie wach war. So signalisierte ihr Körper ihr, dass es ein ungelöstes Problem gab, und irgendein dummer Teil von ihr hielt es für das Beste, in unregelmäßigen Abständen wach zu werden, bis die Sache geklärt war. Sie hatte das schon früher erlebt, wenn es offene Fragen gegeben hatte – bei Flugrouten, Landestrategien oder Vertragsschwierigkeiten. Es spielte keine Rolle, dass es keine neuen Informationen zu verarbeiten gab; ihr Geist wollte einfach die Fakten durchgehen, wieder und wieder. Es war eine Angewohnheit, die sie rasend machte, umso mehr, als es derzeit nicht um ihre Arbeit ging, sondern um Ashby – ausgerechnet denjenigen, mit dem sie sich einen Raum geschaffen hatte, in dem sie *nicht* über ihre Probleme nachdenken musste.

Sie hatte keine Lust, sich schon wieder deswegen den Kopf zu zerbrechen, und erst recht weigerte sie sich entschieden, es zu dieser Tageszeit zu tun. Dennoch stieß sie einen Seufzer aus und schleuderte die Decke weg. Das Bett bewegte sich mit ihr, als sie sich aufsetzte, nahm eine sesselähnliche Form an, um dann, als sie aufstand, wieder zu der neutralen Kugelform zurückzukehren. Sie machte eine Geste zu dem Bedienfeld für die Beleuchtung, und ein schwaches Leuchten begleitete sie auf ihrem Weg durch den Korridor in die Küche. Der Wasserkessel war halb voll; sie gestikulierte auch in seine Richtung, und das Heizelement sprang an. Sie legte die Handfläche an die Wand zur Speisekammer, und diese schmolz bereitwillig weg und gab eine Öffnung frei, durch die sie sich bei den dort lagernden Vorräten bedienen konnte. Sie zog eine Schachtel mit Instant-Mek-Pulver heraus und öffnete dann ein weiteres Fach, um eine Tasse und einen Mixstab herauszuholen. Nachdem sie ihre Gerätschaften und die einzige Zutat beisammen hatte, klopfte sie das Pulver in die Tasse – ihr Muskelgedächtnis sagte ihr genau, wie viel sie brauchte – und wartete, bis das Wasser kochte.

Pei dehnte leicht die Arme und verspürte dabei ein hartnäckiges Zwicken im rechten Unterarm – ein kleines Andenken an das längst entfernte Schrapnell, das sich bei ihrem letzten Auftrag dort hineingebohrt hatte. Noch vor wenigen Tagzehnten hatte sie sich an der Rosk-Grenze befunden, um mit genau diesem Shuttle an dem Treffpunkt zu landen, der für die Lieferung vereinbart war. Damals hatte der Himmel tatsächlich gebrannt. Kampfschiffe hatten sie bei ihrem Landeanflug beschützt und grelle Flammenstöße auf die Schlachtenkreuzer der Rosk abgefeuert, die gerade ihre Munition aufbrauchten, um sämtliche Landungen zu verhindern. Sie war nicht zum ersten Mal in einer solchen Situation gewesen, aber das Blatt hatte sich rasch gewendet. Am Ende waren die zehn Minuten auf einem Planeten, um ein paar Kisten abzuladen, mit einer langen Liste von Schäden und zwei zerstörten Kampfschiffen bezahlt worden. Die daraufhin nötigen Reparaturen an ihrem Schiff waren zwar lästig, aber insgesamt war die Mission ein Erfolg gewesen. Ihre Auftraggeber hatten ihr Loblied gesungen, die Crew hatte ihren Lohn bekommen, und niemand, für den Pei die Verantwortung trug, war ums Leben gekommen. Letzten Endes war es ein ganz normaler Job gewesen.

Die Anzeige am Kessel blinkte zum Zeichen, dass er *seinen* Job getan hatte. Sie goss Wasser in ihren Becher, war jedoch so zerstreut, dass sie es verschüttete. Die kochend heiße Flüssigkeit spritzte auf die Arbeitsfläche und von dort, ehe Pei ausweichen konnte, auf ihren nackten Oberkörper. Es war nur ein winziges Missgeschick, aber sie reagierte darauf wie auf eine derbe Beleidigung – vor Zorn verfärbten sich ihre

Wangen so tiefviolett, dass sie sich beinahe schwarz anfühlten. Dieser Tage trennte sie stets nur eine Schuppenbreite vom nächsten Wutanfall, der Zorn schwelte direkt unter der Oberfläche und drohte jederzeit aufzuflackern – wegen eines zu Boden gefallenen Scribus, wegen des Abbruchs eines Empfangssignals oder, wie gerade eben, wegen eines verschütteten Getränks. Unter normalen Umständen spielte Zorn bei ihr keine größere Rolle als Freude oder Furcht oder andere Emotionen. Sie gab ihm immer so viel Raum wie nötig und ließ ihn frei heraus. Zorn zu unterdrücken war ungesund, und weise eingesetzt konnte er sogar nützlich sein. Aber wieso er in letzter Zeit so schnell aufflammte, wusste sie nicht. Sie fühlte sich wie ein Teenager – launisch und empfindlich, ohne erkennbaren Grund. Mehrfach hatte sie versucht, das Gefühl zu analysieren. Emotionen, denen man nicht auf den Grund ging, konnten leicht zu wuchern beginnen, und es lag ihr sehr daran, diese Nachlässigkeit zu vermeiden. Aber in diesem Fall kam sie einfach nicht weiter, genauso wenig, wie sie nachts durchschlafen oder ihren Geist daran hindern konnte, immer wieder zu dem gleichen ermüdenden Thema zurückzukehren, sobald sie ihm die kleinste Pause gönnte.

Sie füllte ihre Tasse. Diesmal verschüttete sie das Wasser nicht.

Sie verrührte Pulver und Wasser, bis sie annähernd das Getränk hatte, das sie eigentlich anstrebte. Die Baumrinde, die man für eine richtige Tasse Mek brauchte, war nicht lange haltbar, weshalb Pei aus praktischen Erwägungen immer das Instantpulver kaufte. Aber bei den Sternen, sie vermisste richtigen Mek. Sie musste an den Mek-Brauer denken, den ihr Vater Po besaß, mit seinen aufwendigen Röhren und Schläuchen, ein wunderschönes, ausgeklügeltes Gerät, das nur dem einen Zweck diente, ein beruhigendes Getränk zuzubereiten.

Die wenigsten Mek-Trinker brauten sich ihr Getränk selbst – die meisten bevorzugten das gefriergetrocknete Pulver, das im Vergleich zum Instant-Mek ein deutlicher Fortschritt war, ohne dass seine Zubereitung Stunden oder sogar Tage beanspruchte. Aber Vater Po beharrte darauf, dass man Mek entweder richtig zubereitete oder gar nicht. Sie erinnerte sich, wie sie einmal mit einem oder zweien ihrer Krippengeschwister um die Ecke in die Küche gelugt hatte, wo Vater sein kompliziertes Ritual vollzog: Er schälte die morgens im Garten geerntete Rinde, zerstampfte die wirksame Substanz geduldig von Hand und fügte Gewürze, getrocknete Blüten und die übrigen Zutaten für diese spezielle Mischung hinzu. Es war ungeheuer viel Arbeit für die etwa zehn Tassen, die am Ende dabei herauskamen, aber Vater Po war fest überzeugt, dass die Mühe sich lohnte. Nicht, dass Pei diese Theorie jemals hatte überprüfen können. Kinder waren für den leichten Mek-Rausch zu klein, und Pei hatte vergessen, Vater Po um einen Vorrat für sich selbst zu bitten, als sie schließlich auszog, um zu studieren. Bei seltenen Gelegenheiten besuchte sie die Krippe immer noch, aber sie brachte es nie übers Herz, ihm nur um ihretwillen so viel Arbeit zu machen.

Zwar hatte sie noch nie traditionellen Mek getrunken – ob es der ihres Vaters war oder einer, den jemand anders gebraut hatte –, aber wenn sie sich eine Tasse von dem Instant-Zeug zubereitete, sehnte sie sich neuerdings nach dieser aufwendigen Delikatesse, die sie noch nie probiert hatte. Auch den Gemüsegarten der Krippe vermisste sie, obwohl sie zum Gärtnern zu ungeduldig war und sich fürs Kochen nicht die Bohne interessierte. Sie vermisste die Zeit, in der ein Insekt oder ein Scherz oder die Bewegung ihres eigenen Gesichts genügt hatten, um sie einen ganzen Nachmittag lang zu fesseln. Die Kindheit selbst vermisste sie nicht. Im Gegenteil – Pei war heilfroh darüber, all das Chaos und die Unbeholfenheit für immer hinter sich gelassen zu haben. Eher vermisste sie die Einfachheit von damals, als sie über nichts Komplizierteres hatte nachdenken müssen, nur über ganz schlichte Fragen wie *Ob ich meinen Schuh wohl über diesen Baum schleudern kann?* oder *Wie funktionieren Hände?* oder *Ob ich diese Blume wohl dazu bringen kann, die Farbe zu wechseln, wenn ich sie lange genug vor mein Gesicht halte?* Solche kindlichen Überlegungen waren einmal essenziell gewesen, ein wesentlicher Baustein, um die Grundregeln des Universums zu erlernen, das sie umgab und von dem sie ein Teil war. Inzwischen musste sie diese Regeln zwar nicht mehr entdecken, aber es wäre schön, dachte sie, wieder die Zeit zu haben, um auf Du und Du mit ihnen zu sein.

Pei legte beide Hände um die Tasse, hob sie an und öffnete den Mund. Doch bevor sie trinken konnte, leuchtete an der Wand ein Bedienfeld mit einer Nachricht auf. Das geschah nur bei Kontakten, die sie als wichtig markiert hatte, und so fackelte sie nicht lange, stellte ihr unberührtes Getränk ab und machte sich auf den Weg zum Kontrollraum.

Doch sie wünschte sich, sie würde noch schlafen.

EMPFANGENE NACHRICHT
VERSCHLÜSSELUNG: 0
VON: GU-Transitbehörde – Gora-Systemen (Pfad: 487–45411–479–4)
AN: Gapei Tem Seri (Pfad: 3541–332–61)
BETREFF: WICHTIGES UPDATE

Es folgt eine wichtige Nachricht des Notfall-Teams des Regional-Orbiters der GU-Transitbehörde (Gora-System).Da sowohl die normalen Ansible- als auch die Linking-Verbindungen derzeit nicht verfügbar sind, werden wir bis auf weiteres über das Notfall-Netzwerk mit Ihnen kommunizieren. Bitte bleiben Sie mit Ihren Scriben auf diesem Kanal, bis die Kommunikation wieder wie gewohnt funktioniert.

Unser Team hat die vollständige Untersuchung des Gora-Satellitennetzwerks und der Trümmerwolke abgeschlossen.

Wir haben Drohnen zur Unfallstelle geschickt und arbeiten daran, die Trümmer so schnell wie möglich zu beseitigen.

Da es sich um ein noch nicht da gewesenes Ereignis handelt, wird es länger dauern als ursprünglich angenommen, bis die Trümmer aus dem Weg geräumt sind und der Verkehr zwischen Planet und Umlaufbahn wieder aufgenommen werden kann. Auf Grundlage der derzeitigen Datenlage hoffen wir, dass in etwa zwei GU-Standardtagen wieder die Voraussetzungen für einen gefahrlosen Raumverkehr vorliegen werden. Diese Schätzung basiert auf den aktuellen Daten. Da die Situation sich weiter entwickelt, kann sich der genaue Zeitpunkt noch ändern.

Es ist uns klar, welche Auswirkungen diese Verzögerungen sowohl auf geschäftliche wie persönliche Angelegenheiten haben, und wir bedauern die Unannehmlichkeiten. Wir danken Ihnen für Ihr Verständnis und werden unser Möglichstes tun, damit die Situation so zügig behoben wird, wie es gefahrlos möglich ist.

Es gab vereinzelte Versuche, trotz des derzeitigen Flugstopps ein Raumschiff zu starten. Bitte sehen Sie bis auf weiteres von sämtlichen bemannten oder unbemannten Raumflügen ab. Das Risiko, bei solchen Versuchen Schiff und Leben zu verlieren, ist sehr hoch. Auch wir bedauern die derzeitige Situation, aber bitte halten Sie sich zu Ihrer eigenen Sicherheit und zur Sicherheit Ihrer Mitreisenden an die derzeit geltenden Regelungen.

Die GUTB und die Orbitalkooperative Gora arbeiten gemeinsam daran, Goras solare Energieversorgung wieder aufzunehmen.

Die Orbitalkooperative Gora wird für den von Ihnen für die

Notversorgung benötigten Treibstoff aufkommen, bis das solare Netzwerk wiederhergestellt ist.
Der sicherste Ort ist für Sie derzeit Ihr Schiff oder Ihre Habitatkuppel. Bitte verzichten Sie darauf, in Schutzanzügen ins Freie zu gehen, solange es keine Entwarnung gibt.
Alle auf Gora abgestürzten Satellitentrümmer bleiben Eigentum der GU-Transitbehörde oder der Orbitalkooperative Gora. Das Bergungsrecht der GU hat in diesem Falle keine Geltung.
Wir arbeiten daran, die Verbindung zwischen Planet und Orbit so schnell wie möglich wiederherzustellen. Derzeit ist noch nicht abzusehen, wie lange die dafür nötigen Reparaturen dauern werden.
Vielen Dank für Ihre Geduld. Dies ist eine Gemeinschaftsaufgabe.

SPEAKER

Speaker konzentrierte sich auf den Horizont und versuchte, ihren Atem zu beruhigen.

Am liebsten wäre sie auf und ab marschiert. Am liebsten hätte sie etwas zerschlagen. Am liebsten hätte sie geflucht und die Startsequenz ausgelöst, um auf eigene Faust zu den Trümmern zu fliegen. Aber Ersteres hätte nichts gebracht, der zweite Impuls war sinnlos, und Letzteres zählte zu der Art von Unternehmungen, bei denen Leute ums Leben kamen. Also blieb sie sitzen, atmete und bemühte sich um Ruhe.

Hinter dem Shuttle-Fenster lag nichts als Wüste. Und zwar nicht die gute Art Wüste, die sie von Einkaufsflügen nach Hashkath kannte, voller blühender Wildblumen und nur so wimmelnd vor lauter seltsamen Tieren, die dort ihre ökologische Nische hatten. Das hier war die reinste Einöde, ein lebloses Monument der Vielgestaltigkeit von Gestein. Das schiere Ausmaß des *Nichts* ängstigte sie. Gora war der jungfräulichste Ort, den sie je gesehen hatte, und das Schott, dass zwischen ihr und der Außenwelt lag, beruhigte sie weit weniger als sonst. Dass dort draußen noch andere Habitatkuppeln zu sehen waren – deren Schilder man wegen der Entfernung nicht lesen konnte –, tröstete sie ein wenig. Aber die Kuppeln lagen so weit voneinander entfernt, dass es nicht viel Phantasie brauchte, um sich Gora ganz unbebaut vorzustellen.

Die Vorstellung eines unberührten Planeten verunsicherte sie, und das wiederum machte sie wütend.

Sie betrachtete die Hängematte, in der sie saß. Sie wusste nicht mehr, wann sie die Finger in den Stoff gekrampft hatte, doch es kostete sie bewusste Anstrengung, ihn loszulassen. Als sie den Blick wieder hob, sah sie draußen eine Bewegung.

Rovegs Shuttle parkte direkt neben ihrem, und sie sah, dass er sich in seinem Kontrollraum befand und irgendwie … sie war sich nicht ganz sicher, *wie* er aussah, abgesehen davon, dass er eben so aussah wie er selbst. Die Quelin waren derart rätselhaft. Wie sollte man ein Gesicht verstehen, dessen Miene sich nie veränderte? Sie beobachtete ihn weiter, obwohl ihr klar war, wie zudringlich das war. Roveg gestikulierte vor den Bedienfeldern und artikulierte Worte, die sie nicht hören konnte. Je länger sie ihm zusah, desto klarer wurde ihr, dass da etwas nicht stimmte. Ein Lebewesen in Not war leicht zu erkennen, reglose Gesichtszüge hin oder her. Speaker strich mit den Fingerspitzen über die Vertiefungen, die sie im Stoff der Hängematte hinterlassen hatte. Sie dachte kurz nach, dann stand sie auf und kletterte in das bauchige Fenster.

»Hey!«, rief sie. Da sich zwischen ihnen zwei Scheiben befanden, die das Vakuum aussperren sollten, konnte er sie vermutlich nicht hören. Aber es fühlte sich falsch an, mit den Armen zu fuchteln, ohne etwas zu rufen, also rief sie. »Roveg! Hey!«

Sie winkte wie wild, obwohl es ihr peinlich war, aber irgendwann bemerkte Roveg sie. Alles an seiner Körpersprache drückte Verblüffung aus – die Veränderungen seiner glänzenden Augen, die Art, wie seine Fühler und seine Rüschen sich aufrichteten. Mit seinen mehreren Dutzend Beinen trippelte er auf sie zu. Sie sah, wie sein Mund sich bewegte, konnte die Worte jedoch nicht hören.

»Ich kann –« *Ich kann Sie nicht hören*, wollte sie schon sagen, bevor ihr aufging, dass dieser Satz noch sinnloser war, wenn er auch für den Empfänger galt. Wenn sie gewusst hätte, auf welcher Frequenz sein Schiff funkte, hätte sie ihn anrufen können, aber sie hatte es versäumt, danach zu fragen, als sie am Vortag bei den anderen vorgesprochen hatte. Wie dumm von ihr, etwas so Wichtiges zu vergessen! Sie hob die Hand und zeigte auf die Luftschleuse. Er erwiderte die Geste mit den Beinen an seinem Oberkörper. Jetzt verstanden sie einander. Sie sah, wie er seinen Kontrollraum verließ, und tat das Gleiche.

Speaker stieg in ihren Anzug, wartete, bis sich das Cockpit mit einem Zischen geschlossen hatte, und trat dann durch die hintere Luke ihres Schiffs in die Luftschleuse. Scheppernd schloss sich die Luke hinter ihr, und wieder zischte es, als unsichtbare Vorrichtungen die gefilterte Luft aus Speakers Schiff pumpten und durch die auf andere Weise gefilterte Luft ersetzten, die Ouloo in ihren Habitatkuppeln zur Verfügung stellte. Für Speaker war das ein normaler Vorgang – eine Abschottung innerhalb einer Abschottung innerhalb einer Abschottung. Eine beständige Mahnung, wie gefährlich eine Umgebung ohne Abgrenzung für sie war.

Roveg erwartete sie im Eingangstunnel des Five-Hop, die oberen Beine abgewinkelt. »Ist bei Ihnen alles in Ordnung?«, fragte er.

»Genau das habe ich mich gerade bei Ihnen gefragt«, sagte sie. »Ich habe Sie durchs Fenster gesehen, und Sie wirkten ein wenig verstört. Oder habe ich das falsch aufgefasst?«

Trotz seines ausdruckslosen Äußeren schien Roveg verblüfft zu sein, so als wäre es ihm gar nicht in den Sinn gekommen, dass Fenster in beide Richtungen durchsichtig waren. »Oh«, sagte er. Eine lange Pause entstand, gerade lange genug, um unangenehm zu werden. »Die Warnung haben Sie vermutlich gelesen?«

»Ja«, sagte Speaker.

Roveg schwieg erneut. »Wegen der weiteren Verzögerung musste ich meine Reiseroute neu berechnen«, sagte er. »Eine ziemlich komplizierte Angelegenheit, wie Sie sicherlich wissen. Aber mit meinen neuen Anpassungen werde ich meinen Termin dennoch einhalten können. Am Vorabend anzukommen ist zwar nicht ideal, aber da lässt sich nichts machen.« Je länger er sprach, desto aufgeräumter klang Rovegs Stimme. Es erinnerte Speaker daran, wie sie ihre Hände vor ein paar Minuten gezwungen hatte, die Hängematte loszulassen.

»Das klingt anstrengend«, sagte sie. »Kann ich irgendetwas für Sie tun?«

»Nein, es sei denn, Sie haben in Ihrem Shuttle eine Rettungsdrohne versteckt«, sagte er. Der Scherz klang ein wenig bemüht.

»Leider nein.« So eigenartig das Wesen auch war, das hier vor ihr stand, seine Furcht war so deutlich spürbar wie sein Bemühen, sich nichts anmerken zu lassen. Mit diesem Gemütszustand kannte sich Speaker aus, und sie verspürte kein Verlangen, weiter nachzufragen (es war schon schlimm genug, dass sie ihn durchs Fenster beobachtet hatte). Seine Angelegenheiten waren seine Angelegenheiten. Sie respektierte das. Aber aus nächster Nähe zu erleben, wie jemand litt, ließ sie nicht kalt, und wenn sie ihm schon keine echte Hilfe anbieten konnte, dann war das Nächstbeste ein Echo. »Ich werde meine Verabredung ebenfalls nicht einhalten können«, sagte sie. »Das ist zwar kein Weltuntergang, aber es macht alles recht kompliziert, wie Sie bereits sagten.«

»Gestern Abend haben Sie Ihre Schwester erwähnt«, sagte Roveg. »Konnten Sie mit ihr Kontakt aufnehmen?«

Jetzt war es Speaker, die sich ertappt fühlte. Natürlich, Fenster waren in beide Richtungen durchsichtig, aber er hatte genau ins Schwarze getroffen. »Nein«, sagte sie. »Leider nicht.«

»Trucker, nicht wahr?«

»Tracker.«

»Richtig. Verzeihung. Machen Sie sich Sorgen um sie?«

Speaker holte tief Luft. »Ja«, sagte sie. Es war die Untertreibung des Standards. Sie versuchte, mit fester Stimme zu sprechen, aber die Worte kamen direkt aus ihrem Herzen und drohten sich zu überschlagen. »Sie hat sich nicht wohlgefühlt, als ich gegangen bin. Sie – wahrscheinlich geht es ihr gut, sie hat nur, ähm – und zwar schon immer …« Speaker zwang sich zur Ruhe, sprach langsamer. »Sie hat eine Lungenkrankheit, und als ich gegangen bin, hatte sie keinen guten Tag. Bestimmt ist sie …« Sie unterbrach sich, um noch einmal Luft zu holen, und während sie hörte, wie die Luft leise durch ihre Kehle strich, musste sie daran denken, wie Trackers Atem sich am Vortag angehört hatte: gepresst und abgehackt, alles andere als mühelos. Speaker verdrängte den Gedanken. Es war ihr peinlich, wie ihre Furcht sie überwältigte, und es frustrierte sie, dass sie über sich selbst sprach, wo sie doch gekommen war, um jemandem zu helfen. Mühsam fand sie ihr Gleichgewicht wieder, fand die Worte. »Ich würde mich einfach gern davon überzeugen, dass es ihr gutgeht.«

Rovegs Augen bewegten sich in ihren Keratinhöhlen und spiegelten das Licht. Sie erinnerten Speaker an die Kristalle, die Tracker züchtete. »Nun ja, ich kann zwar nichts versprechen«, sagte Roveg, »aber ich … hmmm. Wissen Sie, welche Art Empfänger Ihr Schiff hat? Ihr Schiff in der Umlaufbahn, meine ich, nicht Ihr Shuttle.«

»Oh, äh, es ist ein …« Sie schloss die Augen und versuchte, sich zu erinnern. Das war die Domäne ihrer Schwester, nicht ihre. »Ich weiß es nicht genau.«

»Ist der Empfänger eher tellerförmig, oder steht er ab? Wie ein kleiner Turm?«

»Ein Turm, glaube ich.«

»Ah, sehr gut. Noch mal, ich kann zwar nichts versprechen, aber ich habe eine Idee.« Die Zierrüschen um Rovegs Oberkörper wellten sich freundlich. Speaker hatte zwar keine Grundlage für ihre Annahme, aber irgendwie fühlte sich die Geste freundlich an. »Kommen Sie«, sagte er. »Wir gehen zu Ouloo.«

PEI

Peis Implantat vibrierte rechts, als die Tür zum Büro des Five-Hop aufging. Sie schaute in die Richtung, aus der die Vibration kam, und sah ein robotergesteuertes Schlaginstrument, das mit einer kurzen Tonfolge ihr Eintreten meldete. Die kurze Wahrnehmung wurde einen Sekundenbruchteil später von der Sorte Input ausgelöscht, für die ihr Gehirn weitaus empfänglicher war: eine wahre Farbenlawine. Dass ihre Umgebung sie anzuschreien schien, war für Pei zwar nichts Neues – sonst wäre sie auf einem multispeziären Markt keine drei Schritte weit gekommen –, aber das Gebäude war so taktvoll-neutral gestrichen, dass sie nicht damit gerechnet hatte, wie *laut* es im Inneren sein würde.

Das Anmeldebüro des Five-Hop, in dem sich auch ein Geschäft für Reisebedarf befand, war vollgestopft mit Artikeln, auf denen Etiketten oder Logos prangten, die Angehörige anderer Spezies auf sich aufmerksam machen sollten. Pei wurde durchaus aufmerksam, aber nicht so, wie es die Designer wohl im Sinn gehabt hatten. Unwillkürlich zuckte sie zusammen, als ihre Augen von sämtlichen Farben gleichzeitig getroffen wurden. Es war, als würde sie direkt in eine Sonne blicken, die unbedingt wollte, dass sie etwas kaufte.

»Ach du meine Güte, das tut mir schrecklich leid«, sagte Ouloo. Pei hatte die Inhaberin noch gar nicht bemerkt, die am anderen Ende des Raums hinter einem Schreibtisch saß. »Gleich links von Ihnen steht ein Korb mit Mono-Brillen.«

Pei schaute nach links und sah den Korb, den Ouloo meinte. Er hing an der Wand, mit einem computergenerierten Farbschild, auf dem stand: *Selbstbedienung! Vor dem Verlassen des Geschäfts bitte zurücklegen!* Wie Ouloo gesagt hatte, lagen in dem Korb mehrere monochromatische Brillen, die die Welt für äluonische Augen in ein friedliches Grau tauchten. Pei verzichtete auf die Brille, trotz ihres Unbehagens. Mono-Brillen waren total peinlich, so etwas trug man nur, wenn man sehr jung oder sehr alt oder sehr empfindlich war oder seinen Heimatplaneten niemals verließ. Die leichten Kopfschmerzen, die gerade bei ihr eingesetzt hatten, würden in ein bis zwei Minuten wieder vergehen, das wusste sie, und so siegte ihr Stolz. »Danke, aber es geht schon«, sagte sie.

»Wie Sie wollen. Aber falls Sie es sich anders überlegen sollten, sind sie da.« Ouloo seufzte entschuldigend. »Ich kann zwar das Aussehen der Gebäude beeinflussen, aber nicht das der Etiketten.«

»Das verstehe ich vollkommen«, sagte Pei. »Und offen gestanden ist der graue Anstrich mehr, als ich an einem Ort erwartet hätte, an dem Leute von überallher verkehren.«

Ouloo strahlte. »Die Wandfarbe war eine Sonderbestellung bei einem äluonischen Hersteller«, sagte sie. »Schließlich weiß jeder, dass Ihre sensorischen Zellen besonders empfindlich sind und Farben wahrnehmen, die wir anderen nicht sehen können, daher wollte ich auf keinen Fall etwas … Sie wissen schon, Unzulängliches kaufen. Ich weiß, dass zwischen dem, was Sie und ich als Grau empfinden, ein himmelweiter Unterschied besteht.«

Pei lächelte ein beifälliges Blau, denn das wusste keineswegs *jeder*, und Ouloo hatte offenbar ihre Hausaufgaben gemacht. Sie sah sich bestätigt, als sie die schreienden Regale musterte. Sie enthielten Körbe mit allen möglichen Obstsorten, abgepackte würzige Trockeninsekten, Trockenfleisch aus einer großen Anzahl unterschiedlicher Tiere und Pflanzen und eine Stasetruhe mit Plex-Türen, in der Einwegröhrchen mit Rogen und geheimnisvolle, in Hanto ausgezeichnete Artikel lagen, bei denen Pei nur raten konnte, worum es sich handelte. Da war für jeden eine Kleinigkeit dabei.

Bei keiner Spezies waren alle Mitglieder gleich, aber hätte jemand Pei aufgefordert, die Laru grob zu beschreiben, hätte sie einfach darauf verwiesen, was Ouloo mit dem Five-Hop erschaffen hatte. Bei ihrem ersten Kontakt mit der GU vor etwa hundert Jahren waren die Laru – so wenig man das auch glauben mochte – technologisch noch weitaus weniger entwickelt gewesen als die Menschen. Bevor die Aandrisk-Botschafter ihre freundliche Begrüßung schickten, hatte die pelzige Spezies es gerade erst zu Raumteleskopen und kurzen Flügen in der Umlaufbahn gebracht. Wie Pei gelesen hatte, ließ sich immer schwer vorhersagen, wie eine intelligente Spezies auf die Kontaktaufnahme reagieren würde, aber bei den Laru hatte die Erkenntnis, alles andere als allein in der Galaxis zu sein, vor allem überschäumende Begeisterung ausgelöst. Ohne lange zu fackeln, stürzten sie sich in das Leben mit den Aliens. Sie öffneten ihr Planetensystem für die Förderung von Metallen und Gasen und allem anderen, was die GU gern haben wollte, und verließen in Scharen ihre Heimatwelt, um alles aufzusaugen, was sie vom interstellaren Austausch lernen konnten. Pei hatte im Laufe ihres Lebens viele Laru kennengelernt, und jeder von ihnen war einzigartig, aber eines hatten sie alle gemeinsam: Kein Laru, den sie je getroffen hatte, war auf seiner Heimatwelt geboren worden. Bei näherem Nachdenken wusste sie nicht einmal genau, wie ihre Heimatwelt hieß. Sie kannte einen Laru aus Port Coriol, einen aus Hagarem und einen aus Kaathet, der so perfekt Reskitkish sprach, dass sie ihn für einen Aandrisk gehalten hätte, wenn sie die Augen geschlossen und sich die Nasenlöcher verstopft hätte. Ouloo schien aus dem gleichen Holz geschnitzt zu sein wie ihre Vorfahren – eine Meisterin im multispeziären Zusammenleben, jemand, der sich kopfüber in den Schmelztiegel gestürzt hatte und jede Sekunde darin genoss.

»Haben Sie die gebacken?«, fragte Pei und deutete mit dem Kopf zu Ouloos Schreibtisch. Ein Stapel Büromaterialien war dort beiseitegeschoben worden, um Platz für einen riesigen Stapel Zuckergebäck zu schaffen. Ouloo war gerade damit beschäftigt, ein Teilchen nach dem anderen in eine Lieferdrohne zu legen.

»Ja«, sagte Ouloo, wobei sie nicht sehr glücklich klang für jemanden, der mit so viel Zucker zu tun hatte. »Die sind für meine Nachbarn, denen das Tet-Haus gegenüber gehört. Ich kann zwar nicht anrufen, aber Tupo besitzt ein Teleskop, mit dem ich drüben öfter nach dem Rechten sehe, und offenbar ist ihre Kuppel von den Trümmern getroffen worden. Alles ist voller Schutt.«

Pei richtete sich auf. »Geht es ihnen gut? Wissen Sie das?«

»Na ja, ihr Shuttle stand noch da, es ist also niemand irgendwo hingeflogen, und ich habe ein paar Leute herumlaufen sehen, sie müssen also so etwas wie einen Schild gehabt haben, oder der Aufprall war nicht stark genug, um die äußere Hülle zu beschädigen, oder … ich weiß es nicht. Ich weiß es nicht, und das macht mich ganz verrückt. Aber ich schicke ihnen jetzt das Gebäck, mit einer Nachricht, dass sie die Drohne zurückschicken und ihrerseits schreiben sollen, falls sie Hilfe brauchen, denn mehr kann ich nicht tun.« Die Härchen um Ouloos Ohren sträubten sich erregt. Sie nahm sich eines der Gebäckstücke und biss ein riesiges Stück ab, offenbar zu therapeutischen Zwecken. »Es will mir einfach nicht in den Kopf«, sagte sie kauend. »So etwas ist hier noch nie passiert. Noch nie! Wie furchtbar, dass die Transitbehörde so etwas zulässt.«

»Solche Dinge passieren eben«, sagte Pei freundlich. »Da kann man nur reagieren. Und sein Bestes tun.«

»Na ja, kann schon sein, aber … Sterne, was für eine Katastrophe.« Ouloo biss erneut von dem Kuchen ab, im Fell rings um ihre Schnauze klebte Zuckerguss. Sie sah Pei an und schluckte den Bissen hinunter. »Captain Tem, falls ich irgendetwas tun kann, um die Lage für Sie erträglicher zu machen, dann lassen Sie es mich bitte wissen. Jederzeit. Ganz egal, was es ist.«

»In Ordnung«, sagte Pei, wobei sie sich alle Mühe gab, in ihren Worten hörbar mitklingen zu lassen: *Das ist doch nicht Ihre Schuld, bitte machen Sie sich nicht so viele Gedanken*. Sie begriff zwar, dass diese Unannehmlichkeiten für Ouloo zum Schlimmsten gehörten, was ihr je zugestoßen war, und ihre Aufregung deshalb nur folgerichtig war, aber Pei fand ein paar unerwartete Shuttle-Tage mit Videos und Büchern alles andere als beschwerlich. Es war nur lästig, aber nicht schlimm. Sie waren schließlich nicht diejenigen, die in ihrer Kuppel unter Trümmern begraben worden waren. Jedenfalls noch nicht.

Vor einem Regal voller Snacktüten blieb Pei stehen. Eine stach ihr besonders ins Auge mit ihrer Beschriftung auf Ensk, die sie in roten Buchstaben anbrüllte (auf ihre Augen wirkte das Rot ängstlich). Sie konnte nur ein paar Brocken Ensk – ziemlich peinlich angesichts der Tatsache, wie lange sie schon mit Ashby zusammen war –, aber dieses Etikett war ihr vertraut, dank zwei unglaublichen Tagen, die sie in diesem Standard erlebt hatte. (Hatte das Treffen wirklich erst in diesem Standard stattgefunden? Sterne, es schien schon eine Ewigkeit her zu sein.)

Sie nahm die Tüte aus dem Regal. *Die originalen Feuershrimps!* stand auf dem Etikett. *Megafeuerscharf!*

Pei griff sich eine weitere Tüte und ging zu Ouloos Schreibtisch.

»Ah, Menschen-Snacks, natürlich«, sagte Ouloo. Sie nahm eine der Tüten in die Vorderpfote und musterte sie misstrauisch. »Da ist doch kein Käse drin, oder?«

Pei lachte. »Nein, ich glaube nicht. Und es ist nicht für mich.«

»Sondern für den Freund, den Sie besuchen?«

»Nun – nein, nicht für *ihn*. Aber für jemanden in seiner Besatzung, von daher … ja, wahrscheinlich besuche ich wohl auch sie.« Auf einer intellektuellen Ebene war Pei klar, dass Ashby nicht allein lebte, aber das Treffen mit ihm stand für sie so stark im Vordergrund, dass sie kaum einen Gedanken daran verschwendet hatte, wie es wohl mit der übrigen Besatzung werden würde. Dieser Besuch war eindeutig Neuland für ihre Beziehung. »Verzeihung, wo ist der …« Sie sah sich nach dem Handgelenkscanner um und entdeckte ihn halb versteckt neben einem Stapel aus Scribus-Ersatzteilen. Sie schob ihre Handgelenksbinde nach oben, zog den implantierten Chip über den Scanner und bezahlte für die Shrimp-Snacks.

»Darf es vielleicht auch etwas für Sie sein?«, fragte Ouloo. »Ich will Ihnen nichts aufschwatzen, Ehrenwort, ich will nur sichergehen, dass Sie alles haben, was Sie benötigen.«

»Eigentlich könnte ich tatsächlich etwas gebrauchen«, sagte Pei. »Aber ich weiß nicht genau, wonach ich suche.«

Ouloos Neugier war geweckt. Sie legte den Kuchen hin und reckte gespannt den Hals vor. »Oh, da lässt sich bestimmt etwas machen.«

Pei schwieg. Wie sollte sie ein Gefühl erklären, bei dem sie sich selbst nicht sicher war? »Ich … fühle mich nicht ganz wohl.«

Ouloo machte große Augen. »O nein, Sie sind doch nicht etwa krank?« Sie machte Anstalten, aufzustehen. »Kommen Sie, ich habe da drüben einen Botscanner …«

»Nein, ich bin nicht krank«, sagte Pei. »Ich fühle mich nur einfach nicht … richtig wohl. Irgendwie wund. Haben Sie vielleicht irgendwelche Schmerzmittel? Eine Salbe oder so?«

»Ich habe alle möglichen Salben und dergleichen, aber lassen Sie uns die Sache erst mal eingrenzen. Wund – Sie meinen, wie nach einer Verletzung?«

»Nein.« Das Zwicken in ihrem Arm, das sie am Vorabend verspürt hatte, setzte ihr gerade nicht zu, das hier war eine ganz neue Art Unwohlsein. »Es ist keine bestimmte Stelle, und außerdem nur ganz leicht. Mein Rücken tut weh, und mein Bauch und … Ich weiß nicht. Es fühlt sich fast so an, als hätte ich irgendwie falsch gelegen.«

»Das könnte schon sein, wenn Sie das Schlafen in Ihrem Shuttle nicht gewohnt sind.«

»Na ja, solche Probleme gibt es bei meinem Bett nicht«, sagte Pei.

»Ach ja!«, sagte Ouloo. »Sie haben ja diese wunderbar nachgiebigen Dinger. Als ich noch jung war, habe ich mal in so einem geschlafen. Eigentlich sollte ich mir irgendwann selbst eines zulegen. Vielleicht wenn Tupo nicht mehr so viel isst. Aber … mhmm, ja, ich verstehe, was Sie meinen.« Beim Nachdenken wippte ihr Hals leicht auf und ab. »Vielleicht ist es ja nur Stress. Ich habe zuletzt auch nicht so gut geschlafen.«

Pei hatte nicht vor, Ouloo zu sagen, dass die derzeitige Katastrophe sie nicht beunruhigte. Aber es gab durchaus einiges, was sie beschäftigte, und hartnäckige Gedanken hatten die ungute Gewohnheit, sich körperlich zu manifestieren. Normalerweise machte sich Stress bei ihr in den Schultern bemerkbar, nicht weiter unten, aber ein Körper war schließlich keine einfache Maschine.

»Ich kann Ihnen eine Salbe geben, wenn Sie möchten, aber ich glaube, ich habe sogar etwas noch Besseres.« Ouloos Augen funkelten. »Haben Sie schon das Badehaus gesehen?«

»Oh«, sagte Pei. Vage erinnerte sie sich an den Hinweis am Eingang. »Nein, ich glaube nicht.«

Ouloo stand von Ihrem Schreibtisch auf und ging zur Tür, ihr Entschluss stand fest. »Ich will ja nicht angeben, aber es ist wirklich großartig. Es wird Ihnen ganz sicher guttun.«

Eigentlich hatte Pei vorgehabt, ein Röhrchen von diesem und ein Glas von jenem zu ihrem Shuttle mitzunehmen, aber Ouloos Vorschlag klang verlockend. Sie konnte sich nicht erinnern, wann sie zum letzten Mal aus anderen Gründen als Gewohnheit und Hygiene gebadet hatte. Um ehrlich zu sein, bedauerte sie es zwar, ein paar der kostbaren Tage mit Ashby zu verlieren, aber wenn ein Zwangsaufenthalt auf Gora Badehäuser und Kuchen beinhaltete, dann war es alles andere als schlimm, hier festzusitzen. Es klang eher wie Luxus.

Ouloos Nachbarn fielen ihr ein, und sie behielt ihren Gedanken für sich.

ROVEG

Von dem Raumfahrtmüll am Himmel einmal abgesehen war es ein wunderschöner Tag. Goras dünne Atmosphäre gab eine erstaunlich makellose Leinwand ab, und die Habitatkuppel schwächte diesen Effekt nur minimal ab. Die Sonnenstrahlen drangen, von keinerlei Wasserdampf gebrochen, so ungehindert hindurch wie geschliffene Metallspeere und ließen keinen Zweifel daran, dass man es hier mit einem Stern zu tun hatte. Und was die ferneren Sterne anging – auch die waren sichtbar, obwohl die Sonne hoch am Himmel stand. Die meisten wurden zwar von Satellitentrümmern verborgen, aber die kühnsten leuchteten durch sie hindurch und verliehen dem Morgen etwas elegant Nächtliches.

Wäre der Himmel *nicht* voller Raumfahrt-Abfälle gewesen, wäre Roveg davon ausgegangen, dass Tupo sich einfach nur an dem Anblick erfreute. Das Kind hatte sich auf einer der Rasenflächen neben dem Gehweg ausgestreckt, in einer Haltung, die jeder anderen Spezies unmöglich gewesen wäre. Ser lag bäuchlings im Gras, die Gliedmaßen in sämtliche Richtungen verdreht. Das galt auch für den Hals, der nach hinten abgewinkelt auf dem Rückgrat ruhte, so dass der Kopf auf dem Kreuz lag und zum Himmel blickte. Es sah grässlich aus, auch wenn es für Tupo vermutlich wunderbar bequem war.

»Ein ganz schönes Durcheinander da oben, was?«, sagte Roveg, als er und Speaker bei Tupo angekommen waren.

Tupo sah auf, verblüfft über die Störung. »Ja«, sagte ser. »Aber die Explosionen haben aufgehört.«

»Das ist gut, nehme ich an«, sagte Roveg.

»Kann sein«, seufzte Tupo.

Nicht ganz die Antwort, die Roveg erwartet hatte, aber er ließ die Sache auf sich beruhen. »Wir sind auf der Suche nach deiner Mutter«, sagte er.

»Wieso?«

»Wir würden gern ein paar Kleinigkeiten an eurem Ansible-Turm verändern, wenn sie nichts dagegen hat.« Beruhigend nickte er zu Speaker hinüber. »Wir wollen jemanden anrufen.«

»Okay, kein Problem«, sagte Tupo und stellte alle Beine gleichzeitig auf, wie eine Art Stoffmarionette, deren Spieler zurückgekehrt war. »Gehen wir.«

»Ähm«, sagte Roveg. »Sollten wir nicht erst deine Mutter fragen?«

Speaker in ihrem Anzug sah ihn fragend an. »Wieso?«

»Das ist kein Problem«, sagte Tupo erneut. Das Kind hatte sich bereits auf den Weg gemacht. »Kommen Sie.«

Anders als Speaker folgte Roveg Tupo nicht sofort. Die Veränderungen, die er plante, waren tatsächlich klein, aber der fragliche Turm gehörte Ouloo, nicht Tupo, und … und verdammt, die beiden waren schon fast um die Biegung. Immer noch zweifelnd lief er ihnen hinterher.

Der Weg, der hinter das Büro führte, war genauso gepflegt wie die anderen, aber weniger dekorativ. Hier gab es weder Schilder noch Rasenflächen noch Blumen. Ein kleines Wohnhaus kam in Sicht, das im Gegensatz zu den eintönig grauen Gebäuden, aus denen der Rest des Five-Hop bestand, in einem leuchtenden gelb-türkisen Muster gestrichen war. »Ist das euer Haus, Tupo?«, fragte Roveg.

»Jupp«, sagte Tupo.

»Muss schön sein, so viel Platz nur für euch beide«, sagte Speaker.

Tupo blickte sie skeptisch an. »Kann sein.« Es klang nicht so, als wäre ser ihrer Meinung.

Der Ansible-Turm stand gleich neben der Laru-Behausung – ein Standardmodell, nichts Besonderes. Roveg öffnete den Mund, als Tupo auf den Turm zumarschierte, und wollte gerade fragen, ob sie nicht doch erst mit Ouloo sprechen sollten, doch da hatte das Kind das Bedienfeld bereits hochgeklappt. »Brauchen Sie irgendwelches Werkzeug?«, fragte Tupo.

Statt einer Antwort hob Roveg die Werkzeugtasche, die er bei sich trug. »Ich glaube, ich habe alles.« Er ging auf den Turm zu und machte sich ans Werk.

Speaker ließ den Anzug neben ihm Platz nehmen, in einer angemessenen Entfernung, die ihr dennoch gute Sicht erlaubte. »Was genau haben Sie vor?«

Roveg griff ins Innere des Turms und zog einen Kabelstrang heraus. »Ich glaube«, sagte er, »dass wir mit ein paar Veränderungen das Signal ausreichend verstärken können, um zumindest eine Textnachricht zu schicken. Mit ein bisschen Glück ist vielleicht sogar eine Sprachübertragung möglich, aber das sehen wir dann.«

»Ich verstehe nicht, wieso die Sibs komplett ausgefallen sind«, sagte sie. »Wenn man von einem System zum anderen senden kann, trotz des ganzen Staubs und der Planeten, die dazwischenliegen, wieso kann ich dann nicht zu meinem Schiff funken, das sich direkt über mir befindet?«

Roveg wollte ihr antworten, aber Tupo kam ihm zuvor. »Für ein Sib benötigt man eine Zwischenraumboje, und um sich mit denen zu verbinden, braucht man auch vom Planeten aus noch ein Satellitennetzwerk. Im Inneren eines Planeten kann man keine Bojen platzieren. Das würde nicht funktionieren.«

Roveg staunte über diese präzise technische Erklärung von einem jugendlichen Wesen, an dessen Kinn eine Art Pudding zu kleben schien, aber Speaker schien nicht überrascht. Wenn überhaupt, dann wirkte sie eher erfreut. »Ich wusste gar nicht, dass du Tech bist«, sagte sie anerkennend.

Tupo lachte. »Ich bin doch kein Tech«, sagte ser. »Ich … kenne mich nur mit ein paar Dingen aus.«

»Du klingst, als könnte ein guter Tech aus dir werden«, sagte Speaker.

»Keine Ahnung«, sagte das Kind und scharrte mit den Füßen.

Roveg konzentrierte sich gerade darauf, keine Schaltungen herauszureißen, aber er bemerkte aus dem Augenwinkel, wie Speaker in ihrem Cockpit die Haltung veränderte und das Kind neugierig musterte. »Wie alt wirst du denn sein, wenn du dich für einen Beruf entscheidest?«, fragte sie. »So ungefähr?«

»Keine Ahnung«, sagte das Kind wieder. »Wenn ich erwachsen bin.«

»Und wann ist das bei euch?«

»Ähm … ich glaube … na ja, mit sechsundzwanzig kann ich die Shuttle-Lizenz machen.« Tupo klang sehr bestimmt. Offenbar kannte ser die Altersgrenze genau und konnte es kaum erwarten, sie zu erreichen.

»Sechsundzwanzig«, sinnierte die Akarak. Ein Hauch von Ehrfurcht lag in ihrer Stimme.

»Und wie alt waren Sie, Speaker?«, fragte Roveg. »Als Sie *Ihre* Shuttle-Lizenz gemacht haben?«

Sie kniff die Augen zusammen. »Sehr feinsinnig«, sagte sie.

Er winkte ihr mit der Zange zu. »Danke.«

»Ich war dreieinhalb«, sagte sie.

Tupo verdrehte seinen Hals wie eine Feder und ließ den Kopf zu Speakers Cockpit hinaufschnellen. *»Dreieinhalb?!«*, rief das Kind.

Roveg drückte Speaker zwar nicht die Nase ins Gesicht, war aber ebenso verblüfft. Er ließ die Zange sinken. »Bitte verzeihen Sie mir meine Unkenntnis«, sagte er, ohne sich weiter um Feinsinnigkeit zu scheren, »aber wie alt sind Sie?«

»Ich bin acht«, sagte Speaker.

Tupo stand die Schnauze offen. »Sie sind acht Standards alt.«

»Ja.«

Völlig verdattert sah das Kind Roveg an, dann wieder Speaker. »Sie sind ein Kind?«

Speaker verschob amüsiert ihren Schnabel. »Nein. Ich war bereits vor dem Ende meines ersten Standards erwachsen. Nach den Maßstäben meiner Spezies nähere ich mich langsam dem mittleren Lebensabschnitt. Wir werden ungefähr zwanzig, fünfundzwanzig Jahre alt.«

»Mehr nicht?«

Roveg ging dazwischen. Er war ebenso überrascht wie das Kind, aber er fand es unhöflich, sich über das relativ bald bevorstehende Ableben eines anderen zu äußern. »Unsere Lebensspannen unterscheiden sich ebenso stark wie unsere Körper«, sagte er. Er sah von seiner Arbeit auf und sprach Tupo direkt an. »Und eure Spezies ist viel langlebiger als wir alle, also ist auch deine Kindheit entsprechend lang – wie dir sicherlich bewusst ist. Wie lange dauert es noch gleich, bevor ein Laru den Bauchbeutel seiner Mutter verlässt und zu laufen beginnt?«

»Ähm … Etwa vier Jahre.«

»Sterne«, sagte Speaker lachend.

»Mmmm-hmm«, sagte Roveg und wandte sich wieder seiner Arbeit zu. »Und wie alt bist du jetzt?«

»Ich bin siebzehn«, sagte Tupo, immer noch verdutzt. Mit einer zottigen Pfote deutete ser auf Speaker. »Ich bin mehr als doppelt so alt wie Sie.« Ser runzelte heftig die Stirn. »Moment mal, wenn *Sie* eine Shuttle-Lizenz bekommen, wieso kriege ich dann keine?«

Speaker lachte erneut. »Das ist eigentlich eine gute Frage. Die Shuttle-Lizenz erhält man, wenn die eigene Spezies einem die kognitive Reife zuschreibt, ein Schiff zu fliegen. Roveg, wann haben Sie Ihre bekommen?«

Roveg löste ein Stück Kabel und griff nach seiner Klebepistole. »Mit zwölf«, sagte er.

»Siehst du?«, sagte Speaker zu Tupo.

Roveg sah zu Speaker hinüber, denn es gab noch mehr Fragen, die ihn beschäftigten. Auf einer abstrakten Ebene verstand er, was er Tupo gerade über die Verhältnismäßigkeit des Alterns erklärt hatte, aber die Implikationen einer Lebensspanne von zwanzig Standards begannen ihm gerade erst zu dämmern. »Ich bin zwanzig Standards lang zur Schule gegangen, bevor ein halbwegs brauchbarer Erwachsener aus mir wurde«, sagte er. »Sie dagegen haben eine abgeschlossene Ausbildung und sind gebildet – mit *acht*. Wie ist das möglich?«

»Nun, genau das ist der Punkt«, sagte Speaker. »Wir haben nicht die Möglichkeit, eine so umfassende Bildung zu erreichen wie Sie. Während des ersten Lebensjahrs sehen wir uns genau an, für welche Tätigkeiten sich der Nachwuchs am besten eignet, und entsprechend wird er dann ausgebildet. Wenn ein Kind also Geschick für Schraubertätigkeiten zeigt, wird es Ingenieur. Wenn es sich für Pflanzen interessiert, wird es Gemüsegärtner, und so weiter. Die Zeitspanne unserer Existenz reicht aus, um in einem Beruf richtig, richtig gut zu werden. Wir sind Spezialisten, keine Generalisten. Das spiegelt sich auch in unseren Namen wieder. Wir haben keine abstrakten Namen wie Sie. Wir definieren uns durch das, was wir für die Gemeinschaft tun. Meine Mutter zum Beispiel heißt Kreiek – *Wassermacherin*. Sie überwacht die lebenserhaltenden Systeme ihres Schiffes. Jedes große Schiff hat eine Kreiek; ich weiß einfach nur, welche von ihnen meine Mutter ist.«

»Und wie heißen Sie?«, fragte Roveg.

»Sie wissen doch, wie ich heiße.«

»Ich meine, in Ihrer eigenen Sprache.«

»Ich habe keinen Ihreet-Namen«, sagte Speaker. »Mein Name ist Speaker, genau wie auf Klip.«

»Weil Sie Klip sprechen«, sagte Roveg. »Das ist *Ihr* Fachgebiet.«

»Es ist zwar nicht die einzige Sprache, die ich spreche, aber es ist die, von der meine Gemeinschaft am meisten profitiert, ja.«

Mehrere Puzzleteile fügten sich zusammen. »Sprechen deshalb so viele von Ihnen kein Klip? Weil Sie nicht die Zeit haben, es zu lernen? Ich habe … Moment, oje … mal sehen … wohl neun Jahre Klip gelernt, bevor ich es fließend konnte.«

»Teilweise ist das der Grund, ja. Aber für die meisten von uns ist Klip zudem eine sehr schwierige Sprache. Hanto fällt uns leichter, aber das liegt daran, dass modernes Ihreet größtenteils darauf basiert. Es handelt sich mehr oder weniger um ein Gerüst aus Hanto mit einem Mischmasch aus den Überbleibseln der präkolonialen Sprachen, die wir uns erhalten haben.«

Roveg hörte heraus, wie sie hier eine schmerzliche Geschichte umschiffte – nicht ihre eigene, nichts, was sie selbst erlebt hatte, sondern etwas, das sich in ihren Panzer eingebrannt hatte (oder vielleicht eher in ihre Knochen – bei Wirbeltieren funktionierte diese Quelin-Redensart nicht so gut). Er folgte ihrem Beispiel und vertiefte das Thema nicht weiter. »Aber Sie *sprechen* Klip«, sagte er. »Sie beherrschen es hervorragend.«

»Vielen Dank«, sagte sie. Für Speaker schien das Thema damit erledigt zu sein, stattdessen musterte sie seine Arbeit. »Ich habe zwar nicht die geringste Ahnung, was Sie da tun, aber es scheint, als würden Sie es gut machen.«

Er lachte. »Warten wir es ab. So etwas mache ich nicht jeden Tag.« Tatsächlich war es lange her, seit er sich so eingehend in das Innenleben einer Maschine vertieft hatte. Er war Entwickler, nicht Mechaniker, und wenn etwas schiefging, benutzte er normalerweise Fixbots. Aber die Mechtech-Grundlagen waren Teil der von ihm erwähnten Ausbildung, ein unverzichtbares Grundgerüst für alle, die sich ernsthaft mit Software befassen wollten. Er musste an die Plaza vor seiner Universität denken, wo er und seine Kommilitonen Roboterrennen veranstaltet, sich mit harmlosen Hacker-Streichen amüsiert und Zuschauer mit komplizierten Pixelanimationen verblüfft hatten. Es war eine alte Erinnerung; keine wichtige, aber eine schmerzliche, weil sie mit seinem früheren Leben zusammenhing. Er schnürte sie zu einem ordentlichen Paket und schloss sie weg.

»Ich liebe Sims«, mischte sich Tupo völlig zusammenhanglos ein. Rovegs Beruf war bei der Gartenparty am Vorabend erwähnt worden, und offenbar hatte Tupo seitdem ungeduldig darauf gewartet, das Thema zu vertiefen. »Meine letzte war *Blutkommando 19.* Die war mega.«

»Die habe ich noch nicht gespielt«, sagte Roveg, und das hatte er auch nicht vor, denn man brauchte nur die Previews zu sehen, um zu wissen, dass diese Reihe kompletter Schrott war. »Wenn das dein Geschmack ist, sind meine Sims wahrscheinlich nichts für dich. Ich mache Reise-Sims.«

»Was ist eine Reise-Sim?«, fragte Speaker.

»Na ja, eine Sim ohne Story. Nur eine hübsche, leere Umgebung, die man genießen kann, solange einem danach ist.«

»Oh«, sagte sie.

»Für Sie ist das wohl auch nichts?«

»Nein, es ist nur … ich habe noch nie eine Sim gespielt.«

Roveg und Tupo drehten sich beide gleichzeitig zu ihr um und starrten sie an. »Sie haben noch nie eine Sim gespielt?«, fragte Tupo. Es war der gleiche Tonfall wie bei der Frage nach ihrem Alter.

»Nein«, sagte Speaker schlicht. »Noch nie.«

Roveg starrte sie weiter an, dann begann er zu lachen. »Verzeihung«, sagte er. »Wenn etwas für einen das ganze Leben ist und man dann jemanden außerhalb dieser Blase trifft … Kennen Sie dieses Gefühl?«

»Ja«, sagte Speaker. »Allerdings.«

»Wieso haben Sie noch nie eine Sim gespielt?«, wollte Tupo wissen.

Speaker machte eine unbekümmerte Geste. »Es gibt keine Sims für Akaraks«, sagte sie.

»Wieso nicht?«

Roveg wusste die Antwort sofort, und sie gefiel ihm kein bisschen. »Jede Sim wird auf das Nervensystem des Spielers zugeschnitten«, sagte er. »Ein Aandrisk und ein Harmagianer können zwar gleichzeitig in einer Sim sein, und sie wird sich aus beider Perspektive exakt gleich verhalten, aber sie benutzen verschiedene Softwareversionen. Entwickler wie ich entwerfen das Grundgerüst oder die Geschichte und portieren dann beides für die Bedingungen der verschiedenen Spezies. Das nennt man Neuralkarten.«

Tupo runzelte die Stirn. »Warum?«

»Na ja, wenn ein Spieler Arme und der andere Tentakel hat, dann …« – er suchte nach einer kindgerechten Formulierung – »dann funktionieren die Regeln, mit denen die Sim läuft, bei beiden unterschiedlich. Sonst würde es sich für sie nicht so anfühlen, als ob sie wirklich etwas *berühren.*« Wieder sah er Speaker an. »Und anscheinend hat sich noch nie jemand die Mühe gemacht, die Akaraks zu vermessen. Ich habe zwar noch nie darüber nachgedacht, aber … in meinen Entwicklertools gibt es keine Akarak-Option.« Er sprach leise, es klang unangenehm berührt.

»Wahrscheinlich rechnet niemand damit, dass wir sie kaufen würden«, sagte Speaker.

»Nun ja, Sie *können* sie ja auch nicht kaufen, wenn es keine gibt, nicht wahr?« Er blies Luft durch seine Atemlöcher und klapperte missbilligend mit den Mundwerkzeugen. Sorgfältig platzierte er die Innereien der Maschine wieder dort, wo sie hingehörten, und schloss die Abdeckung. »Okay, fertig. Probieren wir es mal aus.« Er ging zur Konsole und begann, mit Gesten Befehle einzugeben, stand jedoch gleich vor dem nächsten Problem. »Ich … ich kann das nicht lesen«, sagte er und betrachtete die ihm unbekannten Schriftzeichen. Wahrscheinlich Laru, aber er hatte diese Sprache bisher noch nie geschrieben gesehen. »Wo befinden sich die Übersetzungseinstellungen?«

»Oh, äh …« Tupo kam zu ihm und schwang den Nacken unter Rovegs Vorderbeinen hindurch, um einen besseren Blick auf den Bildschirm zu haben. »Ähm … das hier sieht aus wie ein Quadrat. Lassen Sie mich mal sehen.« Ser gab rasch ein paar Befehle ein, und die Sprache auf dem Bildschirm verwandelte sich in Klip.

»Ah«, sagte Roveg erleichtert. »Danke.«

»Hat es funktioniert?«, fragte Speaker.

»Das lässt sich jetzt noch nicht sagen. Wir brauchen einen Neustart, damit meine Änderungen erkannt werden. Das wird zumindest ein paar Minuten dauern.«

Speaker veränderte die Haltung in ihrem Anzug. Es war deutlich zu erkennen, dass sie keine Minute länger herumsitzen wollte, aber sie fand sich mit der Lage ab und lehnte sich in ihrem Sitz zurück. »Dann warten wir also?«

Roveg klappte bestätigend die Beine ein. »Wir warten.«

PEI

Wie sich herausstellte, war das Badehaus ziemlich hübsch.

Es war nicht so riesig wie die Spas und Saunen, die man in großen Städten zu sehen bekam, und auch nicht so elegant wie einige der Bäder, mit denen sie ihre Crew nach langen Beutezügen belohnt hatte. Von außen sah das Badehaus des Five-Hop so aus, als könnte es vielleicht sechs Leuten Platz bieten; innen war es ruhig, einladend und blitzsauber. Die Wände waren mit preiswertem Silizium-Imitat gefliest (das seinem Vorbild einigermaßen nahekam), und dazwischen hatte jemand buschiges Moos dazu gebracht, spiralförmig zu wachsen. Der Boden war so glatt, dass sich Pei beinahe darin spiegeln konnte, und so zauderte sie nicht lange und zog die Stiefel aus. Sie stellte sie in einen der zu diesem Zweck bestimmten großen Behälter am Eingang, und gleich darauf folgten ihre Kleider.

Auf der anderen Seite des Flurs waren zwei Reihen automatischer Seifenspender in die Wand eingelassen, beschriftet mit Pixelmustern. Es gab alle möglichen Seifen und Peelings und Öle, und Pei lächelte bei der Vorstellung, wie Ouloo sich schier überschlagen hatte, um herauszufinden, welche Schuppenreinigungsmittel-Duftnote unter Aandrisk am beliebtesten war oder welches Gesichtswasser die meisten Harmagianer hoffentlich brauchbar finden würden. Die bewegten Bilder auf den Spendern sahen wirklich verlockend aus, aber Pei beschloss, sich zuerst die Räumlichkeiten anzusehen.

Genau wie das vollgeschriebene Schild am Eingang verkündet hatte, bot das Badehaus eine breite Vielfalt kulturspezifischer Badewannen, die alle in einem einzigen, großen Raum mit hüfthohen Trennwänden standen. Um jede von ihnen zog sich eine Vorhangstange, deren Funktion klar ersichtlich war: Wer mit anderen Besuchern plaudern wollte, hatte dazu die Möglichkeit, aber man konnte auch für sich bleiben. *Mach dein Ding*, drückte Ouloos Werk aus.

Pei ging durch den Raum und genoss die Kühle der Fliesen unter ihren nackten Fußsohlen. Sie blieb vor einem Gerät stehen, mit dem sie sich auskannte: eine äluonische Düse. Es war die traditionelle Art, sich zu säubern – ein feuchter Dampfstoß, der Keime abtötete und Schmutz löste, gefolgt von einem kalten Wasserguss, der aus einem Tank herunterplatschte. Pei benutzte diese Düsen schon ihr Leben lang, aber sie war nicht im Badehaus, um sich zu reinigen. Sie war hier, um die Zeit totzuschlagen und sich zu entspannen, und es gab eine Spezies, die so etwas besser draufhatte als die meisten anderen.

Sie wandte sich von der Düse ab und nahm stattdessen das Dampfbad im Aandrisk-Stil in Augenschein – eine ovale steinerne Kabine, so groß, dass man sie aufrecht betreten konnte, und mit Fenstern versehen. Zur Sicherheit der Harmagianer war sie von einer Absperrung umgeben. Harmagianer hätten zwar ohnehin nicht gewagt, eine solche Vorrichtung zu betreten, aber wenn sich die Tür öffnete, hätte der herausströmende Dampf ihrer schleimigen Haut geschadet. Pei war selbst nicht für die von Aandrisk bevorzugten Temperaturen gemacht, aber aus Erfahrung wusste sie, dass ein Dampfbad eine Wohltat sein konnte, wenn man den Knopf mit dem Reskitkish-Wort für *Kindereinstellung* drückte (jahrelang hatte sie geglaubt, die Beschriftung würde *lauwarm* bedeuten – eine kleine, aber verschmerzbare Verletzung ihres Stolzes).

Sie ging zu den Spendern im Gang zurück und fand einen, der duftende Dampf-Tabs enthielt. Sie zog das Handgelenk über den Scanner, und eine runde Kapsel fiel heraus, die zwei Scheiben aus gepresstem Pulver mit getrockneten Kräutern enthielt. Sie beschloss, ganz den Aandrisk zu folgen, und kaufte zusätzlich ein winziges Döschen Schuppenpaste – mit Salzmoos-Duft, eine Vorliebe, die sie als Andenken von ihren Reisen mitgebracht hatte. Die Schuppenhaut der Aandrisk war zwar viel dicker und rauer als ihre, aber Schuppen waren Schuppen, und sie hatte festgestellt, dass eine ganz kleine Menge Paste, vorsichtig aufgetragen, ihr einen schönen Schimmer verlieh.

Sie kehrte zum Dampfbad zurück, trat ein, schloss die Tür hinter sich, steckte die Tabs in den Wandbehälter und gab ihre Einstellungen in das Bedienfeld ein. Sogleich empfing ihr Implantat das Zischen von Wasser, das durch heißes Metall gepumpt wird. Sie blieb für ein paar Sekunden stehen, während das Implantat ihr auch weiterhin das Rauschen übermittelte, und dann machte sie etwas, das sie außerhalb der *Mav Bre* fast nie tat: Sie hob die Hand an die Stirn und schaltete das Implantat ab.

Pei hatte Sprachbox und Implantat bereits als Kind erhalten, und ihre Zeit ohne das Implantat lag so lange zurück, dass es sie immer verstörte, wenn sie den Prozessor abschaltete. Sie fühlte sich so wie vor zwei Tagen, als sie nach ihrer weggeschlossenen Waffe gegriffen hatte – verwirrt, weil etwas fehlte, das eigentlich kein Teil von ihr war, aber trotzdem immer dabei.

Nach ein paar Sekunden ebbte das seltsame Gefühl ab, und Pei ließ sich von der Stille einhüllen. Nicht von dem, was andere Spezies so bezeichneten. Wenn hörende Spezies von Stille sprachen, meinten sie damit »Ich kann nur den Wind und die Blätter hören«, oder »Niemand redet, aber die Geräusche der Stadt sind immer noch da«. Das war keine richtige Stille. Keine *echte* Stille, wie sie der Naturzustand ihrer Spezies war. Wie sehr es ihr Gehirn ermüdete, ständig eine Sorte Input zu verarbeiten, für die es nicht gemacht war, merkte Pei nur dann richtig, wenn sie diesen Input aktiv aussperrte.

Die Stille reichte zwar nicht aus, um das psychische Unbehagen zu vertreiben, das sie seit dem Aufwachen begleitete, aber wenigstens störte es sie jetzt nicht mehr so sehr, und das genügte fürs Erste.

In der Mitte des Dampfbads stand ein glatter Ruhestein, der Form nach dafür bestimmt, um bäuchlings darauf zu liegen, sofern man breite Hüften und einen langen Schwanz besaß. Pei hatte zwar beides nicht, aber sie legte sich trotzdem auf den Bauch, schlang Arme und Beine um den Stein und ließ Schienbeine und Unterarme in die dafür vorgesehenen Einbuchtungen gleiten. Duftender Dampf begann aus den winzigen, überall in Wände und Decke eingelassenen Düsen zu strömen. Sie beobachtete, wie der Dampf durcheinanderwirbelte, und spürte, wie sich ihre Atemwege weiteten. Während ihr Körper sich entspannte, begannen ihre Gedanken wie aufs Stichwort zu wandern und wurden dabei zu dem unvermeidlichen Thema hingezogen: Ashby.

Der Mann an sich war nicht das Problem. Er war es, der ihre Probleme erträglich machte, ihren Blick auf die Welt milder werden ließ und ihren Geist zur Ruhe brachte. Sie sahen sich zwar nur selten – meistens nur ein paar gestohlene Tage hier und da, übers Standardjahr verteilt –, aber wenn sie mit ihm zusammen war, kam es ihr vor, als wäre alles in Ordnung. Es gab keine Arbeit, keine Gefahr, keine Verwicklungen. Nur ihn und sie und das Bett unter ihnen. Die Gespräche mit ihm hatten eine Tiefe, die sie sonst bei niemandem fand; die mühelose Gewissheit, dass zwischen ihnen nur wahre Worte fielen und dass nichts – so unappetitlich oder unschmeichelhaft es auch sein mochte – verurteilt wurde. Und natürlich redeten sie nicht nur miteinander. Ein Ruck ging durch ihr Inneres, als sie daran dachte, wie er sich bewegte, wenn sie ihn berührte. Sie hätte sich ewig an ihrer gemeinsam erschaffenen Choreographie berauschen können, dem Tanz zweier Körper, die die Evolution nicht füreinander bestimmt hatte. Wenn sich die Tür hinter ihnen beiden schloss, fiel alles an seinen Platz.

Aber danach folgte unweigerlich das, was sich auf der anderen Seite dieser Tür befand. Dort wurde sie zu einer anderen, und er tat zuverlässig so, als würde er sie nicht kennen, obwohl sie in seinen Augen sehen konnte, wie traurig ihn das machte. Dort fanden sie zu einem anderen Rhythmus, bestimmt von Heimlichtuerei und Verleugnung. Beiden fiel es immer schwerer, diese Realität auszuhalten, aber Pei *hielt* sie aus, *musste* sie aushalten, denn Ashby war ein Mensch. Ashby war ein Mensch, und Pei war nicht bereit, ihr Leben zu ruinieren.

Sie hatte keine Ahnung, wann genau sich das äluonische Tabu gegen interspeziäre Beziehungen kulturell etabliert hatte – sie wusste nur, dass es älter war als die GU und so selbstverständlich wie Regen an einem Wintertag. Sie wusste, dass es in liberaleren Teilen der Galaxis tolerantere Gemeinschaften gab – neutrale Planeten, Modderzentren und Ähnliches. Einmal hatte sie in einem Freiluftpark auf Port Coriol drei Aandrisk und eine Äluonerin gesehen, die am helllichten Tag nach Herzenslust vögelten, ohne sich darum zu scheren, dass sie für die Passanten auf der Straße unter ihnen deutlich zu sehen waren. Das wollüstige Treiben hatte sie neidisch gemacht – nicht wegen der öffentlichen Zurschaustellung, denn sie teilte die Einstellung der Aandrisk dazu nicht, sondern weil es der Äluonerin, die es da von einem Aandrisk besorgt bekam, schlicht egal war, wer davon wusste. Pei dagegen unterwarf sich endlosen Verrenkungen, um Ashby sauber vom Rest ihres Lebens zu trennen. Sie hatten ausgeklügelte Absprachen für ihre Treffen in Hotels und Gasthäusern, damit niemand darauf kam, dass sie im selben Zimmer übernachteten, und kommunizierten während der Trennungen so, dass ihre Nachrichten von Peis Crewmitgliedern unbemerkt blieben. Absurderweise war sie sogar so weit gegangen, ihm auf *Papier* zu schreiben und den Brief per Drohne zu schicken, und während er darin eine gewisse Romantik zu erblicken schien, konnte sie selbst nur sehen, wie lachhaft inzwischen alles war.

Ashby war ein Teil ihres Lebens, den sie betrauern würde, wenn er nicht mehr da wäre. Immer wenn sie so tat, als gäbe es ihn nicht, immer wenn sie den gut gemeinten Fragen ihrer Besatzungsmitglieder auswich, die wissen wollten, wieso man sie schon so lange nicht mehr mit einem Liebhaber gesehen hatte, war es, als würde sie ihm Dreck ins Gesicht werfen. Diese Täuschungsmanöver entwerteten, was er für sie war und was er ihr gab. Er hielt sich akribisch an jede ihrer Regeln, obwohl es in seinem Leben niemanden im Geringsten gekümmert hätte. Er machte das Versteckspiel mit und log und verleugnete sie, ihr zuliebe. Das alles war ihr aus tiefstem Herzen zuwider.

… und trotzdem.

Es war eine Sache, wenn ein Modder oder ein Künstler oder ein junger Bohemien auf Coriol auf die Tradition pfiff. Für jemanden wie Pei, die politisch nicht radikal war, es niemals gewesen war, und für die ihre Reputation die Grundlage ihres ganzen Lebens bildete, war es etwas völlig anderes.

Sie hatte keine klare Vorstellung davon, was passieren würde, wenn ihre Beziehung mit Ashby öffentlich würde, konnte es sich aber ungefähr denken. Sie würde zwar nicht ihr Schiff verlieren – das war ihr Eigentum, sie hatte dafür bezahlt. Aber sobald es sich herumsprach, konnte sie ihre Arbeit vergessen. Die Verträge mit dem Militär würden sich in Luft auflösen, und die großen Aufträge, für die sich die Transportflüge am meisten lohnten, konnte sie sich dann ebenfalls abschminken. Sie könnte zwar anderswohin gehen, mehr Aufträge im multispeziären Raum annehmen, sich bei der Wahl ihrer Kunden vielleicht mehr auf Aandrisk oder Harmagianer spezialisieren. Aber das waren nicht die Netzwerke mit den besten Kontakten, und sich ganz neue Verbindungen zu erarbeiten wäre umso schwieriger, wenn sie sich parallel dazu auch noch nach einer neuen Crew umsehen müsste. Ein Teil der jetzigen Besatzung würde gehen, ohne jede Frage. Die meisten wahrscheinlich. Ihrem Piloten und ihrem Algäisten hatte Pei von Ashby erzählt, und sie hatten sie deswegen nicht im Stich gelassen, aber mit den beiden war sie auch viel enger befreundet als mit den anderen. Sie hatte keine Ahnung, wie der Rest ihrer Besatzung reagieren würde. Auf einen guten Ausgang wettete sie eher nicht.

Pei war durchaus einfallsreich. Wenn es eng wurde, *konnte* sie von vorn anfangen. Der Punkt war nur … sie *wollte* nicht von vorn anfangen. Aber sie wollte auch nicht weiter Versteck spielen. Sie wollte ihren Job behalten. Sie wollte in einem Park vögeln. Und sie sah nirgends eine Realität, in der sich diese beiden Wünsche miteinander vereinbaren ließen. Und so drehte sie sich im Kreis.

Bisher hatte sie Ashby nicht erzählt, wie zerrissen sie sich fühlte. Im Gegenteil, sie hatte ihm sogar geschrieben, es sei ihr inzwischen egal, wer von ihnen erfuhr, und wenn es jemand herausfände, dann sei das eben so. Damals hatte sie es so gemeint. Die letzte Lieferung war gefährlich gewesen, eine ihrer bisher schlimmsten. Pei war danach verstört gewesen, aber nicht halb so sehr wie in dem Moment, als die Nachricht aus Hedra Ka gekommen war und sie genau gewusst hatte, welches Zivilschiff die Toremi beschossen hatten. Ashby war alles andere als ein Soldat. Es ging nicht an, dass er in eine solche Lage geriet. Aber als sie allein in ihrer Kabine saß und ihren Scribus so fest umklammerte, dass sie das Display eindrückte, fragte sie sich, wie oft die Rollen schon vertauscht gewesen waren. Wie oft hatte er wohl die Nachrichten gesehen und versucht, zwischen den Zeilen herauszulesen, ob es ihr gutging?

In jenem Augenblick hatte sie genug von dem Versteckspiel gehabt.

Aber später war sie wieder ins Grübeln geraten.

Sie dachte an das, was sie ihm geschrieben hatte, Gekritzel auf einem Stück totem Holz, das sie durch die Leere schickte. *Meiner Crew werde ich nichts sagen, aber kann sein, dass sie sich was zusammenreimen. Wenn ja, werde ich schon damit fertig. Mir ist das nicht mehr wichtig.* Bis zu einem gewissen Grad stimmte das. Es war riskant für sie, den Landurlaub auf der *Wayfarer* zu verbringen. Sie wusste, dass ein paar Mitglieder ihrer Crew ihre Wahl seltsam fanden, da sie selbst dort gewesen waren und nur ein schlichtes Tunnelschiff gesehen hatten, auf dem man ihnen aushalf. Ein Teil von Pei *wollte*, dass die Crew ihr auf die Schliche kam, dass sie eins und eins zusammenzählten, die Bombe für sie platzen ließen. Normalerweise verabscheute sie es, nicht alles selbst in der Hand zu haben, aber auf eine verdrehte Weise schien ihr das der bestmögliche Ausgang zu sein. Sie hatte ganze Standards damit verbracht, um das richtige Verhalten, die richtigen Worte zu ringen. All diese Entscheidungen von jemand anderem zunichtemachen zu lassen, klang für sie fast wie eine Erleichterung.

Sie wollte nicht, dass es passierte.

Und wollte es doch.

Leise begann sie zu keuchen, eine unbewusste Maßnahme ihres Körpers, um sich abzukühlen. Langsam ließ das namenlose Ziehen in ihrem Bauch nach. Sie drehte den Kopf und presste die Wange fest an den Stein, tauchte in die schwindelerregende Wärme ein, um das unauflösliche Dilemma wegzubrennen.

SPEAKER

Eigentlich ging Speaker davon aus, dass Roveg sie ungefähr so gut lesen konnte wie sie ihn. Dennoch bemühte sie sich, ihre Traurigkeit zu verbergen, als der Ansible-Turm ihnen mitteilte, dass er tatsächlich keine Verbindung herstellen konnte.

»Verdammt«, sagte Roveg. Er drehte sich zu der Klappe um und hob seine Werkzeuge auf. Speaker war von beiden Komponenten, die an dieser Aktion beteiligt waren, gleichermaßen fasziniert: den gegabelten Ausläufern seiner Beine, die zu nichts anderem taugten, als einer Pinzette gleich Gegenstände aufzunehmen, und den für diese Gliedmaßen angefertigten Werkzeugen, die so dünn waren, dass sie zerbrechlich wirkten. Aber Roveg benutzte sie mit weitaus mehr Geschicklichkeit, als Speaker seinen Zehen zugetraut hätte, und tauchte wieder unter die Abdeckung, um sich darunter zu schaffen zu machen. »Also, versuchen wir es noch mal.«

»Hat einer von Ihnen Hunger?«, fragte Tupo. Ser unterbrach sich. »Ach richtig, Sie dürfen ja nichts essen.«

Speaker klapperte freundlich mit dem Schnabel. »Ich *darf* schon etwas essen, nur nicht hier draußen. Aber nein, danke, ich habe keinen Hunger.«

»Ich auch nicht«, sagte Roveg.

»Okay«, sagte Tupo. Er schwieg erneut. »Na schön, *ich* habe Hunger.«

Roveg lachte. »Geh nur, Tupo, wir werden wohl noch eine Weile hierbleiben müssen.«

Tupo zog verlegen und ohne ein weiteres Wort von dannen und stapfte den Pfad zum Haus hinauf.

»Merkwürdiges Kind«, sagte Roveg, als Tupo im Haus war.

»Ich werde aus Kindern nicht so richtig schlau«, sagte Speaker. »Bei uns bleiben sie so kurz in diesem Zustand, dass sie kaum einen Eindruck hinterlassen. Ein paar Taghunderte Chaos, dann haben sie es geschafft.«

»Dann haben Sie wohl keine eigenen Kinder, nehme ich an.«

»Nein.«

»Und Ihre Schwester?«

»Nein.«

Roveg setzte seine Arbeit fort, wobei er vier Fußpaare gleichzeitig und fast genauso viele Werkzeuge benutzte. Zuerst hatte Speaker geglaubt, es müsse schwierig sein, einen Überblick über all diese Beine zu behalten, aber allmählich begann sie, die Vorteile zu erkennen. Roveg setzte sich hin und wühlte in seiner Werkzeugtasche. »Speaker und Tracker«, überlegte er laut. »Sie sprechen. Was trackt sie?«

»Andere Akaraks«, sagte Speaker. »Oder besser gesagt, ihre Schiffe.«

»Wozu?«

»Damit wir ihnen helfen können.«

»Ach ja, von dieser Arbeit haben Sie gestern erzählt. Materialbeschaffung nannten Sie es, glaube ich.« Er schwieg kurz. »Verzeihen Sie, aber ich verstehe immer noch nicht.«

Speaker überlegte, was sie darauf antworten sollte. Sie hatte keine Bedenken, anderen von ihrem Leben zu erzählen, aber das ergab sich so selten, dass sie nicht recht wusste, wie viel sie weglassen konnte. Dieses Gespräch ging inzwischen über Smalltalk hinaus, und Rovegs Interesse schien so authentisch zu sein wie ihre Faszination, was seine Füße betraf. Da sie ihm bei seiner Arbeit nicht helfen konnte – die er immerhin für sie auf sich nahm –, sah sie keinen Grund, nicht ins Detail zu gehen. »Einmal in jedem Standard versammeln sich alle – na ja, fast alle – Akaraks zu etwas, dass wir *rakree* nennen. Wörtlich übersetzt bedeutet es *Austausch.* Oder vielleicht auch *Erzählen.* Ja, das trifft es wohl besser. Jeder, der sich mit anderen Schiffen treffen will, nimmt daran teil. Wir fliegen alle zu den gleichen Koordinaten und verbinden unsere Schiffe mit diesen … ach herrje, das Wort kenne ich leider nicht. Im Prinzip sind es bewegliche Luftschleusen. Eine breite, luftdichte Röhre, die zwei Schiffe miteinander verbindet.«

»Und die benutzen Sie, um sich mit … allen zu verbinden?«

»Genau. So als würde … als würde in jedem Standard ein Tagzehnt lang jedes Haus einer Stadt die Türen öffnen, so dass alle nach Belieben ein und aus gehen können.«

Rovegs Rüschen kräuselten sich. »Für mich hört sich das grässlich an, wenn ich ehrlich bin. Aber Sie scheinen das anders zu sehen?«

»Es ist wunderbar«, sagte Speaker aufrichtig. »Ich mag nichts lieber.«

»Und wozu dient das Ganze?«, fragte Roveg. »Handel, Politik, Feiern, Sex?«

»Akaraks haben keinen Sex.«

Rovegs Werkzeuge hörten auf, sich zu bewegen. »Was?«

»Wir pflanzen uns zwar sexuell fort, aber wir haben nicht aus sozialen Gründen Sex. Ich weiß, wie das bei anderen Spezies ist, aber wir … sind nicht körperlich zu dem in der Lage, was damit gemeint ist, und haben auch nicht den Drang dazu. Wir können es nicht. Wir tun es nicht.«

Der Quelin nahm diese Information auf. »Ich weiß nicht, ob das tragisch ist oder ob Sie sich damit eine Menge Ärger ersparen. Aber Verzeihung, sprechen Sie doch bitte weiter.«

»In zwei Punkten liegen Sie richtig: Es geht in erster Linie um Handel, und außerdem ums Feiern. Politik gibt es bei uns nicht, jedenfalls nicht in Ihrem Sinne. Wir haben keine Regierung. Jedes Schiff trifft seine eigenen Entscheidungen. Aber ich bin abgeschweift – Sie hatten mich nach meinem Beruf gefragt, nicht nach meiner Kultur.«

»Nun, jetzt interessiert mich beides.«

Speaker legte die Haut rings um die Augen in Falten. »Der Sinn eines *rakrees* ist es, anderen gegenüber offen zu sein. Man sagt, was man selbst braucht, und gibt den anderen, was man zu geben hat. Vielleicht hat jemand Lebensmittel im Überfluss und kann etwas davon abgeben. Oder jemand braucht eine Kompressor-Spirale, und drei Schiffe weiter hat jemand eine übrig. Oder auf Ihrem Schiff wird ein Arzt gebraucht oder ein Pilot, und Sie finden jemanden mit der entsprechenden Ausbildung, der ein neues Zuhause sucht. Manchmal geht es auch einfach nur um einen Schlafplatz für ein paar Tage oder um Gespräche mit Leuten, die man nicht jeden Tag sieht. Um einen Tapetenwechsel. Das ist der Punkt bei einem *rakree*: Bedürfnisse können groß oder klein sein, aber sie sind alle wichtig.«

»Dann geht es also nicht nur um einen Tauschhandel, sondern um einen echten, offenen Austausch.«

»Es kann ein Tauschhandel sein, aber ja, Sie haben es erfasst. Niemand erwartet eine Gegenleistung, und niemand muss sich schämen, sich zu nehmen, was er oder sie braucht.«

Rovegs harte Augen drehten sich mit beinahe mechanischer Schnelligkeit in ihren Höhlen. »Sind Sie deshalb zu mir gekommen und haben mich nach meinen Fähigkeiten gefragt? Weil das bei Ihresgleichen Ihre Aufgabe ist?«

»Vermutlich«, sagte sie. »Fanden Sie das seltsam?«

»Ja, allerdings. Nicht schlimm oder so. Ich hätte so etwas nur einfach nie getan.«

Speaker klapperte nachdenklich mit dem Schnabel. »Mir wäre es seltsam vorgekommen, es nicht zu tun, besonders in einer Notlage«, sagte sie.

»Obwohl wir zu verschiedenen Spezies gehören?«

Speaker dachte über die Frage nach. Sie hatte tatsächlich Bedenken gehabt, der Reihe nach bei einer Gruppe ihr unbekannter Aliens vorzusprechen, aber bei genauerem Nachdenken wurde ihr klar, dass ihre Furcht vor Zurückweisung kleiner gewesen war als die Furcht davor, die Situation allein bewältigen zu müssen. »Ich habe gehofft, dass das keine Rolle spielen würde, wenn uns der Himmel auf den Kopf fällt.«

»So etwas sollte niemals eine Rolle spielen, egal, was mit dem Himmel los ist.« Roveg nahm sich ein anderes Werkzeug und setzte seine Arbeit fort. »Vermute ich also richtig: Sie und Ihre Schwester bieten Ihrem Volk etwas an, das ein *bestimmtes* Bedürfnis erfüllt?«

»Ganz genau«, sagte sie. »Und zwar mich.«

»Sie?« Er lehnte seinen gepanzerten Oberkörper zurück und überlegte. »Sie sprechen Klip. Sie kennen sich mit den Gebräuchen anderer Spezies aus. Sie … Sie sind ihre Sprecherin.«

Speaker wurde ganz warm vor Freude darüber, dass jemand sie verstand. »So ist es.«

»Sie verfügen über Möglichkeiten, die anderen verschlossen bleiben. Sie können Geschäfte betreten, in denen man andere Angehörige Ihrer Spezies vielleicht abweisen würde, oder …«

»Oder ich helfe ihnen mit dem Antrag für eine Pilotenlizenz. Kaufe ein paar Jungpflanzen in der Gärtnerei, wo man sie und ihr Anliegen nicht verstanden hat. Suche einen Facharzt für ein spezifisches Problem. Gebe eine Dauerbestellung bei einem Treibstoffdepot auf. Kaufe Lebensmittel für jemanden, der zu nervös ist, um zu einem großen Markt zu fliegen.«

»Sind das fiktive Beispiele, oder …?«

»Meine letzten fünf Aufträge.«

»Faszinierend«, sagte er. »Das ist faszinierend.« Er kehrte zum Bedienfeld zurück, bog hier einen Draht um, lockerte dort eine Klammer. »Also, dann wollen wir mal.« Er ging zum Eingabefeld zurück und startete das System neu. »Aber Sie haben mir noch nicht auf meine Frage geantwortet.«

»Verzeihung, welche Frage?«

»Was genau tut Tracker?«

Wieder suchte Speaker alle für diese Antwort nötigen Informationen zusammen und versuchte, sie auf das Wesentliche einzudampfen. »Also: Ein Schiff ist eine Familie, und ein Schiff ist autark. Im Gegensatz zu vielen anderen Spezies sind wir nicht von Natur aus hierarchisch organisiert. Wir kommen zwar am besten in der Gruppe zurecht, aber jede Gruppe bildet eine unabhängige Einheit. Wir haben keine übergeordnete Regierung und auch keine Meldebehörde für Schiffe oder dergleichen. Wir haben keine festgelegten Flugpläne, bei uns werden keine Reiserouten angemeldet. Wir fliegen einfach an den Ort, wo wir hinmüssen, wann und wie wir wollen. Diese Freiheit ist uns sehr wichtig, aber daraus folgt auch …«

»Dass Sie schwer zu finden sind.«

»Richtig. Aber darin liegt auch Absicht.« Sie schwieg kurz. »Bitte fassen Sie es nicht als Beleidigung auf, wenn ich es Ihnen erkläre.«

»Jetzt bin ich aber wirklich neugierig.« Sein Gesicht war maskenhaft, aber seine Stimme klang freundlich. »Keine Angst. Ich nehme es schon nicht persönlich.«

Zögernd sprach sie weiter. »Die meisten Akarak-Schiffe achten sehr darauf, nicht auf irgendeinem Radar aufzutauchen. Sowohl was die Technik angeht als auch die Route. Wir verschleiern die Signale unserer Schiffe. Wir erstellen Flugpläne, die für Außenstehende keinen Sinn ergeben. Wir vermeiden so gut wie möglich den Kontakt mit anderen Spezies, aber das macht es uns auch schwer, *einander* zu finden. Wenn wir eine Aufgabe für jemanden übernehmen, wissen wir ungefähr, wo wir hinmüssen, und kennen die Datensignatur der betreffenden Route, aber wir vereinbaren nur selten ein festes, verbindliches Treffen. Pläne können sich ändern. Umstände lassen sich schwer vorhersagen. Und ein Schiff, das *auf keinen Fall* auf der Karte auftauchen will, wird uns vielleicht nicht einmal seinen Flugplan übermitteln, sondern nur das angepeilte Sonnensystem. Und hier kommt Tracker ins Spiel. Ihre Spezialität ist es, nicht verfolgbare Schiffe aufzuspüren.«

»Wie macht sie das?«

»Das müssten Sie sie schon selbst fragen. Ich habe davon keine Ahnung.« Tracker hatte natürlich viele Male versucht, es zu erklären, aber Speaker tat sich mit dem Verständnis von Trackers Navigationskarten genauso schwer wie Tracker mit der Syntax.

»Na schön. Wenn wir das hier hinbekommen, kann ich ihr hoffentlich guten Tag sagen.« Roveg sah zum Monitor hinüber und beobachtete, wie das System hochfuhr. »Diese Schatzsuche nach Ihren Leuten quer durch die Galaxis klingt nach einer außerordentlich schwierigen Aufgabe.«

»Das hängt davon ab, um wen es sich handelt und wie gründlich der Betreffende seine Spuren verschleiert. Auf manchen Schiffen ist man ziemlich sorglos. Die Aversion anderen Spezies gegenüber ist keine allgemeingültige Regel – wir sind schließlich nicht alle gleich. Aber die meisten von uns reisen lieber inkognito. Was daran liegt, dass …« Sie schwieg kurz. »Noch mal, bitte nehmen Sie mir das nicht übel.«

»Sie haben kein Vertrauen zu uns«, sagte Roveg einfach. »Das verstehe ich vollkommen und nehme es Ihnen selbstverständlich nicht übel.« Er zeigte auf sich selbst. »Angesichts des Rufs, den meine Spezies hat, sollte ich wohl als Letzter darüber urteilen.«

»Das ist … nicht ganz das Gleiche.«

»Nicht? Wir reden hier natürlich über Xenophobie in sehr unterschiedlichen Ausmaßen, aber Furcht vor Fremden bleibt Furcht vor Fremden.«

Speaker stimmte dieser Einordnung nicht zu, aber ihrer eigenen Bitte gemäß nahm sie es nicht persönlich. »Ich weiß nicht recht, ob ich es in unserem Fall Xenophobie nennen würde. Es sind einfach … Erfahrungswerte.«

»Hmmm.« Roveg dachte darüber nach. »Ja, vielleicht setze ich es nicht in den richtigen Zusammenhang. Meine Leute würden sagen, dass Ihre und unsere Situation auf das gleiche Prinzip zurückgehen, aber die liegen schließlich fast immer falsch.«

Jetzt war es an Speaker, neugierig zu werden, was heikle Themen anging. Sie zögerte, weil sie nicht wusste, wie er die Frage auffassen würde, aber das Gespräch war so locker, dass sie mutig wurde. »Verraten Sie mir, weshalb das Quelin-Protektorat … so ist, wie es ist?«

Sämtliche Löcher an Rovegs Unterleib bliesen gleichzeitig Luft aus. »Das wäre Gesprächsstoff für mehrere Tage. Kennen Sie sich ein bisschen mit unserer Geschichte aus? Mit dem, was nach dem Erstkontakt passiert ist?«

»Ich weiß, dass es einen Krieg gab, aber keine Details.«

»Okay.« Beim Nachdenken rieb er sich gedankenverloren mit einem Zeh über die Augen. »Als wir zum ersten Mal auf eine andere intelligente Spezies trafen, gab es einen kulturellen Entwicklungssprung, wie immer in einem solchen Fall.

Technik, Philosophie, Künste, alles kam in Bewegung. Sie kennen das ja. Und wie es leider für Zeiten schneller Veränderungen typisch ist, flammte alles auf, was bei meiner Spezies schon lange geschwelt hatte. Ein Krieg brach aus. Sie können es nachlesen, wenn Sie wollen, aber eigentlich muss man nur wissen, dass es furchtbar war. Eine der bevorzugt eingesetzten Waffen waren Klonsoldaten, mehr muss ich wohl nicht sagen, und es herrschte heilloses Chaos. Leute kamen ums Leben, Verträge wurden gebrochen und so weiter, und als es dann an die Suche nach einem Sündenbock ging, erwies es sich als ungemein praktisch, Leuten die Schuld zuzuschieben, die nicht einmal von unserem Planeten stammten. *Ihr* Einfluss war schuld an den Rissen in unserer Gesellschaft, verstehen Sie, nicht etwa unsere eigene Dummheit. *Ihre* Technologie hatte unsere genetischen Kriege angefacht, *ihre* Ideen hatten das Heiligtum der wahren Quelin-Zivilisation korrumpiert.«

»Und was ist *die wahre Quelin-Zivilisation*?«

Roveg lachte kläglich. »Also *dafür* würden wir mehrere Tagzehnte brauchen. Über dieses Thema sind ganze Wälzer geschrieben worden, und sie sind alle gleich idiotisch. Wie dem auch sei, es kam sehr bald in Mode, anderen gegenüber die eigene kulturelle Reinheit zu zelebrieren, aus der Mode wurde ein Dogma, und aus dem Dogma wurde ein Gesetz, und tada! Da sind wir nun.«

Speaker überlegte. »Und dennoch gehören Sie zur GU. Sie treiben Handel. Sie sitzen im Parlament. Ihre Grenzen sind nicht geschlossen.«

»O nein, natürlich nicht«, sagte Roveg. Seine Rüschen wellten sich. »Der Himmel bewahre uns vor der Vorstellung, keinen *Handel* mehr zu treiben. Es ist eine Zweckbeziehung, geboren aus reiner Geldgier, und jeder weiß das. Dass sowohl die GU als auch das Protektorat klammheimlich Prinzipien untergraben, nur um weiter Erz und Ambi zu scheffeln, ist einfach nur widerwärtig.« Er besaß zwar keine Muskeln, die er hätte anspannen können, aber sein Körper hatte sich trotzdem versteift. Speaker fragte sich, wie es sich wohl anfühlte, wenn der eigene Körper nicht weich und verletzlich war. Roveg schüttelte sich von Kopf bis Fuß, als wollte er Staub abwerfen. »Ich kann Ihnen gar nicht sagen, was für eine Erleichterung es sogar Jahrzehnte nach meinem Weggang immer noch ist, an einem Ort zu sein, wo ich solche Gedanken frei aussprechen darf.«

Speaker hatte ein Wort für das, was sie gerade empfand: *eerekere*. Das kurze Aufblitzen von Einvernehmen unter Fremden. Es gab dafür zwar keine Klip-Übersetzung, aber das Gefühl war ihr von den Treffen unter ihresgleichen vertraut. Hier kam kein Bedürfnis zum Ausdruck, es gab keinen Tauschhandel, kein Feilschen und auch kein Problem; nichts, was das Eingreifen einer Sprecherin erforderlich machte, aber es war dennoch *eerekere*. Noch nie zuvor hatte sie es bei einem Alien erlebt, und sie freute sich sehr über diese völlig neue Erfahrung. Wäre Roveg ein Akarak gewesen und hätte seine Handgelenk-Haken mit ihren verhakt, wäre er ihr gegenüber so radikal offen gewesen, wie es nötig war, wenn man sich wirklich Hilfe von jemandem wünschte, dann hätte sie sich nicht zurückgehalten und nichts vorgespielt. Und deshalb stellte sie nun genau die Frage, die ihr auf der Zunge lag: »Darf ich Sie fragen, was der Grund für Ihre Verbannung ist?«

Roveg schwieg sehr lange. Speaker fürchtete schon, sie wäre zu weit gegangen, aber schließlich schimmerten seine reglosen Augen auf. »Ich habe die falschen Geschichten erzählt«, sagte er.

»Sie sagten, Sie machen Urlaub-Sims.«

»Inzwischen schon. Aber als ich noch jünger war, habe ich

Erzähl-Sims entworfen, und … Nun ja. Bei meinen unterschwelligen politischen Botschaften war ich nicht so schlau, wie ich dachte.«

Es erschien ihr übermäßig hart, jemanden allein deshalb aus einem ganzen Abschnitt der Galaxis zu verbannen, aber diese Radikalität passte zu dem, was sie über die Quelin wusste. Deshalb mieden sie und Tracker ihr Territorium. »Warum haben Sie aufgehört, Geschichten zu erzählen?«

»Ich gebe anderen Leuten gern Vorlagen an die Hand, damit sie ihre eigenen Geschichten erschaffen können. Zu der Verfassung, um meine zu erzählen, finde ich nicht mehr recht zurück.« Roveg schwieg sekundenlang. »Dass ich recht hatte, bedeutet nicht, dass es nicht schmerzt.« Er blickte am Garten und der Kuppel vorbei Richtung Horizont. »Aber Sie haben recht. Unsere Spezies – nein, verzeihen Sie, unsere *Kulturen* – sind sich alles andere als ähnlich. Quelin fürchten Außenstehende, weil wir sie als Sündenböcke benutzen für das, was wir an uns selbst fürchten. Wir sperren uns gegen kulturellen Austausch, weil Veränderung uns Angst macht. Ihr Volk dagegen …« Er sah sie an. »Sie fürchten Außenstehende, weil sie Ihnen eine Veränderung aufgezwungen haben, bei der Sie keine Wahl hatten.«

»Es steckt noch mehr dahinter«, sagte Speaker. »Aber das ist teilweise der Grund, ja.«

Auf dem Monitor mit dem Fortschrittsbalken piepste es. Roveg beugte sich vor; Speaker tat mit ihrem Anzug das Gleiche.

Fehler
Verbindung abgebrochen
Ursache: Unbekannt

»O nein«, stöhnte Roveg. »Sterne, ich habe keine Ahnung, was da los ist, das hätte …«

»Schon gut«, sagte Speaker. Natürlich war sie enttäuscht, aber die hartschnabelige Anspannung, die sie im Shuttle empfunden hatte, war inzwischen verflogen. Im Hintergrund war das Gefühl zwar noch da, es transportierte immer noch die gleichen Schreckensbilder und verlangte immer noch nach einer Lösung. Aber für den Augenblick hatte sie es besänftigt. Gemeinsam mit dem Fremden, der ihr hatte helfen wollen. »Es genügt, dass Sie es versucht haben«, sagte sie. »Wirklich.«

Seine Rüschen fielen besiegt herab, aber er sah sie noch einmal mit seinem undurchdringlichen Gesicht an. »Es tut mir so leid, dass es nicht funktioniert hat. Aber danke für den *rekree*, Speaker. Spreche ich es richtig aus?«

»*Rakree*«, sagte sie.

»*Rakree*«, wiederholte er.

»So ist es richtig. Und ja. Ich danke auch Ihnen.«

TAG 237, GU-STANDARD 307

WIR BITTEN WEITERHIN UM GEDULD

ROVEG

Das Gebäude hatte die gleiche Form wie die anderen Fertigbau-Blasen, aus denen der Five-Hop bestand, aber hier endete die Ähnlichkeit auch schon. Die Fassade war bemalt – auf amateurhafte Weise und in düsterem Schwarz-Weiß –, mit Bildern von ausbrechenden Vulkanen, herabstürzenden Meteoriten, glitzernden Edelsteinen und … und … irgendwelchen Formen. Die Formen hatten eine Bedeutung, da war sich Roveg sicher, aber was auch immer der Künstler sich dabei gedacht hatte, ging in der Umsetzung verloren. Grübelnd betrachtete er eine schiefe Blase, die vermutlich einen Felsen darstellen sollte. Oder einen Stein. Vielleicht auch einen Wassertank, wenn man den Kopf zur Seite drehte. Es ließ sich unmöglich feststellen.

Über dem Eingang des Gebäudes hing ein Schild, dessen Stil sich von seinen erstaunlichen Cousins stark unterschied. Die Beschriftung war eingraviert, nicht gedruckt, und mit großen Tupfern aus Lack- und Metallfarbe verschönert. Eine Sonderanfertigung, in Auftrag gegeben von jemandem, der sich etwas Elegantes gewünscht hatte, ohne die Mittel dafür aufbringen zu können.

Auf dem Schild stand:

GORANISCHES MUSEUM FÜR NATURGESCHICHTE

GEGRÜNDET: GU-STANDARD 304304

MUSEUMSDIREKTOR: OOLI OHT TUPO

Unter dem Schild hing ein Perlenvorhang. Roveg ging hindurch und nahm sich kurz die Zeit, ein paar der Perlenschnüre aus den Graten seines Panzers zu lösen, in denen sie sich verfangen hatten. Er betrachtete seine Umgebung, und sein Herz schmolz. »O Sterne«, lachte er in sich hinein.

Das Goranische Museum für Naturgeschichte bestand aus einem einzigen, mit Tischen vollgestellten Raum, und auf diesen Tischen lagen, nun … in erster Linie Steine. Es gab große und kleine Steine, Steine in Schachteln, Steinhäufchen, Steine, die auf wackligen Podesten lagen, Splitter und Geröll und mit Erde gefüllte Glasröhrchen. Die mutmaßlichen Ausstellungsstücke waren mit Etiketten gekennzeichnet, die aus dem gleichen Drucker stammten wie die übrige Beschilderung des Five-Hop und auf denen Bezeichnungen prangten wie »Entstehungsphase des Planeten«, »Frühe Zeitalter« und »Anthropologische Relikte«. Dieses letzte Schild hing über dem einzigen Tisch im Goranischen Museum für Naturgeschichte, der nicht mit Steinen bestückt war, sondern mit einem Sammelsurium aus Krimskrams, das aussah, als wäre es ein paar Dutzend unterschiedlichen Reisenden aus den Taschen gefallen. Der ganze Plunder und all die vergessenen Schmuckstücke wurden präsentiert, als würde es sich um kostbare Schätze handeln. Und vielleicht waren sie ja genau das für den Museumsdirektor, dachte Roveg.

Draußen kam jemand angerannt – vier Pfoten, die lautstark über den Weg trappelten. Das Geräusch kam näher, bis schließlich Tupo mit Getöse durch den Vorhang stürmte, wobei ser beinahe mit den Füßen in den Perlenschnüren hängen blieb. Schlitternd kam ser zum Stehen.

»Willkommen in meinem Museum«, japste Tupo. In sirer Stimme lag eine Freude, die vollständig gefehlt hatte, als Tupo Roveg in der Luftschleuse begrüßt, ihm im Garten Kuchen angeboten oder etwas heruntergeleiert hatte, das die Idee sirer Mutter gewesen war. Doch die Freude war irgendwie gedämpft, so als wäre das Kind außer Atem. (Lungen hatten ihre Grenzen, wie Roveg inzwischen wusste; er war sehr dankbar dafür, wie viel vernünftiger die Atemwege in seinem Bauchraum angelegt waren.) »Falls Sie … falls Sie irgendwelche Fragen haben … Oje, warten Sie kurz.« Tupo legte den Kopf in den Nacken und rang nach Atem. »Ich war gerade in der Küche, als ich gesehen habe, wie Sie das Museum betraten.«

»Verzeihung, hätte ich dich zuerst fragen sollen?«, fragte Roveg. Er hatte vor dem Eingang kein Schild gesehen, auf dem etwas über Öffnungszeiten oder Preise oder dergleichen stand. Wenn er sich hinsichtlich des Five-Hop in einem sicher war, dann war es die Tatsache, dass es für *alles* ein Schild gab.

»Äh, nein, das Museum ist immer … es ist immer geöffnet.« Langsam ging Tupos Atem ruhiger. »Es ist nur … Es kommen nicht oft Leute hierher, deshalb war ich aufgeregt.« Ser bog den Hals wieder zu einem schicklichen Winkel und sah Roveg mit großen, beflissenen Augen an. »Möchten Sie eine Führung?«

Eigentlich hatte Roveg nur einen kurzen Blick hineinwerfen wollen, und der nach dem Betreten gewonnene Eindruck hatte in ihm nicht das Verlangen ausgelöst, länger zu bleiben. Aber jetzt lagen die Dinge anders. Jetzt hatte er nur ein Ziel, und das war, dem Museumsdirektor seine volle, ungeteilte Aufmerksamkeit zu schenken. Alles andere wäre abscheulich gewesen.

»Tupo«, sagte er, »ich hätte sehr gern eine Führung.«

Das Kind begann beinahe zu leuchten. »Cool«, sagte es. »Waren Sie schon mal in einem Museum für Naturgeschichte?«

»O ja.«

»Es ist echt schwer, auf Gora ein Naturgeschichtsmuseum zu leiten.«

»Weil sich so schwer vorhersagen lässt, wann Besucher kommen?«

»Nein, weil es hier kein Leben gibt.«

»Ah«, sagte Roveg. »Ja, ich kann verstehen, dass das beim Studium der Naturgeschichte ein Problem darstellt.«

Das Laru-Junge blickte auf die Ausstellungsstücke und schnaubte. »Alle haben so große Erwartungen«, sagte ser mit dem Ernst einer sehr viel reiferen Person. »Jeder glaubt, dass es in Naturgeschichtsmuseen Fossilien oder Pflanzen oder Insekten und so was geben müsste, aber ich kann Ihnen versichern, das stimmt nicht.« Stolz deutete ser auf die Ausstellungsstücke. »Steine sind Natur, und sie haben eine Geschichte, und sie sind großartig.«

»Da bin ich ganz deiner Meinung. Aber … Ich habe trotzdem eine Frage.«

»Okay.«

»Und bitte sei nachsichtig mit mir, schließlich bin ich kein Wissenschaftler.« Roveg sprach ebenso höflich, wie er es auch in einem beruflichen Kontext getan hätte. »Wenn du in erster Linie Gesteine erforschst, ist dein Fachgebiet da nicht eher … Geologie?«

Tupo wippte zustimmend mit dem Hals. »Das hat Mom zuerst auch gesagt, aber die Sache ist die: Ich habe jede Menge Naturgeschichtsmuseum-Sims gespielt, und alle haben die gleiche Story.« Tupo erhob sich auf die Hinterbeine, um mit beiden Vorderpfoten gestikulieren zu können. »Am Anfang steht die Entstehung des Planeten. Wie er sich überhaupt erst entwickelt hat.« Ser zeigte auf den ersten Tisch, der mit einem aus Stöckchen und Kugeln bestehenden Modell des Tren-Systems bestückt war – keine schwierige Aufgabe, wenn es nur zwei Himmelskörper in der Umlaufbahn gab – sowie einem uralten Scribus, auf dem in Dauerschleife die Pixelprojektion der Planetengenese lief. Tupo machte eine entschuldigende Kopfbewegung zu dem Scribus hin. »Von Tren habe ich kein Video gefunden, deshalb ist das ein Video von Hagarem. Aber Planeten entstehen alle auf die gleiche Weise.«

»Ah ja, verstehe«, sagte Roveg. »Es ist keine Schande, ein anderes Video zu benutzen. Dieses hier drückt aus, was du sagen willst. Ein guter Instinkt für Didaktik, würde ich sagen.«

Tupo strahlte und sprach weiter. »Okay, dann sind da noch Steine.«

Sterne, ja, da *waren* Steine, allesamt sorgfältig beschriftet und datiert. *Schiefer, 158/306, Finder: Tupo. Gneis, 6/305, Finder: Tupo. Kalkspat, 184/307, Geschenk der Aaskhiset-Federfamilie.* »Wer ist denn die Aaskhiset-Familie?«, fragte Roveg.

»Ihnen gehört das Tet-Haus nördlich von hier«, sagte Tupo. »Wir sind so was wie Nachbarn. Mom gibt ihnen Rabatt auf Treibstoff, und sie geben ihr Rabatt auf … ähm … keine Ahnung. Ich darf noch nicht dorthin.«

»Das habe ich mir schon gedacht.«

»Weil es dort Sex gibt.«

»Ja, ich bin mir darüber im Klaren, was ein Tet-Haus ist, danke sehr.«

»Für gewöhnlich kommt Hirikk hierher, um Treibstoff zu kaufen, und er bringt mir immer coole Steine mit, die man dort drüben außerhalb der Kuppel findet. Er ist nett. Wie auch immer, von Steinen kann man sehr viel lernen.« Tupo schwieg erneut und starrte auf seine riesige Sammlung, sichtlich überwältigt. »Wissen Sie, was Vulkangestein ist?«

»Ja.«

»Und wie steht's mit Sedimentgestein?«

»Ja, das auch.«

»Okay.« Tupo schwieg erneut, er schien ratlos zu sein. »Na schön, dann können Sie einfach die Plaketten lesen.«

»Das werde ich tun«, sagte Roveg. Damit meinte er, dass er sie überfliegen würde, aber das behielt er für sich.

»Oh, und außerdem können Sie …« Tupo lief zu einem Tisch an der Seite, auf dem ein altmodischer tragbarer Datenserver sowie ein Bildschirm standen, die beide aussahen wie heißgeliebte Erbstücke. »Hier haben Sie Zugriff auf die Infodateien, falls Sie etwas nachsehen wollen, das Sie nicht wissen.«

»Ah, Ihr betreibt hier einen Datenserver!«, sagte Roveg anerkennend. »Großartig. Ich habe eine ganze Reihe von Freunden, die ehrenamtlich an den Infodateien mitarbeiten, und sie sind immer auf der Suche nach Leuten, die Server unterhalten wollen. Das macht das ganze Netz robuster, wie du sicher weißt.«

»Ja. Mir ist klar, dass ich einfach meinen Scribus nehmen und über die Linkings auf die Dateien zugreifen könnte, aber das hier finde ich cooler.«

»Es *ist* cooler. Und nachdem du zurzeit ohnehin nicht an die Linkings herankommst, hast du zumindest das hier, hmmm?« Er sah sich nach den anderen Tischen um. »Okay. Erklär mir, wie Steine in diese allgegenwärtige Story passen, die man in jedem Museum findet.«

»Na ja, okay, also … Da ist ein Planet. Er ist voller Steine, und die Steine erzählen einem alles Mögliche darüber, wie es früher auf dem Planeten war. Auf Gora gab es eigentlich früher gar nichts. Na gut, irgendwann mal gab es Vulkane, aber jetzt nicht mehr. Sie sind erloschen. Und es gab hier keinen Tropfen Wasser, deshalb haben wir hier nicht allzu viele Arten von Steinen. Auch wenn wir ein paar ganz hübsche von dort haben, wo früher die Vulkane waren. Schauen Sie, das hier ist mein Lieblingsstein.« Tupo nahm ein unpoliertes Prachtstück und hielt es Roveg hin – schmutziges Blau mit schwarzen Sprenkeln.

»Ein schönes Stück«, sagte Roveg. »Hast du mal darüber nachgedacht, ihn zu polieren?«

»Keiner von meinen Steinen ist poliert«, sagte Tupo entschieden. »Das reißt den Stein aus seinem Kontext, und dann wissen die Leute nicht mehr, wie er wirklich aussieht.« Ser schwieg. »Und außerdem habe ich nicht das Zeug, das man zum Polieren braucht.«

»Verstehe.«

»Okay, in anderen Museen hat man abgesehen von den Steinen Ausstellungsstücke über das Leben. Und der Punkt ist, es *gibt* Leben auf Gora. Es ist nur nicht hier entstanden.« Tupo deutete auf den Tisch mit den anthropologischen Relikten. Roveg sah ein kaputtes harmagianisches Piercing, eine leere Flasche Weißdüne und eine makellose Aandrisk-Feder, die das Kind vermutlich geschenkt bekommen hatte. »Es *ist* Naturgeschichte«, erklärte Tupo. »Auf Gora hat sich Leben ausgebreitet, nur nicht auf die Art … nur nicht auf die Art, die normalerweise damit gemeint ist.«

Roveg begann zu begreifen, was Tupo sagen wollte. »Du meinst, dass du deine Sammlung *Naturgeschichte* und nicht *Geologie* nennst, ist legitim, weil sich hier tatsächlich Leben niedergelassen und dadurch entscheidend zur Geschichte des Planeten beigetragen hat.«

»Ja. Ganz genau.«

»Tupo, ich muss sagen, dass ich zwar noch nie von dieser Sichtweise gehört habe, aber sie gefällt mir sehr. Du solltest irgendwann eine Doktorarbeit darüber schreiben.«

Tupo schnitt ein Gesicht. »Ich hasse Schreiben.«

»Nun, dann bleib beim Kuratieren, denn das hier ist ein sehr schönes Museum.«

Das Kind scharrte mit den Pfoten. »Es ist ganz okay«, murmelte es glücklich.

Roveg wandte den Blick von der Feder ab, als ihm ein überraschend vertrauter Gegenstand ins Auge fiel. »Ah!« Er streckte eines seiner Beine danach aus und nahm das dreidimensionale Keramikobjekt vom Tisch. »Du hast einen Lyrikstein! Wunderbar!«

Das Kind blinzelte ihn an. »Einen *was?*«

Roveg betrachtete das Etikett, das Tupo unter dem Stein befestigt hatte: *Unbekannte Skulptur, 248/306, Finder: Tupo.* »Woher hast du den?«, fragte Roveg.

»Oh«, sagte Tupo und betrachtete den Fußboden. »Vor einiger Zeit sind ein paar andere Quelin hier gewesen, und die haben ihn im Garten vergessen.«

Roveg versuchte, Tupos Blick aufzufangen. »Hast du ihn deiner Sammlung einverleibt, bevor oder nachdem sie abgereist sind?«

Das Kind interessierte sich auf einmal brennend für ein Gesteinsbröckchen neben seiner Vorderpfote. »Ähm … na ja …«

»Ich bin nicht deine Mutter, Tupo«, sagte Roveg. »Du könntest zwar immer noch versuchen, es ihnen per Maildrohne zurückzuschicken. Aber Diebstahl hat in vielen Museen eine lange, stolze Tradition, die Entscheidung liegt also bei dir.« Er drehte den Lyrikstein zwischen den Zehen. Er war ganz reizend gefertigt – so etwas bekam man mittlerweile in jeder Touristenfalle, aber dennoch allerliebst. Hoffentlich war der frühere Besitzer nicht allzu traurig über den Verlust. »Du weißt also nicht, was das ist?«

Tupo streckte rasch die Zunge heraus, die Körpersprache der Laru für *Nein.*

»Weißt du, wie Quelin-Schrift funktioniert?«

Wieder blitzte die Zunge auf.

Roveg legte den Lyrikstein hin und sah sich nach etwas Brauchbarem um. Ein Glasröhrchen mit Erde – ja, das würde gehen. Er ging zu dem *Frühe-Epochen*-Tisch und zeigte auf die Röhrchen. »Wäre es in Ordnung, wenn ich eines davon darauf ausleeren würde?«, fragte. »Hinterher würde ich natürlich sauber machen.«

»Äh … okay?«

»Danke«, sagte Roveg. Er kippte die Erde auf den Tisch. »Könntest du mir vielleicht helfen? Das hier muss so glatt wie möglich sein, und ich glaube, deine Pfoten sind für diese Aufgabe sehr viel besser geeignet.«

Tupo kam seiner Bitte nach, wobei er verwirrt, aber gespannt aussah. Ein paar Sekunden später präsentierte er Roveg ein kleines Fleckchen glatte Erde.

Roveg wölbte die Rüschen. Ja, das würde genügen. Er streckte eines seiner rechten Brustbeine aus und zog mit der ausgestreckten Zehe eine saubere, senkrechte Linie in die Erde, teilte so die provisorische Leinwand säuberlich in zwei Teile. Dann tippte er mit jeweils einem rechten und linken Brustbein feinsäuberlich Kerben hinein, wobei er neben der Mittellinie begann und dann waagerecht zu beiden Seiten hin weitermachte. Er vollendete eine Zeile, dann eine weitere darüber, dann noch eine. Wenig später lehnte er den Rumpf zurück und sah Tupo an. »Was siehst du?«, fragte er und zeigte auf die Muster.

»Punkte«, sagte Tupo.

Zufrieden dehnte Roveg seinen Unterleib. »Für dich ja«, sagte er. »Für mich sind es Sätze. Das ist die Art, in der wir Quelin schreiben.« Er deutete noch einmal auf die Zeichnung. »Schau genau hin. Was siehst du?«

Das Kind kniff die Augen zusammen und rieb fieberhaft die Lippen aneinander, während es den Kopf dicht über die Erde hielt. »Sie sind auf beiden Seiten gleich. Oder … Moment mal.« Noch stärker zusammengekniffene Augen. »Irgendwie sind sie unterschiedlich.«

»Du bist klug, Tupo. Ja, genauso ist es.« Roveg deutete auf die Sätze. »Alles, was ich auf der linken Seite geschrieben habe, hat wörtlich die gleiche Bedeutung wie das, was ich auf der rechten Seite geschrieben habe. Es sind die gleichen Worte. Aber jede Seite steht für ein anderes Sprechwerkzeug. Im Moment spreche ich mittels der Stimmbänder in meiner Kehle.« Er tippte auf die Stelle an seinem Exoskelett, unter der sich seine Speiseröhre befand. »Wenn ich Klip spreche, benutze ich nur die. Aber wenn ich Tellerain spreche …«

»Das ist Ihre Sprache«, unterbrach ihn Tupo.

»Richtig. Wenn ich Tellerain spreche, benutze ich sowohl meine Kehle als auch mein … Es gibt kein Klip-Wort dafür. Das … harte Gebilde im hinteren Teil meines Mundes. Das bringt diese Geräusche hervor.« Er klapperte in schnellem Stakkato mit seinen Mundwerkzeugen und produzierte dabei ein lautes Klappern, das nichts als Kauderwelsch ergab.

Tupo war entzückt. »Machen Sie das noch mal.«

Roveg folgte der Aufforderung; das Kind lachte. Roveg nahm seinen Stegreifunterricht wieder auf. »Tellerain besteht gewissermaßen aus zwei Sprachen auf einmal. Nehmen wir das Wort für …« Er sah sich im Museum um. »Stein. Welches Wort bedeutet ›Stein‹ auf Mululo?«

»Ich spreche kein Mululo.«

»Nicht?« Roveg war überrascht. Dass Ouloo ihrem Kind ihre offizielle Muttersprache nicht beibrachte, schien ihm sehr extrem.

»Ich kenne vielleicht … ein paar Wörter. Aber mit Mom spreche ich Piloom.«

»Oh, Verzeihung. Ich wusste nicht, dass deine Mutter aus Ulapot stammt.« Eine kleine, landwirtschaftliche Laru-Kolonie im Aandrisk-Territorium. Er wusste zwar von der dortigen Regionalsprache, hatte sie jedoch noch nie gesprochen gehört.

Tupo war überrascht. »Sonst kennt nie jemand Ulapot.«

»Natürlich kenne ich Ulapot. Von dort wird das beste Rotschilf der gesamten GU exportiert. Also, was heißt ›Stein‹ auf Piloom?«

»*Oelo*«, sagte Tupo.

»Interessant. Auf Tellerain gibt es nur ein Wort für ›Stein‹, aber es wird auf zwei verschiedene Arten gebildet. Durch meine Kehle gesprochen heißt es *trihas*. Mit meinen … anderen Werkzeugen gesprochen, lautet das Wort …« Er ließ ein scharfes Klappern hören. »Wenn man die beiden Geräusche übereinander legt, erhält man …« Er demonstrierte das zusammengesetzte Wort.

Tupo versuchte das Klappern mit der Zunge nachzuahmen und scheiterte kläglich. »Ich kann das nicht.«

»Du hast nicht die Mundwerkzeuge dafür. Kein Nicht-Quelin hat sie, und deshalb kann niemand außer uns richtig Tellerain sprechen, genauso wie niemand richtig Hanto oder die Farbensprache sprechen kann. Es gibt eine Handvoll andere Wesen, die es versuchen, aber die sprechen vereinfachtes Tellerain, bei dem nur die Stimme benutzt wird.«

»Aber das ist dann nicht … das ist dann nicht das ganze Wort«, sagte Tupo.

»Die Bedeutung wird transportiert. Wenn du *trihas* sagen würdest, wüsste ich, dass du Stein meinst. Aber dabei fehlt dann der …« Wie sollte er das einem Kind erklären? »Der

Geschmack. Kennst du das, wenn sich manche Wörter einfach besser *anfühlen* als andere?«

»Ich glaube schon.«

»Nun, ich kann die Art, wie sich ein Wort anfühlt, stark verändern, indem ich einfach das Klappern verändere. Hör noch mal zu, wie ich *trihas* sage.« Roveg sprach das Wort ganz aus, mit Kehle und Mundwerkzeugen gemeinsam. »Das ist die langweilige Art, es auszusprechen. So würde man es aus einem Wörterbuch-Feed vorlesen. Aber wenn ich dir jetzt sagen wollte, dass der betreffende Stein wunderschön ist, würde ich es so aussprechen: *trihas.*« Diesmal kam das Klappern von weiter hinten im Mund und klang ein wenig schärfer, ein wenig tiefer. »Aber wenn ich mich über diesen Stein ärgern würde, weil ich gerade darüber gestolpert wäre und mir die Zehen angestoßen hätte, würde ich *trihas* sagen.« Das begleitende Klappern war genau das gleiche wie zuvor, nur härter, heftiger. Roveg übertrieb das Geräusch absichtlich, wie der Bösewicht in einer Oper, damit Tupo den Unterschied deutlich hören konnte. Wieder zeigte er auf die Schrift in der Erdfläche. »Verstehst du – die linke Seite unserer Schrift beschreibt die Kehllaute, die rechte die Mundgeräusche. Auf den ersten Blick hast du recht, sie sehen aus wie Spiegelbilder, weil jede Seite für die gleichen Wörter steht. Aber die Unterschiede, die du siehst, zum Beispiel, dass dieser Buchstabe höher ist als sein Gegenstück – das sind Anweisungen. Die geben das Gefühl wieder, das ich vermitteln möchte.«

»Und was steht da?«, fragte Tupo ungeduldig.

Roveg führte zwei Beine an den Wörtern entlang, wobei er jeweils auf das Wort zeigte, das er gerade übersetzte. »Ich heiße Roveg. Ich bin hier bei Tupo, einem …« Er unterbrach sich und suchte nach den richtigen Klip-Wörtern. »Ser führt ein angesehenes Museum, das einen Lyrikstein in der Sammlung besitzt.« Er sah das Kind freundlich an. »Das ist die wörtliche Bedeutung. Aber wenn man das Gefühl hinzuaddiert, das ich geschrieben habe, steht da, dass ich Tupo für brillant halte und die Sammlung sehr bewundere.«

Tupo war so erfreut, dass sir Fell sich bauschte.

»Also«, fuhr Roveg fort, »dein Lyrikstein.« Er griff danach. »Siehst du?« Er hielt ihn so, dass Tupo direkt auf den vorderen Rand des Dreiecks blickte. »Rechte Wörter, linke Wörter. Das ist eine sehr alte Art zu schreiben. Vor den Scriben und Bildschirmen und dergleichen haben wir auf Tontafeln geschrieben. Wer etwas schreiben wollte, goss nassen Ton in eine flache Form und schrieb seinen Text, bevor der Ton trocken war. Diese Fertigkeit erfordert viel Übung, aber es ist immer noch die schönste Art zu schreiben, denn – schau.« Er brachte Tupo dazu, sein Gesicht näher zu dem Stein zu führen. »Siehst du, wie sich bei jedem Buchstaben die Tiefe verändert?«

»Ich glaube schon«, sagte Tupo. »Oh. Ja.«

»Dabei verändert sich auch das Wort. Es handelt sich um genaue Anweisungen, wie das Gedicht vorgetragen werden sollte.«

»Und was steht da?«, wollte Tupo wissen.

Roveg drehte den Stein zu sich um und begann zu übersetzen. »Okay, auf Klip reimt es sich nicht, und das Versmaß ist auch falsch, aber es fängt so an: *Wenn du weit weg bist, denk an deine Heimat …* «

»Nein, nein«, sagte Tupo und schüttelte den Hals. »Ich will hören, wie es *richtig* klingt.«

»Das würdest du nicht verstehen.«

»Sie können es mir hinterher erzählen.« Tupos Pfoten tanzten. »Ich will Sie noch mal klappern hören.«

Roveg lachte. »Na schön«, sagte er. Er hob den Stein ins Licht und begann zu lesen.

Wenn du weit weg bist, denk an deine Heimat
und lass dich von ihr trösten
denk an uns andere, wenn du allein bist
vergiss niemals die guten Zeiten
vergiss nicht den Gesang, vergiss nicht die Freude
vergiss nicht den purpurnen Himmel
vergiss nicht die dunklen Gesichter, so alt, so lieb
Vergiss nicht die Kinder, deren …

Der Vers blieb Roveg im Mund stecken und wollte nicht heraus. Er hatte gleich gewusst, welches Gedicht es war – der *Abschied des Liebenden* aus dem zweiten Akt von *Sommerleid*, einer der auf Vemereng am häufigsten aufgeführten Klassiker – aber es war ewig her, seit er es gelesen hatte. Es gab einen Grund, weshalb er Tellerain mied, genau wie klassische Literatur, und ganz besonders Gefühlsduseleien wie diese hier. Er war so damit beschäftigt gewesen, nett zu Tupo zu sein, dass er nicht bedacht hatte, in welche gefährlichen Gefilde er sich törichterweise begab. Und jetzt steckte er dort fest, ohne Aussicht, wieder herauszukommen.

»Das ist alles?«, fragte Tupo und reckte hinter dem Stein den Kopf hoch.

»Ja, das ist alles«, log Roveg. Er gab den Stein Tupo zurück, legte ihn in sire geöffneten Pfoten.

»Das hat echt cool geklungen«, sagte Tupo. »Aber … irgendwie auch unheimlich.« Er schwieg kurz. »Mom sagt, ich soll so etwas nicht sagen.«

Roveg antwortete nicht, obwohl er es dem Kind nicht übel nahm. Er war mit den Gedanken woanders, und das Museum bot ihm nicht mehr genug Ablenkung. »Vielen Dank für die Führung, Tupo. Ich freue mich schon darauf, mir deine Ausstellungsstücke später genauer anzusehen, aber jetzt sollte ich erst einmal zu meinem Shuttle zurückkehren. Ich bin ein bisschen müde und könnte einen Snack gebrauchen.«

»Ich kann Ihnen einen Snack besorgen, wenn Sie möchten«, sagte das Kind seiner Gastgeberin.

»Nein, danke. Ich … Ich glaube, ein kurzes Schläfchen in meinem Shuttle wird mir guttun.« Er wandte sich zum Gehen, dann hielt er inne. *Vergiss nicht die Kinder, deren Panzer noch weiß ist.* Er drehte sich zu Tupo um. »Das ist wirklich ein ganz außerordentliches Museum«, sagte er. »Gora kann sich glücklich schätzen, dich zu haben.«

Er ging, ohne ein weiteres Wort zu sagen, und ließ das Kind mit seinen geraubten Schätzen allein.

PEI

Pei verließ das Badehaus ein paar Stunden nachdem sie es betreten hatte, und genoss die kühle, gefilterte Luft. Auf ihrer Haut lag der Geruch nach Salzmoos, und ihre frisch geschrubbten Schuppen fühlten sich so glatt an wie weiches Metall. Sie hob den Arm und bewunderte das intensive Glitzern im Sonnenlicht. Sie konnte sich nicht erinnern, wann sie zuletzt so geleuchtet hatte seit ihrem frühen Erwachsenenalter – jener Phase in ihrem Leben, als ihr Körper noch in dem Bestzustand gewesen war, den ihr jüngeres Ich wohl kaum verdient hatte. Ouloo wusste eindeutig, wo man das gute Zeug bekam.

Als sich jemand dem Garten näherte, sah sie auf. Es waren Speaker, die Arme beladen mit irgendwelchem Technikkram, und Tupo, der ihr glücklich folgte und einen Karren schob, der offenbar mit sirem gesamten Hausstand beladen war: Kissen, Lampen, Bänder, eigentlich allem, was grell und bunt und nicht niet- und nagelfest war.

»Was sind das für Sachen?«, fragte Pei beim Näherkommen.

Tupo drehte den Kopf in ihre Richtung. »Speaker gibt ein Konzert!«

»Ein Konzert«, wiederholte Pei. »Das klingt cool.«

»Ja«, sagte Tupo. Das Kind war ganz aufgeregt – die Pfoten in wilder Bewegung, das Fell aufgeplustert. »Speaker hat alle ihre Sachen mitgebracht, und sie und ich werden unsere

Lieblingsmusik spielen. Mom macht Snacks. Wollen Sie auch etwas spielen?«

»Ich glaube, ich werde einfach … nur zuhören«, sagte Pei. Zu dieser Veranstaltung konnte sie nicht viel beitragen, aber sie wollte dem Kind nicht die Freude verderben. Außerdem war ihr gerade jede Ablenkung willkommen.

Sie ging zu Speaker hinüber, die ihre Last gerade auf dem Rasen absetzte. Pei betrachtete die Ausrüstung. Sie hatte schon früher Sound-Technik gesehen – in Bars, auf Festen, im Zuhause anderer Wesen –, aber sie hatte keine Ahnung, wie man sie installierte, und hatte nie viel Aufmerksamkeit darauf verschwendet. Trotzdem fragte sie: »Kann ich helfen?«

Speaker sah sie an, dann drehte sie sich zu ihren Gerätschaften um; sie bewegte den Kopf, doch der Mech-Anzug blieb reglos. »Äh, ja, wenn Sie möchten. Könnten Sie vielleicht die Lautsprecher tragen?«

Pei betrachtete die Geräte. Lautsprecher waren im Prinzip Sprechboxen im Großformat; so viel wusste sie. Sie hob einen dicken, fassförmigen Gegenstand auf, bei dem sie sich ziemlich sicher war, dass es sich um einen Lautsprecher handelte, und als Speaker keine Einwände erhob, wusste Pei, dass sie richtiglag. »Ja, der ist nicht zu schwer«, sagte Pei. »Wo soll ich ihn hinbringen?«

Speaker richtete den Mech-Anzug so aus, dass sie sich auf der Rasenfläche umsehen konnte. Sie hob eine der Anzughände und sagte: »Stellen Sie ihn einfach dorthin und verteilen Sie die anderen gleichmäßig am Rand, so dass sie einen Kreis bilden.«

Pei schleppte das Ding zu der bezeichneten Stelle, und beim Absetzen stach ihr eine kleine Gravur in der äußeren Beschichtung ins Auge. »Sind Sie das?«

»Was?«, fragte Speaker.

Pei deutete auf die Gravur: die schlichte Zeichnung eines Akarak-Gesichts, das jemand mit etwas Dünnem, Scharfem in das Metall geritzt hatte. »Das sind doch eindeutig Sie.«

Speaker ließ den Anzug hinübergehen, beugte ihn vor, um sich die Sache anzusehen, und lachte. »Das muss Tracker gewesen sein«, sagte sie mit liebevoller Entnervtheit. »Solche albernen Witze sind typisch für sie.« Sie verstummte.

Tupo ließ die Kabel fallen, die ser versucht hatte zu entwirren, und tappte zu Speaker hinüber. »Es geht ihr sicher gut«, sagte ser und klopfte mit der Vorderpfote auf Speakers Anzug.

Speaker sah Tupo an. »Danke«, sagte sie.

Pei ging der Sache nicht weiter nach. Die Akarak war ihr immer noch ein Rätsel, eine lebendige, atmende Leerseite in Peis innerem Handbuch für die Galaxie. Aber so wenig sie mit Speakers Spezies auch vertraut war, einen wunden Punkt erkannte sie dennoch und hütete sich, darin herumzustochern, vor allem bei einer Fremden. Es ging sie schlicht und einfach nichts an.

Speakers Schweigen hatte die eben noch heitere Stimmung getrübt, und Pei begriff, dass sie nicht die Einzige war, die ein wenig Ablenkung gebrauchen konnte. »Hey, Tupo«, sagte sie. »Wie fandest du eigentlich das Video, das wir uns gestern Abend angesehen haben?«

Speaker warf ihr einen raschen Blick zu; es ließ sich zwar schwer sagen, aber es schien ein Hauch von Dankbarkeit darin zu liegen.

»Ähm, das war ziemlich gut.« Tupo rieb sich das Kinn mit dem unteren Ende sires Halses. »Allerdings fand ich es teilweise ziemlich langweilig. Ich mag lieber Videos, die spannender sind.«

Pei lehnte sich an einen der Pfosten für die Beleuchtung. »Ach ja? Welche denn zum Beispiel?«

Darüber musste Tupo nicht lange nachdenken. »Haben Sie schon *Vertrauen und Rache* gesehen?«, fragte ser, die Augen weit aufgerissen.

Durch Peis Sprechbox klang ein Lachen. »Hast *du* denn schon *Vertrauen und Rache* gesehen?«, fragte sie. »Das ist ein … ziemlich krasses Video.«

»Ja! Es ist so toll!« Eigentlich stand das Laru-Junge auf allen vieren, aber jetzt tanzten sire Füße so lebhaft durch die Luft, dass nie mehr als drei Pfoten gleichzeitig den Boden berührten. Das Kind drehte den Kopf in Speakers Richtung. »Speaker, haben Sie den Film gesehen?«

Speaker war gerade mit der Schaltung ihres Cockpits beschäftigt. »Nein«, sagte sie. »Es hört sich an, als wäre er ein bisschen zu heftig für mich.«

Tupo schnalzte missbilligend mit der Zunge. »Da verpassen Sie aber was.« Ser wandte sich wieder Pei zu. »Wissen Sie noch, wie der Schurke aus nächster Nähe von einer Plasmapistole getroffen wird und sich in ein Skelett verwandelt und dann explodiert?«

»Ja«, sagte Pei, unsicher, worauf das hier hinauslief.

»Kann so etwas wirklich passieren?«

Ah. Jetzt begriff sie. »Ganz sicher *nicht*«, sagte Pei.

Tupo ließ enttäuscht den Hals durchhängen. »Nicht einmal vielleicht?«

»Nicht einmal vielleicht«, sagte Pei. Tupos Frage machte ihr zwar nichts aus, aber sie teilte die Begeisterung des Kindes für das Thema nicht. Und sie konnte Tupo ja nicht sagen, dass sie genau wusste, weshalb jemandes Skelett *nicht einmal vielleicht* sichtbar war, wenn man ihn mit einem Plasmagewehr traf, denn dann hätte ser gefragt, was ein Plasmagewehr aus nächster Nähe sonst anrichtete, und mit so etwas sollte sich ein Kind nicht auskennen. Sie wusste nicht, wie sie Tupo vermitteln sollte, dass Krieg im Film und in der Realität nicht die geringste Ähnlichkeit miteinander hatten und dass echter Krieg nun mal keine elegante Aneinanderreihung heroischer Taten war, untermalt von grandioser Musik und geistreichen Erwiderungen. Krieg war hässlich, ermüdend und vor allem langweilig – was seltsam klang angesichts der Tatsache, dass es dabei zugleich mehr Explosionen und Adrenalin gab, als man verkraften konnte. Aber trotz aller strategischen Überlegungen und knappen Rettungsmanöver und Beinahe-Treffer war Krieg letzten Endes nichts anderes als ein Streit, bei dem den Leuten keine bessere Lösung einfiel, als einander umzubringen. Ab einem gewissen Punkt wurde das Leid alltäglich. Pei kam damit klar. Was sie erlebte oder tat, machte ihr nichts aus. Sie hatte einen robusten Magen, und ihr Gewissen war rein. Aber was sie manchmal verwirrte, war die Trennung zwischen *hier* und *dort. Hier* gab es ein Junges mit großen Augen und lebhaften Pfoten, für das Krieg eine spannende Geschichte war, die man sich vor dem Schlafengehen ansah – ein Zuckerrausch, eine Metapher. *Dort* gab es keine Kinder. *Dort* gab es nur erschöpfte Erwachsene, hoffnungslos auf eine Weise, wie Tupo es hoffentlich niemals erleben würde; Leute, die sich nach nichts mehr sehnten, als dass die triste Angelegenheit ein Ende nahm, damit sie nach Hause gehen konnten. Nur dass es niemals ein Ende nahm und viele von ihnen ihr Zuhause niemals wiedersehen würden.

»Woher kommen Sie gerade, wenn die Frage gestattet ist?«, fragte Speaker. Die Hände ihres Anzugs waren mit Gerätschaften beschäftigt, deren Namen Pei nicht kannte.

»Von der Rosk-Grenze«, sagte Pei. Tiefer durfte sie nicht ins Detail gehen, und sie kannte die üblichen Reaktionen darauf, sie hatte sie alle schon gehört. Sobald es um die Rosk ging, sagten die Leute »wow« oder »puh« oder »ach du Scheiße« oder irgendetwas in dieser Richtung. Manche waren beeindruckt. Andere mitleidig, auf eine ahnungslose Weise. Die meisten Leute, die nicht selbst gerade Militärs waren, gerieten kurz ins Stolpern, wenn der Krieg aufhörte, eine bloße Geschichte zu sein – ob sie nun spannend war oder nicht – und sie plötzlich mit jemandem sprachen, der Teil davon war.

Aber Speaker überraschte sie. »Ah«, sagte sie nur. *Ah*, als hätte Pei ihr erzählt, dass sie Obstbäuerin war oder gerade aus der Hauptstadt kam oder sich im letzten Tagzehnt neue Schuhe gekauft hatte. *Ah*, als hätte Pei etwas bestätigt, das für Speaker offensichtlich war. Pei hatte keine Ahnung, was es sein mochte, und Speaker lieferte ihr keinerlei Hinweis. Sie arbeitete weiter und sagte nichts mehr.

Zwar konnte Pei den offen neugierigen Reaktionen, die sie sonst erhielt, nicht viel abgewinnen, aber sie war so sehr daran gewöhnt, dass ihr Ausbleiben sie jetzt verwirrte. Na schön, dann war es der Akarak eben egal. Vielleicht wusste sie auch einfach nicht, was sie sonst sagen sollte. Höchstwahrscheinlich war sie einfach nur ein Alien, das Pei nicht lesen konnte. Na und?

Dennoch, der Wortwechsel pikste Pei an, wie ein einzelnes Sandkorn im Schuh, das ihr eigentlich hätte egal sein können, sie aber trotzdem nervte.

»O Scheiße«, sagte Tupo in exakt demselben Tonfall wie Ouloo am Vorabend, und Pei musste all ihre Willenskraft aufbieten, damit kein Lachen über ihre Sprechbox drang. Das Kind hielt eine Pfote voller Kabelgewirr hoch. »Ich weiß nicht, was ich da gemacht habe.«

Pei ging hinüber und setzte sich zu Tupo auf den Boden. »Ein Durcheinander, das hast du gemacht«, sagte sie freundlich. »Na komm, bringen wir es in Ordnung.« Sie nahm einen der Knoten auf und begann, sich hindurchzuarbeiten. Dabei blickte sie zu Speaker hinüber. Die Akarak sah sie zwar nicht an, doch sie hatte ihren Schnabel ganz leicht verschoben, als würde auch sie etwas anpiksen.

ROVEG

Auf dem Tisch vor ihm stand eine Teetasse. Die Projektionswände waren dunkel. Sein Tee unberührt. Eigentlich hatte er es sich gemütlich machen wollen, doch obwohl die Tasse direkt vor ihm stand, hatte er sie ganz vergessen.

Es hatte einmal eine Zeit gegeben, in der die Galaxie einfach gewesen war. Es gab Quelin, und es gab Aliens. Quelin waren Leute. Aliens waren … Aliens. Sie waren *beinahe* wie Leute, aber nicht ganz, und würden es niemals sein. *Durften* es niemals sein. Mit Aliens konnte man zwar reden und Tauschhandel treiben, aber sie waren nicht wie man selbst. Man musste höflich zu ihnen sein. Man musste die Gesetze respektieren, die man mit ihnen gemein hatte.

Aber man sollte nicht ihr Freund sein.

Was eine Gesellschaft zusammenhielt, so hatte Roveg gelernt, war eine gemeinsame Erzählung. Eine gemeinsame Geschichte, ein Fundament aus Ethik. Das war der Panzer, der die Welt zusammenhielt und alles beschützte, was weich und zerbrechlich war. Sich von der eigenen Erzählung abzuwenden bedeutete, sich dem Chaos zu öffnen. Das war keine akademische Meinung, wie seine Lehrer ihm gesagt hatten. Es war eine unbestreitbare Tatsache. Es war der Grund, warum gute Quelin zu den Schweigenden Kriegsgefilden pilgerten und die morschen Ruinen des Bürgerkriegs auf sich wirken ließen. Dort war die Erde immer noch vernarbt vom säurehaltigen Kanonenfeuer, immer noch voller Trümmer.

Man durfte dort nichts anrühren und auch die Exoskelette nicht entfernen. Einige Gesichter waren noch erkennbar, auch wenn das Innere der alten Soldaten längst von Zeit und Fäulnis zerfressen worden war. Eines dieser Gesichter hatte sich Roveg besonders ins Gedächtnis eingebrannt – eine einzelne Augenhöhle, teilweise zerstört, von der Sonne gebleicht, das Einzige, was noch von dem in einer zusammengestürzten Felswand eingeschlossenen Körper sichtbar war. Er hatte diese Augenhöhle betrachtet, der Blick des Lebenden hatte den des Toten erwidert, und sein Lehrer hatte neben ihm gestanden und beifällig und mitfühlend genickt, während Roveg seinen Mund als Schlagzeug der Trauer hatte klappern lassen.

Die Schweigenden Kriegsgefilde waren das, was man bekam, wenn man von der Quelin-Lehre abwich: Zerstörung und Niedergang. Die Quelin konnten nicht so tun, als wären sie allein im Universum, und es war weise, mit den galaktischen Nachbarn zu kooperieren (vor allem, wenn besagte galaktische Nachbarn größer und stärker waren als man selbst und mehr Spielzeuge besaßen). Aber man durfte nicht versuchen, so zu *denken* wie sie. Wer das tat, war verloren. Verachtungswürdig. Ein solcher Quelin war innerlich für immer zerrissen und würde niemals Frieden finden.

Früher einmal hatte Roveg an all das von ganzem Herzen geglaubt. Als Kind war er entschlossen gewesen, ein gutes, ein tugendhaftes Leben zu führen. Er hatte das stolze Klappern der Erwachsenen vernommen, wenn er die Zwölf Zentralen Grundsätze aufsagte oder Bilder von der Gründung der Großen Bibliothek malte. Er zehrte von dieser Anerkennung, als wäre es der einzige Nährstoff, den er benötigte. Er erinnerte sich noch gut an den Tag seiner Ersten Brandmarkung im Saal der Wachsamkeit. Natürlich hatte er Angst gehabt.

Schließlich hatte er zuvor miterlebt, wie die älteren Kinder gebrandmarkt wurden, hatte ihre Schreie und das Zischen des Brenneisens gehört, den beißenden Gestank nach verbranntem Keratin gerochen, der noch Tagzehnte später in der Luft hing. Man konnte das nicht mit ansehen, ohne Angst zu bekommen. Aber als der Geistliche das glühend heiße Metall an Rovegs Panzer gehalten hatte, war etwas mit ihm geschehen. Da war Schmerz gewesen, ja, und der panikerfüllte Geruch seines eigenen versengten Körpers, aber dann hatte er zu der freudigen Menge hinübergeschaut und begriffen, dass er nur eines in einer unermesslich langen Kette von Individuen war, die an eben dieser Stelle gestanden hatten, um das gleiche Brandmal zu empfangen; dass er Teil von etwas Edlem und Großartigem und Wunderschönem war und die Geschichte nicht nur *ansehen*, sondern *fortsetzen* konnte. Die Umstehenden hatten ermutigend gebrüllt, während er schrie, und in jenem Moment hatte er tatsächlich keinen Schmerz verspürt. Für einen Augenblick war er darüber hinausgewachsen. Er war ganz. Er wurde geliebt.

Als Erwachsener hatte er versucht, diesen Augenblick zu rekonstruieren, zu verstehen, was das eigentlich gewesen war. Die Hauptzutat war natürlich Adrenalin, verbunden mit anderen mächtigen Neurotransmittern und dem unwiderstehlichen Gefühl sozialer Zugehörigkeit. Ein mächtiger Cocktail, das. Seither hatte er viele andere transzendente Augenblicke erlebt, gegen die jenes abscheuliche Ritual eigentlich hätte verblassen müssen. Er hatte die Kunst von vielen Dutzend verschiedener Planeten gesehen, Gemälde, die so schön waren, dass ihm zumute war, als gäbe es niemanden außer ihm und dem Künstler, die einander Atem einhauchten. Er hatte einen seltenen synchronen Sonnenuntergang erlebt, an dem drei verschiedene Sterne beteiligt gewesen waren. Er hatte das glitzernde Eis von Theths Ringen gesehen, durch den Plex-Boden eines Kreuzfahrtschiffes. Er hatte Freunde gewonnen, die für ihn wie Familie waren, und Babys mit Fell oder Klauen oder Schwänzen in den Armen gehalten. Er konnte in einem Dutzend Sprachen fluchen und Lieder mitsingen, die er nicht verstand. Er hatte die erlesensten Speisen genossen, die die Galaxie zu bieten hatte. Er hatte Sex gehabt, der ans Spirituelle grenzte. Sein Leben war das reinste Wunder, und er hätte es für nichts in der Welt eingetauscht.

Aber nie hatte er etwas erlebt, das jener ersten Brandmarkung gleichkam.

Eigentlich hätte es keine Rolle spielen dürfen. Das Leben, das Roveg sich aufgebaut hatte, war ein Fest der Unterschiedlichkeit, der Vielfalt, ein endloses Jubilieren aus Fragen und Lernen und neuerlichem Fragen. Er wusste, dass es in seinem Leben niemals einen Punkt geben würde, an dem er alles wusste, was es zu wissen gab, und auch wenn ein Teil von ihm verzweifelte über all den Rätseln, die für immer ungelöst bleiben würden, konnte der Rest von ihm diese Wahrheit voll und ganz akzeptieren, denn welche Befriedigung lag darin, wenn es nichts mehr zu fragen gab? Im Universum gab es nur einen allgemeingültigen Grundsatz, da war sich Roveg (relativ) sicher, und das war die Tatsache, dass es nichts Allgemeingültiges gab. Das Leben war im Fluss, veränderlich, immer wieder anders. Leute – eine Gruppe, die sich aus allen intelligenten Spezies zusammensetzte, organisch oder auch nicht – waren Chaos, aber Chaos war gut. Chaos war die einzig vernünftige Schlussfolgerung. Es gab kein Gesetz, dass jeder Situation gerecht wurde, keine übergreifende Regel, die sich auf jeden anwenden ließ, keine Erklärung, die für jede Komponente galt. Das bedeutete nicht, dass Regeln und Gesetze nicht hilfreich waren oder man nicht nach Erklärungen suchen sollte, aber man durfte sich nicht davor fürchten, sie bei Bedarf zu ändern, weil nichts im Universum jemals statisch blieb.

Roveg zog daraus viel Trost. Diese Kernüberzeugung lag allem zugrunde, was er tat und sagte und hervorbrachte. Er hatte alles dafür aufgegeben, und er hätte es immer wieder getan. Nichts hätte ihn je davon abbringen können, obwohl er wusste, wie viel Schmerz diese Entscheidung anderen zugefügt hatte. Wie viel Schmerz sie ihm selbst zugefügt hatte. Am Ende hatte es sich gelohnt. Es hatte sich gelohnt, das Universum so zu sehen, wie es war.

Doch zugleich lag darin eine gewisse Ironie. Wenn die Wurzel des Daseins Chaos und Veränderung war und es keine echten Antworten gab, wenn niemand in der Lage war, alles zu enträtseln, dann konnte Roveg aus diesem Wissen zwar *Trost* ziehen. Aber Trost war nicht das Gleiche wie Frieden. In dieser Hinsicht hatten die Geistlichen recht gehabt: Ohne die *Grundsätze* würde er niemals Frieden erlangen.

Die Wand-Vox schaltete sich ein. »Ouloo steht in der Luke«, sagte Freund. »Sie lädt dich ein, in den Garten zu kommen.«

»Danke, Freund. Bitte sag ihr, dass ich gleich da sein werde.« Roveg stand auf und machte sich auf den Weg zu den Aliens. Seinen Tee ließ er stehen. Er war ohnehin kalt geworden.

PEI

Für eine Party mit nur fünf Leuten war es gar nicht übel.

Der Rasen gab eine recht brauchbare Tanzfläche ab, und die ihn umgebende Hecke war mit Bändern und Bastelutensilien geschmückt, die Tupo von zu Hause mitgebracht hatte (Pei hatte den anderen wiederholt versichert, dass die bunte Deko ihr nichts – wirklich gar nichts – ausmachte). Ouloo hatte so viel Dessert zubereitet, dass es für doppelt so viele Leute gereicht hätte, und platzierte die Schalen gerade auf einem Seitentisch, während die anderen tanzten. Pei selbst lag, den Ellbogen aufgestützt, seitlich im Gras und genoss das Schauspiel.

Offenbar besaß Speaker eine riesige Musikauswahl und schien auch Ahnung davon zu haben. Von ihrem Cockpit aus gab sie den DJ, suchte auf ihrem Scribus die Songs aus und ging auf ihrem Sitz mit. Sie nickte heftig mit dem Kopf, wenn die Schlagzeuger Dampf machten, und schloss selig die Augen, wenn sie vom Gesang übertönt wurden.

»Welche Band ist das?«, fragte Roveg, während er tanzte. Seine Beine bewegten sich in einer bizarren Symmetrie – jedes Beinpaar war synchron, ohne dass zwei Beinpaare das Gleiche getan hätten. Das Ergebnis hatte etwas Hypnotisches – es war anstrengend zu beobachten, doch man konnte auch nicht wegsehen.

»*Die Badewannentaktik*«, antwortete Speaker.

»Den Namen habe ich schon mal gehört, aber – Sterne, die

sind richtig gut. Sie müssen mir unbedingt ihre Linking-Daten schicken.«

Speakers Augen deuteten ein Lächeln an. »Wenn Ihnen *das* gefällt, dann weiß ich genau, was ich als Nächstes nehme.« Sie gestikulierte lebhaft zu ihrem Scribus hin und ging die Titel durch.

Tupo tanzte zwischen ihnen, Gliedmaßen und Hals bewegten sich wie wild. Was dem Kind an Technik fehlte, glich es durch Begeisterung aus, und es konnte kein Zweifel daran bestehen, dass es sich prächtig amüsierte. Zufällig fing es Peis Blick auf und kam sofort angelaufen.

»Kommen Sie, Captain!«, rief Tupo. »Machen Sie mit!«

Pei lächelte blau, machte jedoch keine Anstalten, sich zu erheben. »Mir reicht es, zuzusehen«, sagte sie. »Ich weiß nicht, wie man dazu tanzt.«

»Man … bewegt sich einfach«, sagte Tupo und ließ Beine und Hals wild zucken; Pei vermutete, dass es besonders cool aussehen sollte. »Man überlässt sich seinen Gefühlen.«

»Nun, genau das ist das Problem«, sagte Pei, wobei sie ihren Tonfall über die Sprachbox heiter klingen ließ. Sie wollte dem Kind nicht die Laune verderben. »Musik löst keine Gefühle in mir aus.«

»Oh«, sagte Tupo. Er überlegte. »Gefällt Ihnen der Song nicht? Wir können einen anderen spielen.«

»Nein, es ist nicht der Song, es ist … Musik. Ich verstehe Musik nicht. Nicht so wie du.«

Speaker, die das mitbekommen hatte, drehte die Lautstärke herunter. »Empfängt Ihr Implantat keine Musik?«

»Doch, schon«, sagte Pei. »Ich kann die Töne wahrnehmen. Aber sie haben keine Bedeutung für mich. Sie lösen keine Emotionen in mir aus. Mein Gehirn kann Sprache interpretieren, nicht aber Musik.«

Jetzt sah Roveg sie an. »Wie bitte?«

»Es sind einfach nur … Töne. So wie wenn ich durch einen Markt gehe und Gespräche, Bewegungen und mechanische Geräusche höre. Oder wenn ich etwa … in einen Park gehe, da höre ich dann Insekten und einen Springbrunnen oder so. Ich weiß, was das für Geräusche sind. Ich kann sie identifizieren. Im Moment höre ich also …« Sie unterbrach sich und neigte die Stirn in Richtung eines Lautsprechers. Die Farben auf ihren Wangen flossen ineinander, während sie sich konzentrierte. »Ich weiß, dass da ein Schlagzeug ist. Und Flöten. Und Gesang. Ich kann erkennen, dass es kompliziert ist. Ich könnte euch auflisten, welche Töne ich wahrnehme. Aber das ist auch schon alles. Sie hingegen empfinden etwas, oder? Das hier löst Gefühle bei Ihnen aus?«

»Sterne, ja«, sagte Speaker. Sie schloss die Augen. »Es fährt mir direkt in die Glieder. Es macht, dass ich mich … wie eine Siegerin fühle. Mächtig. Am liebsten würde ich so schnell wie möglich hin und her schaukeln. Und irgendwie ist es auch schmerzhaft, ohne dass ich es richtig erklären könnte. So wie … so wie wenn man sich fühlt, wenn man sich von jemandem verabschiedet und sich wahnsinnig auf das freut, was vor einem liegt, aber gleichzeitig auf gar keinen Fall gehen will.«

»Sehen Sie?«, sagte Pei. »An der Stelle bin ich raus.«

»Aber der Rhythmus«, sagte Roveg. »Den verstehen Sie doch, das weiß ich. Ich habe Äluoner auf Festivals tanzen sehen. Diese stampfenden Bewegungen, die Sie machen.«

»Okay, aber das ist … das ist etwas anderes.«

»Was meinen Sie damit?«

»Nun …« Sie überlegte. In Farbensprache wusste sie genau, wie man das erklärte, in Worten weniger. »Ich kann einem Rhythmus folgen, und ich kann einen erzeugen. Aber es geht dabei für uns nicht um *Töne*. Sondern um Sehen und Fühlen. Wir spüren beim Tanzen die Vibrationen durch die Fußsohlen, und je größer die Gruppe, desto stärker die Vibration. Und außerdem sieht man doch … na ja, Aktion und Reaktion oder so. Ich bewege mich in die eine Richtung, der andere bewegt sich in die andere, wir bewegen uns gemeinsam.«

»Das *muss* aber doch Gefühle bei Ihnen auslösen.«

»Natürlich. Es fühlt sich …« Sie ließ ein verständnisvolles Blau in Speakers Richtung aufleuchten. »… siegreich an. Mächtig. Ich habe mich dabei schon manchmal völlig verausgabt, bin mit Muskelkater aufgewacht und habe es nie bereut.«

Speaker schien sich für die Sache zu erwärmen. »Das kommt dem, was Musik ist, ziemlich nahe.«

»Können Sie mir das mal zeigen?«, fragte Tupo. »Können Sie tanzen?«

Pei zögerte. »So allein wäre es ziemlich sonderbar. Da gehört auch dieses ganze Hin und Her dazu. Wir tanzen nicht allein.«

»Dann zeigen Sie es mir!«, sagte Tupo. »Schauen Sie, ich kann zwei Äluoner sein.« Lachend stampfte ser mit beiden Beinpaaren.

»Und ich zweiundzwanzig«, sagte Roveg trocken. Alle lachten.

Pei blickte das bettelnde Kind kurz an, amüsierte grüne Sprenkel traten auf ihre Wangen. »Also gut«, sagte sie. »Warum nicht.« Sie machte sich daran, ihre Schuhe auszuziehen.

»Soll ich die Musik ausschalten?«, fragte Speaker.

»Wenn es Ihnen nichts ausmacht?«, sagte Pei.

Speaker tippte auf ihren Scribus, und das Getöse hörte auf.

»Was tun Sie da?«, fragte Tupo.

»Ich ziehe mir die Schuhe aus«, sagte Pei. »Tanzen geht am besten barfuß.«

Tupo sah ihr aufmerksam zu. »Schuhe sind so merkwürdig. Ich kann mir nicht vorstellen, sie den ganzen Tag zu tragen.«

»Geht mir auch so«, sagte Roveg.

»Mir ebenfalls«, sagte Speaker.

Pei blickte zwischen ihnen hin und her. »Es sind doch nur Kleider für die Füße.«

»Kleider zu tragen kann ich mir genauso wenig vorstellen«, sagte Roveg.

»Ich auch nicht.« Tupo kicherte.

»Verstehe«, sagte Pei. Sie zog einen Fuß aus dem Schuh und stellte ihn ins Gras. Unwillkürlich wackelte sie mit den Zehen. Sterne, fühlte sich das gut an. Sie tat das Gleiche mit dem anderen Fuß. »Ouloo, machen Sie auch mit?«

Ouloo war gerade mit einer zerlaufenen Kuchenglasur beschäftigt. »Fangt ihr nur an, ich schaue lieber zu.«

Pei stand auf, wobei sie das Gras sachte mit den Zehen umfasste. Die anderen stellten sich in einer ungeordneten Reihe ihr gegenüber auf. »Okay, lasst mich mal überlegen.« Sie wusste, dass sie eine gute Tänzerin war – eine sehr gute sogar, wenn sie ehrlich war, aber sie hätte niemals damit angegeben –, und sie konnte aus mehreren Dutzend Möglichkeiten wählen. Es gab festliche Tänze, Tänze für Bestattungen, Tänze, die spielerisch, ernsthaft, erotisch oder anmutig waren. Aber einen Tanz für eine Gruppe von Anfängern mit völlig verschiedenen Gliedmaßen auszusuchen, war Neuland für sie. Sie kramte in ihrem Gedächtnis nach etwas Einfachem, das die anderen nicht entmutigen würde. »Okay, das hier ist ein hübscher Tanz, den man Kindern beibringt. Er heißt …« Sie unterbrach sich. Es gab keine Übersetzung dafür. Sie überlegte kurz, dann gab sie auf und zeigte auf ihre Wangen, während sie den Namen des Tanzes aufleuchten ließ. »Das. *Das* ist der Name.«

»Blaugrün mit weißen Tupfen«, sagte Roveg. »Sehr gut. Bring uns *Blaugrün mit weißen Tupfen* bei.«

Pei lachte. »Okay, als Erstes gehe ich mit dem linken Fuß nach vorn.« Sie führte es vor. Tupo erhob sich auf die Hinterbeine und begann, sie nachzuahmen. »Nein – nein, du darfst nicht das Gleiche tun wie ich. Ich führe. Du musst auf mich *reagieren*, nicht mich kopieren. Ich lasse den linken Fuß nach vorn gleiten, also lässt *du* … du lässt den rechten Fuß nach hinten gleiten. So.« Sie kehrte den anderen den Rücken zu, führte die richtige Bewegung vor und drehte sich wieder um.

Tupo ließ die Hinterpfote nach hinten gleiten und kam dabei ein wenig ins Schwanken. Roveg machte mit allen Beinen auf der einen Seite seines Unterleibs einen Schritt nach hinten. Speaker überlegte kurz, drückte ein paar Schalter und ließ ihren Anzug den Fuß zurückziehen.

»Wunderbar«, sagte Pei. »Und jetzt mache ich *dies.*« Sie hob den Fuß und stampfte fest damit auf den Boden. »Und ihr …« Sie drehte sich erneut um und führte die entsprechende Bewegung vor: zwei ebenso feste Stampfer. »… macht *das.*«

Und so ging es weiter. Sie lernten die Bewegungen, lernten den Rhythmus. Jedes Mal wurden die Bewegungsabfolgen schneller und länger. Ihre Schüler lachten, Ouloo klatschte den Takt mit den Vorderpfoten mit, und Pei begann, grün zu glitzern. Die Vibrationen der Alien-Füße, die ihren Füßen über die Erde folgten, fühlten sich so merkwürdig an, aber es war eine Merkwürdigkeit, die ihr gefiel. Sie hatte *Blaugrün mit weißen Tupfen* öfter auf Partys getanzt, als sie zählen konnte, aber immer mit ihresgleichen, niemals mit anderen Spezies.

Halt, dachte sie, während sie weiter führte. *Das stimmt gar nicht.* Einmal hatte sie Ashby das Tanzen beigebracht, bei einem ihrer Treffen auf Port Coriol. Sie hatten sich im Bett ein

Schnappfruchttörtchen geteilt. Sie hatte in leuchtenden Farben über die Geschichten von seinen Techs gelacht, und er hatte still zugehört, während sie ihm erzählte, wo sie gewesen war. Er hatte ihre Farben berührt, während sie sich bewegten. Sie hatte mit den Locken auf seinem Kopf gespielt. Und nachdem all das und so viel mehr vorbei war, hatte sie ihm das Tanzen beigebracht. Aber nicht diesen Tanz. Sie hatte ihm – nun, sie hatte ihm *Tiefblau Hellgrau Weiches Blauschwarz* beigebracht, einen Tanz für Liebende. Keiner von ihnen hatte sich damals die Schuhe ausziehen müssen. Die waren sie schon Stunden zuvor losgeworden, genau wie ihre Kleider.

»Mache ich es richtig?«, fragte Tupo. Ser hatte den Hals tief nach unten gebeugt, um sire stampfenden Füße sehen zu können.

Pei riss sich aus ihrer Erinnerung und spendete dem Kind Beifall. »Ja, sehr gut! Du kannst es! Und danach machen wir das hier.«

Sie fiel zurück in ihren Rhythmus, und wieder wanderten ihre Gedanken zu einer Erinnerung – nicht an ein Spiel, sondern an ihre Krippe. An die Zeit, als *sie* gelernt hatte zu tanzen. Natürlich war das nicht an einem Tag passiert. Tanzunterricht war ein fester Bestandteil ihrer Kindheit gewesen, sowohl in der Schule als auch zu Hause. In der Krippe hatte sich die ganze Familie daran beteiligt, aber Vater Gilen war bei weitem der beste Tänzer gewesen, und sie dachte daran zurück, wie er sie einmal hochgehoben, ihre Füße auf seine gestellt, sie an den Schultern festgehalten und getanzt hatte, damit sie spüren konnte, wie sich der richtige Rhythmus anfühlte. Zwar konnte sie sein Gesicht nicht sehen, aber sie sah, wie Vater Le sie vom Rand des Kreises her beobachtete, die Wangen blau vor Liebe und Stolz. *Aus dir wird mal eine großartige Tänzerin, Pei,* hatte er gesagt. *Alle werden sich beim Flimmerfest nach dir umdrehen. Ich wette, du …*

Pei kam ins Stolpern, als Vater Les Worte durch ihren Kopf dröhnten, so schwer wie das Stampfen eines Fußes. Sie blieb stehen. Die anderen tanzten offenbar immer noch, aber für sie fühlte es sich an, als würden sie ebenfalls stillstehen. Ihr Gemurmel drang durch Peis Implantat, ohne dass die Laute übersetzt wurden. Wörter und Geräusche wurden eins.

Nein, dachte sie. *Das kann nicht sein.*

Ihr Herz pochte dumpf in ihrer Brust, und es hatte nichts mit dem Tanz zu tun.

»Ist alles in Ordnung mit Ihnen?« Das war Speaker, ihr Anzug war zum Stillstand gekommen, sie legte den winzigen Kopf schief.

Roveg und Tupo sahen Speaker an, dann Pei. Sie hörten ebenfalls auf zu tanzen. »Haben wir es falsch gemacht?«, fragte Tupo.

Pei schüttelte den Kopf. »Es tut mir so leid«, sagte sie. »Ich, ähm …« Schnelle, heiße Flecken breiteten sich auf ihren Wangen aus, auch ihre Gedanken rasten. »Es tut mir leid, ich … ich fühle mich nicht gut.«

Ouloo machte einen Schritt auf sie zu, das Fell ganz flauschig vor Besorgnis. »Brauchen Sie Hilfe?«

»Nein, es geht schon. Ich muss nur, äh … Es tut mir so leid, ich muss … etwas holen.« Sie ließ den anderen keine Zeit für weitere Fragen. Kümmerte sich nicht darum, ob jemand sie für seltsam hielt. Sie hob ihre Schuhe auf, drehte sich um und ging barfuß zurück zu ihrem Shuttle, wobei sie sich Mühe gab, nicht zu rennen.

»Glaubt ihr, es geht ihr gut?«, fragte Ouloo und setzte sich, während sie beobachtete, wie Captain Tem zum Shuttlepad zurückging.

»Auf mich wirkt sie wie jemand, der selbst auf sich aufpassen kann«, sagte Speaker. Sie ging auf ihrem Scribus die Namen von Bands durch, als würde sie ein Gewürzregal durchwühlen. Da waren Orange Fizz, Fünf auf Fünf, Augment – *Ah,* dachte sie. Sehr gut. »Tupo, ich will noch mehr von deinen coolen Moves sehen«, rief sie, während sie den Song auswählte.

Stampfende Beats und das ansteigende Wimmern von Gitarren erfüllten die Luft und entzündeten augenblicklich ein Feuer in Speakers Unterleib. Roveg ließ eine laute Abfolge anschwellender Klappergeräusche hören – die lungenlose Version eines Jauchzers. »Ja!«, rief er, während sein Rumpf sich im Takt der Musik durchbog. »Oh, *großartig*, Speaker. Sie haben einen hervorragenden Geschmack.«

Speaker wurde ganz warm vor Stolz. »Sie kennen Augment?«

»Aber natürlich. Ich habe sie vor zwei Standards beim Release einer Sim live gesehen.«

»Wow«, sagte Speaker neidisch. »Da wäre ich gern dabei gewesen.«

Roveg ließ sich in die Musik fallen. Die Beinpaare an seinem Oberkörper bewegten sich jeweils synchron, aber jedes Paar auf eigene Weise. »Nun, falls Sie mal in der Nähe von Chalice sind, melden Sie sich. Wir könnten ein paar Bands kommen lassen, ein paar interessante Leute einladen und eine richtige kleine Soirée abhalten.« Die Beine an seinem Unterkörper gesellten sich zu der Party und marschierten mit mathematischer Präzision auf der Stelle.

Speaker wusste nicht, was sie darauf antworten sollte. Sie fragte sich, ob das zu den Nettigkeiten gehörte, die Roveg jedem zuteilwerden ließ. Zu jemandem, dessen Zuhause groß genug für Partys mit Live-Bands war, hätte es gepasst, dass er mit nichtssagenden Einladungen um sich warf, nur aus Höflichkeit und um anzugeben. Doch so verschwenderisch Roveg auch sein mochte, sie konnte sich des Eindrucks nicht erwehren, dass er aufrichtig war und sein Angebot ernst meinte. Vielleicht gab er ja gar nicht an. Vielleicht war er einfach nur jemand, der wusste, dass er viel besaß, und seinen Besitz gern mit anderen teilte. »Vielleicht tue ich das ja«, sagte sie. Ihre Antwort war so genauso wenig beiläufig wie seine. Wenn es ihm ernst war, dann galt das auch für sie.

»Drehen Sie die Musik lauter!«, schrie Tupo und stampfte in einem wilden Rhythmus, als wollte ser ein Feuer austrampeln.

»Ja!«, rief auch Roveg.

»Aber nicht zu laut«, bat Ouloo. Es war eine gutmütige Bitte, aber es lag auch der Nachdruck von jemandem darin, der sich schon den ganzen Tag mit einem lauten Kind herumschlug.

Speaker warf Ouloo einen verständnisvollen Blick zu und stellte die Musik einen Tick lauter. Sie lachte, als sowohl Pfoten als auch gepanzerte Beine darauf reagierten und sich noch wilder bewegten. Die Tanzstile von Quelin und Laru passten denkbar schlecht zueinander, und dennoch ergab der Anblick der beiden auf seltsame Weise Sinn.

Ouloo stand nicht auf, um sich ihnen anzuschließen, ließ

jedoch im Sitzen Kopf und Nacken wippen, während sie die albernen Bewegungen ihres Sprösslings mit unverhohlener Bewunderung beobachtete. »Sterne, ich liebe dieses Kind«, seufzte sie.

»Sie beide sind ein interessantes Paar«, sagte Speaker, »wenn Sie mir die Bemerkung erlauben.«

»Was meinen Sie damit?«, fragte Ouloo.

»Nun, Sie sind nur zu zweit, nicht wahr?«

»Jupp«, sagte Ouloo zufrieden. »Wir haben nur uns.«

»Darf ich fragen, weshalb?« Speaker hatte zwar noch nicht viel Zeit mit Ouloos Spezies verbracht, aber sie hatte ihre Behausungen in den Raumhäfen gesehen: große Gemeinschaftsgebäude, die niemandem gehörten und für alle Laru im Viertel da waren (eine Regelung, die Speaker mühelos verstand). Und doch waren hier nur Ouloo und Tupo, buchstäblich in einer Blase, in der niemand außer ihnen war. In mancher Hinsicht erinnerten sie Speaker an Tracker und sie selbst, aber sie war sicher, dass die Umstände nicht unterschiedlicher hätten sein können.

Ouloo überlegte kurz. »Sie sprechen keine unserer Sprachen, nicht wahr?«, fragte sie.

»Nein, leider nicht«, sagte Speaker. »Ich weiß nur, dass sie viele Vokale haben.«

Ouloo lachte herzlich. »Das stimmt«, sagte sie. »Sie haben zwar nicht viel gemeinsam, aber eines trifft auf alle zu: Wir haben kein Wort für *Familie*. Wir haben jede Menge Wörter für Gruppen – für alle Arten von Gruppen, Leute, die oft Zeit miteinander verbringen ...« Sie verstummte.

»Was?«

»Ich weiß nicht, wie man solche ... Wörter übersetzt. Ich bin mir nicht einmal sicher, ob es überhaupt eine Klip-Übersetzung dafür gibt.«

Speakers Interesse war geweckt; solche Wörter mochte sie am liebsten. »Was sind denn das für Begriffe?«

»*Moh.* Das ist eine besondere Art von Substantiven, und es bedeutet …« Ouloo runzelte die Stirn. »*Gruppenstimmung* oder so ähnlich? *Stimmung* passt nicht ganz. *Gruppengefühl.* Oder …« Sie wippte nachdrücklich mit dem Kopf, als wäre sie zu einem Schluss gekommen. »*Gruppengeschmack.* Das passt.«

»Gruppengeschmack«, sagte Speaker und ließ sich den neuen Begriff auf der Zunge zergehen. »Nennen Sie ein Beispiel.«

»Na ja, so etwas wie … eine dynamische Menge, dafür haben wir ein *moh.* Zum Beispiel die Leute auf einem großen Fest. Oder eine kleine Gruppe guter Freunde. Eine Gruppe junger Leute, die zusammen Quatsch machen. Eine Gruppe, die gern Sex miteinander hat. Eine Gruppe, die innerhalb eines Ortes für sich bleibt. Das sind alles Arten von *moh.* Ist das verständlich?«

»Ja. Das gefällt mir.«

»Gibt es so etwas auf Ihreet?«

»Nein.«

»Das dachte ich mir«, sagte Ouloo. »Ich habe noch nie jemanden getroffen, der *moh* hat. Aber verstehen Sie, es gibt kein *moh* für Familie, weil wir dieses … Konzept nicht kennen. Ich weiß, dass Sie alle diese Unterteilungen haben, in vielen verschiedenen Ausprägungen, aber für uns gilt das nicht. Das einzige Konzept von Familie, das Laru für ihresgleichen haben, sind *andere Laru.* Unsere *Spezies* ist eine Familie. Auf dieser Ebene können wir etwas damit anfangen, aber alles, was kleiner ist als das, gibt es traditionell bei uns nicht.«

»Verstehe«, sagte Speaker. Sie drehte das Konzept im Geist hin und her. »Das … überwältigt mich ein bisschen. Aber nicht auf eine schlechte Art.«

»Was meinen Sie damit?«

»Für mich ist eine Familie die Gruppe innerhalb des eigenen Schiffes, aber dabei gibt es … verschiedene Abstufungen. Am wichtigsten sind Geschwister. Vor allem Zwillinge – das Geschwister, mit dem man gemeinsam ausgebrütet wurde. Der Zwilling ist …« *Die andere Hälfte von einem selbst*, wollte sie sagen, aber die Worte lösten sich in nichts auf, als die Sorge, von der sie sich so mühevoll abgelenkt hatte, die Gelegenheit nutzte und an die Oberfläche schnellte.

Ouloo streckte eine Pfote aus und legte sie auf Speakers Anzug. Eine tröstlich gemeinte, aber leere Geste angesichts der Tatsache, dass sie Speaker nicht wirklich berührte, aber Speaker nahm die Absicht dennoch dankbar zur Kenntnis. »Roveg hat mir von dem Sib-Turm erzählt«, sagte Ouloo freundlich. »Ich habe auf meinem Scribus eine Benachrichtigung eingerichtet, damit ich sofort erfahre, wenn die Verbindung wieder funktioniert. Sie benachrichtige ich dann als Erste. Ich weiß, dass das nicht viel ist, aber …«

»Doch, das hilft mir«, sagte Speaker. Und es half ihr tatsächlich. Ouloo machte auf sie den Eindruck von jemandem, der einen wegen so etwas mitten in der Nacht wecken würde, was genau das war, was Speaker sich wünschte.

Ouloo wippte zustimmend mit dem Hals. »Okay. Geschwister stehen bei Ihnen also an erster Stelle. Und danach …«

»Danach kommt die Mutter. Die Mutter ehrt und respektiert man immer, selbst wenn man sie nicht mag.«

»Hmmm!«, sagte Ouloo. »Nicht schlecht. Das sollten Sie Tupo erzählen.«

Speaker lachte. »Abgesehen davon sind alle Besatzungsmitglieder eines Schiffes gleichwertige Familienmitglieder. Was Sie über Ihr Volk erzählt haben – über Ihre Auffassung von

Familie –, fühlt sich genauso an wie das, was ich gegenüber den Schiffskameraden empfinde, mit denen ich aufgewachsen bin, nur dass es bei Ihnen Millionen sind. Milliarden. Oder wie viele es eben von Ihnen gibt.«

»Ich habe keine Ahnung, wie viele es von uns gibt. Wir sind so sehr in alle Richtungen zerstreut, dass man es unmöglich sagen kann. Aber ja, das passt. Laru gehören zur Familie.« Sie schwenkte ihren Kopf herum und sah zu ihrem Kind hinüber. »Und deswegen lebe ich nicht mit ihnen zusammen.«

»Ich verstehe nicht«, sagte Speaker.

Ouloo legte den Kopf zurück und sprach ins Leere. »Das, was bei uns dem Konzept Familie am nächsten kommt, ist die Redewendung: *Laru sind Blut, und Laru sind Knochen, und Blut und Knochen sind eins.* Das hört sich auf Klip zwar nicht so griffig an, aber ich denke, die Bedeutung wird klar. Auf Piloom entsteht dabei ein Bild, bei dem sich die Laru von allen anderen unterscheiden. Dieses Konzept war sinnvoll, solange wir auf unserem Planeten noch allein waren, die einzige uns bekannte intelligente Spezies. Es bedeutet, dass wir uns umeinander kümmern und voneinander lernen und alle, mit denen wir zu tun haben, gleichermaßen lieben müssen – selbst wenn wir sie, wie Sie sagen, nicht sonderlich gut leiden können. Aber … o Sterne, wie soll ich das erklären … dabei schwingt etwas mit, das sich nach … Abschottung anfühlt.«

»Ich kann mir nicht vorstellen, dass Ihre Spezies sich abschottet«, sagte Speaker. Jedes Laru, das sie je getroffen hatte, war mit Haut und Haar im multispeziären Leben aufgegangen. Sie betrachtete die Laru als leidenschaftliche Immigranten, wo sie auch hingingen.

»Ich weiß, was Sie meinen, aber … ah, jetzt hab ich's.« Ouloo stampfte mit einer Pfote auf, um ihre Worte zu unterstreichen. »Laru sind Blut und Knochen und so weiter, aber man würde diese Redewendung niemals auf andere Spezies anwenden. Man würde … das einfach nicht sagen. Es würde sich falsch anhören. Und wir verwenden den Begriff *Spezies* auch nicht für uns selbst. Es gibt Laru, und Laru sind einfach … Laru. Spezies sind … die anderen. *Sie*, im Gegensatz zu uns.«

»Laru … sind also Familie, und andere Spezies sind Freunde?«, fragte Speaker.

»Ja! Das ist es. Und ich halte das für falsch. Völlig falsch! Wenn wir hier draußen sind, um von Ihnen allen zu profitieren und so viel wie möglich zu lernen und zu Ihnen zu gehören und uns ein Beispiel an Ihnen zu nehmen, dann müssen Sie ebenfalls Blut und Knochen sein. Sie müssen ebenfalls Familie sein. Ich will, dass Tupo das versteht – wirklich versteht. Und deswegen hielt ich es für das Beste, die Laru ganz aus der Gleichung herauszunehmen, um sihm eine Kindheit *nur* mit anderen Spezies zu schenken. Was könnte eine bessere Erziehung sein?«

»Kann sein«, sagte Speaker langsam. Sie war zwar nicht ganz überzeugt von dem Konzept, wollte Ouloo aber nicht verletzen, nur weil sie ihre Meinung nicht teilte. »Nur wird ser dafür nie das Leben der Laru kennenlernen.«

Ouloo schnaubte und wischte den Einwand weg, als wäre er ein lästiges Insekt, mit dem sie schon früher zu tun gehabt hätte. »Natürlich wird Tupo das. Oder vielmehr kann ser es, wenn ser will. Irgendwann wird ser erwachsen sein und hingehen, wo ser hingehen will. Wenn ser bei den Laru leben will, kann ser das tun, ganz klar. Aber bis dahin wird ser alles lernen, was es über Sie zu lernen gibt. Ich meine – sehen Sie doch nur!« Stolz wies sie auf ihr Kind, das in der blaugepanzerten Gesellschaft eines lachenden Quelin tanzte, bis es keine Luft mehr bekam. »Was würde Tupo in einem überfüllten Klassenzimmer über interspeziäre Beziehungen lernen, was ser nicht zehnmal besser hier lernen könnte?«

Speaker sann darüber nach. »Ich muss schon sagen, Ouloo, ich hätte nicht erwartet, dass Sie so radikal sind.«

Ouloo strahlte. »Ha!«, sagte sie. »Oh, das gefällt mir. Das merke ich mir.« Für einen Augenblick blieb sie begeistert sitzen, dann stand sie auf und lief zu den anderen hinüber, wobei sie schwankende Tanzbewegungen machte. Roveg ließ einen klappernden Beifallsruf hören, Tupo lachte, und alle drei tanzten noch wilder, eine undefinierbare Anzahl von Gliedmaßen, die den zuvor unberührten Rasen platt trampelten.

Speaker lächelte, drehte die Musik lauter und schloss sich ihnen an.

PEI

Pei eilte in ihr Shuttle, sobald die Luke offen stand, und ging schnurstracks in den medizinischen Bereich. *Unmöglich*, dachte sie. Die einzige Farbe auf ihren Wangen war ein ängstliches Rot.

Sie holte tief Luft und drückte den Scanner mit einer schnellen Bewegung gegen ihr Armband. Er blitzte kurz auf, zum Zeichen, dass der Kontakt hergestellt war, dann leuchteten der Reihe nach die LEDs auf, während er die Informationen verarbeitete, die ihm die Immunobots in ihrem Blut übermittelten.

Auf dem Scanner-Display erschienen in Farbensprache codierte Fragen:

Welche Art Untersuchung wünschen Sie?

- Ärztliches Check-up
- medizinische Diagnose
- Untersuchung einer Verletzung
- Fortpflanzungs-Check-up
- Sonstiges/Individuell (Warnung: Wählen Sie diese Option nur, wenn Sie eine medizinische Fachkraft sind oder berufliche Erfahrung im medizinischen Bereich haben)

Pei schluckte, dann wählte sie *Fortpflanzungs-Check-up*.

Die LEDs blinkten. Der Scanner vibrierte in ihrer Handfläche. Sie spürte, wie ihr Herz immer schneller und schneller pochte und …

Auf dem Bildschirm leuchtete das Zeichen für »Fertig« auf.

Pei las das Ergebnis ab.

Sie setzte das Gerät zurück.

Sie ließ den Scan noch einmal durchlaufen.

Sie las das Ergebnis ab.

Sie ließ ein Prüfprogramm für das Gerät laufen.

Mit dem Gerät war alles in Ordnung.

Sie setzte den Apparat erneut zurück.

Sie ließ einen weiteren Scan laufen.

Sie las das Ergebnis ab.

In gesprochenen Sprachen gab es Wörter für Augenblicke wie diesen, und Pei kannte eine ganze Menge davon. Auf Klip nannte man es *bosh*, auf Reskitkish *hska*, auf Ensk *fok*. Aber Äluoner verfügten in ihrer Muttersprache nicht über Flüche, weil das Konzept sich schlicht nicht übersetzen ließ. Für Pei residierte Frustration neben ihren Nasenlöchern, Streit entfaltete sich neben ihrem Kiefer, Kränkungen breiteten sich von zwei Punkten direkt unter ihren Augen aus. Gesprochene Worte waren etwas vom Sprecher Getrenntes, etwas, das man in die Luft entließ. Aber wenn die Wörter im eigenen Körper wohnten, wenn sie zu einem selbst gehörten, wie hätten sie dann vulgär sein können?

Anstelle eines derben, befreienden Fluchs explodierte daher Rot und Gelb auf Peis Wangen – ein vorerst nur reflexartiges Schauspiel, doch dann übernahm sie bewusst Kontrolle über die Chromatophoren und machte sich mit ein wenig Lila Luft.

Es lag gar nicht an der verdammten Schuppenpaste, dass sie so gut aussah. Sie flimmerte.

Sie legte sich hin und überließ dem *eelim* die Entscheidung, welche Form es um sie herum annehmen wollte. Nervös schob sie ihr Oberteil nach oben und legte die Hand auf ihren

Bauch. Als sie die Finger über die vertrauten Schuppen und Narben gleiten ließ, fühlte sich alles an wie immer. Aber irgendwo in ihrem Inneren befand sich dem Scanner zufolge – zum allerersten Mal in ihrem Leben – ein voll entwickeltes Ei, und dieses Ei bewirkte, dass ihr Körper Hormone bildete, die etwas mit den Muskeln und ihrem Unterleib und dem Glanz ihrer Haut anstellten. Wieso war sie nicht darauf gekommen? Man hatte ihr die Symptome des Flimmerns eingebläut, als sie noch klein war, und in ihrer späten Adoleszenz hatte eine Zeitlang jeder zufällige Krampf und jede beliebige Veränderung des Lichts die aufgeregte Frage ausgelöst: *O Sterne, geht es los?* Aber damals war sie noch zu jung dafür gewesen, und jetzt war sie schon beinahe zu alt, und nachdem jahrzehntelang nichts passiert war, ging sie schon lange davon aus, dass sie zu den vielen gehörte, bei denen das Flimmern ausblieb.

Wieso zum Teufel geschah es jetzt? Hier? In dieser Lage? War ihr Körper wirklich der Ansicht, *jetzt* sei der beste Zeitpunkt dafür?

Ihr war schwindlig. Sie fühlte sich, als würde das Shuttle auf dem Kopf stehen oder als hätte jemand die Schwerkraft abgeschaltet. *Es ist viel auf einmal*, sagte ihr Vater Gilen in einer sehr alten Erinnerung zu ihr und ihren Geschwistern. *Euer Flimmern schert sich nicht um euren Beruf oder eure Reisen oder um eure sonstigen Pläne. Flimmern ist etwas Wunderbares, aber körperliche Veränderungen dieser Art sind anstrengend, und deshalb ist es so wichtig, dass wir allen Müttern, die zu uns kommen, das Gefühl geben, dass sie für eine kleine Weile hier zu Hause sind.*

Pei konnte sich an sie erinnern – an die Frauen, die in die Krippe gekommen waren. Einige von ihnen waren nervös gewesen. Andere schüchtern oder still, und manche hatten es eilig gehabt. Aber die meisten, das wusste sie noch, waren wirklich glücklich gewesen. Oder zumindest hatten sie so gewirkt. Man konnte kaum unglücklich sein, wenn man sechs Tagzehnte kulturell verordneten Urlaub vor sich hatte, vor dem jegliche Berufstätigkeit zurückstehen musste. Sechs Tagzehnte mit Sex und Umsorgtwerden, bis es Zeit wurde, ihr Ei zu legen und zu ihrem alten Leben zurückzukehren. Sechs Tagzehnte in dem Bewusstsein, dass sie etwas Essenzielles für die eigene Spezies taten, etwas, das ein derartiges Privileg war. Wenn man wieder nach Hause kam, schmissen die Freunde eine Riesenparty. Im Laufe der Jahre hatte Pei viele solcher Feiern für ihre Besatzungsmitglieder organisiert.

Sie drückte die Handfläche in ihren Bauch, obwohl sie wusste, dass sie das Ei nicht spüren würde. Die Schale wurde erst fest, wenn das Ei befruchtet war. Im derzeitigen Stadium war es nur eine weiche Kugel aus Proteinen und Anweisungen, und die Vorstellung, dass es sich wirklich in ihrem Körper befinden sollte, erschien ihr bizarr. Stattdessen dachte sie an das Brutbecken in ihrer Krippe, in dem lauter grünlich-weiße Wunder mit gefleckter Schale gelegen hatten, etwa so groß wie eine Erwachsenenfaust. Das Licht war gedimmt, aber manchmal holte einer ihrer Väter ein Ei mit herzerwärmender Zartheit aus dem Wasser und hob es ans Fenster, damit sie das erstaunliche Wesen sehen konnten, dass dort drin pulsierte und sich bewegte. Sie und ihre Geschwister wurden ermuntert, es sich anzusehen, sich im Raum mit dem Brutbecken aufzuhalten, wann immer sie wollten (solange sie nur nichts anfassten). Ihre Väter hielten nichts von Geheimniskrämerei in dieser Angelegenheit, vor allem den Mädchen und den Shonen gegenüber, die eines Tages ihre eigenen Eier produzieren würden.

Vier Tagzehnte. Pei hatte vier Tagzehnte, um dieses Ei befruchten zu lassen. Danach würde das Zeitfenster sich schließen, das Ei würde sich auflösen und von ihrem Körper absorbiert werden und … und das war es dann. Ende der Geschichte. Die meisten potenziellen Mütter bekamen nur diese eine Chance. Das hier war offensichtlich ihre. Pei schloss die Augen und tat einen Seufzer, der gefühlt sämtliche Seufzer einschloss, die sie je ausgestoßen hatte.

Warum gerade *jetzt*?

Pei musste an ihre Mutter Seri denken. Sie hatte sie zwar nie kennengelernt, aber sie besaß ihre Gene und ihren Namen und war mit ihrer Geschichte vertraut. Anders als ihre Krippengeschwister war Pei nicht mit ihren Vätern in der Tem-Krippe verwandt; die beiden hatten sie großgezogen, aber nicht gezeugt. Seri, so wurde erzählt, war als Soldatin auf einem Einsatz gewesen, als bei ihr das Flimmern eingesetzt hatte. Normalerweise wurden Soldatinnen, die zu flimmern begannen, sofort aus dem Kampfgebiet ausgeflogen, aber Seri war die Befehlshaberin des Schiffes und befand sich in einer Situation, in der es einfach nicht *ging*. Also war sie auf etwas ausgewichen, das sich mit *wilde Zeugung* übersetzen ließ. Einer von Seris Kameraden, ein Shone namens Tova, hatte sich angesichts ihrer engen Freundschaft für dieses Vorhaben angeboten. Tova war zu diesem Zeitpunkt weiblich gewesen, aber ohne auch nur mit der Wimper zu zucken, war sie in den Sanitätsbereich gegangen, hatte einen Hormoncocktail eingeworfen, den Wechsel so schnell durchlaufen, wie es medizinisch möglich war, und dann hatte er ein paar respektvolle, pragmatische Runden Sex mit seiner Freundin gehabt. Anschließend wurde das Ei, das sie vorab auf den Namen *Hellblau Blassblau Milchig-Grün* getauft hatten – Gapei auf Äluonisch – in einen tragbaren Notbrutkasten gelegt und in nicht umkämpftes Gebiet zurücktransportiert, wo man es dem glücklichen Väterkollektiv der Tem-Krippe überreichte.

Pei hatte die Geschichte schon viele Male gehört, sowohl von ihren Vätern (die sie stets daran erinnerten, dass es Glück brachte, einen Shonen zum Elternteil zu haben) als auch von Tova selbst, die an einem Sommertag persönlich in die Krippe gekommen war, um Pei die Nachricht zu überbringen, dass Seri im Kampf gefallen war. Pei war damals noch nicht alt genug gewesen, um zu begreifen, was diese Nachricht wirklich bedeutete, aber es machte ihr nichts aus, keine Mutter mehr zu haben. Einige der Krippenkinder wurden zwar von ihren Müttern besucht – regelmäßig oder sporadisch –, aber bei genauso vielen war das nicht der Fall. Für äluonische Kinder spielte es keine Rolle. Es war zwar schön, wenn man eine Mutter hatte, aber das galt auch für einen besten Freund oder einen nahestehenden Geschwisterteil oder einen Vater, zu dem man eine besondere Verbindung hatte. Kein äluonisches Kind hatte die gleiche Konstellation von Bezugspersonen. Es gab keine Vorgaben für das, was eine Familie ausmachte.

Und dennoch … hatte Pei als Kind manchmal darüber nachgedacht, dass keiner der Krippenväter sie gezeugt hatte. Schon damals war es nur eine Kleinigkeit gewesen, und eigentlich hätte es ohnehin keine Rolle spielen dürfen. Ihre drei Väter waren ihr alle gleichermaßen zugetan, und nichts wäre anders gewesen, wenn sie mit einem von ihnen einen Chromosomensatz gemeinsam gehabt hätte. Jedes Kind, das ein Vater großzog, war *sein* Kind, und alle Kinder begriffen das. Aber manchmal waren Pei als kleinem Mädchen die Ähnlichkeiten aufgefallen, über die ausdrücklich nicht gesprochen wurde – dass ihr Bruder Kam genauso lachte wie Vater Le, dass Dux und Tre exakt die gleichen Augen hatten, dass ihre Geschwister Hib und Malen, obwohl sie vier Jahre auseinander waren, praktisch identisch aussahen. Pei sah niemandem in der Krippe ähnlich, und obwohl sie sich deswegen um nichts weniger geliebt fühlte, fehlte ihr manchmal doch ein wenig der Anker. Liebend gern hätte sie diese Verbindung gespürt, so wenig diese auch thematisiert wurde. Sobald sie alles über das Flimmern wusste, war sie fest entschlossen gewesen, dass sie eine Krippe aufsuchen und ihr Ei korrekt befruchten lassen würde, wenn es so weit war. Manchmal war es besser, eine langweilige Geschichte zu haben.

Und doch saß sie nun hier, auf einem Nichts von einem Planeten am Ende der Welt, ohne eine Ahnung, wie weit die nächste Krippe entfernt war, und sah sich mit der nicht ganz kleinen Wahrscheinlichkeit konfrontiert, dass sie – sie bedeckte ihr Gesicht mit den Händen, als ihr eine Erkenntnis dämmerte. Verdammt, sie reiste allein. Ihr Schiff war nicht hier. Wenn es vor zwei Tagzehnten passiert wäre, hätte sie ihren Piloten Oxlen gebeten, ihr auszuhelfen, und er hätte ja gesagt, und hinterher hätten sie herzlich miteinander gelacht, wie man das unter Freunden tat. Aber Oxlen war nicht hier, und auch sonst niemand aus ihrer Crew. Falls es hier keine Krippen gab, würde sie sich wohl … jemanden suchen müssen.

Einfach … *irgendjemanden.*

Bei dieser Vorstellung breitete sich ein beklommenes Gelb auf ihren Wangen aus, aber wenn es so sein sollte, dann war es eben so. Auf Gora gab es viele Leute, und sie hatte eine Menge äluonischer Schiffe in der Umlaufbahn gesehen. Vielleicht kannte Ouloo ja jemanden. Bei diesem Gedanken entspannte sich Pei ein wenig. Na schön, es musste kein *vollkommen* Fremder sein – nur ein Fremder, für dessen Anstand die vergleichsweise Fremde, bei der sie im Moment festsaß, bürgen konnte.

Sie barg das Gesicht in ihren Armen.

Sie wollte nicht mit Ouloo reden. Oxlen war zwar nicht

hier, aber wenn er hier gewesen wäre, hätte sie auch mit ihm nicht reden wollen. Genauso wenig wie mit ihren Freunden oder ihren Vätern oder der Mutter, die sie nie kennengelernt hatte.

Der Einzige, mit dem sie in diesem Moment sprechen wollte, war Ashby.

TAG 238, GU-STANDARD 307

MIT DIESEN AUSFÄLLEN WAR NICHT ZU RECHNEN

NETZ-ID: 4443 – 115 – 69, ROVEG

FEED: GU-Infodatei – Lokaler Zugriff/Offline-Version (Öffentlich/Klip)
PFAD: 239–23–235–7
KNOTEN-PASSWORT: Tup0D3rGr0ss3

Archivsuche: Geschichte und Kultur der Akarak
Beste Suchergebnisse:
Akari (Planet)
Harmagianische Kolonialgeschichte
Kolonialisierung Makarevs durch die Harmagianer
Die Hashkath-Abkommen
Die Anhörungen zum Eintritt in die GU (Akarak, GU-Standard 261)
Ihreet
Anatomie der Akarak
Neuzeitliche Akarak-Diaspora und nachgewiesene Subkulturen

Aufgerufene Datei: Parlamentarische Sitzung der GU, öffentliches Protokoll 3223–3488–5 vom 55/261 (hervorgehobener Text: Akarak-Abgeordneter)
Verschlüsselung: 0
Translationspfad: 0
Transkription: [vid:text]

Hiermit bricht die Akarak-Abordnung die Verhandlungen mit dem GU-Parlament offiziell ab und zieht den laufenden

Antrag auf den Beitritt zur GU zurück. Für den Fall, dass diese Nachricht Sie überraschen sollte, erlauben wir uns, Sie an die Vorgeschichte mit Ihrer Regierung zu erinnern.

Nachdem die Hashkath-Abkommen unterzeichnet waren, trat das Gesetz zur Souveränität Intelligenter Wesen in Kraft, welches besagt, dass alle durch die harmagianischen Invasoren besiedelten Planeten an ihre ursprünglichen Bewohner zurückfallen. Allerdings verfügte Akari zu diesem Zeitpunkt nicht mehr über nennenswerte Ressourcen oder tragfähige Ökosysteme, was es uns unmöglich machte, dort zu leben. Um Akari zu sanieren, haben wir bei der GU den Aufbau einer Versorgungstrasse beantragt, die es ermöglichen sollte, uns mit den nötigen Ressourcen zu beliefern. Diese Bitte wurde abgelehnt, mit der Begründung, die vorhandenen Ressourcen seien durch die Kolonialkriege stark in Anspruch genommen worden und es gebe keine Überschüsse, auf die man verzichten könne. Letzten Endes waren eure Bedürfnisse wichtiger als unsere. Als Ersatz wurde uns in dem Bereich, den Sie zum GU-Raum deklariert hatten, der Flüchtlingsstatus bewilligt. Irgendwann wurde unsere wiederholte Bitte um Einbürgerung gehört, und man versprach uns, dass wir uns in einem anderen Sonnensystem ansiedeln könnten.

Darauf warten wir jetzt seit fast zweihundert Jahren.

Zuerst hieß es, unsere Ansprüche hinsichtlich unserer Lebensumgebung seien zu hoch. Man habe gesucht und gesucht, aber noch keine passende Welt gefunden.

Dann baut uns eine Welt, sagten wir. Terraformt uns einen Planeten, so wie ihr es für euch getan habt.

Wir haben jetzt ein neues Gesetz, sagtet ihr. Das Übereinkommen zur Erhaltung der Biodiversität. Mittlerweile ist es illegal, Planeten zu terraformen, auf denen auch nur eine

Mikrobe lebt, denn die Wege der künftigen Evolution sollen nicht gestört werden.

Aber, so sagten wir, unsere noch vorhandene Spezies ist doch zweifellos wichtiger als eine hypothetische Biosphäre, die vielleicht in einer Milliarde Jahren entstehen könnte.

So lautet das Gesetz, sagtet ihr.

Es muss doch eine Lösung geben, sagten wir. Unsere Kinder leiden Hunger. Die von uns erbeuteten harmagianischen Schiffe sind alt und morsch. Ihr gebt uns Lebensmittel und Technik, aber wir brauchen einen Planeten. Wir brauchen ein Zuhause. Wir brauchen die Möglichkeit, uns selbst versorgen zu können. Gebt uns Habitatkuppeln. Orbiter. Irgendetwas.

Diese Art von Zugeständnissen erfordert eine Organisationsstruktur, mit der wir kommunizieren können, und eure Organisationsstruktur verstehen wir nicht, sagtet ihr. Ihr habt keine offizielle Regierung.

Also gut, sagten wir. Für euch bilden wir eine Regierung. Wir schaffen eine Organisation, mit der ihr etwas anfangen könnt.

Wir sind immer noch irritiert, sagtet ihr. Wir haben mit euren Vertretern verhandelt, und danach mussten wir Anträge einreichen und Verfahren abwarten und miteinander debattieren, weil das die Art ist, wie ein Parlament arbeitet. Anschließend wollten wir euch Vorschläge unterbreiten, aber jetzt wissen wir nicht, an wen wir uns wenden sollen.

Das liegt daran, dass ihr fünf Standards für eure Verfahren gebraucht habt, und unsere Repräsentanten, mit denen ihr damals zusammengearbeitet habt, sind alt geworden und gestorben. Andere Leute haben ihren Platz eingenommen.

So können wir nicht verhandeln, habt ihr gesagt. Wenn wir mit euch reden, müssen wir immer wieder von vorn anfangen. Wie sollen wir verhandeln, wenn es keine Kontinuität gibt?

Na schön. Lasst uns über Kontinuität reden.

Das Einzige, was wir kontinuierlich von euch bekommen haben, ist das Wort *Nein*. Das Einzige, worin sich die GU als beständig erwiesen hat, waren ihre Erklärungen, weshalb man uns unsere Bitten nicht erfüllen könne. Anderswo hingegen habt ihr euch bei der Schaffung von Möglichkeiten als überaus findig erwiesen. Wir alle haben die Nachricht gehört, dass die Menschen zum vollwertigen Mitglied der GU erhoben wurden. Die Menschen, die ihren Planeten zerstört haben und von denen noch vor fünfundsiebzig Standards niemand in der GU je etwas gehört hatte. Denen gewährt ihr die Vollmitgliedschaft. Denen schenkt ihr einen Stern, um den sie ihre Schiffe parken können. Denen gestattet ihr, Kolonien zu gründen. Als wir uns darüber empörten, hieß es, bei den Menschen seien die Umstände völlig anders. Menschen atmen die gleiche Luft wie ihr. Ihre Lebensweise ist für euch leichter verständlich. Sie sterben nicht mitten in politischen Verhandlungen.

Wie praktisch für euch, dass ihr es endlich mit einer Spezies zu tun habt, deren Körper mit eurer Bürokratie kompatibel sind.

Unsere Zeit in dieser Galaxie ist, wie ihr nicht müde werdet, uns zu erinnern, begrenzt. Wir werden sie nicht länger damit verschwenden, darauf zu warten, dass ihr das Richtige tut.

SPEAKER

Das Geräusch einer eintreffenden Nachricht riss Speaker in der Zeitspanne eines digitalen Piepsens aus dem Tiefschlaf. Plötzlich hellwach, griff sie nach ihrem Scribus, der beim Schlafen neben ihr gelegen hatte. Sie las die Nachricht, und aus Hoffnung wurde Verwirrung.

Eine Maildrohne ist eingetroffen.
Nehmen Sie die Zustellung an?

Mit zusammengekniffenen Augen starrte Speaker auf den Bildschirm. Das musste ein Irrtum sein, der Aussetzer eines Satelliten, der irgendwo über ihr gerade den Geist aufgab. Sie drückte die Nachricht weg, legte den Scribus beiseite, drehte sich um und schloss die Augen.

Ein paar Sekunden vergingen, dann piepste der Scribus erneut.

Eine Maildrohne ist eingetroffen.
Nehmen Sie die Zustellung an?

Speaker klapperte verärgert mit dem Schnabel. Die Nachricht konnte unmöglich seriös sein. Sie hatte nichts bestellt; über das zerstörte COMM-Netzwerk wäre das nicht einmal möglich gewesen, wenn sie gewollt hätte. Wer würde ihr *hierher* schon etwas schicken?

»Zeig mir den Absender an«, sagte sie zu dem Scribus. Sie rechnete mit irgendwelchem Unsinn.

4443–115–69, stand auf dem Scribus. *Absender: Roveg.*

Speaker war immer noch verwirrt, aber jetzt erwachte ihre Neugier.

»Zustellung annehmen«, befahl sie und schwang sich aus der Hängematte.

Die kistenartige Drohne, die durch die Luftschleuse kam, unterschied sich von allen, die sie bisher gesehen hatte. Zunächst einmal war sie klein – kleiner als Speaker selbst, sie hatte nichts gemein mit den riesigen Lieferkisten, die sie und Tracker sonst erklimmen mussten. Die Drohnen, die sie kannte, kamen hereingeflogen und landeten auf dem Fußboden, diese dagegen *lief.* An der Rückseite der Drohne befand sich zwar eine Art Flugmodul, aber im Moment bewegte sie sich mit Hilfe von zehn mechanischen Beinen fort, die sich seitlich von der Kiste herunterbogen und in stupidem Gehorsam voranmarschierten. Die Bewegung war unverkennbar quelinartig, ein Eindruck, den Speaker wahrscheinlich sogar gehabt hätte, wenn sie nicht gewusst hätte, wer das putzige kleine Ding schickte. Und es war wirklich putzig, auf eine unheimliche Art. Sobald es durch die Luke hindurch war, klappte es die Beine hoch und ließ den Deckel auffliegen, als wollte es sagen: *Hallo! Hier bin ich!*

Speaker krabbelte zu der Drohne hinüber, blickte hinein, und Staunen erfüllte sie. Die Kiste enthielt Lebensmittel, die ihr zwar alle unbekannt waren, aber samt und sonders großartig aussahen. Da waren gelbe und blaue Dinge und weiße und blättrige – offenbar alles Obst und Gemüse –, die zu Halbmonden und Spiralen geschnitten waren, manche roh, andere gegart, einige mit Puderzucker, Gewürzen oder Salz bestreut. Jedes der kulinarischen Mysterien war ordentlich in durchsichtige Folie verpackt und mit einem dünnen, glänzenden Band verschnürt. Sie hatte keine Ahnung, was das alles war, keine Ahnung, wie man es aß, und keine Ahnung, wieso sie das alles bekam. Offenbar hatte der Absender mit dieser Reaktion gerechnet, denn auf dem verführerischen Inhalt lag ein kleines Kästchen, das nicht essbar war. Es besaß keinen Deckel, keine sichtbaren Fugen, wies nur einen kleinen Knopf auf und eine handgeschriebene Nachricht: *Hier drücken.*

Sie drückte auf den Knopf.

Das Kästchen ging auf, und während Speaker zurückprallte, stob eine Flut von konfettiartigen Pixeln heraus, wirbelte durch die Luft und kehrte dann in das Kästchen zurück. Ein Arm fuhr heraus und projizierte in einem rechteckigen Umriss eine Nachricht über dem Kästchen.

Guten Morgen, Speaker! Möchten Sie vielleicht an Bord meines Shuttles mit mir frühstücken? Da ich weiß, dass Sie Ihren Anzug nicht verlassen können, hatte ich mir vorgestellt, dass Sie den Inhalt der Kiste in Ihr Cockpit laden und zu mir kommen. Ich habe mich bemüht, alles so klein herzurichten, dass es in Ihren Anzug passt (und hoffe, dass ich mich dabei nicht verschätzt habe). Außerdem habe ich mir erlaubt zu recherchieren, was Ihre Spezies ohne Risiko zu sich nehmen kann, weshalb ich einigermaßen sicher bin, dass diese Lebensmittel für Sie genießbar sind (da Sie Ihre Bedürfnisse sicherlich am besten kennen, sind für alle Fälle jedoch die Zutaten auf den Bändern aufgedruckt).
Falls Ihnen mein Vorschlag nicht zusagt oder Ihnen einfach nicht nach einem Besuch ist, dann genießen Sie diese Leckereien, wann und wo Sie möchten. Ich werde es Ihnen nicht übel nehmen.
Ihr derzeitiger Nachbar
Roveg

Speaker saß verblüfft da. Sie nahm eines der Päckchen und hielt es in beiden Händen. Unter der Verpackung befanden sich lange, kunstvolle Spiralen von etwas Violettem, Erdigem, das mit grünen Samen bestreut und mit ruhiger Hand geschnitten war. Oder vielmehr mit ruhigen Zehen. Oder wie die Gliedmaßen der Quelin eben hießen.

Vorsichtig legte sie das Päckchen wieder in die Kiste zurück und ging, um ihren Anzug zu holen.

PEI

Ouloo war nicht schwer zu finden. Als Pei sie entdeckte, hielt sie gerade eine Farbdose in der Vorderpfote und besserte verschrammte Stellen am Treibstoffdepot aus, das beim Transport der Algenfässer mitunter beschädigt wurde.

»Kann ich Ihnen helfen?«, fragte Pei im Näherkommen.

Ouloo drehte den Hals nach hinten. »Captain Tem! Geht es Ihnen besser?«

Pei bekam gelbe und rote Tupfen, ihr überstürzter Abschied am Vorabend war ihr etwas peinlich. Es passte nicht zu ihr, so viel Wirbel zu machen. »Ja, alles bestens, danke. Der Schlaf hat mir gutgetan. Es war wohl nur die Zeitverschiebung.«

Das war zwar glatt gelogen, denn Pei hatte kaum geschlafen und litt nicht im Geringsten unter der Zeitverschiebung, aber Ouloo schien die Erklärung zu genügen. »Oh, da wären Sie nicht die Erste. Vor zwei Tagzehnten war hier ein Mensch zu Gast, dessen Rhythmus sich so verschoben hatte, dass er seinen Aufruf in der Tunneler-Schlange verschlief.« Sie stellte sich auf die Hinterbeine, um eine Stelle weit oben zu lackieren. Die Anstrengung brachte sie eine Winzigkeit außer Atem.

»Kann ich Ihnen helfen?«, fragte Pei erneut.

»Nein, nein, nein«, sagte Ouloo. »Ich komme schon zurecht, und es würde mir nicht im Traum einfallen, Gäste arbeiten zu lassen.«

»Und wenn ich gern lackiere?«, fragte Pei. »Wenn ich gerade am allerliebsten lackieren würde? Sie hatten doch gesagt, dass ich Bescheid sagen soll, wenn ich etwas brauche.«

Ouloo warf ihr einen skeptischen Blick zu. »Das ist gemogelt.«

Pei lachte und nahm sich eine zweite Spraydose von der Schubkarre mit den Malerutensilien, die in der Nähe stand. »Ich kann nicht ständig Bäder nehmen, Ouloo. Und es würde mir guttun, wenn ich etwas anderes täte, als herumzusitzen.«

»Nun ja …«, die Laru schnaufte. »Na schön, wenn Sie wirklich wollen.«

Pei ging es nicht um das Lackieren, aber es war immerhin etwas, das sie tun konnte, und wenn sie ehrlich war, kam ihr die Gelegenheit zu helfen sehr gelegen. Ouloo, die sich so sehr bemühte, in dieser Situation eine gute Gastgeberin zu sein, tat ihr leid. »Gibt es etwas Neues, abgesehen von den Updates zu dem Notfall?«, fragte sie und suchte nach Schrammen auf der Wand.

»Nein, leider nicht«, seufzte Ouloo. »Wenn wir die Kuppel doch nur verlassen dürften! Ich frage mich, wie es meinen Nachbarn geht. Wir sitzen natürlich alle im selben Boot, aber mir ist gar nicht wohl dabei, dass ich nicht nach ihnen sehen kann.«

»Ihre Freunde haben nicht auf Ihre Nachricht geantwortet?«

»Nein. Eigentlich ist das positiv, das Licht bei ihnen war nämlich die ganze Zeit eingeschaltet, und dass sie sich nicht melden, bedeutet wohl, dass sie beschäftigt sind, aber nicht auf eine schlechte Art. Oder immerhin wohl nicht auf die *schlechteste* Art. Leider kann ich nicht behaupten, dass mich das beruhigt.«

Pei fing an, an den nötigen Stellen Farbe aufzusprühen – eine schlichte, aber recht angenehme Aufgabe. »Sind Sie mit allen Nachbarn gut bekannt?«, fragte sie.

»Oh, hier sind alle sehr hilfsbereit. Es ist schon interessant – jeder lebt in seiner Blase, und alles ist auf Autarkie ausgerichtet. Außer, nun ja, Comm-Verbindungen und Energie teilen wir hier nichts.« Sie stieß ein kleines Lachen aus bei der Erwähnung dieser Selbstverständlichkeiten, die jetzt nicht mehr funktionierten. »Hier macht jeder mehr oder weniger sein Ding, aber alle helfen einander. Man kümmert sich um die Comms von Leuten, die gerade nicht da sind, oder leiht einander Ersatzteile aus. Tupo geht alle zwei Tagzehnte rüber zum Spielcasino, um Hanto zu üben.«

»Das ist ja großartig«, sagte Pei. Für das Kind war es gut, Hanto-Kenntnisse in der Tasche zu haben (nicht, dass Laru Taschen gehabt hätten), wohin auch immer Tupo später gehen würde.

Ouloo warf ihr einen ausdruckslosen Blick zu. »Ser spricht es furchtbar schlecht.« Sie lachte. »Aber ich ja auch, und immerhin bemüht ser sich. Ser könnte sich zwar noch mehr bemühen, aber …« Sie brach ab, womit sie alles sagte, was es über den aussichtslosen Kampf mit der Pubertät zu sagen gab. »Egal. Jedenfalls leben auf Gora wunderbare Leute. Oder zumindest hier in unserer Ecke. Dass ich nicht weiß, wie es den anderen geht, hat mich die letzten Tage ganz verrückt gemacht. Es ist zwar schön, dass ich tatsächlich mit fast allem allein zurechtkomme …« – Sie nickte zu dem Solargenerator und dem Lebenserhaltungssystem hinüber – »aber anders ist es mir lieber. Haben Sie die Lichtsignale gestern Abend gesehen?«

»Oh«, sagte Pei und blinzelte mit den inneren Augenlidern. »Ich habe zwar am Horizont ein paar Lichter gesehen, aber ich dachte, das wäre nur … ein Wackelkontakt. Oder so.«

Ouloo streckte verneinend die Zungenspitze heraus. »Das war Absicht. Ich weiß nicht, wer damit angefangen hat. Zuerst ging bei jemandem das Licht an und aus, dann hat irgendjemand anders das Gleiche getan, also habe ich bei mir viermal das Licht an- und ausgeschaltet, und dann haben wir … einfach eine Weile so weitergemacht.«

»War das eine Art Code? Vier für okay, drei für Hilfe, so etwas?«

»Nein, überhaupt nicht. Obwohl es im Nachhinein ganz schlau wäre, wenn wir so etwas hätten. Nein, wir haben damit nichts ausgedrückt. Ich jedenfalls nicht. Ich glaube, wir haben einander einfach nur wissen lassen, dass wir da sind. Zumindest hatte ich diesen Eindruck.« Sie wippte bestätigend mit dem Hals. »Danach ging es mir etwas besser.«

So leid es Pei auch tat, wie isoliert sich Ouloo fühlte – das war genau der richtige Moment, um ihre dringlichste Frage anzubringen. »Leben hier eigentlich Äluoner?«, erkundigte sie sich beiläufig.

»O ja.« Ouloo drehte sich um und deutete mit der Pfote an der Kuppel vorbei durch die Wüste. »Tobet arbeitet im Halfway-Hotel. Und dann ist da noch Sila, drüben in der Kunstgasse – man kann die Kuppel von hier aus nicht sehen, aber sie ist nur einen Katzensprung entfernt. Und ansonsten … Meines Wissens leben ein paar Äluoner auf dem TA-Orbiter. Die eine heißt Sen, sie erneuert normalerweise meine Gewerbelizenzen. Und natürlich leben hier jede Menge Leute, die in erster Linie für Äluoner arbeiten. Auf der anderen Seite des Planeten gibt es ein Stadtfeld. Wir bekommen oft Besuch von Angehörigen Ihres Volks.«

Pei ließ sich das durch den Kopf gehen. Sie war sicher nicht die einzige Äluonerin, die auf Gora festsaß, aber in ein Stadtfeld zu marschieren und wildfremde Leute mit ihrem Anliegen zu behelligen, war das Letzte, was sie sich wünschte. »Sind Sie mit einem von ihnen näher bekannt?«, fragte sie und gab sich Mühe, den Tonfall ihrer Sprachbox unbeschwert klingen zu lassen.

»Tobet und ich verstehen uns gut. Sie hat mir die Jenjen-Kuchen geschickt, die bei mir auf dem Tisch standen, als Sie alle hier ankamen …«

Pei hatte nach dem weiblichen Pronomen nicht mehr zugehört, denn so gut Tobets Jenjen-Kuchen auch sein mochten, sie konnte Pei nicht helfen. »Verstehe«, sagte sie, als Ouloo fertig war. Sie schwieg, weil sie sich nicht zu tief in die Karten schauen lassen wollte. »Wie sieht es mit Männern aus? Oder Shonen?«

Ouloo überlegte. »Nun ja, da ist Kopi im Teegarten. Ich weiß zwar nicht …« Sie unterbrach sich, als wäre ihr etwas eingefallen. »Bei Shonen verwendet man die neutralen Pronomen nicht, oder? Ich habe keine Ahnung, was Kopi gerade ist, deshalb weiß ich nicht, wie ich – nicht sihn – nennen soll, aber …«

Pei sprang ihr bei. »Shonen verwenden nur während des Wechsels neutrale Pronomen. Die höfliche Bezeichnung wäre das Geschlecht, das Kopi bei Ihrer letzten Begegnung hatte.«

»Ah, danke. Gut zu wissen. Jedenfalls, ich kenne Kopi nicht besonders gut, von zufälligen Begegnungen auf dem Orbiter und auf Partys einmal abgesehen, aber er ist ganz nett. Ein bisschen zugeknöpft, aber …« Sie unterbrach sich und legte den Hals schief. »Wieso fragen Sie?«

Pei zuckte mit den Achseln und sprühte weiter Farbe. »Nur so. Ich …«

Die Ausrede erübrigte sich, als sie spürte, wie eine warme, pelzige Pfote behutsam den Saum ihres Jackenärmels nach oben schob, um die nackte Haut darunter zu enthüllen.

Ouloo hielt Peis Arm fest und schaute auf die Schuppen. »O Sterne«, sagte sie leise. Sie sah noch einen Augenblick hin, dann blickte sie Pei mit schimmernden Augen an. »Herzlichen Glückwunsch.«

ROVEG

Roveg war so froh, dass Speaker gekommen war. Er war unsicher gewesen, wie sie seine Einladung auffassen würde – nicht weil ihm etwas einfiel, das man dabei falsch auffassen konnte, sondern weil Speaker für ihn immer noch eine Fremde war. Passte Essen für sie zu einem Treffen? War sie jemand, der zu einem beinahe Fremden zum Frühstück kam?

Offenbar war sie das.

Als sie durch die Luftschleuse trat, sah sie deutlich anders aus als diejenige, die zwei Tage zuvor mit ihrem Scribus hereingekommen war und ihn selbstbewusst gefragt hatte, was er in einem Notfall beisteuern konnte. Heute hatte sie keinen Scribus dabei, nur die Essenspäckchen, die er für sie zurechtgemacht hatte und die sie auf rührende Weise zu beiden Seiten ihres Cockpit-Sitzes verstaut hatte. Sie wirkte … nicht nervös, nein. *Schüchtern.* Das war es. Speaker wirkte ein wenig schüchtern, und so wenig er auch über sie wusste, das hätte er nicht bei ihr erwartet.

»Ich freue mich, dass Sie gekommen sind«, sagte er und neigte seinen Oberkörper. »Ich hatte gedacht, dass wir im Projektionsraum essen können, wenn das für Sie in Ordnung ist?«

»Oh«, sagte Speaker. »Äh, ja, das klingt gut.«

Sie folgte ihm durch den Gang, wobei das Klirren ihres Mech-Anzugs auf seltsame Weise mit dem vertrauten Rhythmus seiner Beine harmonierte. Er war auf Smalltalk eingestellt gewesen, denn in den Tagen zuvor war sie eine angenehme Gesellschaft gewesen, aber jetzt war sie still. Als er einen Blick nach hinten warf, sah er, wie sie aufmerksam den Gang musterte, die Architektur, die Kunst an den Wänden. Was sie wohl davon hielt? Er dachte an ihr schäbiges Shuttle, das neben seinem parkte, und daran, was er vor ihrer Begegnung über ihre Spezies gewusst und was er seither herausgefunden hatte. Das machte ihn befangen, beinahe verlegen. Er fragte sich, ob seine Einladung sie irgendwie kränkte, ob er auf sie wie ein reicher Sack wirkte, der mehr besaß, als er verdiente. Er wusste, dass er ein reicher Sack *war* und dass er das bestimmt nicht mehr verdiente als andere. Das war eine Tatsache, aber sie würde ihn deswegen doch wohl hoffentlich nicht ablehnen? Er verschob seinen Unterleibspanzer und sagte sich, dass sie empfand, was auch immer sie eben empfand. Er hatte keinen Einfluss darauf, aber seine Verlegenheit, die der Sache abträglich war, konnte er sehr wohl kontrollieren. Wenn jemand mehr besaß als ein anderer – so hatte man es ihm beigebracht –, nützten Schuldgefühle am allerwenigsten. Auf solche Ungleichheiten reagierte man am besten, indem man herausfand, wie man Augenhöhe mit dem anderen herstellte. (Diese Lektion gehörte zu den wichtigsten Zentralen Grundsätzen – sie waren nicht allesamt Unfug, und nicht bei allen verspürte er das Bedürfnis, sie aus seinem Verstand zu tilgen. Bei den meisten, aber nicht bei allen.)

»Da wären wir«, sagte er, während er sie in den Projektionsraum führte. Der Hintergrund, den er für diese Gelegenheit gewählt hatte, war ein riesiger terrassierter Springbrunnen, dessen Wasserkaskaden träge an den moosbewachsenen Seiten herunterflossen. Er hatte eine Kulisse angestrebt, keine Ablenkung. Der Tisch in der Mitte war bereits gedeckt, mit größeren Portionen der Leckereien, die er für sie eingepackt hatte. Das Essen war proteinärmer, als er es gewohnt war, und vermutlich würde er nach dieser rein pflanzlichen Mahlzeit noch einen Snack brauchen, wenn sie wieder fort war, aber es ging bei einem gemeinsamen Essen ja auch um die Erfahrung und das Zusammensein. »Ich freue mich darauf, alles zu probieren. Ich musste natürlich auf Zutaten zurückgreifen, die ich an Bord hatte, aber ich habe ein bisschen recherchiert und sie hoffentlich passend zubereitet. Ich gehe doch hoffentlich recht in der Annahme, dass sie für Sie genießbar sind?«

»Ich glaube schon«, sagte Speaker. »Die meisten kenne ich nicht, also habe ich sie alle durch einen Scanner gejagt, bevor ich hergekommen bin. Nichts für ungut.«

»Aber natürlich. Eine sehr weise Vorsichtsmaßnahme. Ich habe einmal den Fehler gemacht, das nicht zu tun, bevor ich in einem kleinen harmagianischen Lokal zulangte, und danach war das Innere meines Mundes ein Tagzehnt lang taub.« Er musterte sie. »Ich würde Ihnen ja einen Platz anbieten, aber … ich nehme an, dass Sie bereits sitzen.«

Speaker in ihrem Cockpitstuhl lachte. »Ich kann den Anzug hinsetzen, damit ich Sie nicht überrage.«

Er lachte zustimmend und ließ seinen Unterleib herab, wobei er seine Beine fein säuberlich einklappte. Speaker betätigte ihre Schalter und ließ den Anzug mit einem mechanischen Scheppern Platz nehmen.

»*Vehlech hra hych bet*«, sagte er feierlich und übersetzte dann: »Möge es nach Ihrem Geschmack sein.«

Sie legte interessiert den Kopf schief. »Tellerain ist eine wirklich schöne Sprache.«

»Finden Sie?« Er griff nach einer Platte mit eingelegten Sumpfbirnen. »Geräusche und Schönheit sind so relativ. Ich weiß, dass Aandrisk unsere Laute nicht besonders mögen, aber für mich klingt Reskitkish ja auch, als wollte da jemand so schnell wie möglich ersticken, von daher: leben und leben lassen.«

»Ich mag die unterschiedlichen Schichten bei Tellerain«, sagte Speaker. »Es ist wie ein Lied.«

Er gab ein zustimmendes Geräusch von sich und dann, als er in die Sumpfbirne biss, ein sehr viel lauteres. »Oh! Oh, die sind wirklich gut, finden Sie nicht? Und bitte, ich werde es Ihnen nicht übelnehmen, falls Ihnen nichts davon schmecken sollte. Unsere Geschmäcker sind mit Sicherheit sehr unterschiedlich.«

Speaker sah sich an, was er aß, und suchte dann in den Päckchen neben ihrem Sitz nach dem gleichen Gericht. Gespannt zog sie eine Sumpfbirne heraus, musterte sie kurz und pickte dann forschend ein Stückchen davon ab. »Sterne, ist das sauer«, sagte sie.

»Zu sauer?«

»Nein, nein. Ich glaube, am Ende wird es mir schmecken. Ich wusste nur nicht, was mich erwartet.«

»Ich glaube, am Ende wird es mir schmecken«, wiederholte er beifällig. »So spricht eine wahre kulinarische Abenteurerin.«

Sie nahm einen etwas mutigeren Bissen. »So würde ich mich nun nicht bezeichnen«, sagte sie. »Ich esse nicht oft Alien-Essen.« Sie schluckte. »Fast nie, ehrlich gesagt. Bevor Sie mir all diese Köstlichkeiten geschickt haben, bin ich nie auf die Idee gekommen.«

»Verständlich, da Sie nicht auswärts essen können.« Er griff herzhaft zu und bediente sich mit seinen Brustbeinen an den Leckerbissen. »Wenn man sich für einen Langstreckenflug eindeckt, will man ja Lebensmittel dabeihaben, die einem schmecken.« Er schenkte sich mit dem einzigen Bein, das kein Essen hielt, eine Tasse Mek ein. »Wer von Ihnen ist die bessere Köchin, Sie oder Tracker?«

»Ich«, sagte Speaker entschieden. »Sie gart die Blattgemüse viel zu lange. Und sie lässt das Essen gern anbrennen.«

Er lachte. »Ich wittere einen alten Konflikt.«

»Einen sehr alten«, sagte sie.

Er verfolgte das Thema behutsam weiter. »Geht es Ihnen denn diesbezüglich besser als gestern?«

Speaker aß die Sumpfbirne auf, die sie in der Hand hielt, und biss dann in die nächste. »Nein«, sagte sie offen. »Überhaupt nicht.«

»Das dachte ich mir schon. Deshalb war ich der Meinung, dass Sie etwas Ablenkung gebrauchen könnten.«

Für einen Augenblick aß sie stumm weiter. »Das ist nett von Ihnen«, sagte sie, musterte ihn und zerquetschte dabei die Frucht, die sie in den Händen hielt. »Gehe ich richtig in der Annahme, dass Sie ebenfalls eine Ablenkung brauchen konnten?«

»Ja«, sagte er. »Ja, da liegen Sie richtig.«

Sie fragte ganz unverblümt: »Sie freuen sich nicht auf zu Hause, nicht wahr?«

Roveg blickte zu ihr auf. »Ouloo hat also erwähnt, wo ich hinfliege?«

Speaker lachte. »Ja.«

»Nun, ich fliege nicht nach Hause. Das wäre in meinem Fall Chalice. Aber ich fliege tatsächlich ins Quelin-Territorium, ja.« Er nahm sich einen Streifen gezuckerte Schnappfrucht. »Das letzte Mal ist lange her.«

»Wie lange?«

»Fünfzehn Standards.«

Sie sann darüber nach. Für sie war das fast ein ganzes Leben, wurde ihm klar. Für ihn fühlte es sich fast genauso an. »Was führt Sie jetzt dorthin?«, fragte sie.

Beinahe hätte Roveg es ihr erzählt. Ein Teil von ihm wäre

die schon seit Tagen verdrängte Furcht gern losgeworden, aber er hatte so viel Angst vor dem, was schiefgehen könnte, dass er es nicht laut aussprechen mochte. Das hätte seine Befürchtungen allzu real gemacht. Also beschränkte er sich auf die Logistik, den Teil, der nur Mittel zum Zweck war. »Ich darf zwar nicht im Quelin-Territorium leben, aber meine Verbannung ist so lange her, dass ich inzwischen berechtigt bin, eine … oje, ich kenne das Klip-Wort dafür nicht. Im Prinzip ist es eine Aufenthaltserlaubnis. Allerdings nur für einen sehr kurzen Zeitraum, und bei meinen Aktivitäten bin ich beschränkt. Ich werde immer von der Polizei begleitet werden, damit ich nichts Falsches tue oder sage. Das wird sicher eine reizende Gesellschaft sein.«

Speakers Blick nach war ihr klar, dass das nur die halbe Antwort war. Aber zu seiner Erleichterung war sie so freundlich, nicht weiter zu bohren. »Das ist also Ihr Termin«, sagte sie. »Sie holen sich Ihre Aufenthaltserlaubnis ab.«

»Ja. Ein ermüdendes Frage- und Antwortspiel und anderer komplizierter Blödsinn. Sehr streng.« Er schwieg kurz. »Unpünktlichkeit würde kein gutes Licht auf mich werfen.«

»Ah«, sagte sie verständnisvoll. Sie schaute auf den Tisch und klapperte mit dem Schnabel. »Deshalb die Ablenkung.«

»So ist es.«

Speaker drehte den Anzug um, um die Projektionswände besser sehen zu können. »Ist das von Ihnen?«, fragte sie, während sie beobachtete, wie das digital gerenderte Wasser herabfloss.

Roveg winkelte stolz die Beine an. »Allerdings«, sagte er. »Und bei aller Bescheidenheit kann ich Ihnen verraten, dass es eins meiner Lieblingswerke ist. Allerdings handelt es sich natürlich nur um den visuellen Teil, nicht um die ganze Erfahrung.«

»Mich überfordert die Vorstellung von Sims ja immer noch. Ich weiß nicht, was ich davon halten soll, mir etwas ins Gehirn zu stöpseln.«

»Da wird nichts hineingestöpselt, es ist alles drahtlos«, sagte Roveg. »Der Klatschlappen, den man dabei trägt, tut nicht weh und greift nicht in den Organismus ein. Aber Sie haben recht, es dauert manchmal ein bisschen, bis man sich an die eigentliche sensorische Erfahrung gewöhnt. Eine Arbeit wie meine ist ein schöner Einstieg. So kann man sich darauf einlassen, etwas zu fühlen und zu sehen, das nicht da ist, ohne dabei etwas *tun* zu müssen.«

Speaker nahm das zur Kenntnis. Sie nickte zur Wand hinüber. »Das ist kein realer Ort, nicht wahr? Sie haben dabei nichts imitiert, was es wirklich gibt?«

»Nein, das ist Phantasie. Manchmal designe ich Echtweltumgebungen, aber das hängt von meiner Stimmung ab.«

»Können Sie mir eine vorführen?«

»Natürlich.« Er freute sich immer, wenn sich jemand für seine Arbeit interessierte. »Freund, zeigst du uns bitte Reskit, die unbewohnte Version?«

Freund gehorchte. Der Springbrunnen verschwand, und die Aandrisk-Hauptstadt nahm seine Stelle ein. Jetzt saßen Roveg und Speaker auf Reskits berühmtem Alten Marktplatz, umgeben von antiken, türlosen Bauten, geschmückt mit Flaggen und Spruchbändern in allen erdenklichen Farben, die fröhlich in der staubtrockenen Brise wehten.

»Wow«, sagte Speaker. »Wow, das sieht richtig echt aus.«

»Sie sind schon einmal dort gewesen?«

»Ja, wir machen regelmäßig in Reskit halt. Der Markt dort ist … na ja, freundlich.« Sie führte nicht weiter aus, was *freundlich* bedeutete, aber Roveg konnte es sich denken. »Es sieht seltsam aus ohne die Leute.«

»Ich kann Ihnen Leute hinzaubern, wenn Sie möchten, aber es ist auch ganz schön, die Szenerie mal ohne das ganze Gewimmel bewundern zu können.«

»Da haben Sie wohl recht.« Sie betrachtete das Bild stumm, tief in Gedanken versunken. »Haben Sie eine von Vemereng?«

Die Frage ging Roveg unter den Panzer, aber er ließ sich nichts anmerken. »Nein«, sagte er. »Ich habe noch nie eine Sim gemacht, die auf einem Ort auf meinem Planeten basiert. Danach, meine ich.«

Speaker wurde noch nachdenklicher. »Erzählen Sie mir, wie es ist?«

»Sie meinen Vemereng? Nun, das hängt wie immer stark davon ab, von welchem Kontinent wir sprechen. Ich wurde auf den östlichen Inseln geboren, da ist es kühl, aber …«

Die Akarak schnitt ihm das Wort ab. »Nein, nein«, sagte sie. »Mich interessiert, wie es ist, *einen Planeten zu haben*. Sie sind schon auf vielen gewesen, genau wie ich. Erzählen Sie mir, was Sie empfinden, wenn Sie sagen, dass das *Ihr* Planet ist.«

Roveg sah zu dem Projektorbild hinüber, die Luftlöcher auf seinem Rücken hoben und senkten sich bei jedem Atemzug. »Mein Planet«, sagte er, eher zu sich selbst als zu ihr, näherte sich der Vorstellung versuchsweise aus einer Perspektive, die er bisher nicht in Betracht gezogen hatte. Er blickte zu dem Alten Marktplatz, der wahrhaftig ein Wunder war, aber nicht seines, ganz und gar nicht. »Sie wissen doch, wie es ist, wenn man den Planeten wechselt? Zuerst ist man Teil der Umgebung …« – er zeigte mit seinen Beinen auf den Bildschirm – »und der Planet ist alles, er ist überall, denn er sieht flach und grenzenlos aus. Aber dann entfernt man sich mit maximaler Schubkraft von seiner Oberfläche, und plötzlich wird alles immer kleiner und krümmt sich rasch zu einer *Kurve*. Und wenn man dann im Weltall ist, sieht man, dass der Planet kugelförmig ist, genau wie alle anderen, ein riesiger Ball, der sich in eine Murmel und dann in einen kleinen Punkt verwandelt. Und dann nähert man sich einer *anderen* Murmel, die sich in einen *anderen* Ball verwandelt, und sobald man darauf landet, wird er wieder flach und grenzenlos. Ohne eine Mitte. Ohne ein Oben oder ein Unten – es gibt nur nah und weit weg. Wissen Sie, was ich meine?«

»Ja«, sagte Speaker.

»Nun ... wenn man einen Planeten hat, dann ist er das subjektive Zentrum des Universums – obwohl man weiß, dass das Universum endlos ist und sich alles darin relativ zueinander verhält. Wobei ich *Zentrum* nicht im astronomischen oder topographischen Sinne meine. Ich meine das *wahre* Zentrum. Es ist ein Anker, der ... die Schwerkraft, die alles zusammenhält. Es mag zwar nicht für alle das wahre Zentrum sein, aber doch für einen selbst. Und dieses Wissen gibt dem ganzen Größer- und Kleinerwerden eine andere Bedeutung. Man ist dann nicht mehr wurzellos, sondern mit einem Ort fest verbunden. Der kann weit weg sein, aber man kann ihn immer spüren. Und wenn man zu ihm zurückkehrt, erinnert er einen daran, dass er zu einem gehört. Wir Raumfahrer bewegen uns in so vielen künstlichen Umgebungen – so vielen Kombinationen aus Luftdruck, Feuchtigkeit, Temperatur, Schwerkraft –, dass wir oft vergessen, wie schmerzhaft gut es sich anfühlt, in die Umgebung zu kommen, an die sich der eigene Körper im Laufe von Jahrmillionen evolutionär angepasst hat. Das ganze Ich kommt zur Ruhe, so als wäre man Wasser und der Planet die Tasse. Und wenn man dann zum Horizont schaut, dann kann man, obwohl man vorher über dem Planeten war, obwohl man es besser weiß, wirklich an die Flachheit und Grenzenlosigkeit *glauben*. Die Illusion hüllt einen ein, und nie wird man sich sicherer fühlen.«

Die Akarak blickte ihm in die Augen. »Auch wenn man nicht mehr zurückkehren kann?«

Wieder ein Schlag, der Rovegs Panzer durchdrang, aber seltsamerweise war er ihm willkommen. Hinter der Frage lag keinerlei Provokation, nur der Wunsch, der Sache auf den Grund zu gehen, was ihn zwar verletzlich machte, aber paradoxerweise zugleich entspannte. »Auch wenn man nicht mehr zurückkehren kann«, sagte er. Er beugte seinen Rumpf zu ihr vor. Wenn sie direkt war, dann konnte er das auch sein. »Tut es weh, keinen Ort zu haben, den man sein eigen nennen kann?«

Speaker veränderte die Haltung in jenem Anzug, in dem sie eine andere Luft atmete als er. »Ja«, sagte sie langsam. »Aber …« Sie seufzte. »Ich weiß nicht, wie ich es erklären soll.«

»Ich würde mich freuen, wenn Sie es versuchen mögen.«

Sie klapperte dreimal mit dem Schnabel. »Es ist schwer, um etwas zu trauern, das man nie gekannt hat. Was Sie da beschreiben, klingt wundervoll. Aber Schwimmen hört sich ebenfalls wundervoll an, und das habe ich auch noch nie getan. Oder …« Sie überlegte. »Aandrisk sind imstande, Infrarotstrahlung zu sehen. Sie können sich im Dunkeln bewegen. Auch das klingt wunderbar. Aber es ist eine Erfahrung, die ich niemals machen werde. Weil es mir nicht vergönnt ist. Und genauso ist es mir nicht vergönnt, einen eigenen Planeten zu haben. Ich trauere also und bin doch gleichzeitig zu Trauer gar nicht in der Lage, weil ich nicht weiß, was ich verloren habe. Und keiner von meinem Volk kann es mir erzählen, weil niemand mehr da ist, der sich daran erinnert.«

»Vielleicht ist es so ähnlich wie bei den Menschen«, sagte Roveg. »Die kennen auch nur ihre Schiffe.«

»Vielleicht«, sagte Speaker. »Ich habe mich noch nie richtig mit einem Menschen unterhalten, daher weiß ich es nicht. Aber mein Gefühl sagt mir, dass man uns nicht vergleichen kann. Ihre Welt ist nicht zerstört, nicht vollständig jedenfalls. Sie wird wieder aufgebaut, Schritt für Schritt. Wenn sie wollen, können die Menschen dorthin fliegen. Einige von ihnen leben noch dort. Und ihr Planet wurde ihnen nicht genommen. Sie haben ihn selbst zerstört. Haben sich das eigene Herz aus dem Leib gepickt. Nein, ich halte uns für alles andere als vergleichbar.« Rastlos bewegte sie sich auf ihrem Stuhl, kämpfte offenbar ihren stummen Zorn nieder. »Verzeihung.«

»Bitte entschuldigen Sie sich nicht. Sie haben wirklich allen Grund, wütend zu sein. Wir können über etwas anderes reden, wenn Sie …«

»Nein.« Sie holte mühsam Luft. Er sah, wie ihre Hände sich lockerten. »Welchen Ort auf Ihrem Planeten mögen Sie am liebsten?«

Roveg musste nicht lange über die Antwort nachdenken. »Wushengat. Die wörtliche Übersetzung lautet wenig originell *Blumensee.*«

»Wie ist es dort?«

Schmerz stieg in Roveg auf, als er sich den See in Erinnerung rief, eine Erinnerung so süß wie Sommersirup und so zweischneidig wie die Klinge des Scharfrichters. »Vollkommen ruhig«, sagte er. »Ich habe das Wasser niemals aufgewühlt gesehen.«

»Welche Farbe hat es?«

»Es ist … Ich weiß nicht, ob wir Farben gleich wahrnehmen.«

»Das ist mir egal.«

»Ein sehr sanftes, helles Lila. Der Sand am Ufer ist wolkenweich, und die Bäume, die am Ufer wachsen, sind im Frühling von Blumen übersät.« Der Schmerz wurde stärker, füllte ihn ganz aus. »Man kann den ganzen Tag dort sitzen und sich vollkommen sicher sein, dass alles gut wird, solange man nur dort ist.«

Speaker hing an seinen Lippen. »Ich glaube, so habe ich mich noch nirgendwo gefühlt.«

»Nun, es ist natürlich nicht die Wahrheit. Aber so fühlt sich Wushengat an.«

»Ich finde, Sie sollten eine Sim daraus machen«, sagte sie. »Um auch anderen Leute dieses Gefühl zu geben.«

Roveg schwieg erneut. »Wissen Sie was?«, sagte er schließlich. Er schenkte sich noch eine Tasse Mek ein. »Wenn ich meinen Termin schaffe und die Aufenthaltserlaubnis bekomme, dann mache ich das vielleicht.«

Pei erstarrte, als Ouloo sie anlächelte. Ihre Wangen verfärbten sich lila angesichts der Einmischung und der unerbetenen Berührung, und wenn sie auch noch so beiläufig war. Doch bei allem Zorn war sie doch auch erleichtert. Sie schloss die Augen und fügte sich in die Tatsache, dass es nichts änderte, wenn sie ihren Arm wieder bedeckte. Na schön. Ein Thema weniger, dass sie umschiffen musste.

Sie sah Ouloo an und wusste, dass sie keinerlei Ähnlichkeit miteinander hatten. Ihre Körper, ihr Blut hatten nichts miteinander gemein. Ihre Vorstellungen von dem, was eine »Mutter« war, hätten nicht unterschiedlicher sein können. Für Ouloo schien das Konzept zum Kern ihres Selbst zu gehören, und wie hätte es anders sein können? Sie hatte ja keinen Embryo geboren, sondern ein voll entwickeltes Wesen, das im Inneren ihres Leibes geschwommen war ohne eine Eierschale, die sie trennte. Und dieses Wesen hatte sich jahrelang an sie geklammert, während es die meiste Zeit über in einer Tasche an ihrem Bauch lebte, eine beständige Vereinigung zweier Leiber. Für Pei, die schon das Konzept der Lebendgeburt mit Abscheu erfüllte, war dieses Ausmaß an Bindung verstörend. Aber die Unterschiede zwischen ihr und Ouloo beschränkten sich nicht auf die körperliche Ebene. In der äluonischen Kultur war eine Mutter kein Elternteil. Eltern waren entweder Männer oder Shonen. Eltern wurden für ihre Aufgabe ausgebildet. Eltern waren die Personen, die die

Kinder großzogen, nicht diejenigen, denen die schlichte Aufgabe zukam, sie zu erschaffen. Die geschlechtsspezifischen Rollenzuschreibungen bei der Elternschaft waren zwar nicht mehr so starr wie früher, aber auch wenn man mittlerweile manchmal Frauen in Krippen antraf, gab es immer noch einen gewaltigen Unterschied zwischen der Person, die das Ei produzierte, und derjenigen, die sich um das kleine Wesen kümmerte, das aus ihm herauskroch. Elternschaft war ein Beruf, aber nicht Peis Beruf. Niemals hätte sie sich vorstellen können, so wie Ouloo zu leben, zwei verschiedene Berufe gleichzeitig auszuüben, sich jahrzehntelang zu zerreißen, bis Tupo das Erwachsenenalter erreichte. Allein schon die Vorstellung strengte sie an.

Aber da gerade niemand da war, mit dem sie gern gesprochen hätte, fühlte sich Pei seltsam getröstet von Ouloos Gesellschaft – die Gesellschaft von jemandem, der sich, in extremer Weise, in genau dieser Situation befunden hatte.

»Wie fühlen Sie sich?«, fragte Ouloo. »Haben Sie Hunger? Möchten Sie sich vielleicht mal richtig bewegen? Ich kann den Garten eine Weile für Sie frei halten, wenn Sie herumrennen wollen.«

Pei war ein wenig verblüfft, dass Ouloo sich mit den Begleitsymptomen des Flimmerns auskannte, aber andererseits war dieses Auge für Details nur schlüssig nach allem, was sie mittlerweile über ihre Gastgeberin wusste. »Nein, es geht mir gut«, sagte Pei. Sie schwieg kurz. »Äh, bitte sagen Sie …«

»Ich werde es niemandem erzählen«, sagte Ouloo. »Ich weiß, ich bin gesprächig, aber das hier ist persönlich. Das verstehe ich.« Ihr Hals wippte nachdenklich auf und ab. »Oh! Aber … oh, ich kann Ihnen helfen! Kommen Sie.« Sie ließ die Farbdose fallen und lief über den Pfad auf ihr Büro zu. Pei folgte ihr.

Tupo war gerade da, als sie hereinkamen. Ser stand auf den Hinterbeinen und legte Snacktüten in die Regale, eine nach der anderen, ohne es im Geringsten eilig zu haben.

»Tupo, raus hier«, sagte Ouloo, während sie hereintappte.

Tupo schwenkte verwirrt den Hals herum. »Du hast doch gesagt, ich soll die Regale …«

»Ich weiß, was ich gesagt habe, aber bitte geh jetzt.«

Tupo sah Pei verblüfft an, dann drehte ser den Hals verwirrt zu sirer Mutter zurück. »Ist alles in Ordnung?«

»Alles bestens«, sagte Ouloo, »aber wir können hier keine Kinder gebrauchen. Raus mit dir.«

Trotz aller Unterschiede im Eltern- und Kindsein war Tupos Miene, die *Was zum Teufel ist mit meiner Mutter los* ausdrückte, doch universell. Ser ließ die Snacktüten in die Schachtel zurückfallen und murmelte im Davonmarschieren vor sich hin: »Wenn ich draußen spiele, soll ich helfen. Und wenn ich helfe, soll ich rausgehen. So *albern*.« Das Murren dauerte an, bis das Kind draußen war und die Tür hinter ihm zufiel.

Ungerührt von der Reaktion ihres Sprösslings, wühlte Ouloo in einem Schränkchen hinter ihrem Schreibtisch herum. »Da war doch … wo habe ich ihn nur … da war doch dieser Äluoner, der … nein, nicht hier …« Sie schloss eine Schublade und zog eine andere auf. »Er muss vor zwei oder drei Standards hier gewesen sein, auf dem Rückweg aus dem Urlaub. Er … nein, nicht das! Moment … aha!« Sie zog die Pfote aus der Schublade und hielt triumphierend einen Infochip hoch. Auf ihren beiden Hinterbeinen kam sie auf Pei zu und reichte ihr den Chip. »Er war ein Krippenvater aus Ethiris, und er hat mir das hier gelassen, für den Fall, dass eine Interessentin vorbeikommt. In dem Chip steht alles über die Krippe, in der er arbeitet. Oder zumindest damals gearbeitet hat.« Ouloo wippte zufrieden mit dem Hals. »Genau deshalb sollte man nie etwas wegwerfen.«

Pei nahm den Chip. »Wo liegt Ethiris?«, fragte sie.

»Oh, nicht weit von hier. Tunnel vier führt direkt dorthin«, sagte Ouloo. »Es ist nur einen Sprung und ein Tagzehnt entfernt.«

Pei sandte ihr ein dankbares Blau, denn die Antwort war gut. Ihr Zeitfenster würde danach immer noch weit offen sein, und sie brauchte die wenig reizvolle Option mit Ouloos Nachbarn nicht weiter zu verfolgen. Sie konnte es in einer richtigen Krippe tun, mit richtigen Vätern, so wie sie es immer vorgehabt hatte.

Doch ein Sprung und ein Tagzehnt waren zwar gute Nachrichten für die biologische Uhr, die in ihr tickte, aber es gab da ein Problem. Pei rechnete. Ein Sprung und ein Tagzehnt, plus fünf oder sechs Tagzehnte in der Krippe, anschließend ein Tagzehnt zurück nach Gora und anderthalb weitere zurück zur *Mav Bre*. Das würde mehr als ihren ganzen Urlaub in Anspruch nehmen.

Sie würde Ashby nicht sehen können.

Pei schalt sich innerlich für diese Gedanken. Sie *flimmerte*, verdammt nochmal. Da musste alles zurückstehen. Urlaube wurden abgesagt, Aufträge gecancelt, Soldatinnen aus Gefahrenzonen ausgeflogen. So war es nun mal. Ashby wusste das. Sie hatten viele Male darüber gesprochen. Sie wusste, dass er es verstehen würde. Es würde andere Gelegenheiten geben, andere Landurlaube. Es war in Ordnung, enttäuscht zu sein, aber so war eben der Lauf der Dinge.

Sie sagte sich all diese Selbstverständlichkeiten vor. Sie holte tief Luft und wartete darauf, dass die schlichten, unbestreitbaren Tatsachen das Gefühl der Enge aus ihrer Brust vertreiben würden.

Nichts geschah.

Ouloos Gesicht tauchte hinter dem Schreibtisch auf und riss Pei aus ihren Tagträumen. »Das kommt sicher alles sehr überraschend«, sagte Ouloo. »Aber machen Sie sich keine Sorgen. Nach allem, was ich gehört habe, muss es eine wundervolle Erfahrung sein.«

Pei zwang sich, blau zu lächeln. »So heißt es, ja. Und danke sehr«, sagte sie und steckte den Chip ein. »Das ist … vielen Dank. Wirklich.«

Die Laru strahlte. »Ich freue mich, dass ich Ihnen helfen konnte.« Vertraulich näherte sie ihr Gesicht dem von Pei. »Und ich bin auch froh, dass Ihnen Kopi erspart bleibt. Er ist ziemlich langweilig.«

Pei lachte, auf ihren Wangen blitzte ein wenig aufrichtiges Grün auf. »Nun, in dem Fall bin ich auch froh.« Sie blickte zwischen den Snacks und den anderen Artikeln umher. »Äh … ich hätte da noch eine Frage.«

»Selbstverständlich.«

»Haben Sie irgendwas zu trinken da?«

»Ach du meine Güte, aber natürlich. Wir haben Wasser, reichlich Mek-Pulver, jede Menge Limo …«

»Nein, nein«, sagte Pei. Sie sah Ouloo direkt in die Augen. »Etwas zu *trinken.*«

TAG 238, GU-STANDARD 307

ALLGEMEINER SYSTEMAUSFALL

EMPFANGENE NACHRICHT

VERSCHLÜSSELUNG:	0
VON:	GU-Transitbehörde – Gora-System (Pfad: 487–45411–479–4)
AN:	Ooli Oht Ouloo (Pfad: 5787–598–66)
BETREFF:	WICHTIGES UPDATE

Es folgt eine wichtige Nachricht vom Bereitschaftsteam des Orbiters der GU-Transitbehörde, Abteilung regionales Management (Gora-System). Da sowohl die normalen Ansible- als auch die Linking-Verbindungen derzeit nicht verfügbar sind, werden wir bis auf weiteres über das Notfall-Netzwerk mit Ihnen kommunizieren. Bitte bleiben Sie mit Ihren Scriben auf diesem Kanal, bis die Kommunikation wieder wie gewohnt funktioniert.
Inzwischen ist abzusehen, dass zum 240/307 die Flugbedingungen wiederhergestellt sein werden. Wir wissen, dass dies einen Tag später ist als unsere bisherige Schätzung, und entschuldigen uns für die Unannehmlichkeiten. Da die Situation dynamisch bleibt, können wir bei den Reiseinformationen unseren üblichen Ansprüchen hinsichtlich der Genauigkeit leider nicht gerecht werden.
Wir freuen uns, Ihnen mitteilen zu können, dass wir heute, 238/307, eine kleine Notflotte aus Kommunikationssatelliten entsenden konnten. Der Zeitpunkt für die Verfügbarkeit des Comm-Netzwerks hängt von Ihrem Standort ab, und leider können wir hinsichtlich einzelner Gebiete keine Voraussage treffen. Die Kapazität dieses provisorischen Netzwerks ist begrenzt, es kann daher nicht die gleiche Benutzerlast tragen wie Goras Standardnetz. Damit alle die Comm-Verbindungen nutzen können, bitten wir Sie, sich bei Anrufen und Nachrichten auf Notfälle und Angelegenheiten zu beschränken, die unmittelbar mit Ihren Reiseplänen zu tun haben.

Sobald die Comm-Verbindungen zur Verfügung stehen, werden wir uns mit Ihnen in Verbindung setzen und Ihnen die neuen Tunneldaten mitteilen.
Vielen Dank für Ihre Geduld. Dies ist eine Gemeinschaftsaufgabe.

Netz-ID: 3541–332–61, Gapei Tem Seri
Datenquelle: Externer Info-Chip

Hallo, zukünftige Mutter! Die gesamte Rin-Krippe gratuliert Ihnen sehr herzlich zu Ihrem Flimmern. Wir würden uns freuen, wenn Sie uns als Väter Ihres Kindes in Betracht zögen.

Standort

Ethiris ist ein herrlicher Planet, und wir sind stolz, ihn unser Zuhause nennen zu dürfen. Die Siedlungen befinden sich an der Nordküste des Äquator-Kontinents, was für milde Winter, wunderbare Sommer und angenehme Übergangszeiten sorgt. Kestrith, unsere Stadt, ist eine multispeziäre Anlage mit den Schwerpunkten Faseranbau und Textilherstellung. Von hier aus ist man im Nu bei den herrlichsten Stränden, und Wanderungen durch die sonnigen Hügel sind nur einen kurzen Shuttle-Trip entfernt. Ethiris gehört zwar zum Aandrisk-Territorium, doch hier lebt auch eine große äluonische Gemeinde, so dass sich Ihr Kind hier gleich zu Hause fühlen wird. Die gesamte öffentliche Beschilderung verfügt über Farbcodes, und unsere Mit-Wesen sind mit unseren Bräuchen vertraut. Das Flimmerfest ist hier ohne Zweifel der wichtigste öffentliche Feiertag – sogar wichtiger als Kish Kesh Kep. Falls es Ihr Wunsch ist, dass Ihr Kind in enger Verbundenheit mit der äluonischen Tradition und den Vorteilen eines kulturellen Schmelztiegels aufwächst, werden Sie in Kestrith das Beste aus beiden Welten finden.

So wohnen unsere Kinder

Wir legen großen Wert darauf, dass unsere Kinder sich hier sicher und behaglich fühlen.

Das gehört zu unserer Krippe:

- behagliche Schlafräume (mit temperierten Kapseln für die Kleinsten, die dem Brutbecken noch nicht entwachsen sind)
- Indoor- und Outdoor-Spielplätze
- warmes Salzwasser-Schwimmbecken (mit Rutsche!)
- ein Sim-Raum für die älteren Kinder
- ein Wildblumengarten, in dem die Kinder die hiesige Flora aus nächster Nähe erleben können (es gibt bei uns keine Raubtiere oder giftigen Tiere)
- eine RIESIGE Küche und ein aquaponisches Gewächshaus (unsere Kinder werden beim Gärtnern und Kochen täglich mit einbezogen)
- ein Studiersaal für unsere fleißigen und neugierigen Schüler* innen
- zwei Ruheräume für Kinder, die gern allein sein wollen
- das (zumindest in unseren Augen) beste Dampfbad im ganzen Sonnensystem

Ihre Suite

Nachdem wir (bislang!) sechsundzwanzig Kinder gezeugt haben, wissen wir, dass die Zeit des Flimmerns ebenso anstrengend sein kann, wie sie besonders ist. Es ist nicht einfach, wenn man alles stehen und liegen lassen muss, und so groß Ihre Freude auch sein mag, ist es doch sehr verständlich, wenn Ihnen alles zu viel wird. Alle Väter hier in der Rin-Krippe haben dafür Verständnis, und wir werden alles in unserer Macht Stehende tun, um Ihnen diese Zeit so angenehm und friedlich wie möglich zu gestalten. Die Zufriedenheit unserer Mütter ist für uns ebenso wichtig wie das Wohlergehen unserer Kinder.

Wahrscheinlich haben Sie auch Fragen, die die Paarung mit uns betreffen – davon in der Schule zu hören ist etwas anderes, als es erstmals zu durchleben! Gern besprechen wir alles so detailliert mit Ihnen, wie Sie das wünschen, damit Sie vertrauensvoll mit uns intim werden können. Wir werden Ihre sexuellen Präferenzen vorab mit Ihnen durchsprechen, und falls Sie von außerhalb des Planeten zu uns stoßen, können Sie während der Anreise jederzeit schriftlich oder per Videocall mit uns Kontakt aufnehmen.

Unser Angebot für Sie beinhaltet:

- wahlweise eigenes Schlafzimmer oder Unterbringung bei einem der Väter
- erstklassige medizinische Einrichtungen
- Ihre eigene Tauchwanne (abgesehen von der entspannenden Wirkung hilft ein Tauchbad auch gegen das leichte Unbehagen, das sich zuweilen während der Verfestigung der Eischale einstellt)
- so viele Massagen, Ruhepausen und Desserts, wie Sie wünschen
- Sie können jederzeit nach Belieben Zeit mit unseren Kindern verbringen. Einige Mütter machen sich gern ein Bild davon, wie das Leben ihres Kindes aussehen wird; andere halten lieber Abstand. Wir sind mit beidem vertraut und werden Ihnen beide Optionen ermöglichen.
- ein hochwertiges Brutbecken, in dem Ihr Ei während der Brutphase Tag und Nacht überwacht wird

Das sind unsere Väter

Femlen

- Spezialfächer: Medizin, sportliche Aktivitäten, Eierpflege, Erste Hilfe, Lernassistenz (Mathematik, Naturwissenschaften)
- Das mache ich am liebsten: Schwimmen, Kriminalsims spielen

- Das mag ich am liebsten an der Elternschaft: wenn die Kinder etwas, das ich ihnen beigebracht habe, besser können als ich

Tus

- Spezialfächer: Kochen, Gärtnern, visuelle Künste, Eierpflege, Erste Hilfe, Lernassistenz (Farbenbeherrschung, Kunst)
- Das mache ich am liebsten: Blumen arrangieren, Nachtisch zaubern, Nachtisch essen
- Das mag ich am liebsten an der Elternschaft: Wenn ein Kind zum ersten Mal in allen Farben spricht

Drae

- Spezialfächer: Psychologische Beratung, darstellende Künste, Tanz, Geschichtenerzählen, Eierpflege, Erste Hilfe, Lernassistenz (Gebrauch der Sprachbox, Klip)
- Das mache ich am liebsten: in die Farbenoper gehen, auf unserem Stadtfeld Bücher lesen, Action-Sims spielen
- Das mag ich am liebsten an der Elternschaft: das Alter, in dem sie plötzlich zu allem eine Meinung haben

Modi

- Spezialfächer: Hauswirtschaft, Reparaturen, Eierpflege, Erste Hilfe, Lernassistenz (Haushaltskenntnisse, Technik, Reskitkish)
- Das mache ich am liebsten: Abenteuer in der Stadt erleben, Dinge auseinandernehmen, Tikkit spielen
- Das mag ich am liebsten an der Elternschaft: wenn ich jemandem einen schlechten Tag versüßen kann

ROVEG

Im Garten gab es hinter der großen Rasenfläche eine Stelle, die perfekt geeignet war, wenn man kurz allein sein wollte. Sie war Roveg schon früher aufgefallen – eine halbkreisförmige Nische, umgeben von einer dichten Hecke, mit Blick auf die Kuppel und unverstellter Aussicht auf die staubigen Hügel dahinter. Normalerweise empfand er sein Shuttle als Zuflucht, aber jetzt war es ein Klotz am Bein, der nicht fliegen konnte. Nach dem letzten Update war er eine Stunde – oder länger? – von Raum zu Raum getigert und hatte Trost in den üblichen Annehmlichkeiten gesucht: Essen, Kunst, Musik. Aber je mehr er versuchte, zur Ruhe zu kommen, desto unzufriedener wurde er und desto mehr geriet er innerlich in Rage. Da ihm nichts Besseres einfiel, machte er sich daher auf den Weg zu der Gartennische, in der Hoffnung, ein Wechsel der Umgebung würde ihn beruhigen.

Er folgte dem Pfad, der durch die sauber geschnittene Hecke führte. Als er um die Ecke bog, sah er, dass Captain Tem ihm zuvorgekommen war.

Die Äluonerin hatte im Gras auf ihrer zusammengefalteten Jacke Platz genommen, die Beine unter ihrem Rumpf nach Zweifüßlerart bizarr angewinkelt. Vor ihr auf dem Boden stand eine Flasche, und sie hielt eine Tasse in der Hand. Ihre Haltung war so ruhig wie immer, aber irgendetwas an ihr war anders. Da war Anspannung, ja, aber es war auch etwas an ihrer Erscheinung, für dessen Identifikation Roveg die mentale

Bandbreite fehlte. Irgendwie sah sie anders aus. Sie roch auch anders. Aber wie viel von diesem Unterschied auf sie selbst zurückging und wie viel auf die beißend scharfe Flüssigkeit, die sie gerade trank, konnte er nicht ermitteln.

»Oh! Hallo, Captain«, sagte er. »Ich hatte nicht erwartet, dass jemand hier sein würde.«

»Das macht nichts«, sagte sie. Die Worte, die aus ihrer Sprachbox drangen, klangen ein wenig schleppend. Von den verschiedenen Äluonern, mit denen er Umgang pflegte, wusste Roveg, dass es beim Trinken mit jedem Schluck anstrengender wurde, eine Sprachbox zu bedienen.

»Ich war auf der Suche nach einem ruhigen Fleckchen, um meine Gedanken zu ordnen«, sagte er.

»Ja«, sagte Captain Tem. »Ich auch.« Sie überlegte kurz, dann hob sie die Flasche. »Wenn Sie gern *mit* jemandem allein sein möchten – ich muss das nicht alles selbst trinken.«

Das war nicht Rovegs Plan gewesen, und eigentlich hätte er nichts lieber getan, als sich höflich zu verabschieden. Aber nach dem völligen Scheitern seines Versuchs, sich selbst zu beruhigen, konnte er es ja mal mit Gesellschaft probieren. Mit Gesellschaft und einem guten Schluck Kick. »Warum nicht«, sagte er. »Solange ich über besagte Gedanken nicht sprechen muss.« Er setzte sich neben sie und schob die Beine unter seinen Unterleib.

»Ich will über meine Gedanken auch nicht reden, da … sind wir also schon zu zweit.« Sie trank ihre Tasse aus, schenkte nach und hielt sie ihm hin.

Er betrachtete das bauchige Trinkgefäß mit dem breiten Rand und dem seltsamen Henkel. »Mit der Flasche käme ich vermutlich besser zurecht«, sagte er. »Das hier hat nicht die richtige Form für meinen Mund.«

Sie zog den Arm zurück, streckte ihm den anderen entgegen und reichte ihm die Flasche. Dabei fiel das Sonnenlicht auf ihre Schuppen. Sie waren nicht mehr nur silbern, sondern schillerten ein wenig, ähnlich wie eine Seifenblase. »Ah, Captain«, sagte Roveg herzlich. Das war also die Veränderung. »Herzlichen …«

»Nein.« Das Wort aus Captain Tems Sprachbox klang schneidend und kein bisschen schleppend. Sie schloss die Augen, holte tief Luft, und ihre künstliche Stimme klang wieder sanfter, als sie sagte: »Bitte gratulieren Sie mir nicht.«

Diese Reaktion überraschte ihn, aber er nahm es gelassen. »Wir reden also nicht darüber?«

»Nein.«

»Wie Sie wollen.« Er betrachtete die Flasche, die er zwischen den Zehen hielt. Das Glas war matt, man konnte also nicht erkennen, was ihn in der Flasche erwartete, und dieses Etikett hatte er noch nie gesehen. Das Alphabet erkannte er immerhin: Die schwindelerregenden Muster aus konzentrischen Kreisen waren unverkennbar Laru. »Was ist das?«

Captain Tem nahm einen Schluck aus ihrer Tasse, und ihre sanften Augen verengten sich unmerklich, als das Getränk ihre Zunge berührte. »Ich habe keine Ahnung«, sagte sie.

Roveg legte den Mund um die Flaschenöffnung und trank vorsichtig einen Schluck. Der Laru-Kick schoss wie ein pfeilschnelles Raumschiff durch seine Speiseröhre und schmeckte nach Asche. »Ho!«, sagte er mit heiserem Lachen. »Sterne, damit könnte man Farbe ablaugen. Puh.« Er drehte die Flasche hin und her, als wäre sie ein wissenschaftliches Artefakt. »Ouloos persönlicher Vorrat, nehme ich an?«

»Jupp.«

»Ich muss zugeben, dass ich Ouloo eigentlich eher für eine Freundin von Zuckerschnaps gehalten hätte. Oder von etwas mit einem großen Obstspieß darin.«

»Wir haben alle so unsere Tage«, sagte Captain Tem. Auf ihren Wangen traten gelbe und orange Flecken; Roveg erkannte, dass sie verlegen war. »Das hier ist normalerweise nicht meine Art, damit umzugehen.«

»Das war auch nicht mein Eindruck«, sagte er und neigte mitfühlend den Kopf in ihre Richtung. »Aber wie Sie schon sagten: Wir haben alle so unsere Tage.«

Wieder trank sie einen Schluck aus ihrer Tasse. Diesmal verengten sich ihre Augen nicht. »Was war denn dann Ihr Eindruck?«

Nachdenklich winkelte Roveg die Vorderbeine an. »Ganz ehrlich?«

»Ganz ehrlich.«

Roveg nahm einen zweiten Schluck von dem beißenden Gesöff und ließ sich davon die Gedanken lockern. »Sie wirken auf mich wie jemand, der praktisch veranlagt ist. Und klug. Jemand, der – normalerweise – seine Ängste im Griff hat, im Rahmen von dem, was ich mir als einen sehr anstrengenden Job vorstelle. Angesichts der Umstände halten Sie sich außerordentlich gut.«

»Was für Umstände meinen Sie?«

»Sie sind Frachtschifferin, und Ihr Shuttle trägt militärische Insignien«, sagte er. »Ich vermute, Sie haben Freunde verloren, wurden verwundet.« Er schwieg. »Höchstwahrscheinlich haben Sie schon einmal getötet.«

Sie blickte ihn an. »Ist das ein Problem für sie?«, fragte sie.

»Nein«, sagte er. »Auch wenn das nicht bedeutet, dass ich es billige.«

»Gut«, sagte sie und fuhr mit dem Daumen am Rand der Tasse entlang. »Das Kind fragt mich ständig danach.«

»Tupo?«

»Ja.«

»Das ist wohl kaum überraschend. Ser ist schließlich ein Kind und versteht nicht, wovon ser da redet. Oder ser will es verstehen und kann deshalb das Thema nicht ruhen lassen.«

Captain Tem dachte darüber nach. »Ziehen Sie Ihre Kinder selbst groß? So wie Ouloo?«

»Meine Spezies, meinen Sie? Nicht genauso wie Ouloo, aber unsere Kinder leben bis zur Adoleszenz bei den Eltern, ja.«

»Unvorstellbar«, sagte Captain Tem. »Haben Sie auch welche?«

Roveg nahm einen langen Schluck aus der Flasche und ließ den Kick den Raum ausfüllen, den Worte hätten bevölkern können. Er antwortete nicht.

Aus dem Augenwinkel sah er, wie Captain Tem ihn beobachtete, die Wangen orange vor Mitgefühl. »Wir reden also nicht darüber?«

Roveg blickte erneut auf das Flaschenetikett. Der Geschmack des Zeugs grenzte an Körperverletzung, aber wider Willen fand er langsam Gefallen daran. »Ich habe noch eine Frage zu den Menschen, wenn Sie erlauben.«

Captain Tems innere Augenlider zuckten zur Seite, und das Orange in ihren Wangen ließ nach. Sie schien zu begreifen. »Na schön.«

Roveg sah sie mit gespielter Ernsthaftigkeit an. »Wasserball. Kennen Sie sich mit den Regeln aus?«

Die Äluonerin lachte, ihr Gesicht ergrünte. »In der Tat.«

»Gut. Ich war nämlich mal bei einem Spiel dabei, und auf mich wirkt es wie ein Null-G-Tank, in dem lauter Wesen in Stiefeln mit Zündraketen herumrennen und mit Stöcken einen großen Wasserklumpen durch die Gegend schubsen.«

»Na ja … im Prinzip ist es genau das, plus ein Haufen komplizierter Blödsinn.«

»Dann sind Sie also kein Fan?«

»Ich würde sagen, ich … hege so etwas wie distanzierten Respekt dafür.« Sie seufzte und streckte dann die Hand in Rovegs Richtung aus, zum Zeichen, dass sie die Flasche wiederhaben wollte. Er schenkte ihr nach. »Also. Es gibt zwei Mannschaften mit jeweils sechs Spielern, aber es spielen immer nur drei gleichzeitig.«

»Und man darf das Wasser nicht mit den Händen berühren, richtig?«

»Nun ja … okay, Sie sind zu schnell. Man darf es zwar berühren, aber nur unter bestimmten Umständen.«

»Das ist ja jetzt schon ein Kuddelmuddel.«

»Ich weiß. Sie müssen sich konzentrieren. Bei dem Spiel geht es darum, den Wasserball ins Tor zu bekommen, das auch Eimer heißt. Es ist kein richtiger Eimer – sondern dieses Ding, mit dem man das Wasservolumen misst, um festzustellen, wie viel beim Ankreuzen verlorengegangen ist. Die Spieler der ersten Runde werden ausgewählt, indem …«

PEI

Pei wusste immer noch nicht, wie Ouloos Kick hieß, woraus er bestand oder wie lange sie ihn schon tranken, aber er musste gut sein, bei der Menge, die sie bereits intus hatten. Roveg war betrunken – fröhlich betrunken –, und Pei war nicht weit davon entfernt. Sie wusste nicht mehr genau, wie sie vom Wasserball auf die Farbenoper gekommen waren, aber wie auch immer das passiert war, Pei genoss es. Dieser Quelin war richtig witzig. Sie hatte schon beinahe vergessen, warum sie sich ihre Gefühle hatte schöntrinken wollen.

Beinahe.

Peis Implantat summte links, und sie nahm das Scheppern des sich nähernden Akarak-Anzugs wahr. Gleich darauf tauchte Speaker auf. Sie bog um die Ecke und sah … überrascht aus? Wie sollte man das wissen?

»Oh«, sagte Speaker. »Verzeihung. Ich hatte Roveg gesucht, aber ich wollte nicht stören.«

»Da gibt es nichts zu stören«, sagte Pei leichthin.

»Ah, Speaker, immer her mit Ihnen!«, sagte Roveg. »Sie müssen mir verzeihen, ich bin mittlerweile ein wenig … albern.«

Welches Anliegen die Akarak auch hierhergeführt hatte, sie schien es fallenzulassen. »Dann lasse ich Sie mal besser allein«, sagte sie, »nachdem ich ja leider nicht mitmachen kann.«

»Ach kommen Sie«, sagte Roveg, »so schlimm sind wir doch nicht, oder? Ich kann Ihnen zwar keinen Drink anbieten, aber zu geistreicher Konversation bin ich immer noch in der Lage, das können Sie mir glauben.«

»Daran zweifle ich nicht.« Speaker lachte. »Aber ich will wirklich nicht stören. Ich komme später bei Ihnen vorbei.«

Auf Peis Wangen erschienen gelbe Tupfen. Sie hatte jetzt genug von Speakers Ausweichmanövern, von ihren nebulösen Antworten und all dem, was offensichtlich ungesagt blieb. »Habe ich Ihnen etwas getan?«, fragte Pei.

Die Akarak erstarrte. »Verzeihung, wie bitte?«

»Habe ich Ihnen irgendwie in die Suppe gespuckt?«, fragte Pei. Sie war nicht wütend. Es war ihr egal, was Speaker von ihr hielt, und sie wollte keinen Streit vom Zaun brechen. Sie stellte nur eine Frage. »Es ist in Ordnung, wenn Sie mich nicht leiden können, ich verstehe nur einfach nicht, weshalb.«

Speaker legte den Kopf schief. »Ich kenne Sie nicht gut genug, um Sie nicht leiden zu können«, sagte sie.

»Na schön«, sagte Pei. Das war zwar eine Antwort, die sie respektieren konnte, aber sie beantwortete die Frage nicht. »Und was habe ich Ihnen getan?«

»Sie haben gar nichts getan.«

»Dann können Sie also einfach nur meine Spezies nicht leiden? Oder was?«

»Captain«, sagte Roveg.

»Ich bin Ihnen nicht böse deswegen«, sagte Pei. »Ich will es einfach nur wissen.«

Speaker legte die Hände in den Schoß und verschränkte die Finger. »Wollen Sie wirklich, dass ich darauf antworte?«, fragte sie.

»Ja«, sagte Pei. Und meinte es auch so.

Zwar hatten Geräusche auf Pei nicht die gleiche Wirkung wie auf andere Spezies, aber es konnte kein Zweifel daran bestehen, dass jede Silbe, die ihr Implantat traf, mit ruhiger

Präzision kam, von jemandem, der seine Worte mit Bedacht wählte. »Ich kenne Sie nicht«, sagte Speaker. »Und ich mag Äluoner nicht mehr und nicht weniger als andere Spezies.« Sie schwieg, um sich zu sammeln. »Was ich nicht mag, ist Ihr Job. Und falls das mein Verhalten Ihnen gegenüber beeinflusst hat, dann tut mir das lei…«

»Was ist mit meinem Job?«, fragte Pei. Das Gelb vertiefte sich.

»Die … Territorien, in denen Sie unterwegs sind. Ich …« Speaker klapperte mit dem Schnabel und holte Luft. »Ich glaube, dass Sie und ich unterschiedliche Auffassungen haben, was den Rosk-Krieg angeht. Das ist alles.«

Das brachte Roveg zum Lachen. »Sie hätten Diplomatin werden sollen«, sagte er. »Oder Parlamentarierin.«

Speaker lachte nicht. »Ich bin da, wo ich bin, ganz zufrieden«, sagte sie mit eisiger Ruhe.

Peis Augen verengten sich. Bisher war es ihr egal gewesen, was Speaker von ihr hielt, aber jetzt nicht mehr. »Es tut mir leid, aber das … das ist doch ein Witz, oder? Haben Sie auch nur die leiseste Ahnung, was dort draußen los ist?«

»Sicher nicht so genau wie Sie«, sagte Speaker.

»Dort werden Zivilisten ausgebombt«, sagte Pei. »Ganze Siedlungen, von der Umlaufbahn aus. Welche *Auffassung* kann man denn darüber haben?«

Speaker öffnete die Handflächen, in einer groben Annäherung an das, was Äluoner taten, wenn sie einen Rückzieher machten. »Captain, ich …«

»Nein, wirklich, das interessiert mich jetzt.« Pei wollte keinen Rückzieher machen, und sie hatte auch nicht vor, es Speaker zu gestatten. Speaker hatte nicht gesehen, was Pei gesehen hatte. Sie hatte nicht die abgetrennten Gliedmaßen gesehen, die verkohlte Asche, die Krater, wo zuvor Städte gewesen waren. *Unterschiedliche Auffassungen.* Pei hatte den verstümmelten Leichnam ihres Besatzungsmitglieds – ihres Freundes – aus einer Gasse gezerrt, auf einem Planeten, der sicher hätte sein sollen. So viel Leid, nur wegen *unterschiedlicher Auffassungen.* Sie hatte zwei Tage lang ihr minenverseuchtes Schiff – *ihr Zuhause* – geräumt, wegen *unterschiedlicher Auffassungen.* Nein, das würde sie nicht hinnehmen. Ihre Wangen liefen lila an, und das hatte nichts mit dem Schnaps oder den Hormonen zu tun. Dieser Disput war von Peis Frage ausgelöst worden, ob sie Speaker beleidigt habe, aber jetzt war es andersherum. Nicht einmal an ihren besten Tagen hätte sie sich das gefallen lassen.

»Ich billige nicht, was die Rosk den äluonischen Zivilisten antun«, sagte Speaker. Immer noch klang ihre Stimme unerträglich gelassen. »Es ist abscheulich. Das will ich nicht abstreiten. Aber ich glaube trotzdem, dass man fragen darf, *wieso* sie es tun.«

Die Gliedmaßen. Die verkohlte Asche. Die Krater. »Das spielt keine Rolle.«

»Doch, mit Sicherheit tut es das. Niemand wirft ohne jeden Grund von der Umlaufbahn aus Bomben auf Zivilisten. Soweit ich die Situation verstehe, halten die Rosk die Kolonisierung von Planeten für ein Gräuel und wollen deshalb unbedingt verhindern, dass es in ihrem Territorium geschieht.«

Das Violett vertiefte sich, bis es an Schwarz grenzte. »Wir sind aber nicht in ihrem verdammten Territorium. Alles, was sie tun – oder lassen – wollen, können sie verdammt nochmal auf ihrer Seite der Karte tun.«

»Ja«, sagte Speaker. »Aber wer hat die Karte gezeichnet?«

Roveg, der zwischen ihnen saß, stieß einen leisen Seufzer aus. »O Sterne«, sagte er zu sich und nahm einen kräftigen Schluck.

SPEAKER

Falls die Äluonerin Speaker auf die Palme bringen wollte, stellte sie sich dabei sehr geschickt an. Speaker bemühte sich nach Kräften, einen kühlen Kopf zu bewahren, wirklich. Sie wollte sich nicht streiten, schon gar nicht mit der Angehörigen einer anderen Spezies, aber verdammt, Captain Tem hatte gefragt. Wieso stellte man eine Frage, wenn man die Antwort nicht hören wollte?

Captain Tem knallte ihre Tasse ins Gras, der Kick darin spritzte über den Rand. »Die Kolonien, die meine Regierung beschützt, liegen an der Grenze«, sagte sie. »Nicht *dahinter. An* der Grenze. Wenn die Rosk keine anderen Planeten besiedeln wollen, in Ordnung. Aber sie haben nicht zu bestimmen, was in benachbarten Sonnensystemen vor sich geht. Und selbst *wenn* sie es zu bestimmen hätten, wäre Mord keine Lösung.«

»Das sage ich ja auch gar nicht«, sagte Speaker. *Ganz ruhig,* beschwor sie sich. *Sei die Stimme der Vernunft.* »Aber Sie – Ihre Regierung – bringt ihrerseits die Rosk um, und so leid es mir tut, doch in meinen Augen ist das kleinere Übel auch dann noch ein Übel, wenn es kleiner ist.«

Captain Tem machte ein finsteres Gesicht. »Ihr Volk bringt doch selbst Leute um. Bitte erzählen Sie mir nicht, dass Sie dabei nicht Ihre eigenen Interessen im Sinn haben.«

»Das würde ich niemals tun. Ich heiße es ebenfalls nicht gut. Aber ich kann das Motiv dahinter verstehen. Ich habe

Verständnis für das Anliegen, auch wenn ich die Umsetzung missbillige. Und genauso kann ich sowohl Verständnis für die äluonischen Siedler als auch für die Rosk aufbringen, die sie dort nicht akzeptieren wollen. Wofür ich kein Verständnis aufbringe, sind … nun ja, die Leute, die aus diesem Grund morden. Auf beiden Seiten.«

»Könnten wir vielleicht …«, fing Roveg an.

»Was sollen wir denn sonst tun?«, unterbrach ihn Captain Tem. »Die Rosk wollen nicht verhandeln. Sie wollen keine Einigung. Sie hören nicht zu.«

»Haben Sie je erwogen, sich zurückzuziehen?«, fragte Speaker. »Brauchen Sie denn unbedingt noch einen Planeten?«

»Dieser Planet ist das *Zuhause* der dortigen Siedler«, sagte Captain Tem.

»Nein«, sagte Speaker. »Sohep Frie ist ihr Zuhause.«

»Sohep Frie hat uns beinahe umgebracht. Das wissen Sie doch, oder? Sie scheinen ja eine Menge zu wissen.«

Speaker wollte aufbrausen, ließ es dann jedoch sein. »Bevor Sie das Weltall eroberten, gab es einen starken Bevölkerungseinbruch. Aber die Einzelheiten kenne ich nicht.«

»Die Einzelheiten laufen im Prinzip auf einen Haufen verfickter Vulkane hinaus, die alle auf einmal ausgebrochen sind und die meisten Äluoner getötet haben. Es war ein riesiges Glück, dass wir nicht ausgelöscht wurden. Deswegen haben wir die ersten Schiffe gebaut und uns auf die Suche nach anderen Planeten gemacht – um nicht an das Schicksal einer einzigen Heimatwelt gebunden zu sein.«

»Sterne, das war wirklich Glück«, sagte Speaker tonlos. »Das wäre ja ein schreckliches Ende gewesen.«

Die Klänge, die aus Captain Tems Sprachbox kamen, waren leicht verzerrt, ein Zeichen für die Heftigkeit, mit der sie die Gedanken hervorstieß. »Wir sind nicht wie die Harmagianer«, sagte sie. »Wir sind noch nie wie die Harmagianer gewesen. Die Rosk-Grenze – als die besiedelt wurde, lebte *niemand* auf diesem Planeten. Es gab dort kein intelligentes Leben. Wir haben noch nie jemandem einen Planeten gestohlen, niemals.« Sie starrte Speaker an, als hätte die Akarak den Verstand verloren. »Sie wissen schon, dass wir die Harmagianer aufgehalten haben, oder? Damals? Sie wissen schon, dass Sie nur uns Ihre Freiheit verdanken, nicht wahr?«

Jetzt reichte es. Der letzte Damm in Speaker brach, und es gab keine Möglichkeit, ihn zu flicken. »Wie können Sie es wagen«, sagte sie.

»Speaker …«, unterbrach Roveg sie.

»Nein«, sagte Speaker. Ihre Stimme zitterte, aber sie konnte nichts dagegen tun. »Nein. Wie können Sie es wagen, verdammt. Sie glauben, ich rede über die Vergangenheit. Sie glauben, ich rede über etwas, das *vorbei* ist. Sie glauben, weil Sie Ihre Abkommen und Verträge und Ihre verdammten Lizenzen haben, können Sie die gleiche Scheiße immer wieder abziehen, mit reinem Gewissen. O ja, das ist ja alles so *zivilisiert*.« Sie hörte, wie die Worte aus ihr heraussprudelten, und hatte Angst – Angst vor dem, was diese zornige Alien tun würde, Angst, in Schwierigkeiten zu geraten, Angst vor all den unangenehmen Situationen, die zu meiden sie sich ihr Leben lang eingebläut hatte. Aber Sterne, es fühlte sich *gut* an, einfach zu sagen, was sie sagen wollte, und sie hatte nicht vor, dieses Fass wieder zuzunageln, nicht jetzt. »Dass auf einem Planeten niemand lebt, bedeutet nicht, dass Sie ihn sich einfach nehmen dürfen. Begreifen Sie denn nicht, wie gefährlich diese Denkweise ist? Glauben Sie nicht, dass es unweigerlich böse ausgeht, wenn man so tut, als könnte man die Galaxis ohne Ende ausbeuten? Sie glauben, Sie hätten den Zyklus durchbrochen. Aber das stimmt nicht. Sie befinden sich derzeit in einem weniger gewalttätigen Abschnitt von *exakt diesem* Zyklus, ohne es zu merken. Und die Grenze von dem, was Sie für ein berechtigtes Anliegen halten, wird sich immer weiter verschieben, bis Sie wieder genau dort ankommen, wo Sie angefangen haben. Sie haben gar nichts in Ordnung gebracht. Sie haben einem Konzept, das von Anfang an von Grund auf falsch war, einen Stempel und eine Genehmigung und einen hübschen Anstrich verpasst. Sie haben Diebstahl begangen, verdammt nochmal, und ihn als Fortschritt verkauft, und ganz gleich, um wie viel besser Sie es Ihrer Meinung nach gemacht haben, ganz gleich, wie gut Ihre Absichten waren, das wird immer die Kernessenz der GU bleiben. Sie können das, was Sie tun, nicht davon trennen. Niemals.«

»Ja und?«, fragte Captain Tem. »Sollen wir etwa unsere Sachen packen und in unsere Heimatwelt zurückfliegen? Na, wenn das mal keine fragwürdige Idee ist. Keinerlei Kontakte mehr, niemand lernt mehr voneinander. Jede Spezies bleibt für sich.«

»Das meine ich nicht.«

»Was meinen Sie dann?«

»Ich meine, dass Sie nicht mehr expandieren sollen, dass Sie nicht mehr irgendwo auftauchen sollen, wo man Sie nicht eingeladen hat, und die Galaxie nicht mehr wie ein Gratisbuffet behandeln sollen. Sie haben genug expandiert. Sie sind nicht mehr in einer Notlage. Es gibt keinen Grund, weiterzumachen. Es kann nur böse enden.«

Die seitlichen Augenlider der Äluonerin zuckten. »Sie reden von Dingen, die Sie nicht verstehen.«

»Wenn das stimmt, dann gilt es auch für Sie. Und dass Sie sich dessen nicht bewusst sind, ist der Grund, weshalb ich Sie nicht mag, Captain Tem.« Speaker atmete ein, richtete sich auf und lockerte die Fäuste. Sie sah Roveg an, der, so hoffte sie, immer noch ihr Freund war. »Es tut mir leid, dass wir Ihnen den Nachmittag verdorben haben«, sagte sie zu ihm. Sie drückte ein paar Knöpfe und drehte ihren Anzug um, um zu gehen.

Und stand Ouloo und Tupo gegenüber, beide mit einem Kuchentablett in den Pfoten.

ROVEG

Nie hatte sich Roveg mehr über zwei Laru gefreut, die Nachtisch brachten.

Er war viel zu betrunken für diese Auseinandersetzung. Was auch immer es für ein Gesöff war, das Ouloo Pei gegeben hatte, es hatte sein Hirn zum Schmelzen gebracht, und er war einer solchen Diskussion gerade weder mental noch intellektuell gewachsen. Er wollte zwar keine schlimmen Zustände in der Galaxis, aber genauso wenig wollte er darüber reden. Er hatte schon genug Schwierigkeiten, ohne dass er auch noch über die Probleme diskutierte, die er nicht lösen konnte. Er wünschte sich lediglich eine Lösung für seine eigene Misere, und wenn er die nicht haben konnte, wollte er sie zumindest für eine Weile vergessen. Und da das offensichtlich auch keine Option mehr war, wollte er wenigstens ein Stück Kuchen.

Er wusste zwar nicht, wie viel Ouloo und Tupo von dem Gespräch mitbekommen hatten, ergriff jedoch die Gelegenheit, es zu beenden. »Und Sie, Ouloo?«, witzelte er laut. »Was ist Ihre Meinung zu den sozialpolitischen Nöten der Galaktischen Union?«

Ouloo stand da und hielt ihr Tablett mit den aufwendigen Desserts fest, als wüsste sie nicht, was sie sonst tun sollte. »Ich will, dass alle sich vertragen, und ich will Nachtisch für Sie machen«, sagte sie ruhig.

Roveg begann zu lachen. »Ein bewundernswertes …«

Ouloo drehte den Kopf in seine Richtung. »Nein«, sagte sie,

wobei sich ein Hauch von Ironie in ihre Stimme schlich. »Das ist kein Scherz.« Sie stellte das Tablett im Gras ab und blieb auf allen vieren stehen. Sie sah niemanden an und wirkte ein wenig unsicher. »Ich weiß nicht viel über Politik oder … oder über Grenzen oder worüber sonst Sie sich hier streiten. Und wahrscheinlich sollte ich mich damit auskennen, denn es ist bestimmt verantwortungslos, dass ich nicht weiß, wie alles funktioniert, aber … es ist einfach alles so *viel*. Ich kenne mich nicht mit der Geschichte Ihrer jeweiligen Spezies aus, jedenfalls nicht richtig. Ich durchschaue nicht all die … die Kleinigkeiten, die alles in Bewegung halten. Aber ich muss mich auch nicht damit auskennen, um zu sehen, wenn etwas nicht funktioniert. Wenn etwas falsch ist.« Sie hob den Kopf und sah Speaker an. »Was Ihrem Volk passiert ist – was ihm immer noch passiert – ist falsch. Es ist zutiefst falsch, und es tut mir leid, dass ich noch nie darüber nachgedacht habe.« Sie sah Pei an. »Was Ihrem Volk an der Grenze widerfährt, ist falsch. Da ist etwas ganz und gar nicht in Ordnung, und niemand sollte so leben müssen. Und Roveg – was Ihnen zugestoßen ist, ist falsch. Aber wie soll man das lösen? Wie soll man das alles lösen?« Sie schaute wieder auf den Boden. »Ich habe keine Ahnung. Nicht den allergeringsten Schimmer. Wenn eine Politikerin hierherkäme und sagen würde: »Das hier ist mein Plan, um all das in Ordnung zu bringen, und deswegen ist mein Plan der beste«, würde ich ihr wahrscheinlich sofort glauben. Ich würde sagen, ja, das klingt logisch, ich bin froh, dass Sie die Sache regeln, was für eine Erleichterung. Aber dann würde am nächsten Tag ein anderer Politiker kommen und sagen: »Äh, nein, das ist ein ganz schlechter Plan, und hier sind viele komplizierte Gründe dafür«, und ich würde sagen, ja, das klingt ebenfalls logisch. Und wissen Sie was? Eigentlich ist es mir egal, wer von beiden recht hat, solange die

Probleme gelöst werden. Ich habe keine … keine Ideologie. Ich kenne nicht die richtigen Wörter, um über diese Dinge zu streiten. Ich kenne mich mit der Wissenschaft dahinter nicht aus. Wahrscheinlich klinge ich jetzt einfältig. Aber ich wünsche mir einfach, dass sich alle vertragen und dass für jeden gesorgt ist. Das ist alles. Ich will, dass alle glücklich sind, und es ist mir egal, wie wir das schaffen.« Sie atmete aus, ihre großen Nüstern blähten sich. »Das ist meine Meinung dazu.«

Für einen Augenblick waren alle still – sogar Tupo, der etwas abseits stand, den Hals tief gesenkt.

»Ich weiß Ihre Worte zu schätzen«, sagte Pei knapp. Sie blickte zu Speaker hinüber, dann genauso schnell wieder weg. »Aber Sie können nicht alles mit Kuchen in Ordnung bringen.« Sie drehte sich um und ging den Weg entlang zu ihrem Shuttle.

Roveg seufzte, die Atemlöcher an seinem Unterleib weiteten sich. »Nun, *alles* vielleicht nicht«, sagte er, ging zu Ouloos Tablett hinüber und nahm sich die großzügigste Portion, wobei er dankbar den Rumpf wippen ließ.

Ouloo sah Speaker entschuldigend an. »Es tut mir so leid, dass ich Ihnen keinen anbieten kann«, sagte sie.

»Das macht nichts, wirklich«, sagte Speaker. Ihre geschmeidige Stimme war vorübergehend brüchig geworden, erholte sich jedoch bereits wieder. Roveg wusste nicht, ob er bewundern sollte, wie schnell sie sich gefangen hatte, oder ob er sie ermuntern sollte, mehr zu schreien. Offenbar hatte sie es gebraucht.

»Hmm«, machte Roveg und schluckte hastig einen Mundvoll köstlich fluffige Füllung hinunter. »Sie können ihr Kuchen zu ihrem Schiff bringen.«

»Oh«, sagte Ouloo. Ihr durchhängender Hals hob sich ein wenig. »Oh, daran hatte ich gar nicht gedacht.«

»Ja, wir haben heute Morgen wunderbar miteinander gefrühstückt«, sagte er in einem verzweifelten Versuch, das Thema zu wechseln und die Stimmung zu heben. Tat er gut daran, das Gespräch in diese Richtung zu lenken? Er hatte keine Ahnung. Erst mal redete er einfach nur. »Ich habe die Speisen zubereitet, sie hat sie in ihren Anzug gepackt, und dann ist sie zu mir gekommen. Es war sehr nett.«

Speakers Laune besserte sich nicht so leicht wie die von Ouloo. »Die ganze Aufregung tut mir so leid«, sagte sie, ohne jemand Bestimmten zu meinen.

»Ich denke nicht, dass das Ihre Schuld war«, sagte Roveg. Er aß noch einen Bissen, der genauso köstlich war wie der erste. Sterne, wieso ergänzten sich Zucker und Alkohol nur so gut?

»Ich würde das nicht zu persönlich nehmen«, sagte Ouloo zu Speaker. »Ich meine, sie ist …« Sie riss die Augen auf. »Äh … Sie wissen schon, sie steht unter Stress, so wie wir alle …«

Roveg beugte sich zu Speaker vor. »Die gute Captain flimmert«, sagte er.

Ouloos Fell bauschte sich. »Ich habe versprochen, nichts zu sagen!«

»Sie haben ja auch nichts gesagt«, sagte er. »Das war ich.«

»Oh«, sagte Speaker. Man hörte ihr deutlich an, dass sie keine Ahnung gehabt hatte und es ihr auch egal war. »Verstehe.« Sie schwieg kurz. »Aber irgendwie glaube ich nicht, dass dieses Gespräch anders verlaufen wäre, wenn sie nicht flimmern würde.«

Ouloo schwenkte den Hals um ihre Beine und blickte sich nach allen Richtungen um. »Hat einer von Ihnen gesehen, wo Tupo hingegangen ist?«

Beide sahen sich um. Roveg hatte nicht mitbekommen,

wie das Laru-Junge gegangen war, und Speaker anscheinend ebenfalls nicht. Tupos Kuchentablett stand immer noch auf dem Boden, aber das Kind war verschwunden.

»So ein Schlingel«, sagte Roveg.

»Ser kann Streitereien nicht leiden«, sagte Ouloo mit einem Seufzer. »Mit mir streitet dieses Kind sich zwar den lieben langen Tag, aber bei anderen ist es ihm zuwider. Ser ist so sensibel.« Sie schnaubte. »Sieht so aus, als hätte ser ein paar Stück Kuchen mitgenommen. Sterne, dabei habe ich sihm doch gesagt, dass einer genug ist. Und wie soll ich das jetzt sirer Meinung nach alles wieder ins Haus bringen?«

»Kann ich vielleicht helfen?«, fragte Speaker.

»Oh«, sagte Ouloo überrascht. »Äh – na ja, wenn es Ihnen nichts ausmacht …«

»Überhaupt nicht«, sagte Speaker.

»Ich kann aber nicht als Einziger hier herumsitzen und Kuchen essen«, wandte Roveg ein.

Speaker musterte seinen Kuchen und die viertelvolle Flasche, die neben ihm lag. »Im Moment wäre das wahrscheinlich am besten«, sagte sie neutral.

Roveg wollte widersprechen, spürte jedoch, wie der noch unausgesprochene Satz sich in nichts auflöste. Er hatte keine Ahnung, was er hatte sagen wollen. Er streckte die Hand aus und nahm sich ein weiteres Stück Kuchen für später. »Wahrscheinlich haben Sie recht«, sagte er.

SPEAKER

Irgendetwas war seltsam an Ouloos Wohnung, aber Speaker kam nicht darauf, was es war. Zuerst dachte sie, es läge an den Möbeln, die niedrig und geschwungen waren und sich von allen anderen Einrichtungsgegenständen unterschieden, die sie je gesehen hatte. Aber das konnte es nicht sein, denn auch auf einem multispeziären Markt war Speaker mit Dutzenden von Dingen konfrontiert, die sie noch nie gesehen hatte. Nein, da war noch etwas, das ihren Nacken kribbeln ließ. Sie wusste nur nicht, was es war.

»Entschuldigen Sie bitte die Unordnung«, sagte Ouloo resigniert. Vorsichtig stieg sie um die im Gang verstreuten Habseligkeiten herum, wobei sie das Kuchentablett hin und her schwenkte, um das Gleichgewicht zu halten. »Ich habe Tupo heute Nachmittag gesagt, dass ser die Sachen aufheben soll. Nicht weil ich jemanden hätte einladen wollen, es geht einfach ums Prinzip.«

»Das macht nichts«, sagte Speaker. Geschickt bediente sie die Schalter und bemühte sich, ihren Anzug auf nichts treten zu lassen. »Ich habe schon Schlimmeres gesehen.«

»Trotzdem«, murrte Ouloo, während sie weiter Richtung Küche ging. »Ich möchte nicht, dass Sie denken, ich würde hier keine Ordnung halten.«

Speakers Hand erstarrte über den Schaltern. Das war es. Das war es, was seltsam war. Sie war noch nie in einer planetarischen Behausung gewesen.

War sie schon einmal auf einem Spacerschiff gewesen? Ja, natürlich. Sie hatte nie woanders gelebt. In einem Shuttle wie dem von Roveg? Nicht in einem wie seinem, das nicht, aber in Schiffen, die auf langen Flügen vorübergehend zu einem Zuhause wurden, ja. In Gebäuden: natürlich. Schon oft. Immer, wenn sie auf einem Planeten gewesen war.

Aber noch nie in einem bewohnten Haus.

»Zur Küche geht es hier entlang«, rief Ouloo. »Können Sie sich einigermaßen bewegen? Reicht der Platz für Ihren Anzug? Ich weiß, dass unsere Decken für Zweifüßler ein bisschen niedrig sind.«

»Ja«, sagte Speaker. »Alles bestens.« Sie schüttelte den Kopf und ging weiter hinter ihrer Gastgeberin her.

Es war witzig, wie sehr sich eine Küche von dem unterscheiden konnte, was sie gewohnt war, und dennoch eindeutig als Küche erkennbar war. Mit den meisten Geräten konnte Speaker nichts anfangen, und sie hatte noch nie einen Herd in dieser Form gesehen, aber es war ohne Zweifel ein Herd, oder zumindest etwas, auf dem man kochen konnte. Es gab auch eine Art Arbeitsplatte, sie war voller Mehl und mit Füllung verschmiert – Spuren der heutigen Backaktion. Speaker war ein wenig traurig darüber, wie viel Mühe sich Ouloo gemacht hatte, nur um in einen Streit zwischen den Leuten zu platzen, denen sie etwas Gutes hatte tun wollen.

Natürlich bereute Speaker nicht, was sie zu Captain Tem gesagt hatte. Nicht im Geringsten. Dafür gab es keinen Grund. Sie hatte schließlich nur die Wahrheit gesagt.

Ouloo stellte ihr Kuchentablett in die Stase (wenigstens dieses Gerät erkannte Speaker). »Ich nehme Ihnen das mal ab«, sagte die Laru und nahm ihr das Tablett aus den Anzughänden. »Vielen Dank.«

»Keine Ursache«, sagte Speaker.

»Oh, oh – aber erst mal …« Ouloo stellte das Tablett in die geöffnete Stase und drehte sich dann suchend um. »Ich werde Ihnen ein bisschen davon zum Mitnehmen auf Ihr Schiff zurechtmachen.« Sie hielt kurz inne. »Glauben Sie, dass Sie das essen können?«

»Ich weiß nicht. Was ist da drin?«

»Mal sehen – Sonnenbohnen, Zucker, Maissirup, Tethmehl …«

»Ah«, sagte Speaker bedauernd. »Tethmehl kenne ich, und ich fürchte, das vertrage ich nicht.«

»O nein!« Die Laru verwandelte sich in den Inbegriff der Enttäuschung. »Ich bin so eine schlechte Gastgeberin für Sie gewesen.«

»Schon gut«, sagte Speaker. »Sie haben ja noch nie einen von uns getroffen.«

»Stimmt, aber das ist ein *Grund*, keine Entschuldigung.« Nachdenklich trommelte Ouloo mit der Pfote auf den Fußboden. »Kennt Ihre Spezies Desserts?«, fragte sie. »Als Konzept, meine ich?«

»Ja«, sagte Speaker. »Wir kennen Desserts.«

Ouloos Hals vollführte eine kleine Schraubbewegung hinter ihrem Kopf. »Können Sie welche zubereiten?«

»Oh«, sagte Speaker, verblüfft über die Frage. »Äh, ja, doch. Zwar nicht viele, aber …« Im Geist ging sie eine Liste von Rezepten durch, die ihr zuverlässig gelangen. »Eines könnte man wohl als Ausschlaf-Pudding übersetzen. Den kann ich machen.« Sie legte den Kopf schief. »Wollen Sie das Rezept?«

»Ja. Und wenn Sie ganz viel Lust haben, wäre es großartig, wenn Sie es mir zeigen könnten«, sagte Ouloo. »Nur für den Fall, dass noch mehr von Ihrem Volk hier vorbeikommen.« Sie sah Speaker lächelnd in die Augen. »Oder falls Sie zurückkommen.«

»Wenn ich mal in diese Richtung fliege, ganz bestimmt«, sagte Speaker. Sie meinte es ernst. »Also. Pudding. Die Zutaten werden Sie vermutlich nicht dahaben.«

Ouloos Pfoten tanzten aufgeregt durch die Luft, nicht ganz unähnlich der Art ihres Kindes. »Heißt das, Sie zeigen es mir?«

»Ja.« Speaker lachte. »Aber erst mal muss ich in mein Shuttle. Da werde ich wahrscheinlich auch nicht alles haben, was ich brauche, aber …«

»Ach, wir improvisieren«, sagte Ouloo. »Wir tun unser Bestes, und wenn es nichts wird, dann ist das eben so.«

Und so fand sich Speaker auf einmal draußen auf dem Weg zu ihrem Shuttle wieder, um Zutaten für ein Dessert zu holen. *Was für ein seltsamer Tag,* dachte sie. Sie hatte mit einem Quelin gespeist, einer Äluonerin gesagt, dass sie sich verpissen sollte, und würde gleich einer Laru beibringen, wie man den Pudding ihrer Mutter zubereitete. Es gab zwar andere, bessere, wichtigere Gründe, um mit Tracker zu sprechen, aber sie konnte es kaum erwarten, ihr alles zu erzählen, nachdem Wichtigeres abgehakt war. Vielleicht würde sie ihr nachher schreiben, damit sie nicht alles vergaß. Natürlich würde sie die Nachricht nicht abschicken – es war schließlich kein Notfall, und sie wollte nicht zu denen gehören, die die Comm-Verbindungen mit Nichtigkeiten verstopften. Während sie durch die Luftschleuse trat und darauf wartete, dass die Luft ausgetauscht wurde, begann sie im Geist, einen Text zu entwerfen. *Schwester, du wirst nicht glauben, was ich heute alles erlebt habe«*, dachte sie. *Ich weiß ja, dass du Planeten nicht magst, aber ich wünschte, du wärst dabei gewesen …*

Die Luke ging auf, und mit ihr verschwand die Nachricht, das Rezept, der Streit, das Frühstück und alles außer dem, was sie vor sich sah.

Auf dem Fußboden, die Gliedmaßen von sich gestreckt, der Hals verdreht, die Nasenlöcher in der nicht atembaren Luft verschlossen, lag Tupo. Reglos. Ohne zu atmen. Nicht ansprechbar.

Vor sihm, dort, wo ser sie hatte fallen lassen, lagen zwei Stück Kuchen.

TAGE 238 BIS 239, GU-STANDARD 307

VERHALTEN BEI EINEM NOTFALL

ALLE

Das Notlicht blinkte; jemand stand in der Luftschleuse und wollte durch die Luke kommen. Wer auch immer das war, Pei war nicht in der Stimmung. Sie stand in der Küche ihres Shuttles, an den Vorratsschrank gelehnt, und trank eine große Tasse Wasser. Sie befand sich in dem Stadium der Trunkenheit, in dem sie langsam den Gedanken zuließ, dass sie es vielleicht – nur *vielleicht* – übertrieben hatte.

Das Licht blinkte weiter. Natürlich würde sie hingehen. Wahrscheinlich war es Ouloo, die wegen irgendetwas Wirbel machte. Nein, das war keine freundliche Art, darüber zu denken – vermutlich wollte Ouloo *nach ihr sehen*. Pei wusste, dass es nicht nett war, ihre Gastgeberin warten zu lassen, aber sie hatte wirklich keine Lust mehr zu reden. Sie wollte hier sitzen, in *richtiger* Stille, mit ihren Gefühlen und …

Ihr Implantat summte, begleitet von einem lauten, rhythmischen Klopfen.

Da war nicht nur jemand an der Luke. Jemand *hämmerte* gegen die Luke.

Ein missbilligendes Violett im Gesicht, ging Pei zu einem Bedienfeld und rief mit einer Geste die Kamera neben der Luke auf. Ihre inneren Augenlider zuckten heftig. Es war nicht Ouloo. Es war Speaker.

Als ihr klarwurde, was Speaker in den Armen hielt, ließ sie die Tasse fallen und rannte los.

Endlich schmolz die verdammte Luke auf. Captain Tem starrte Tupo an, der schlaff in den Armen des Anzugs lag. »Was zum Teufel ...«

Speaker schnitt ihr das Wort ab. »Sie sagten, dass Sie medizinische Ausrüstung haben«, sagte sie.

Captain Tem wurde sofort aktiv, genau wie zuvor Speaker. »Kommen Sie«, sagte die Äluonerin und lief durch die surrealen Gänge ihres Schiffes mit der weichen Außenwand. Speaker folgte ihr ebenso schnell. Sie achtete nicht auf die leeren Waffenständer und die gepanzerten Anzüge, die daneben hingen, und hob sich ihren Ekel für später auf. Sie gab sich alle Mühe, damit der Anzug Tupos lange Gliedmaßen nicht über den Boden schleifen ließ, aber Sterne, leicht war das nicht.

Sie gelangten zu einer Art Krankenstation – ein halbwegs großer Raum mit einem Bett, einem Botscanner und verschiedenen Utensilien, um Leute zu verarzten. Mit der einen Hand aktivierte Captain Tem Bedienfelder und Monitore, mit der anderen öffnete sie ein Loch in der Wand. »Wo haben Sie sihn gefunden?«, fragte sie.

Speaker ließ den Anzug eintreten und legte Tupo so sanft wie möglich auf das Bett. Es schmolz um das Kind herum und legte sich stützend um seine Glieder. »Auf meinem Schiff«, sagte Speaker.

»Und was ist pass...« *Was ist passiert*, wollte Captain Tem wahrscheinlich sagen, doch als ihr Blick auf Speakers Anzug fiel, verstummte sie. »Wie lange war ser schon ohne Sauerstoff?«

»Das weiß ich nicht«, sagte Speaker. »Ich habe sihn gerade erst gefunden.«

Captain Tem holte einen kleinen Gegenstand aus dem Fach, das sie geöffnet hatte – ein Päckchen Kopfklar. Sie riss die Verpackung auf, steckte sich die Tabs in den Mund und zermalmte sie mit den Zähnen. Ein wilder Farbenmix wirbelte über ihre Wangen, als sie schluckte, so als würde ihr Körper sich sortieren. »Haben Sie den Notfunk aktiviert?«

»Noch nicht, erst mal wollte ich sihn aus meinem Schiff rausschaffen.«

»Natürlich. Was ist mit dem Puls?«

»Ich habe keine Ahnung. Wissen *Sie* denn, wie man bei einem Laru den Puls fühlt? Haben die überhaupt einen?«

»Scheiße. Keine Ahnung!« Captain Tem strich sich mit der Hand über den glatten Kopf. »Okay. Wissen … wissen Sie, wie man einen Botscanner benutzt?«

»Ja.«

»Kennen Sie sich mit den erweiterten Optionen aus?«

»Mehr oder weniger. Ich kenne die Erste-Hilfe-Funktion.«

»Okay, gut, Sie … halt, verdammt, nein, ich muss es selbst machen. Sie werden meinen Scanner nicht lesen können. Hier …« Sie öffnete ein weiteres Fach, das zuvor unsichtbar gewesen war, und holte eine Art Atemmaske heraus, die an einem Kanister mit stark komprimiertem Sauerstoff hing. »Schauen Sie mal, ob Sie sihm die aufsetzen können, ich hole die Bots.«

Speaker nahm die Maske und ging zum Kopfende des Bettes, während Captain Tem eines von Tupos vorderen Gliedern anhob, auf der Suche nach sirem Implantat. Mit einer Hand hob Speaker behutsam den Kopf des Kindes, mit der anderen versuchte sie, ihm die Maske aufzusetzen. Immer noch wusste sie nicht, ob Tupo atmete.

»Das ist so viel Fell, verdammt«, knurrte Captain Tem. Mit ihren schlanken Fingern wühlte sie in den dichten Locken. »Ah, da!« Sie drückte eine Fingerspitze hinein und zog dann den Botscanner darüber. »Okay, Kleiner, dann wollen wir dich mal untersuchen.«

»Wir haben ein Problem«, sagte Speaker. »Schauen Sie.« Sie hatte es zwar geschafft, dem Laru-Kind die Maske aufzusetzen, aber diese passte nicht richtig auf einen Laru-Kopf. Tupos Mund war zu breit, doch als Speaker versuchte, die Maske nur über der Nase zu platzieren, dichtete sie nicht richtig ab. Und solange sie das nicht tat, ließ sich der Kanister offenbar nicht aktivieren.

Captain Tem blickte vom Scanner auf und schnitt eine Grimasse. »Vielleicht könnten wir …«

»Klebeband«, sagte Speaker. »Haben Sie Klebeband? Oder etwas Ähnliches?« Captain Tem streckte die Hand nach einem Fach aus, aber Speaker hielt sie auf. »Nein, kein medizinisches Klebeband. Es muss luftdicht sein. Was nehmen Sie, um ein undichtes Rohr zu flicken?«

»Kein Klebeband«, sagte Captain Tem. Ihre Wangen hatten sich wieder beruhigt und zeigten jetzt einen blassen Silberton. »Ich habe Dichtungspistolen, aber …«

»Wäre das gefährlich für ihn?«

Die Augenlider der Äluonerin zuckten. »Na ja, ser würde wohl einiges an Fell einbüßen.«

Das klang zwar unangenehm, war aber angesichts der Umstände in Speakers Augen ein äußerst fairer Tauschhandel. »Wo?«

Captain Tem deutete durch den Gang und wandte sich dann wieder dem Scanner zu. »Im Lagerraum. Geradeaus, dann rechts, dann die Wand gegenüber von den lebenserhaltenden Systemen. Wissen Sie, wie unsere Türen aufgehen?«

»Man muss einfach …« Speaker hob eine der Anzughände und tat so, als würde sie die Handfläche gegen etwas drücken.

Captain Tem blickte zu ihr hinüber, während sich der Scanner an die Arbeit machte. »Genau.«

Speaker bediente mit einer Hand den Anzug und folgte

Captain Tems Anweisungen, während sie mit der anderen nach ihrem Scribus griff. Mit einer Geste rief sie die Eingabe per Stimme auf. »Aktiviere den lokalen Notruf«, sagte sie. »Und ruf die Inhaberin dieser Einrichtung an.«

Nie würde Roveg den Laut vergessen, den Ouloo ausstieß, als sie in Captain Tems Shuttle rannte und Tupo sah. Einen Schrei hätte man es nicht nennen können. Ein Schrei war schrill, scharf. Dieser Laut war rund, flüssig, stöhnend. Es war ein Laut der Angst, der Trauer. Wenn hervorquellendes Blut hätte sprechen können, dann hätte es dieses Geräusch gemacht.

»Ser lebt«, sagte Captain Tem. »Ich weiß zwar nicht, wie, aber …«

Ouloo begann zu sprechen, aber ihre Worte galten keinem von ihnen. Sie sprach Piloom mit Tupo, es war ein Gurren, das flehend und zornig zugleich klang. Roveg brauchte keine Übersetzung, um sie zu verstehen.

Speaker, die gerade – was tat sie da? – dem kleinen Laru irgendetwas ins Gesicht zu kleben schien, warf ihm einen bedeutungsvollen Blick zu. »Das Signal geht nicht durch«, sagte sie. »Zu viele Leute, die gleichzeitig die Comms benutzen.«

»Diese Schwachköpfe«, sagte er. »Wie könnte es anders sein – wozu hat man einen Notruf, wenn man damit nicht …« Der Satz verhallte, bevor ihm einfiel, was er hätte sagen wollen. Sterne, wieso hatte er auch so viel trinken müssen?

Captain Tem sah seine Not. Sie streckte die Hand in eine Wand, griff nach etwas und warf es ihm wortlos zu. Er verfehlte es mit dem ersten Bein, fing es jedoch mit dem zweiten auf. Ein Päckchen Kopfklar, ein Glück. Ohne zu zögern, verleibte er sich das widerliche Zeug ein.

Die Äluonerin kauerte neben Ouloo und legte der Laru die

Hände auf die Vorderbeine. »Ouloo, bitte hören Sie mir zu. Ich bin keine Ärztin, und Speaker auch nicht, aber wir tun, was wir können. Sie müssen mir jetzt ein paar Fragen beantworten. Geht das?«

Ouloo zitterte, wippte in heftiger Zustimmung mit dem Hals. »Natürlich.«

»Okay. Ich weiß nicht viel über Ihre Physiologie. Meinen Scans zufolge ist Tupo am Leben, aber ser atmet nicht, und in sirem Organismus scheint alles … zum Stillstand gekommen zu sein. Speaker hat versucht, Luft in sihn zu bekommen, aber sire Nase ist offenbar … sie ist offenbar verschlossen. Ich …«

Wieder drang dieser Laut aus Ouloos Schnauze, diesmal leiser. Es reichte immer noch aus, damit sich Rovegs Rüschen vor Unbehagen kräuselten. »Es ist *olotohen*«, sagte sie und stieß erneut einen Wehlaut aus.

»Ich weiß nicht, was das ist«, sagte Captain Tem.

Roveg beugte seinen Rumpf vor. »Kommen Sie, Ouloo. Sie schaffen das.«

Ouloo holte Luft. »Es ist ein … o Sterne, ich weiß nicht, wie ich das erklären soll. Es ist eine Art schützender … Schlaf? Nein, nicht Schlaf. Verdammt, ich weiß das Wort nicht.«

»Stupor?«, bot Speaker an. »Koma?«

»Ja, so ähnlich. Es ist ein … ein Reflex, den unsere Kinder haben, wenn – wenn sie in Gefahr sind.« Ihre Stimme brach. »Eigentlich hätte ich gedacht, dass ser zu alt dafür ist, aber wahrscheinlich … wahrscheinlich ist manches an sihm noch klein.«

Captain Tem legte die Hände um Ouloos Beine. »Erzählen Sie mir davon. Passiert das … oft? Wie funktioniert es?«

»Nicht sehr oft. Ich habe es noch nie bei sihm erlebt. Und ich hatte es noch nie. Es ist … es ist nur … so etwas wie ein allerletzter Ausweg.«

»Und wie geht es dann weiter? Wie lange hält das an?«

»Ich … bin mir nicht sicher. Ich weiß, dass man sofort zum Arzt muss, wenn es passiert, aber ansonsten weiß ich es nicht.«

Die Kopfklar wirkten rasch, und je klarer er im Kopf wurde, desto mehr brannte Roveg darauf, sich nützlich zu machen. »Ouloo, haben Sie den Zugangscode für den Infoserver in Tupos Museum? Ich kenne zwar das Passwort, aber …« Eigentlich hätten sie ein richtiges Ärzteteam gebraucht, aber sie konnten zumindest herausfinden, womit sie es hier zu tun hatten.

»Oh – ja, ja. Es ist, äh, 239–23–235–7.«

Roveg drehte sich zu der Äluonerin um. »Captain Tem, darf ich ihren Comm-Zugang benutzen? Ich habe meinen Scribus nicht dabei.«

»Sie werden ihn nicht lesen können.«

»Sie können meinen Scribus nehmen«, sagte Ouloo. »Er ist zwar auf Piloom eingestellt, aber Sie können …«

»Ruhe bitte«, sagte Speaker. Sie legte das Werkzeug hin, das ihr Anzug in den Händen hielt, und zog die Vox unter ihrem Cockpit dicht vor Tupos Gesicht. Eine Atemmaske – das hatte sie ihm aufgesetzt. Speaker murmelte ein paar Worte, während sie den Anzug den Sauerstoffkanister hochheben ließ. Es waren Worte in ihrer Sprache, und auch diese brannten sich in Rovegs Gedächtnis ein. Die hohen Töne waren unangenehm für ihn, aber es lag auch eine tiefempfundene Freundlichkeit darin. Eine Bitte vielleicht. Oder ein Gebet.

Niemand sprach ein Wort, als der Kanister zu zischen begann und sich gegen die Maske drückte. Tupos Augen blieben geschlossen. Sire Lider regten sich nicht. Aber nach ein paar Sekunden öffneten sich die Nasenlöcher des kleinen Laru, und sir Mund schnappte heftig nach Luft. Sire Brust hob sich, senkte sich, hob sich, senkte sich. Die Bewegung war schmerzhaft langsam und außerdem verstörend, da jedes andere Anzeichen von Bewusstsein fehlte, aber Tupo atmete. Tupo atmete, und jetzt erinnerten sich auch die anderen wieder daran, wie man das tat.

FEED: GU-Info-Dateien – Lokaler Server/ Offline-Version (Public/Klip)
PFAD: 239–23–235–7
KNOTEN-PASSWORT: Tup0D3rGr0ss3

AUFGERUFENE DATEI: Olotohen (medizinisch)
VERSCHLÜSSELUNG: 0
TRANSLATIONSPFAD: 9

Olotohen ist ein kryptobiotischer Zustand, der nur bei präpubertären Laru-Kindern auftritt. Dieser Abwehrreflex wird von extrem gefährlichen Umweltvariablen (zu hohe oder zu niedrige Temperaturen, längeres Untertauchen im Wasser, Sauerstoffmangel etc.), schwerer Krankheit oder großem mentalem oder physischem Stress ausgelöst. Im Zustand von *olotohen* kommen die Körperfunktionen des Patienten fast vollständig zum Erliegen. Bei der körperlichen Untersuchung sind weder Atmung noch Herzschlag feststellbar, und beides kann vorübergehend aussetzen, bis der Patient in eine ideale Umgebung gebracht wird. Bei normalen Immunobot-Scans zeigt sich nur minimale Hirnwellenaktivität, wodurch manchmal irrtümlich der Hirntod diagnostiziert wird.
Der Patient kann bis zu acht GU-Standardstunden gefahrlos im Zustand von *olotohen* verbleiben, ohne nach dem Aufwachen Beeinträchtigungen zu erleiden, abgesehen von Müdigkeit und vermehrtem Durst/Appetit (diese Symptome verschwinden je nach Patient normalerweise innerhalb von zwei bis vier Tagen).

Danach steigt das Risiko von Hirn- und/oder anderen Organschädigungen exponentiell an. Nach dreizehn Stunden tritt fast immer der Tod ein.
Patienten, die in *olotohen* gefallen sind, müssen so schnell wie möglich ärztlich versorgt werden. Da der Patient bewusstlos ist, kann es vorkommen, dass er auch nach Ende der Gefahr in diesem Zustand verbleibt. Das Erwachen ist zwar auch ohne Eingriff möglich, aber keineswegs selbstverständlich. Bei *olotohen*-Patienten sollte man stets auf Nummer sicher gehen.
Alle Angehörigen medizinischer Berufe, die eine vom Ärztlichen Institut der GU zertifizierte Ausbildung in multispeziärer Notfallmedizin absolviert haben, dürfen einen *olotohen*-Patienten ins Bewusstsein zurückholen und seine Körperfunktionen wiederherstellen. Es handelt sich dabei um eine neurologische Behandlung mit nicht invasiven Immunobots, die etwa zehn Minuten in Anspruch nimmt. Die Behandlung sollte unter keinen Umständen von jemandem vorgenommen werden, der nicht die offizielle Ausbildung dafür hat, da Behandlungsfehler mit einer hohen Wahrscheinlichkeit für Nerven- oder Hirnschäden einhergehen.
Das Medizinische Institut der GU empfiehlt, *olotohen*-Patienten vor dem Eintreffen von professioneller Hilfe wie folgt zu versorgen:

- Bringen Sie den Patienten aus der Gefahrenzone.
- Falls der Patient nass geworden ist, trocknen Sie das Fell. Sollte sich Wasser in seinem Mund befinden, öffnen Sie diesen und leeren Sie ihn so weit als möglich, indem Sie den Hals vorsichtig in eine aufrechte Position bringen, während der Kopf zu Boden zeigt.
- Falls der Patient extremer Kälte ausgesetzt war, hüllen Sie ihn in Decken, warme Kleidung oder anderes wärmeisolierendes Material.

- War der Patient extremer Hitze ausgesetzt, kühlen Sie den Raum auf fünfzig GU-Standard-Grad herunter. Verwenden Sie keine Decken, Kleider, etc.
- Sorgen Sie nach Möglichkeit für saubere, gefilterte Luft.
- Meiden Sie nach Möglichkeit helles oder sehr grelles Licht.
- Vermeiden Sie nach Möglichkeit laute oder plötzliche Geräusche.
- Überwachen Sie den Patienten mit einem Immunobot-Scan und achten Sie genau auf folgende Symptome:
- Plötzlicher Abfall des Herzschlags oder Herzstillstand nach dem Wiedereinsetzen des Herzschlags
- plötzlicher Abfall oder Stillstand der Hirnaktivität, nachdem zuvor Hirnaktivität festgestellt wurde
- Hyperventilieren oder Atemstillstand, nachdem die normale Atmung wieder eingesetzt hat

Falls eines dieser Symptome in einer Situation auftritt, in der ärztliche Versorgung nicht unmittelbar verfügbar ist, bringen Sie den Patienten nach Möglichkeit in eine medizinische Stasekammer. Da medizinische Stase bei *olotohen*-Patienten zu schweren Komplikationen führen kann, sollte dies nur im äußersten Notfall geschehen.

SPEAKER

Wie es aussah, gab es zwei gute Optionen: Entweder Tupo wachte auf, bevor die acht Stunden vorbei waren, oder ihr Notsignal erreichte den Notdienst. Wenn keines von beidem passierte, würde ihnen nichts anderes übrigbleiben, als Tupo in die medizinische Stase zu bringen, und dann … würden sie weitersehen müssen. Es gab keine Möglichkeit, die guten Optionen zu erzwingen, und es war unklar, ob sie in fünf Minuten oder fünf Stunden oder niemals eintreten würden. Sie konnten also nur warten, ohne die geringste Ahnung, welchen Ausgang die Sache nehmen würde.

Speaker stand mit den anderen draußen im Gemeinschaftsbereich. Sie waren dorthin gegangen, um zu besprechen, was jetzt als Nächstes kam. Es war zwar zweifelhaft, dass Tupo sie hören konnte, aber es war dennoch möglich, dass ein paar ihrer Worte durch sire Bewusstlosigkeit drangen, und keiner von ihnen wollte das Kind ängstigen.

»Wenigstens läuft jetzt der Scan«, sagte Captain Tem. »Ich werde ein Auge auf Tupo haben, um sicherzugehen, dass ser keines der typischen Warnsignale zeigt.«

»Und ich bleibe weiter am Comm-Signal dran«, sagte Roveg seufzend. »Gegen Datenstau kann ich kaum etwas ausrichten, aber ich stelle den Scribus so ein, dass er automatisch alle fünf Minuten ein Signal schickt.«

Speaker sah zu Ouloo hinüber. Die Laru starrte stumpf vor sich hin. Sie rieb die Vorderpfoten aneinander, wieder und wieder. Speaker drehte den Anzug zu ihr hin. »Ouloo, ich weiß zwar, dass es unmöglich klingt, aber du solltest schlafen gehen. Das hier könnte eine Weile dauern.«

»Ich gehe *nirgendwohin*«, sagte Ouloo.

»Du kannst mein Bett haben«, sagte Captain Tem. »Sie hat recht; dein Körper ist ebenfalls angegriffen. Du solltest dich schonen, damit du bereit bist, wenn … na ja, wenn es nötig ist.«

Ouloo rieb sich immer noch die Pfoten. »Äluonische Betten sind schon großartig«, sagte sie leise.

Captain Tem lächelte blau. »Und meines ist richtig gut.«

Ouloo sah sich in der Gruppe um. »Ihr holt mich doch, oder? Wenn irgend… wenn irgendetwas …«

»Selbstverständlich«, versicherte ihr Speaker.

Die Laru wippte mit dem Hals und ließ sich von Captain Tem wegführen.

Roveg seufzte und winkelte die Beine an. »Nicht ganz der Abend, mit dem wir gerechnet hatten, was?« Er rieb sich mit seinen obersten Zehen über das Gesicht. »Sterne, ich brauche Wasser. Ich sollte nie mit Äluonern trinken.«

»Als ich hereingekommen bin, habe ich eine Küche gesehen«, sagte Speaker. »Zumindest glaube ich, dass es eine Küche war. Es waren auch Lebensmittel dort.«

Roveg beugte sich verschwörerisch vor. »Alle äluonischen Räume, die ich bisher gesehen habe, sehen exakt gleich aus«, sagte er in wenig beeindrucktem Tonfall. »Mich musst du also nicht fragen.«

Der Raum, den Speaker gesehen hatte, entpuppte sich tatsächlich als Küche, aber sie fanden dort rein gar nichts. Sie und Roveg legten ihre jeweiligen Gliedmaßen überall gegen die Wände auf der Suche nach den Öffnungen für die Schränke.

Nach ein paar vergeblichen Minuten erschien Captain Tem in der Tür. »Was … ist denn hier los?«, fragte sie.

»Pei, wo zum Teufel hast du dein Trinkgeschirr?«, fragte Roveg.

Die Äluonerin wirkte amüsiert. Sie ging zu einer Stelle an der Wand, an der absolut nichts Auffälliges zu sehen war, legte die Handfläche darauf und öffnete das Bedienfeld. Sie holte eine kleine Schüssel heraus und hielt sie ihm hin. »Kommst du damit besser klar als mit meinen Tassen?«

Roveg schnaufte gereizt die Wand an, die sich ihm verweigert hatte. »Ja, danke. Wasser, wenn es geht.«

»Hat Ouloo sich hingelegt?«, fragte Speaker.

»Ja«, sagte Captain Tem. Sie füllte die Schüssel aus einer Art Wasserspender. »Ich glaube zwar kaum, dass sie einschlafen wird, aber …«

»Ich wüsste nicht, wie irgendjemand jetzt schlafen könnte«, sagte Speaker. Sie schüttelte den Kopf, wie um sich zu trocknen. »Ich kann mir gar nicht vorstellen, wie sie sich fühlt.«

Roveg nahm die Schüssel mit dem Wasser von Captain Tem entgegen, aber er sagte nichts, und er trank auch nicht. Schweigend stand er da und starrte vor sich hin. »Ich schon«, sagte er.

Speaker und Captain Tem sahen ihn beide an, und Schwere senkte sich über den Raum.

Der Quelin trank einen großen Schluck Wasser und blickte zur Seite. »Ich habe vier Söhne«, sagte er leise. »Einen Standard lang habe ich ihre Eier am Panzer getragen, und sie sind alle am gleichen Tag geschlüpft. Ihre Mutter und ich waren nur befreundet. Solche Absprachen gibt es häufig – zwei Freunde, die beide Kinder wollen und dafür keine Partner haben. Ich war gern mit ihr zusammen. Ich mochte sie, aber ich liebte sie nicht. Aber meine Jungs …« Seine Mundwerkzeuge klapperten spröde. »Bevor ich sie zum ersten Mal gesehen habe, wusste ich gar nicht, was Liebe ist. Ich weiß noch, wie sie herumstolperten, der Sprache noch nicht mächtig. Ich wollte sie säubern, sie waren ganz nass und voller Eierschalen, aber sie wollten nicht still halten. Sie konnten nicht sprechen. Sie begriffen nicht, wer oder was sie waren, begriffen auch sonst nichts. Aber irgendwie begriffen sie *mich*. Sie alle vier. Sie stolperten und fielen hin und irgendwann sahen sie mich. Und in diesem Augenblick stolperten sie direkt auf mich zu. Sie zitterten an meinem Körper, so als wüssten sie – als wüssten sie, dass nur ich sie beschützen konnte.« Er trank noch einen Schluck aus der Schüssel. »Ich habe also eine Ahnung, wie Ouloo sich fühlen muss.«

Die Schwere im Zimmer wurde noch drückender. »Das muss so schlimm gewesen sein«, sagte Speaker, »von ihnen getrennt zu werden.«

»Ihr braucht mich nicht zu bemitleiden«, sagte Roveg. »Bitte nicht. Ich wusste, dass meine Geschichten mich vielleicht in Schwierigkeiten bringen würden, und habe sie trotzdem erzählt. Ich war dumm und großspurig und glaubte, man würde mich nicht erwischen, aber ich wusste um das Risiko. Es war nur nicht genug. Das Risiko, dass meine Jungs ihren Vater verlieren würden, war nicht genug, um mich zum Schweigen zu bringen. Und ich weiß es. Ich weiß, dass mich das zu einem Egoisten macht.«

»Du bist kein Egoist«, sagte Speaker.

»Natürlich bin ich das. Meine Arbeit war mir wichtiger als die Kinder.« Ärger schlich sich in Rovegs Stimme; Speaker hörte, wie er seinen Zorn gegen sich selbst richtete. »Und das Schlimmste ist: Ich glaube immer noch nicht, dass es falsch war. Sie zu verlassen war schrecklich. Es zerreißt mir jeden Tag das Herz. Aber ich hätte trotzdem nicht länger so tun können, als würde ich an etwas glauben, von dem ich nicht überzeugt war. Am Ende war mir die Wahrheit wichtiger, als Vater zu sein. Ich wünschte, ich würde es mehr bereuen.« Er blickte zu Boden. »Und ihr haltet mich jetzt bestimmt für einen Mistkerl.«

Captain Tems Gesicht wechselte nachdenklich die Farbe. »Der Freund, den ich besuchen will, heißt Ashby«, sagte sie. »Er ist Tunneler, und er ist Exodaner, und er ist mein …« Die Sprachbox verstummte. »Wir paaren uns jetzt schon seit vier Standards.«

Roveg drehte den Kopf in ihre Richtung, seine Augen glitzerten. »Sieh an, sieh an, Captain. Wer hätte das gedacht?«

Die Äluonerin warf ihm einen scharfen Blick zu. »Ist das ein Problem für dich?«

»Nicht im Geringsten«, sagte er. »Ich hätte nur nicht gedacht, dass du so eine Rebellin bist.«

»Das bin ich auch nicht«, sagte sie mit einem dünnen Lachen. »Jedenfalls habe ich mich nie für eine gehalten. Ich wollte nicht Stellung beziehen, so wie du. Er war einfach … jemand, den ich mochte.«

»Jemand, den du anscheinend immer noch magst.«

»Ja.«

Er blickte sie forschend an. »Du magst ihn sehr.«

»Ja«, sagte sie, dann runzelte sie die Stirn. »Weißt du, es ist wirklich irritierend, dass du mein Gesicht lesen kannst, ich deines aber nicht.«

»Es ist nicht meine Schuld, dass du meine Pheromone nicht wahrnimmst.«

»Na ja, trotzdem.« Sie ging zum Schrank, um sich eine Tasse zu holen. »Das geht jetzt schon so lange, dass ich zunehmend ein Problem damit habe. Nicht mit ihm natürlich. Ich meine die Heimlichkeiten. Die Trennungen sind nicht schlimm für mich. Wir haben unterschiedliche Berufe, führen sehr verschiedene Leben. Meistens sind wir beide auf Langstreckenflügen. So ist das eben bei uns. Aber so zu tun, als würde es ihn nicht geben … Weißt du, wie es sich anfühlt, wenn man mit seinen Freunden zusammen ist und über sein Leben redet und einen ganzen Teil davon ausspart?«

»Ja«, sagte Roveg. »Das kenne ich.«

»Aber du bist das Risiko eingegangen. Vielleicht bist du also ein Egoist, keine Ahnung. Aber selbst wenn du einer bist – ich finde dich mutig. Jedenfalls mutiger als mich. Weil ich ihm weh tue. Ich weiß, dass ich ihm weh tue. Und ich habe noch nicht damit aufgehört, weil ich zu viel Angst habe. Manchmal ist Angst etwas Gutes. Angst hilft einem, zu überleben. Aber sie kann einen auch von dem abhalten, was man eigentlich will. Und das ist mein Problem – ich *weiß* nicht, was ich will. Ich will beide Hälften von mir behalten, und sie sollen genauso bleiben, wie sie sind. Aber …«

»Aber du kannst nicht ewig so weitermachen«, sagte Roveg. »Du kannst dich nicht zerreißen, ohne dass beide Hälften ausfransen. Ich weiß.« Seine Atemlöcher pulsierten. »Und selbst wenn du dich tatsächlich für eine Seite entscheidest, wird die, die du aufgibst, nie ganz verschwinden.«

»Was meinst du damit?«

Roveg trank seine Schüssel leer. »Einer meiner Söhne hat mir in diesem Standard geschrieben. Boreth. Ich habe keine Ahnung, wie er mich gefunden hat. Ich habe mir wirklich Sorgen gemacht, als seine Nachricht kam, denn die Wege, die er genutzt hat, können nicht legal gewesen sein. Zugegeben, ich war auch ein bisschen stolz. Könnte sein, dass aus ihm ebenfalls ein Unruhestifter geworden ist.« Er stellte die Schüssel auf die Arbeitsplatte. »Es gibt bei uns eine Zeremonie – die Erste Brandmarkung. Es ist ein Initiationsritual, das man durchläuft, wenn man nicht mehr wächst und der Panzer die Größe hat, die er für den Rest des Lebens behalten wird.« Speaker hörte, wie viel Kummer in seiner Stimme lag, wie viel Schmerz wegen all der verpassten Jahre. »Meine Söhne sind in zwei Tagzehnten so weit, und er wollte wissen, ob ich eine Genehmigung beantragen würde, damit ich nach Hause kann. Und ich dachte, sie hassen mich, weil ich sie verlassen habe. Vielleicht hassen mich ja die anderen, das weiß ich nicht. Aber Boreth möchte, dass ich komme, und deshalb …«

»Und deshalb fliegst du hin«, sagte Speaker leise.

»Ja.«

»Wirst du rechtzeitig dort sein?«, fragte sie.

Roveg riss sich zusammen. »Ich weiß es nicht«, antwortete er nüchtern. »Im Moment … weiß ich es nicht.«

»Es muss doch etwas geben, was du tun kannst«, sagte Captain Tem. »Irgendwelche Beziehungen, die du spielen lassen kannst.«

»Nicht für jemanden wie mich«, sagte er. »Im GU-Raum? Natürlich. Ich könnte einen Freund anrufen, Leute bestechen, oder was eben nötig ist. Aber im Quelin-Territorium bin ich ein Nichts. Noch schlimmer, ich bin eine Gefahr, und sie brauchen nur eine winzige Kleinigkeit – ein vergessenes Häkchen, ein Zeh am falschen Ort –, und schon kann ich die Bewilligung vergessen.«

»Das ist nicht in Ordnung«, sagte Captain Tem.

»Es ist genauso wenig in Ordnung wie die Tatsache, dass du deinen menschlichen Partner verheimlichen musst«, sagte Roveg. »Und dennoch sind wir hier.«

Die Aliens schwiegen, und nach einer Sekunde merkte Speaker, dass die beiden sie anblickten. »Mich müsst ihr nicht anschauen«, sagte Speaker. »Ich habe keine Geheimnisse. Ich will einfach nur nach Hause.«

Roveg lachte, aber aus seinen Worten klang Aufrichtigkeit. »Und deswegen mag ich *dich*, Speaker. Du hast kein Problem damit, jedem genau zu sagen, wer du bist.«

Speaker legte den Kopf schief. »O doch. Natürlich habe ich ein Problem damit. Ich kann nicht immer sagen, was ich denke, jedenfalls nicht, wenn ich etwas haben will oder irgendwohin möchte. Alles, was ich sage oder tue, zielt darauf ab, dass mir die Leute gewogen sind. Dass sie mich respektieren. Nichts davon ist eine Lüge, aber es ist Theater, und manchmal ist das sehr, sehr ermüdend.«

Der Quelin nahm das zur Kenntnis. »Dann schätze ich mich glücklich«, sagte er, »dich ohne das Theater erlebt zu haben.«

Captain Tem stand vom Tisch auf, der Anflug von Gelb und Lila auf ihren Wangen war nicht zu übersehen. Offenbar hatte sie den Garten genauso wenig vergessen wie Speaker. »Ich sehe mal nach dem Kind«, sagte sie.

»Captain«, sagte Speaker. Sie hatte nicht vor, eines ihrer Worte zurückzunehmen, aber sie wollte helfen, Tupo zuliebe. Das hier war keine Aufgabe für eine Person allein. »Ich weiß zwar, dass ich Ihre Monitore nicht so ablesen kann wie Sie, aber wenn Sie mir sagen, auf welche Farben oder Muster ich achten muss, könnten wir uns abwechseln. Ich lerne schnell.«

Captain Tem blieb in der weggeschmolzenen Tür stehen, deren flüssiger Umriss sich um sie wellte. »Gern«, sagte sie mit vollkommen ausdrucksloser Stimme. »Kommen Sie.«

ROVEG

Äluonische Einrichtung ergab einfach keinen Sinn, wenn man Angehörige anderer Spezies hineinsetzte. Sie war überaus funktionell, für jede Art von Körper. Man konnte sich in einem äluonischen Wohnraum bewegen. Man konnte ihre Möbel benutzen. Man konnte sich dort rundum wohlfühlen. Aber das *Aussehen* eines äluonischen Wohnraums – egal ob Schiff oder Gebäude oder etwas anderes – ergänzte wirklich nur diese eine Spezies. Für die Äluoner war ihre Umgebung ein Accessoire, ein Hintergrund für ihre Mode und die Ästhetik ihrer Biologie. Äluoner passten immer in die Räume, die sie bewohnten, und wenn man sie mit anderen Wesen ersetzte, war die Wirkung einfach nicht die gleiche.

Nirgends war diese Regel augenfälliger als bei Ouloo, die so aussah, als würde sie etwa genauso sehr in Peis Bett gehören wie Roveg. Ihr roter Pelz breitete sich auf dem makellosen weißen Polymer aus wie ein alter Wollteppich – ein gepflegter, frisch gewaschener Wollteppich, aber dennoch ein Wollteppich. Roveg hatte noch nie eine Laru in Rückenlage gesehen, und er gab sich alle Mühe, nicht neugierig die pechschwarze Haut anzustarren, die zwischen den inneren Fellschichten hervorlugte, oder den Umriss der Bauchtasche, in der Tupo einmal gelebt hatte. Er dachte an die Keratintaschen, die sich über seinen eigenen Unterleib zogen und einst vier kugelrunde Eier beherbergt hatten, zwei auf jeder Seite. Er hatte sie kaum gespürt, aber er war sich ihrer überaus bewusst gewesen. Bei jedem Schritt, jeder Entscheidung, sich zu setzen, aufzustehen oder sich hinzulegen, hatte er ihre Sicherheit vor Augen gehabt.

Wie sich die Dinge doch ändern, dachte er grimmig.

Ouloo schlief nicht; er hatte auch nicht damit gerechnet. Er hätte unter diesen Umständen niemals schlafen können. Um sie nicht zu erschrecken, betrat er den Raum ganz leise, ein Tablett aus seinem eigenen Shuttle in den Vordergliedmaßen. »Ich habe dir etwas zu essen gebracht«, sagte er.

Die Augen der Laru waren geöffnet und zur Decke gerichtet. Sie sah ihn nicht an. »Ich habe keinen Hunger.« Ihre Stimme war nur ein Flüstern.

»Das dachte ich mir.« Er sah sich nach einem Tisch um oder irgendwas Äluonischem, das als Tisch herhalten konnte. Er entschied sich für eine Art Klumpen, der aus demselben Material zu bestehen schien wie das Bett, nur fester. »Aber Hunger oder nicht, ich fand, wir sollten auch mal nach *dir* sehen.« Er stellte das Tablett auf dem schicken Klumpen ab, der sich gehorsam zu einer Platte formte. Sterne, das Ding wirkte fast wichtigtuerisch.

Ouloo warf ihm nur einen kurzen Blick zu, aber dabei fiel ihr Blick auf das Tablett. Das genügte, damit ihr Hals sich hob. Roveg hatte ein paar für Laru geeignete Knabbereien zusammengestellt: gegrilltes Brennbrot, einen schnell zubereiteten Weißfischsalat, winzige Röllchen aus Pflanzenpapier, die mit Nussbutter und essbaren Blumen gefüllt waren, sowie der letzte Rest von seinem Räucheraal mit Kräckern.

»Hast … du das gemacht?«, fragte sie.

»Na ja, den anderen beiden kann ich ja nicht helfen«, sagte er und meinte dabei die zwei Wesen in der Krankenstation. »In einer solchen Lage sind meine Fähigkeiten kaum von Nutzen. Aber … wenigstens kann ich das hier beitragen.«

Ouloo setzte sich auf, wobei sie sich auf die Hinterbeine aufstützte. »Ich weiß gar nicht mehr, wann mir das letzte Mal jemand etwas zu essen gemacht hat«, sagte sie. Es war schwer zu sagen, ob die Geste sie so überwältigte oder ob es an diesem furchtbaren Abend lag.

»Dann wird es höchste Zeit«, sagte Roveg. Er nahm die Karaffe vom Tablett. »Minzlimonade? Ich hatte ja an Mek gedacht, aber ich nehme an, du willst einen klaren Kopf behalten.«

»Sterne, nein, ich will keinen Mek«, sagte Ouloo. Sie schwieg kurz. »Aber gegen ein bisschen Limo hätte ich nichts einzuwenden.« Sie betrachtete das Tablett. »Was ist das?« Sie deutete mit einem Zehballen auf etwas.

»Blumenröllchen«, sagte er, während er ihr einschenkte.

Sie nahm sich eines und biss davon ab. »Oh, köstlich«, sagte sie. Ihr Gesicht hellte sich kurz auf, nur um sich gleich wieder zu verdüstern. »Ich sollte mich nicht amüsieren.«

»Oh, glaub bitte nicht, dass ich das erwartet habe.« Er reichte ihr die Tasse. »Das ist für die Lebensgeister, keine Medizin. Vermutlich wirst du für immer gemischte Gefühle haben, was Blumenröllchen angeht. Und das ist eine Schande, denn sie sind *wirklich* köstlich, und ich freue mich, dass du sie magst.«

Ouloo steckte sich den Rest des Blumenröllchens in den Mund und rutschte herüber, um einen Schluck Limo zu trinken. Sie hielt inne. »Ist das eine von meinen?«, fragte sie und hob die Tasse.

»Äh, ja«, sagte Roveg. »Mein Trinkgeschirr hat ziemlich sicher nicht die richtige Form für dich, deshalb war ich so frei und habe mir die hier aus deinem Haus geholt. Ich hoffe, du verzeihst mir.«

Die Laru schnaubte. »Wenn das hier vorbei ist, könnt ihr

drei mein Haus *haben*, wenn ihr wollt.« Die Worte wurden von einem staubtrockenen Lachen begleitet, aber sie ließ beim Sprechen den Hals durchhängen. Roveg musste nicht fragen, wieso. Niemand wusste, wie *Wenn das hier vorbei ist* aussehen würde.

Er klappte die Bauchbeine ein und setzte sich vor Ouloo auf den Fußboden. »Vermute ich richtig, dass du gehört hast, was ich den anderen in der Küche erzählt habe?«

»Ja«, sagte sie. »Ich wollte nicht neugierig sein, es ist nur – na ja –, das Schiff ist eben nicht sehr groß.«

»Keine Sorge. Ich hatte mir das schon gedacht.« So viel Offenheit bei diesem Thema war neu für ihn, erfüllte ihn aber auch mit Erleichterung. »Einer meiner Söhne heißt Segred, und er war von Anfang an ein Wildfang. Einmal musste ich wegen einer neuen Sim zu einem Produktionsmeeting – einem ach so wichtigen Meeting, wie immer in solchen Fällen. Eine Frage von Leben und Tod. Ich *musste* einfach hin. Mittendrin erfuhr ich per Anruf, dass Segred im Krankenhaus war. Er war mit seinen Dummköpfen von Freunden zu – es spielt keine Rolle, wo sie hingegangen waren. Zu dieser Lagune am Rand unserer Stadt. Sie hielten es für eine hervorragende Idee, dort die höchste Felswand hochzuklettern und abwechselnd ins Wasser zu springen. Nur dass es dort unter der Wasseroberfläche Felsen gab, mit denen sie nicht gerechnet hatten, und Segred knallte gegen einen davon, als er sprang. Sein ganzer Panzer riss auf – hier und da.« Er zeigte auf zwei Stellen an seinem Oberkörper.

»O weh«, sagte Ouloo und umklammerte ihre Tasse. »Das muss schlimm für euch gewesen sein.«

»Sehr schlimm, vor allem wegen des Lagunenwassers, das in seine Wunden drang.« Bei der schrecklichen Erinnerung atmete er heftig durch seine Atemlöcher aus. »Zwei Tagzehnte lang saß ich bei ihm im Krankenhaus, während er mit einer sehr ernsten bakteriellen Infektion kämpfte, die sich nur schwer behandeln ließ. Es war scheußlich. Ich erspare dir die Einzelheiten. Aber zuzusehen, wie mein Kind um sein Leben kämpfte, war das Schlimmste, was ich je erlebt habe.«

»Schlimmer als die Verbannung?«

»O Sterne, ja. Ich lasse mich gern hundertmal als kulturelle Bedrohung beschimpfen, wenn das bedeutet, dass ich so etwas nie mehr durchmachen muss.«

»Und … ist er …?«

»Er ist wieder gesund geworden. Äußerlich mit Narben, aber so viel weiser.«

Ouloo wippte mit dem Hals. »Hoffentlich … hoffentlich wird …« Sie konnte sich nicht überwinden, die Worte auszusprechen.

Roveg legte den Kopf schief, um ihren Blick aufzufangen. »Ich wollte damit nicht sagen, dass alles wieder gut wird«, sagte er. »Sondern dass ich verstehe, wie grässlich es sich anfühlt, wenn man nichts tun kann.«

Sie nahm sich noch ein Blumenröllchen. »Wie hast du das überstanden?«

»Es war nicht einfach. Aber seine Mutter und ich begannen damit, ein … man könnte es wohl ein Spiel nennen. Wir redeten darüber, was wir alles mit Segred unternehmen würden, wenn er wieder gesund war. Über all das, was wir ihm zeigen wollten. Zuerst jagte es mir Angst ein. Es fühlte sich an, als würden wir das Unglück heraufbeschwören. Aber je länger wir weitermachten, desto mehr war es, als würden wir eine Zukunft für Segred erzwingen. Je öfter wir es sagten, desto größer wurde die Gewissheit. Mir ist klar, dass das kein bisschen vernünftig oder logisch ist. Ich weiß, dass Segreds Wiederherstellung nichts damit zu tun hatte und nur den

Immunobots und Antibiotika zu verdanken ist. Das Spiel hat meinem Sohn nicht geholfen. Aber es hat *mir* geholfen.« Er machte eine mitfühlende Geste mit seinen oberen Beinen. »Also. Worauf freust du dich bei Tupo?«

Ouloo umfasste die Tasse mit ihren Pfoten. »Ich freue mich riesig auf den Moment, in dem ser mir sagt, welches Geschlecht ser hat«, sagte sie. »Im Geiste plane ich schon seit Ewigkeiten eine Party. Pressbeeren mit Gruub-Marmelade, wenn ser ein Mädchen ist, Zehnbeerenkompott, wenn ser ein Junge ist, Zitruswölkchen, wenn ser keines von beidem oder etwas dazwischen ist. Ich habe die Rezepte auf meinem Scribus. Ich weiß, dass es vielleicht noch Jahre dauern wird – man kann nie wissen, wann ein Kind so weit ist, vielleicht wird ser dann schon erwachsen sein –, aber ich liebe es, mir die Party auszumalen. Jedes Mal wird sie etwas aufwendiger. Wir werden Lichter und Pixelwolken haben, und wenn ich zu dem Zeitpunkt genug Geld haben sollte, miete ich eine Band.«

»Das klingt phantastisch«, sagte Roveg. »Hast du irgendeine Vermutung, welches …«

Ouloo machte eine abwehrende Bewegung mit den Pfoten. »O nein, nein, nein«, sagte sie. »Das werde ich sihm nicht antun. Manche Leute – nicht alle, aber einige – finden es lustig, Wetten abzuschließen, aber in meinen Augen ist das Quatsch. Als ich kaum älter als Tupo war, habe ich gehört, wie meine – *Verwandte* hört sich seltsam für mich an, weil wir diese Begriffe nicht verwenden, aber das ist das Wort, dass ihr benutzen würdet. Jedenfalls redeten sie auf diese Weise über mich, und die meisten dachten, ich würde sagen, dass ich ein Junge bin. Ich war ganze Standards lang verstört deswegen. Nein, das tue ich Tupo auf keinen Fall an. Nur ser weiß, was ser ist.«

»Ich merke es mir, und ich finde das bewundernswert«,

sagte Roveg. »Und ich fand schon immer, dass diese Party nach einer schönen Tradition klingt.«

»Bei den Quelin gibt es so etwas nicht, oder?«

»Nein, gar nicht. Falls die Eltern sich geirrt haben, sagt man ihnen Bescheid, korrigiert seine Akte, und alle leben so weiter wie zuvor. Es ist nichts Besonderes. Niemand mietet eine Band. Schade eigentlich.«

»Nun, egal, welches Rezept ich für …« Ouloo atmete zitternd ein.

Roveg winkelte mitfühlend die Beine an. Auch er hatte einst dieses Zögern gespürt. »Schon gut«, sagte er. »Erzwing es.«

Ouloos Augen verengten sich, und sie schob den Kiefer vor. »Egal, welches Rezept ich für Tupo zubereite«, sagte sie wild entschlossen, »ihr seid alle drei eingeladen.«

»Das würde ich mir nie entgehen lassen«, sagte Roveg. Kaum waren die Worte über seine Lippen, kehrten sie zurück, um ihn zu ohrfeigen. O nein, er würde sich nicht die Party für das Kind entgehen lassen, dass er erst seit vier Tagen kannte. Sterne, nein, niemals würde er *das* verpassen.

Ouloo betrachtete ihn, während er finster vor sich hin grübelte. Sie nahm einen der Aal-Kräcker, drehte die Pfote um und hielt ihn Roveg hin.

»Die sind für dich«, sagte er.

Beharrlich schob sie ihre Pfote vor. »Keine Medizin«, sagte sie. »Nur für die Lebensgeister.«

Die beiden brauchten nicht lange, um das Tablett zu leeren.

PEI

Das Kind atmete, aber es rührte sich nicht. Die Farben auf dem Scannerbildschirm blieben unverändert. Nur die Pflegerin wechselte jede halbe Stunde – Pei, Speaker, Pei, Speaker. Die Stimmung im Shuttle war angespannt und gedrückt, und Pei wusste nicht recht, ob sie sich wünschen sollte, es möge schneller gehen, damit sie sich dem, was da kam, stellen konnte, oder ob sie lieber Stillstand wollte, bis ihnen eine bessere Lösung einfiel.

Da sie aber ohnehin keinen Einfluss darauf hatte, saß sie neben dem Krankenbett und beobachtete weiter den Bildschirm, auf dem sich nichts tat.

Speaker kam zurück, bevor sie wieder an der Reihe war. »Ich muss mal kurz in mein Shuttle«, sagte sie. »Mein Atemluftvorrat geht zur Neige, und ich brauche etwas zu essen.«

»Ach ja«, sagte Pei. Trotz der Allgegenwärtigkeit von Speakers Anzug hatte Pei bisher noch nicht über die praktischen Implikationen nachgedacht, die es mit sich brachte, wenn man den ganzen Tag darin steckte. »Ja, natürlich.« Die Akarak wollte gehen, aber jetzt kam endlich das heraus, was Pei schon seit Stunden auf der Seele lag. »Hey, ich möchte mich für die Szene im Garten entschuldigen. Es … tut mir leid, dass wir uns gestritten haben. Ich war betrunken.«

Speaker ließ den Anzug stehen bleiben und drehte sich zu Pei um. »Auf mich wirken Sie nicht wie jemand, der seine Meinung ändert, nur weil er betrunken ist.«

Damit lag sie zwar richtig, aber ihr Tonfall ließ Pei aufbrausen. »Ich habe gesagt, es tut mir leid, dass wir *gestritten* haben. Ich entschuldige mich nicht für meine Ansichten.«

»Ich auch nicht«, sagte Speaker.

»Sterne, kann ich …« Pei spürte, wie ihre Wangen violett anliefen, aber sie beherrschte sich und holte Luft. »Es tut mir leid, dass ich mich in Themen verbissen habe, über die Sie nicht sprechen wollten. Sie wollten nicht darüber reden, und ich … war unfähig, das zu merken. Und ich hätte es merken *müssen*, auch wenn ich nicht – na ja, es liegt ja auf der Hand, dass wir nicht einer Meinung sind.«

Speaker sah ihr direkt ins Gesicht, ohne zu blinzeln. »Ich halte Sie nicht für schlecht, Captain Tem. Nur wenige Leute sind wirklich von Grund auf schlecht. Und ich kenne Sie ja immer noch nicht. Ich kenne Sie nur etwas *besser*, nach allem, was ich in den letzten Stunden gesehen habe. Ich glaube, Sie meinen es gut. Ich glaube, Sie wollen anderen Leuten helfen, auch wenn wir sehr unterschiedliche Ansichten haben, was das bedeutete. Aber ich werde nicht so tun, als würde ich das, was Sie tun und wovon Sie ein Teil sind, für richtig halten. Ich kann Sie nicht ansehen und sagen: ›Na ja, als Person mag ich sie, also ignoriere ich mal, was für ein Leben sie führt.‹ Bei so einer Haltung ändert sich nie etwas. Wenn Sie jetzt also erwarten, dass ich mich ebenfalls entschuldige oder sogar meine Worte im Garten zurücknehme – das werde ich nicht tun. Ich habe die Wahrheit gesagt. Daran ändert auch der heutige Abend nichts.«

»Pei.«

Speaker blinzelte. »Wie bitte?«

»Du kannst Pei zu mir sagen«, sagte sie. »Das ist mein Name. So nennen mich meine Freunde.«

»Ich … verstehe nicht. Wir …«

Pei machte eine abwehrende Handbewegung. »Wir sind

keine Freundinnen. Ich weiß nicht mal, ob wir welche sein könnten. Ich schäme mich überhaupt nicht für meine Arbeit, und ich sehe sie ganz anders als du. Zu behaupten, dass ich nicht sauer war, wäre gelogen. Aber ich respektiere dich und deine Ehrlichkeit. Ich respektiere dich dafür, dass du Ansichten aussprichst, von denen du *weißt*, dass sie nicht gut ankommen – weil du daran glaubst. Und deshalb, und nach allem, was heute Abend passiert ist, wäre es merkwürdig, wenn du mich weiter wie eine Fremde anredest.«

»Was sind wir, wenn wir weder Fremde noch Freunde sind?«

»Ich habe keine Ahnung.«

Die Akarak dachte darüber nach. »Na schön«, sagte sie. »Pei.« Sie legte den Kopf schief. »Willst *du* dich vielleicht mal hinlegen, wenn ich wieder da bin? Ich kenne zwar deinen Schlafrhythmus nicht, aber vor allem wegen …« Sie machte eine ausladende Geste zu Peis schimmernden Schuppen hin.

Jetzt war an Pei, verwirrt zu sein. »Was ist damit?«

»Ich … Entschuldige, ich habe keine Ahnung, wie sich euer Fortpflanzungszyklus anfühlt«, sagte Speaker. »Bei meiner Spezies ist es jedenfalls normal, dass man müde ist, wenn man brütet.«

»Bei uns nicht. Wenn, dann bin ich eher ruhelos.«

»Verstehe«, sagte Speaker. »Freust du dich denn auf die Krippe? Auf das Paaren, oder wie auch immer das funktioniert?«

Pei hatte zwar ernst gemeint, was sie über ihren Respekt vor Ehrlichkeit gesagt hatte, aber Sterne, Speaker war wirklich unverblümt. »Dafür, dass wir keine Freundinnen sind, ist diese Frage ziemlich direkt.«

»Wenn du nicht weißt, was wir sind, woher willst du dann wissen, welche Fragen zu direkt sind?«

Eine unangenehme Antwort, aber Pei fiel keine Erwiderung ein, und sie war zu müde, um ihre Gedanken weiter für sich zu behalten. »Die Sache mit dem Paaren ist … schwierig für mich.«

»Wegen deines menschlichen Partners?«

»Nein, Sterne – verdammt, okay, genau das – genau das ist mein Problem.« Pei seufzte. »Ich kann es dir erklären, aber interessiert dich das denn?«

Speaker zuckte mit den Achseln. »Neugierig bin ich schon.«

Pei lachte kurz auf, ihre Wangen verfärbten sich grünlich. »Ich denke, das reicht mir.« Sie verschränkte die Arme vor der Brust und sammelte sich. »Wie viel weißt du über die Probleme, die meine Spezies mit solchen Beziehungen hat?«

»Im Grunde nichts, nur dass es ein Tabu ist.«

»Okay. Die Begründung geht so: Je mehr Zeit man mit einer anderen Spezies verbringt, desto mehr wird man kulturell von ihr beeinflusst. Normalerweise gilt das als positiv. Die meisten von uns würden es unterstützen. Aber wenn man diesen Einfluss auf romantische Beziehungen ausdehnt, wird befürchtet, dass man sich in diesem Bereich von den äluonischen Traditionen abwendet, was …«

»… was bedeuten würde, dass man nichts unternimmt, wenn man zu flimmern beginnt.«

»Das fasst es zusammen, ja.«

»Und … Verzeihung, aber wo liegt das Problem, wenn man nichts unternimmt?«

»Fortpflanzung ist nicht einfach für uns, und wir bekommen nur ein- oder zweimal im Leben die Gelegenheit dazu. Ein Flimmern, bei dem man nichts unternimmt, ist eine vergeudete Chance. Eigentlich sogar noch schlimmer. Irgendwie lässt man dadurch alle im Stich.« Pei hatte Schwierigkeiten beim Formulieren. Bisher hatte sie es noch nie mit Worten erklären müssen, und sie bekam die Feinheiten nicht richtig heraus. »Wenn man sein Flimmern verstreichen lässt, hat man versagt. Seiner Spezies gegenüber.«

Speaker dachte darüber nach. »Ist es wegen des Engpasses? Weil ihr beinahe ausgestorben wart?«

»Offen gestanden weiß ich es nicht. Wahrscheinlich, wenn ich darüber nachdenke. Inzwischen ist es fest in uns verankert. Es ist für uns selbstverständlich.«

»Okay, wenn das die Begründung ist, wieso solltet ihr euch noch Sorgen ums Bevölkerungswachstum machen? Ihr gehört zu den am meisten verbreiteten Spezies in der GU. Ihr seid *überall.*«

»Ja, aber darum geht es nicht. Es geht darum, dass es dieses Gesetz schon sehr, sehr lange gibt, und das … hat sich verfestigt. Es ist egal, dass es Milliarden von uns gibt, in Dutzenden von Sonnensystemen. Partnerschaften zwischen verschiedenen Spezies gehen einfach nicht. Zumindest sehen die meisten es so.«

»Ich habe mal auf Reskit zwei Äluoner getroffen, die zu einer Federfamilie gehörten. Du bist also auf keinen Fall die Einzige.«

»Nein, aber diese Leute leben in den Randzonen, und ich … nicht. Wenn die Leute, mit denen ich zusammenarbeite, dahinterkämen, würde das nicht gut für mich ausgehen.«

Speaker kniff die Augen zusammen. »Aber du hast doch gesagt, dein Problem mit dem Flimmern hätte nichts mit … Entschuldigung, wie hieß er noch gleich?«

»Ashby. Und ja, genau deswegen verstehe ich es verdammt noch mal nicht, weil er hier nämlich nicht das Problem ist. Bei den Menschen gibt es alle möglichen Missverständnisse in diesem Bereich, aber wir haben über das Flimmern geredet, sobald klar war, dass wir unser Arrangement fortsetzen wollten. Er versteht den Unterschied zwischen sozialem Sex und Sex zur Fortpflanzung – er versteht ihn wirklich. Seine

Pilotin ist eine Aandrisk, und sie sind dicke Freunde, er hatte also schon Berührung mit dem Konzept. Das ist natürlich nicht das Gleiche, aber …«

»Er ist aufgeschlossen. Und bereit, kulturelle Normen zu akzeptieren, die nicht seine sind.«

»Ja.«

»Es geht also nicht darum, dass du dich nicht mit jemand anderem paaren willst.«

»Nein. Überhaupt nicht. Und genau deshalb bin ich so wütend, weil ich weiß, dass es nur eine Frage der Zeit ist, bevor die Leute – meine Leute, meine ich – das mit ihm und mir herausfinden. Ich weiß es. Die Sache geht jetzt schon viel zu lange, und ich will ihn nicht verlieren. Die einzige Alternative ist deshalb Offenheit. Wenn ich also *keine* Krippe aufsuche, aber zu meinem *Menschenpartner* fliege, dann … Na ja, dann ist es egal, wieso ich nichts wegen meines Flimmerns unternehme. Dann bin ich genau das abschreckende Beispiel, um das es bei diesem Blödsinn geht, und das, obwohl Ashby gar nicht der Grund wäre.«

»Und was ist dann der Grund?«

»Ich weiß es nicht.« Pei rieb sich verzweifelt das Gesicht. »Eigentlich spricht nichts dagegen. Ich bin gesund. Ich bin offensichtlich in der Lage dazu. Alle meine Bekannten, die schon mal in einer Krippe waren, erzählen, dass es großartig ist. Ich könnte mehrere Tagzehnte einfach nur herumliegen und Sex haben. Ich mag Kinder. Ich bin gern mit Kindern zusammen. Wahrscheinlich hätte ich Spaß daran, meine eigenen zu besuchen. Ich habe einen verständnisvollen Partner und Freunde, die vor Freude ganz aus dem Häuschen wären, und … es gibt keinen Grund, es nicht zu tun.«

Speaker sah sie kurz an. »Natürlich gibt es einen Grund«, sagte sie. »Du willst nicht.«

»Das ist kein Grund. Das ist ein Gefühl. Gefühle müssen begründbar sein.«

»Seit wann denn das?«

»Alle Gefühle haben irgendeine Ursache. Selbst wenn man sie nicht sofort erkennen kann, sie lassen sich immer auf irgendetwas zurückführen. Wie das mit den Fischen. Ich habe panische Angst vor den Fischen, die auf Sohep Frie gefangen werden. Schon Videos mit Fischen machen mich kribbelig. Das war bei mir schon immer so, und ich wäre nie darauf gekommen, dass es dafür eine Ursache gibt, bis ich vor ein paar Standards einmal meine Väter besuchte, und irgendwie kamen wir auf meine Angst vor Fischen zu sprechen. Und mein Vater Gilen findet das … oje, es gibt für dieses Farbmuster keine Klip-Entsprechung. Traurig-lustig, oder so. Entschuldige, es ist schwierig, sich ein Gespräch in Farbensprache in Erinnerung zu rufen und es in Laute zu übersetzen.«

»Das kann ich mir vorstellen.«

»Jedenfalls sagte er, eines meiner älteren Geschwister hätte mir einmal erzählt, dass die Schwärme von Zitterfischen, die wir bei unseren Ausflügen ans Meer zu sehen bekamen, mich fressen wollten. Offenbar konnten mich meine Väter danach ewig nicht mehr dazu bewegen, wieder schwimmen zu gehen. Ich habe keinerlei Erinnerung daran, aber es hat sich mir wohl eingeprägt. Das hier ist ähnlich. Irgendwo in meinem Inneren gibt es einen Grund für meine Ablehnung. Ich habe ihn nur noch nicht gefunden.«

Speaker überlegte. »Ist dir klar, dass meine Beine untypisch für meine Spezies sind?«

»Ich … nein, eigentlich nicht. Tut mir leid.«

»Macht nichts. Genau deshalb frage ich ja. Es ist eine genetische Erkrankung. Im Vergleich zu normal gebauten Akaraks habe ich nur beschränkte Kontrolle über meine Beine.«

»Oh. Das tut mir leid.«

»Noch mal: Das muss dir nicht leidtun, genauso wenig wie mir.« Speaker veränderte ihre Sitzhaltung und klapperte mit dem Schnabel. »Vor zwei Standards legten Tracker und ich einen Zwischenstopp auf einem Markt ein. Ihre Lunge machte Probleme, also gingen wir zu einer Ärztin. Die Ärztin war eine Laru, und die Vorliebe dieser Spezies für Gentherapie ist dir ja sicher bekannt.«

»Ich habe schon davon gehört, ja.«

»Okay, die Ärztin behandelte Tracker also, und wir waren zwar nicht wegen mir dort, aber sie untersuchte auch mich, einfach so. Drei Tage später rief sie an und sagte, wissen Sie, nachdem Sie da waren, habe ich ein paar Simulationen laufen lassen, und ich könnte Ihnen ziemlich sicher neue Beine geben.«

»Ah, in einem Gencontainer oder so?«

»Ja. Im Prinzip würde sie mich in Stase versetzen, und ich würde die nächsten vier Tagzehnte in einem Genmanipulationsmodul verbringen – in einem Gencontainer, wie du es nennst – und anschließend mit neuen Beinen aufwachen. Ich müsste erst wieder lernen, sie zu gebrauchen, aber ich hätte keine Schmerzen. Und ich hätte keinerlei Erinnerung an das, was während meiner Bewusstlosigkeit passiert wäre. Sie erklärte mir alles und sagte, Tracker könnte die ganze Zeit bei mir bleiben. Sie hatte Tracker geholfen, und ich vertraute ihr. Ich mochte sie. Das sage ich nicht immer, wenn es um Ärzte geht. Aber ihre Vorschläge klangen seriös und durchdacht.«

»Aber du hast es nicht gemacht.«

»Nein.«

»Wieso nicht?«

»Weil ich nicht wollte«, sagte Speaker schlicht.

»Aber warum denn nicht?«

»Weil *ich nicht wollte.* Und bei dem eigenen Körper reicht das als Begründung. Es ist egal, ob es um zwei neue Beine geht oder um die Art, sich die Krallen zu schneiden, oder –« Sie warf Pei einen durchdringenden Blick zu – »um die Frage, was man mit seinem Ei anstellen will. Ich wollte es nicht. Du willst es nicht. Das genügt.«

»Aber …«, fing Pei an.

Speaker beugte sich vor. »Das. Genügt. Vollkommen.«

Pei runzelte die Stirn, ihre Farben wirbelten unruhig. Innerlich rebellierte sie gegen das, was Speaker ihr sagen wollte. Speaker begriff einfach nicht, dachte Pei, dass man sich zwar den ganzen Tag über kulturelle Unterschiede unterhalten konnte, aber trotzdem immer ein paar Leerstellen blieben. Dennoch, ein Teil von ihr war angetan von dem Standpunkt der Akarak und bettelte die restliche Pei an, sich anzuschließen. Das verärgerte sie, und ihre Wangen liefen rot an. »Wieso führst du überhaupt dieses Gespräch mit mir?«

»Weil es interessant ist«, sagte Speaker. »Und ich glaube, dass du es nötig hattest.« Sie reckte den Hals und wiegte den Kopf hin und her. »Und da wir gerade von *nötig* sprechen – jetzt muss ich mal für mich sorgen. Ich hoffe, dass ich nicht länger als eine halbe Stunde brauchen werde.«

Speaker entfernte sich scheppernd und ließ Pei mit dem Monitor, dem bewusstlosen Laru-Kind und mehr als genug Stoff zum Nachdenken zurück. Tupo atmete heftig aus, wie ser es von Zeit zu Zeit tat. Das Geräusch hatte nichts zu bedeuten, aber Peis Implantat interpretierte es als Trauer und Ungeduld, die nonverbale Beschwerde von jemandem, der endlich weiterkommen wollte.

Ja, Kleines, vermittelte sie ihm in Farbensprache. *Das Gefühl kenne ich.*

SPEAKER

Sie musste sich um sich selbst kümmern, aber sie musste sich beeilen. An Bord von Capt– von Peis Shuttle gab es seit Stunden keine Änderung, und das beunruhigte Speaker hinsichtlich ihrer Pause. Sie war zwar alles andere als abergläubisch, aber ihre Abwesenheit erschien ihr genau wie die Zeit, in der womöglich etwas passieren würde. Und wenn eine Änderung eintrat, wollte sie unbedingt anwesend sein.

Sie verließ ihr Cockpit und dehnte erleichtert die Muskeln. Sie hatte sich den Anzug zwar so gemütlich wie möglich gemacht, aber Sterne, es war immer ein gutes Gefühl, dort herauszukommen.

Das gute Gefühl schwand, als sie den ruinierten Kuchen auf dem Fußboden sah, dessen fluffiges Topping in sich zusammengefallen war. Der Anblick ging ihr zwar gegen den Strich, aber das Putzen würde warten müssen. Sie legte einen Handgelenk-Haken um die nächste Stange und schwang sich entschlossen vorwärts. Toilette. Essen. Luft. Das war der Plan.

Sobald sie den ersten Punkt erledigt hatte, machte sie sich auf den Weg zur Küche, die den Namen kaum verdiente. Eigentlich war es nur eine Nische, mit Vorrats-Hängematten und einem Brett an der Wand, auf dem ein Topf und ein Wassertank standen. Ziemlich unscheinbar, aber Speaker war das viel lieber als das, was zum Teufel auf dem äluonischen Schiff vor sich ging. Hier konnte man wenigstens erkennen, wo die Türen waren.

Sie griff nach einer der dehydrierten Fertigmahlzeiten, von denen sie sich die letzten vier Tage ernährt hatte – Hakenbohnenpüree, das sich als ziemlich gut entpuppt hatte. Zwar lange nicht so gut wie das Hakenbohnenpüree ihrer Mutter, aber es schmeckte, machte satt und erinnerte sie an zu Hause. Sie wollte das Päckchen aufreißen, hielt dann jedoch inne. Sie würde das Püree natürlich kochen müssen, das dauerte zehn Minuten, und danach musste sie es abkühlen lassen – und es war kein Essen, das man in drei Bissen hinunterschlang. Sie erwog, sich ersatzweise einen Armvoll Proteinriegel zu holen, um einen gleich zu essen und die anderen mitzunehmen. Aber Speaker war am Verhungern. Sie hatte nicht nur mehrere Stunden außerhalb ihres Schiffes verbracht, sondern den Anzug auch Dinge tun lassen, die Neuland für sie waren. Gegenstände hochheben und Werkzeuge benutzen? Klar. Aber *Leute* hochheben und medizinische Geräte benutzen hatte bisher noch nicht auf ihrer To-do-Liste gestanden, und es hatte ziemlich viel Konzentration erfordert, sich dabei nicht ungeschickt anzustellen. Sie riss die Packung mit der Fertigmahlzeit auf, kippte den verschrumpelten Inhalt in den Topf und gab etwas Wasser dazu. Ja, das Kochen würde dauern, aber sie musste essen. Wenn ihr Gehirn keine Nahrung bekam, war sie niemandem eine Hilfe. Während der Garzeit ließ sie sich an ihren Handgelenk-Haken baumeln, damit die Schwerkraft die Steifheit aus ihren Gliedern vertrieb. Sie schloss die Augen und dachte an gar nichts.

Zehn Minuten später piepste der Timer. Vorsichtig schöpfte sie das kochend heiße Essen in die Schüssel und hatte es gerade geschafft, ohne dass etwas danebenging, als von der Comm-Konsole ein Signal erklang. Ein Anruf.

»Sterne«, murmelte sie, und ein Klecks Sauce landete auf dem Fußboden. Natürlich. War ja klar, dass genau jetzt etwas passieren musste. Sie hätte sich einfach die Proteinriegel nehmen und auf direktem Weg zurückkehren sollen. Sie machte eine Geste zu der Konsole hin, um den Anruf anzunehmen. »Bin gleich wieder da«, sagte sie laut und kippte das Püree in den Topf zurück. Sie würde es sich später aufwärmen. »Ist alles …«

»Speaker? *Irek ie?*«

Speaker erstarrte, ihr war zumute, als hätte Gora aufgehört, sich zu drehen. Das war nicht Roveg, und auch nicht Ouloo.

Es war Tracker.

Speaker war so schnell wieder in ihrem Shuttle-Cockpit, dass sie den Weg dorthin kaum wahrnahm. Aber oh, oh, da war sie – da war Tracker, auf dem Bildschirm, quicklebendig und wunderschön. Speaker nahm nicht in der Hängematte Platz. Sie kletterte auf direktem Weg zur Konsole und umfasste den Bildschirm mit beiden Händen. Sie fühlte sich, als würde sie auf einmal nur noch die Hälfte wiegen. »Geht es dir gut?«, rief sie auf Ihreet. Sie redete zu laut. Es war ihr egal.

»Ich – ja, ja, natürlich, es geht mir …« Tracker verhaspelte sich. »Geht es dir denn gut?«

»Ja, bei mir ist alles bestens«, sagte Speaker schnell, »aber bist du denn gesund? Hast du deine Medikamente genommen?«

»Meine … was?«, fragte Tracker. Ihre Stimme klang laut, ungläubig. »Wen interessiert das?«

»Ich – mich interessiert das! Du hattest so einen schlechten Tag, als ich gegangen bin, und …«

»Speaker, du sitzt da unten auf einem Planeten fest. *Allein! Seit Tagen schon*! Und du fragst mich nach meinen Medikamenten, verdammt?«

Die Schwestern starrten einander an, während ihnen gleichzeitig klarwurde, dass keine von ihnen in Betracht gezogen hatte, wie sehr die andere sich sorgte. Vor lauter Verwirrung und Erschöpfung taten sie das einzig Sinnvolle:

Sie lachten.

»Und, hast du?«, fragte Speaker, die Hand an der Stirn. »Hast du deine Medikamente genommen?«

»Ja, Liebes. Ich habe sie genommen. Es geht mir gut. Ich hatte schon ganz vergessen, dass ich einen schlechten Tag hatte. Es kommt mir vor, als wäre das mehrere Standards her. Geht es dir …«

»Es geht mir gut. Wirklich.«

»Hast du genug zu essen bekommen? Ich konnte mich nicht mehr erinnern, wann wir zum letzten Mal eingekauft haben.«

»Ja, ich bin versorgt, keine Angst.«

»Und ist der Planet freundlich?«

»Ja, auf jeden Fall. Ich hatte keinerlei Schwierigkeiten.«

»Scheiße.« Tracker rieb sich den Kopf, als wollte sie Kopfschmerzen wegmassieren. »Ich habe mir die ganze Zeit vorgestellt, dass … keine Ahnung, dass ein paar fiese Aliens das Shuttle kaputt machen oder dir weh tun, oder … Mir ist klar, dass das bescheuert klingt, aber Sterne, ich hatte solche Angst.«

»Das ist nicht bescheuert«, sagte Speaker. Sie legte die Finger auf Trackers Gesicht, als könnte sie so die ersehnte Nähe herstellen. »Ich habe mir vorgestellt …« Sie schloss die Augen. »Das sage ich dir lieber nicht.«

Tracker klapperte beruhigend mit dem Schnabel, so wie sie es tat, wenn Speaker aus einem Albtraum erwachte oder einen schweren Tag gehabt hatte. »Es geht uns gut.«

»Ja«, sagte Speaker. Sie presste fest die Hand auf den Bildschirm. »Es geht uns gut.« Sie hielt inne, als ihr einfiel, wieso sie zum Shuttle zurückgekehrt war. »Aber hier gibt es jemanden, dem es nicht gutgeht. Ich …« Sterne, wo sollte sie nur anfangen, um das Wer, das Was und das Wie zusammenzufassen? »Ich habe jetzt keine Zeit für Erklärungen. Wir haben hier einen Notfall bei einem Kind. Einen medizinischen Notfall. Ich muss zurück, ich wollte nur schnell etwas essen.«

»Ach herrje. Okay. Was …«

Speakers Augen weiteten sich, sie unterbrach Tracker. »Du hast eine Comm-Verbindung. Tracker, du hast eine *Comm-Verbindung.*«

»Na ja, ich … oh. Klar, das kannst du ja nicht wissen. Mit den Comms hier oben ist alles in Ordnung, wir haben nur keine Verbindung mit dem Planeten zustande bekommen. Das Funknetz ist katastrophal, seit die Not-Satelliten oben sind, aber ich habe ein paar Kleinigkeiten angepasst und es irgendwann geschafft.«

Noch nie hatte Speaker sich so sehr danach gesehnt, den brillanten Kopf ihrer Schwester zu knuddeln. »Du kannst Verbindung zum TB-Orbiter aufnehmen?«

»Äh, ja, natürlich, ich …«

»Bitte alarmier den Notdienst. Wir haben kein Funksignal durchbekommen.«

Tracker machte sich sofort an die Arbeit und gab auf ihrer Konsole Befehle ein. »Sterne, du willst, dass ich Klip spreche. Worum geht es genau?«

»Ein Laru-Kind. Siebzehn Jahre alt. Ist nach Sauerstoffmangel in *olotohen* gefallen …«

»Es ist in *was* gefallen?«

»Das ist eine Art Koma.«

»Verdammt, du glaubst doch nicht ernsthaft, dass ich das Klip-Wort für Koma kenne? Oder für Sauerstoffmangel?«

»Sag einfach, wir haben hier ein Laru-Kind, das einen Arzt braucht, und gib ihnen die Koordinaten. Kannst du das?«

»Äh … Ja, ich denke schon. *Laru* und *braucht einen Arzt* kann ich jedenfalls sagen. Was heißt *Kind* auf Klip?«

»Breggan.«

»Breggan«, wiederholte Tracker mit ihrem starken Akzent. »Puh. Na schön, geh und mach dich nützlich, ich setze den Funkruf ab.«

»Tracker?«

»Ja?«

Speaker sah ihre Schwester eindringlich an. »Ich vermisse dich so sehr.«

»Ich vermisse dich auch. Und auch wenn das jetzt gemein klingt – ich bin so froh, dass ich den Funkruf nicht wegen dir absetzen muss.« Sie wedelte mit der Hand. »Na los, geh schon. Ich erledige das.«

Der Bildschirm wurde schwarz, und Speaker lief zurück zur Luftschleuse. Im Vorbeilaufen griff sie sich noch einen Armvoll Proteinriegel.

PEI

Die Ärztin brauchte eine Stunde, bis sie endlich eintraf, aber es war offensichtlich, dass sie sich beeilt hatte, so sehr sie konnte. Ihr Raumboot kam durch die unbewohnte Wüste angebraust und war kaum zum Stillstand gekommen, als auch schon die einzige menschliche Insassin heraussprang und zur Luftschleuse eilte. In ihrem Raumanzug, den Arztkoffer in der Hand, lief sie zu Pei hinauf, die sie außerhalb des Shuttles erwartete. Die Ärztin nahm den Helm ab, und vor Pei stand eine zierliche junge Frau, die ihr schwarzes Haar an den Seiten rasiert und die Ohren voller Piercings hatte. Ihr Gesicht war freundlich, aber ihre Augen verrieten, dass sie nicht in der Stimmung für Geplänkel war.

»Ich bin Dr. Miriyam«, sagte die Menschenfrau. »Wo ist der Patient?«

Die Worte trafen auf Peis Implantat, und das Herz ging ihr auf, als sie die harten, klaren Konsonanten des exodanischen Akzents wahrnahm. Ashbys Akzent. »Kommen Sie«, sagte Pei und führte die Ärztin hinein.

Dr. Miriyam folgte ihr. »Sind Sie der Vormund des Kindes?«, fragte sie.

»Nein, ich bin nur … eine Freundin.« Sie eilte durch den Gang, wo die anderen als ängstliche Traube versammelt waren.

»Ah«, sagte die Ärztin, als sie Ouloo sah. »Sie müssen die …«

»Ich bin Ouloo«, sagte die Laru, das Fell gebauscht. »Ich bin Tupos Mutter.«

»Tupo, ich verstehe. Ich bin Dr. Miriyam.« Die Ärztin griff in ihre Gürteltasche und zog ein Bündel aus mehreren Karten heraus. »Hier sind meine Zulassungen, falls Sie sich überzeugen möchten.«

Ouloo war verwirrt. »Oh – die muss ich mir nicht alle ansehen. Ich vertraue Ihnen.«

Dr. Miriyam schwieg kurz. »Oh.« Sie blickte kurz auf die Karten und steckte sie dann wieder in ihre Tasche. Sie schien ein wenig überrascht zu sein. »Sonst fragen die Leute immer.«

»Das kann ich mir vorstellen«, sagte Speaker.

»Hmm«, sagte Dr. Miriyam und warf ihr einen wissenden Blick zu. »Ja, das glaube ich gern. Okay, wo ist …« Sie schaute nach links, erblickte die Tür zum Krankenzimmer und ging hinein. »Ach herrje. Hallo, Tupo. Dann wollen wir mal.« Sie verschwendete keine Zeit mit einer Untersuchung ihres Patienten. Ouloo folgte ihr ins Zimmer; die anderen blieben vor der Tür stehen. »Wie lange befindet ser sich schon im *olotohen*?«, fragte die Ärztin.

»Sechs Stunden vielleicht«, sagte Pei. »Wir wissen nicht genau, wann es passiert ist, aber viel länger kann es nicht her sein.«

»Okay. Und was war der Auslöser?«

»Ser hat mein Schiff ohne Anzug betreten«, sagte Speaker.

Dr. Miriyam schien genau zu wissen, was das bedeutete, denn sie drehte sich verblüfft zu der Akarak um. »Ohne Anzug? Wieso?«

»Ich glaube, ser … ser wollte mir Kuchen bringen.«

Die Ärztin blinzelte wiederholt und schüttelte dann den Kopf. »Kinder, Kinder, Kinder«, seufzte sie. »Okay! Wir haben es hier mit einem schweren Sauerstoffmangel zu tun, der … « Sie bemerkte die Atemmaske, die aus dem mit Dichtungsmasse verfilzten Fell herauslugte. »Was soll das denn?«

»Ich musste die Maske festkleben«, sagte Speaker. »Ohne richtige Abdichtung kam kein Luftaustausch zustande. Es sieht schlimm aus, ich weiß, aber … «

Dr. Miriyam betrachtete Speakers Werk. »Nein, das ist hervorragend«, sagte sie. »Wirklich. Kinder wie Tupo können zwar die ersten Stunden ohne Atmung überleben, aber wahrscheinlich haben Sie uns etwas Zeit verschafft, als Sie sire Nase geöffnet und sir Blut mit Sauerstoff angereichert haben. Das ist großartig.«

Ouloo stand auf zwei Beinen am Fußende des Krankenbetts, Tupos Hinterpfoten in ihren Vorderpfoten. »Wird ser wieder gesund?«

»Wahrscheinlich, wenn wir hier tatsächlich über sechs Stunden reden, aber bevor ich mir sicher bin, muss ich erst einiges überprüfen.« Sie sah sich zwischen den Möbeln um. »Ist das da … ein Stuhl?«

»Das ist ein Stuhl«, sagte Pei.

»Wenn Sie das sagen.« Die Ärztin öffnete ihren Raumanzug, stieg heraus, schleuderte ihn in eine Ecke und nahm Platz. Es schien sie ein wenig zu verstören, als der Stuhl sich um ihr Gesäß herumformte. »Eigenartig«, sagte sie ausdruckslos und zog den Botscanner zu sich heran. Sie betrachtete die Farben, die ihr auf dem Bildschirm entgegenwirbelten. »Okay. Ich nehme wohl lieber meinen.« Sie öffnete ihren Arztkoffer und zog mehrere Geräte heraus. »Gab es auf den Scans der letzten Stunden irgendwelche Auffälligkeiten?«

»Wir haben keine gesehen«, sagte Speaker. »Aber ganz sicher sind wir uns nicht.«

»Keine von uns ist da Expertin«, sagte Pei.

»Nun, ihn im Auge zu behalten war richtig.« Dr. Miriyam

drückt ihren Scanner auf Tupos Implantat, gab eine Reihe von Befehlen ein und studierte aufmerksam die Ergebnisse. Ouloo rieb nervös ihre Zehenballen auf Tupos Fell hin und her. Ihr Atem ging flach und stoßweise.

Roveg tippte Pei mit einem Bein auf die Schulter. »Darf ich, Captain?«, bat er darum, eintreten zu dürfen. Pei ließ ihn vorbei, und Roveg stellte sich hinter Ouloo. Sanft legte er seine Brustbeine um ihre Schultern und ihren Oberkörper, hielt sie ganz fest, ließ sie wissen, dass er da war. »Alles wird gut«, sagte er leise. »Die Ärztin ist hier.«

Ouloo atmete tief ein und wippte zustimmend mit dem Hals. Mit einer Pfote griff sie nach ihrer Schulter und tätschelte Rovegs Zehen.

Dr. Miriyam sah von ihrem Scanner auf und nickte, und Pei wusste, dass die Geste Hoffnung ausdrückte. »Okay«, sagte die Ärztin. Sie sah zu Ouloo auf, ihr Gesicht war ernst, aber freundlich. »Sobald ser wach ist, muss ich sihn noch eingehend untersuchen, aber bisher sieht es gut aus.«

»Oh«, japste Ouloo. »Oh, das ist … oh, gut.«

»Er ist noch nicht über den Berg«, warnte Dr. Miriyam. »Aber was ich jetzt mache, wird nicht lange dauern. Ich werde die Hirnfunktionen mit Hilfe sirer Immunobots wieder in Gang bringen. Nach meiner Einschätzung nach ist das Komplikationsrisiko gering. Aber … Sie wollen vielleicht lieber nicht dabei sein.«

»Wieso nicht?«, fragte Ouloo.

Dr. Miriyam presste die Lippen zusammen. »Wahrscheinlich wird ser zu zucken beginnen. Kann sein, dass ser um sich schlägt, irgendwelche Laute ausstößt.«

»Ist das schmerzhaft?«

»Mmm, schwer zu sagen. Wahrscheinlich tut es schon weh, aber ser wird entweder nicht ausreichend bei Bewusstsein sein, um es zu spüren, oder sich hinterher nicht daran erinnern. Allerdings sieht es auf jeden Fall … verstörend aus. Wenn Sie also so lange hinausgehen möchten …«

»Den Teufel werde ich tun«, schnaubte Ouloo. Sie sah sich zu Roveg um. »Bleibst du auch hier?«

»Ja, natürlich«, sagte er und drückte ihr die Schultern.

»Wir bleiben alle hier«, sagte Speaker.

»Danke«, sagte Ouloo leise.

Dr. Miriyam sah sich um, sie war immer noch dabei, ihre Umgebung zu verarbeiten. »Haben Sie einen Eimer? Oder eine große Schüssel oder etwas Ähnliches?«

Pei war nicht erpicht auf das, was sich da andeutete. »Ich glaube schon, wieso?«

Die Ärztin verzog entschuldigend das Gesicht. »Unser Kleines hier wird wahrscheinlich, äh, seinen Mageninhalt von sich geben, wenn es aufwacht.«

»Im Frachtraum habe ich einen Eimer gesehen«, sagte Speaker. »Ich hole ihn.« Sie ließ ihren Anzug durch den Gang gehen.

»Und da wir gerade davon sprechen«, sagte Dr. Miriyam, »wir sollten vorher die Maske abnehmen. Wir wollen sihm ja nicht weh tun, falls ser plötzlich aufwacht.« Sie wühlte in ihrer Tasche und holte eine seltsam geformte Schere heraus, dann drehte sie sich zum Rest der Gruppe um und deutete auf Peis Hände. »Meinen Sie, Sie kommen damit zurecht?«

»Vielleicht«, sagte Pei. Sie ergriff die Schere, die nicht für vier, sondern für fünf Finger gemacht war, stellte jedoch fest, dass sie damit umgehen konnte (ein wenig unbeholfen, aber immerhin).

»Können Sie die Maske übernehmen, während ich die Behandlung vorbereite?«

»Natürlich.« Pei drückte sich an ihr vorbei und beugte sich

über Tupos leblosen, schlaffen Kopf. »Tut mir leid, Schätzchen«, sagte sie, während sie begann, ganze Fellbüschel wegzuschneiden und die dunkle Haut darunter freizulegen.

»Haben Sie das denn schon einmal gemacht?«, fragte Ouloo.

Dr. Miriyam unterbrach kurz die Eingabe der Immunobotbefehle. »In den Sims ja«, sagte sie frei heraus. »Aber das hier wird mein erstes Mal bei einem richtigen Patienten sein. Ich kann nicht behaupten, dass ich schon einmal wegen *olotohen* gerufen wurde.«

Das letzte bisschen Gelassenheit, dass Ouloo sich mühsam bewahrt hatte, war sichtlich dahin. Sie gab zwar keinen Laut von sich, aber ihr ganzer Körper verkrampfte sich.

Rovegs Augen drehten sich in ihren harten Höhlen. »Dr. Miriyam, nur aus Neugier, an welchen Sims haben Sie geübt?«

»Sie meinen den Namen?«

»Ja.«

»*Medizinische Fallstudien für GU-Mediziner.* Version 8, glaube ich.«

»Ah!«, sagte Roveg. Er tätschelte Ouloo die Schultern und beugte sich zu ihr vor. »Ich kenne die Leiterin der Produktionsabteilung. Eine reizende Aandrisk-Frau. Ihr Team hat in der Branche einen hervorragenden Ruf. Meines Wissens sind ihre medizinischen Sims praktisch nicht von der Realität zu unterscheiden.«

Das Fell um Ouloos Ohren wurde um eine Winzigkeit glatter. »Es tut mir leid, Dr. Miriyam, ich bin einfach nur …«

»Schon gut«, sagte die Menschenfrau. »Mir ist klar, wie schlimm der heutige Abend für Sie war. Aber jetzt haben wir es bald geschafft.« Sie gab einen weiteren Befehl ein und lehnte sich zurück. »Okay, das muss jetzt noch schnell kompiliert werden, dann kann es losgehen. Wie weit sind Sie mit der Maske?« Sie erhob sich, um nachzusehen. »Sehr schön. Gute Arbeit. Soll ich weitermachen?«

»Wenn es Ihnen nichts ausmacht«, sagte Pei, legte die Schere hin und schüttelte ihre verkrampfte Hand.

Dr. Miriyam krempelte die Ärmel hoch und fing an. Pei bemerkte ein kunstvolles weißes Tattoo an der Innenseite ihres Unterarms, das sich von ihrer braunen Haut abhob. Es war ein exodanisches Wohnschiff, um das sich ein Satz in Ensk-Sprache wand. Überwiegend konnte sie nichts damit anfangen, aber da war das Wort für *fliegen* und … für *Tod*? Nein, nicht *Tod* – zu dem Wort gehörte noch etwas, das sie nicht entziffern konnte. Sterne, sie musste unbedingt mehr Ensk-Vokabeln lernen.

»Wie heißt Ihr Wohnschiff?«, fragte Pei.

»Hmm? Oh«, sagte Dr. Miriyam und warf einen Blick auf ihren Arm. »Sie wissen also, was das ist.«

»Ja.«

Die Ärztin lächelte, während sie weiter arbeitete. »Ich bin von der *Ratri*.«

Pei lächelte blau. Dieser Name war ihr vertraut. »Ich habe einen Freund auf der *Asteria*.«

Die Exodanerin warf ihr einen kurzen Blick zu und lächelte ironisch. »Wir haben die bessere Wasserballmannschaft.«

In das Blau auf Peis Wangen mischten sich grüne Sprenkel. »Da würde er Ihnen wohl widersprechen.«

»Nun, er würde den Kürzeren ziehen, genau wie seine Mannschaft, wenn sie unter Druck steht.« Die Ärztin schnitt eine letzte Strähne durch und nahm die Maske ab. »Tut mir leid, Tupo, aber es wird wieder nachwachsen.« Pei war ganz ihrer Meinung; um die Nase des Kindes war jetzt ein breiter Rand stoppeliger Haut zu sehen. Es sah aus, als hätte Tupo sein Gesicht in eine Heckenschere gehalten.

Speaker kam zurück ins Zimmer, einen Eimer in den Anzughänden. »Ist der in Ordnung?«

Dr. Miriyam nahm den Eimer und nickte kurz. »Der ist in Ordnung.« Sie stellte den Eimer neben das Bett und drehte sich dann zu dem Botscanner um. »Okay. Los geht's.« Sie sah Ouloo an. »Sind *Sie* denn bereit?«

Ouloo wippte heftig mit dem Hals. Roveg blieb hinter ihr stehen und hielt sie mit seinen vielen Beinen fest.

»Also dann«, sagte Dr. Miriyam und atmete aus. »Neurale Stimulation in drei … zwei … eins.«

Die Ärztin hatte recht gehabt: Tupo begann zu zucken, und es sah wirklich verstörend aus. Das Kind wirkte wie ein kaputter Bot oder eine Gestalt aus einem Horrorfilm. Die Bewegungen wirkten leblos, ohne Absicht und ohne Ziel. Pei hatte Tupo nur selten in Ruhe erlebt, aber das hier war nicht das Junge, das seine Pfoten keine zehn Sekunden am Boden lassen konnte. Es war kein albernes Kind, das zu viel Zucker gegessen hatte. Das hier war ein Monster, eine Marionette, ein fehlgeschlagenes Experiment.

»Oh, ich kann nicht«, keuchte Ouloo. Sie blieb, wo sie war, schwenkte jedoch den Kopf herum, um das Gesicht an Rovegs Panzer zu vergraben. »Ich dachte, ich könnte es, aber es geht nicht.«

»Keine Sorge«, sagte Dr. Miriyam, die zwischen dem Patienten und dem Scanner-Bildschirm hin und her blickte. »Ich weiß, dass es schwer ist, aber mit Tupo ist alles in Ordnung. Nur noch ein paar Minuten.«

Roveg drehte den Kopf zur Decke, weil er ebenfalls nicht hinsehen wollte. Auch Pei wandte unwillkürlich den Blick ab. Sie hatte schon Schlimmes erlebt, aber das hier ging ihr trotzdem noch unter die Schuppen. Doch als sie den Blick vom Krankenbett löste, bemerkte sie Speaker. Die Akarak wirkte angespannt, aber sie hatte sich nicht abgewandt. Sie beobachtete das grässliche Schauspiel aufmerksam, ihr Schnabel bewegte sich. Die gemurmelten Worte waren zu leise, als dass Peis Implantat sie hätte auffangen können.

Was es dagegen auffing, war das plötzliche, rasselnde Keuchen, das aus Tupos Kehle drang. Unvermittelt öffneten sich die Augen des Kindes, und sein ganzer Körper bog sich durch.

Dr. Miriyam packte Tupos Arme, damit ser nicht vom Tisch fiel. »Nehmen Sie den Kopf«, befahl sie Pei.

Pei kam der Aufforderung nach und umfasste Tupos Kopf fest mit beiden Händen. Sie hatte das schon früher getan – wenn auch nicht mit einem so flauschigen Kopf oder einem so langen Hals.

Tupos Anfall hörte fast so schnell auf, wie er begonnen hatte, und ser blickte sich wild in dem unbekannten Raum um. »Was …«, krächzte ser. Die Frage blieb unvollendet. So fremd sir Gesicht auch aussah, der verängstigte, panische Ausdruck war für jeden verständlich, der einen Magen besaß.

In Anbetracht der Umstände hätte es Pei nichts ausgemacht, den Fußboden zu säubern, aber sie war dennoch froh über den Eimer.

Sobald Tupo fertig war, fiel ser keuchend auf das Krankenbett zurück. Die anderen hielten den Atem an. Endlich beruhigte sich das Kind, leckte sich die Mundwinkel und hob mühsam den Kopf.

»Mom?«, rief es mit zittriger Stimme.

Ouloo stieß einen langen, gurrenden Wehlaut aus. Roveg ließ sie los, und im Bruchteil einer Sekunde war sie bei Tupo auf dem Bett, schlang alle ihre langen Gliedmaßen um ihr Kind und brabbelte allerlei Unverständliches auf Piloom.

»Das …« Dr. Miriyam wollte Einspruch gegen die heftige

Umarmung erheben, aber dann hielt sie inne, schaute zu dem Scanner und lehnte sich zurück. »Doch, das ist in Ordnung.« Sie lächelte in sich hinein und nickte.

Pei legte der Ärztin die Hand auf die Schulter. »Ziemlich gut für das erste Mal«, sagte sie.

Dr. Miriyam lachte kurz auf. »Ja«, sagte sie. »Ziemlich gut.«

»Danke«, sagte Speaker. Respektvoll neigte sie nach Menschenart den Kopf.

Roveg stieß geräuschvoll Luft durch seine Atemlöcher aus. »Sterne und Feuer«, sagte er. »O verdammt, das war schlimm, oder? Ich muss mal an die frische Luft, wenn ihr nichts dagegen habt.« Er verließ das Zimmer und stieß Laute aus, die zugleich Erleichterung und Erschöpfung zum Ausdruck brachten.

Auf dem Bett streichelte Ouloo Tupo, als würde sonst die Welt untergehen. Tupo sah verwirrt und völlig erledigt aus, aber nach ein paar Sekunden trat Besorgnis auf sein Gesicht, so als würden sich entscheidende Puzzleteile der Geschehnisse zusammenfügen. »Mom?«, sagte ser langsam.

»Ja, Tupo?«, fragte Ouloo auf Klip.

Tupo nagte an sirer Lippe. »Bitte sei nicht böse, aber ich glaube … ich glaube, ich habe etwas richtig Dummes gemacht.«

Ouloo brach in Gelächter aus. »Oh, das hast du, mein Liebling«, gackerte sie. »Das hast du wirklich.« Sie rieb ihre Stirn an der ihres Kindes. »Aber ich bin nicht böse. Überhaupt nicht.«

TAG 240, GU-STANDARD 307

GRÜNES LICHT

EMPFANGENE NACHRICHT

VERSCHLÜSSELUNG: 0

VON: GU-Transitbehörde – Gora-System (Pfad: 487–45411–479–4)

AN: Ooli Oht Ouloo (Pfad: 5787–598–66)

BETREFF: WICHTIGES UPDATE

Es folgt eine wichtige Nachricht vom Bereitschaftsteam des Orbiters der GU-Transitbehörde, Abteilung regionales Management (Gora-System). Die Comm-Satellitenflotte hat zwar den Betrieb aufgenommen, aber die regulären Ansible- und Linking-Verbindungen stehen noch nicht zur Verfügung. Bis alle Verbindungen wiederhergestellt sind, werden wir weiter über das Notfall-Netzwerk mit Ihnen kommunizieren. Bitte bleiben Sie mit Ihren Scriben weiter auf diesem Kanal.

Bitte lesen Sie diese Nachricht vollständig.

Wir freuen uns, Ihnen mitteilen zu können, dass wir über Goras besiedelten Regionen wieder sichere Start- und Landebedingungen herstellen konnten. Die Aufräumaktionen werden zwar noch einige Tage andauern, aber der Luftraum über allen Regionen (Norden und Süden) entspricht nun wieder unseren Ansprüchen für einen normalen Flugverkehr.
Wir werden die Inhaber aller Schiffe kontaktieren, um Ihnen auf der Basis Ihrer aktuellen Reisepläne einen neuen Platz in der Warteschlange zuweisen zu können. Falls alle Betroffenen die vorübergehenden Regelungen einhalten, sind wir zuversichtlich, dass bis heute Abend (240/307) wieder alle unterwegs sind.
Wir danken Ihnen für Ihre Geduld und Ihre Kooperation.

ALLE

Roveg hatte keine Ahnung, wie sein Schiff in nur fünf Tagen derart in Unordnung hatte geraten können, aber irgendwie war es ihm gelungen. Geschäftig lief er in seinem Projektionsraum umher und hob mit sämtlichen Brustbeinen zugleich leere Tassen, Kisten und Sim-Ausrüstung auf. Normalerweise hielt er seine Besitztümer in Ordnung, aber dafür fehlten ihm im Moment die Nerven. Alles, was er einsammelte, kam kurzerhand in einen Schrank und wurde für den Start mit Gurten gesichert, ohne Rücksicht darauf, was es war. Er konnte richtig aufräumen, wenn er unterwegs war. So hatte er eine Beschäftigung, die ihn von seinen Sorgen ablenkte.

Die Wand-Vox ging an. »Da ist ein Anruf für dich, von der Gastgeberin auf diesem Planeten«, sagte Freund.

»Danke, Freund«, sagte Roveg. »Bitte stell sie durch.«

Eine Pause entstand, während die Verbindung aufgebaut wurde. »Hallo, Roveg«, sagte eine heisere Stimme. »Ich bin's, Tupo.«

»Tupo, mein Freund!«, sagte Roveg. »Wie schön, dass du wieder auf den Beinen bist. Wie fühlst du dich?«

»Gut«, murmelte Tupo. Es klang, als wäre er verlegen und wollte dieses Gespräch so rasch wie möglich hinter sich bringen. »Hey, ähm, um wie viel Uhr fliegen Sie?«

»Mir wurde ein Sprung am späten Abend zugeteilt, ich starte also in etwa drei Stunden.«

»Okay, ähm, nur damit Sie Bescheid wissen, Sie sind zu einer Abschiedsfeier eingeladen. Nicht von meiner Mom. Das heißt, sie hilft mir zwar, aber es ist *meine* Party. Damit ich mich, ähm, für Ihre Hilfe bedanken kann.«

Roveg konnte praktisch hören, wie das Laru-Junge mit den Pfoten fuchtelte. »Ich komme gern, Tupo«, sagte er. »Wann soll ich da sein?«

»Oh, ähm, einfach wann Sie wollen. Jetzt eher noch nicht, sie ist nämlich noch nicht fertig.«

Im Hintergrund hörte er Ouloos Stimme, die von irgendwo im Haus erklang. »Sterne, Tupo. Sag ihm, um 16.00 Uhr.«

»Um 16.00 Uhr«, sagte Tupo.

»Im Garten«, rief Ouloo.

»Im Garten«, sagte Tupo.

»Ausgezeichnet«, sagte Roveg. »Dann bis später.«

Das Kind sagte nichts mehr, hatte den Anruf jedoch noch nicht beendet. Roveg konnte es durch die Vox weiter atmen hören. »Kann ich Sie etwas fragen?«, fragte Tupo flüsternd.

»Aber natürlich«, sagte Roveg.

Wieder eine Pause. »Wie haben Sie Speaker das Frühstück gebracht? Weil ich weiß, dass Sie das getan haben, und ich würde ihr gern von der Party etwas zu essen bringen, aber, ähm … ich würde das natürlich nicht noch mal machen.«

»Ich habe eine Drohne benutzt, Tupo«, sagte Roveg sehr geduldig und freundlich. »Ich habe ihr Schiff nicht betreten.«

»*Oh*«, sagte Tupo und war einen Moment lang ganz still. »Das klingt sehr viel vernünftiger.«

Pei würde den Garten nicht direkt vermissen. Sie war froh darüber, dass sie in etwas mehr als einer Stunde in der Luft sein und Gora weit hinter sich lassen würde. Aber angesichts der anderthalb Tagzehnte, die vor ihr lagen, war ihr die letzte Berührung mit Gras vor Reiseantritt sehr willkommen.

Alle anderen saßen bereits in einem Kreis auf dem Rasen. Die Büsche waren auf die gleiche Weise geschmückt wie bei den vorigen Zusammenkünften, aber die Deko war planloser als zuvor und reichte nicht ganz so weit nach oben. Ähnlich unfertig wirkte auch das Tablett mit den Malzmilch-Puddings, das zwischen den anderen im Gras stand. Der fluffige Überzug sah dilettantisch aus, und die darauf gestreuten bunten Schnörkel aus Zuckerstreuseln waren an einigen Stellen sehr dick und an anderen gar nicht vorhanden. Es konnte kein Zweifel bestehen, wessen Party das hier war.

Der heutige Gastgeber saß auf den Hinterbeinen, an sire Mutter gekuschelt, die sich genauso hingesetzt hatte. Ouloo drückte Tupo an sich, und Tupo schmiegte sich dicht an sie. Ob das körperlicher Erschöpfung oder emotionaler Zerbrechlichkeit geschuldet war, spielte keine Rolle. Das Kind brauchte seine Mutter, so viel war klar.

»Hi, Captain Tem«, sagte Tupo lächelnd. Das stoppelige Fell um sire Nase sah noch schlimmer aus als unmittelbar nach dem Herausschneiden des Klebstoffs, aber das war nicht wichtig.

»Hi, Tupo«, sagte sie. »Weißt du, wenn du willst, kannst du ruhig Pei zu mir sagen. Wir sind doch jetzt Freunde, nicht wahr?«

»Oh«, sagte Tupo, und sir Lächeln wurde breiter. »Okay.« Ser streckte den Arm aus, nahm eine Puddingschüssel und hielt sie Pei hin. »Sie sind zwar nicht so gut wie die von meiner Mom, aber …«

»Ich finde sie hervorragend«, sagte Roveg, der zwischen zwei Beinen eine Schüssel balancierte und mit einem dritten Bein einen Löffel hielt. »Du hast eindeutig nicht am Zucker gespart.«

»Ohne Zucker wäre es ja kein Nachtisch, nicht wahr?«,

sagte Speaker. Sie saß in ihrem Cockpit und aß eine Portion von dem fluffigen Zeug, wobei sie nur ihren Schnabel benutzte. Allerdings sah ihr Pudding anders aus als bei den anderen. Statt in einer Plex-Schüssel hatte Speaker ihre Portion in einem kleinen Messbecher erhalten. Vermutlich war es das einzige Gefäß in Akarakgröße, das Tupo in Ouloos Küche hatte finden können.

Pei schleuderte ihre Stiefel von sich und umfasste das Gras kurz mit den Zehen, dann setzte sie sich im Schneidersitz hin und nahm den Pudding.

»Wow«, sagte Tupo und bog seinen Hals zu Peis Füßen hinunter. »Das ist so cool.«

»Nicht starren«, schalt Ouloo ihn.

»Das macht nichts«, sagte Pei. Sie wusste, was das Kind anstarrte. Das Flimmern war unübersehbar, und das goldene Abendlicht brachte die flirrenden Pünktchen aus Blau, Rosa und Grün wunderbar zur Geltung. Auch sie fand, dass es irgendwie cool aussah.

»Darf ich deine Schuppen anfassen?«, fragte Tupo.

»*Tupo*«, sagte Ouloo.

»Lieber nicht«, sagte Pei. »Ich bin ziemlich kitzlig.«

Roveg ließ den Löffel sinken. »Kannst du mir erklären, was kitzlig ist?«, fragte er. »Irgendwie habe ich das Konzept nie verstanden.«

»Klar, das ist …« Pei wollte ganz selbstverständlich antworten, aber sie kam nicht weiter. Wie *erklärte* man kitzlig?

Speaker sah zur Decke ihres Cockpits hinauf, die Augen nachdenklich verengt. »Ich … habe keine Ahnung, wie man das beschreiben soll.«

»Es ist so ähnlich wie …« Ouloo runzelte die Stirn. »Mhmmm.«

»Tut es weh?«, fragte Roveg.

»Nein«, sagte Speaker langsam. »Weh tut es nicht.«

»Aber ihr mögt es nicht?«, fragte Roveg.

»Ich nicht«, sagte Pei.

»Na ja«, sagte Ouloo, »ich finde es nicht so schlimm.«

»Ich bin zwar nicht gerade versessen darauf, aber es gibt Schlimmeres«, sagte Speaker.

Roveg sah sich mit seinem gepanzerten Gesicht in der Gruppe um. »Vielen Dank, das war unglaublich erhellend«, sagte er.

Die Sonne sank tiefer, und die Leuchtkugeln im Garten gingen an. »Irgendwie schön«, sagte Ouloo, »den Himmel mal ohne Schiffe zu sehen.«

»Die werden im Handumdrehen wieder da sein«, sagte Roveg.

»Ich weiß«, sagte Ouloo. »Und ich werde mich freuen, wenn es so weit ist, aber ... das hier ist schön.«

Pei legte den Kopf in den Nacken und blickte nach oben. Die Wrackdrohnen hatten den Abschnitt über ihnen aufgeräumt, und über dem Five-Hop war jetzt kein Schutt mehr zu sehen. Da war kein Schrott, kein Flugverkehr, keine blinkenden Satelliten. Nur die durchsichtigen Fugen der Kuppel und die dünne Luftschicht darüber. Sie versuchte sich zu erinnern, wann sie zum letzten Mal einen solchen Himmel gesehen hatte, aber es gelang ihr nicht.

Roveg stellte entschlossen seine Schüssel aufs Tablett zurück. »Okay«, sagte er. Er klappte seine Brustbeine ein, setzte die Bauchbeine fest aufs Gras und drehte sich mit einem Ruck auf den Rücken. »Ahhh. So ist es besser.«

Tupo brach in Gelächter aus.

»Was?«, fragte Roveg. »Was ist so lustig?«

»Du«, sagte Tupo lauthals kichernd. »Zum Totlachen.«

»Tu*po*«, stöhnte Ouloo.

»Was war zum Totlachen?«, fragte Roveg gutmütig und drehte den Kopf so weit zu Tupo hin, wie es sein Panzer zuließ. Es war ihm durchaus bewusst, dass körperliche Geschicklichkeit nicht die Stärke seiner Spezies war. »Zeig mir, was so lustig war.«

»Du hast …« Das Laru-Junge warf sich dramatisch rücklings ins Gras, wobei seine Gliedmaßen wie Spaghetti schlackerten.

»Du bist derjenige mit den verrückten Beinen, nicht ich«, stellte Roveg fest. Er sah zu Ouloo hinüber. »Du natürlich nicht«, fügte er versöhnlich hinzu.

Ouloo schmollte. »Ja, bestimmt.« Sie wälzte sich mit weitaus mehr Anmut auf den Rücken als ihr Sprössling, und die beiden kuschelten sich als zottiger Berg zusammen und blickten zum Himmel hinauf.

Pei folgte ihrem Beispiel, wobei sie heftig einatmete, als ihr Rücken das Gras berührte. Es war seltsam, dachte Roveg, Geräusche aus ihrem Mund zu hören anstatt aus dem Implantat in ihrer Kehle, auch wenn das einzig Hörbare dabei der Luftstrom war. »Das ist schön«, sagte Pei durch ihre Sprachbox. Die Worte legten sich asynchron über das Atemgeräusch und machten den Unterschied zwischen den organischen Lauten und der synthetischen Stimme noch deutlicher. »Stadtfelder sind ja ganz nett, aber nicht ganz das Gleiche wie das hier, nicht wahr?«

Roveg klapperte zustimmend mit seinen Mundwerkzeugen. »Wann hast du zum letzten Mal unter einem richtigen Himmel auf dem Rücken gelegen?«

Die Äluonerin atmete erneut heftig aus. »Wahrscheinlich auf Sohep Frie. Als kleines Mädchen.« Sie drehte den Kopf zu ihm hin, ein zartes Blau auf ihren Wangen. »Ist lange her.«

»Ich habe eine Idee«, sagte er, »aber nur, wenn es keine Mühe macht. Ouloo, wäre es möglich, die Gartenbeleuchtung abzuschalten?«

»Oh, das macht überhaupt keine Mühe«, sagte sie, griff in ihre Bauchtasche und holte ihren Scribus heraus, als wäre es das Normalste auf der Welt.

Rovegs Rüschen zuckten wider Willen. »Du … bewahrst … da drin *Sachen* auf?«, fragte er.

»Warum nicht?«, fragte sie. »In der Tasche wohnt schon lange niemand mehr, und dabei wird es wohl auch bleiben. Da kann ich sie genauso gut für praktische Zwecke benutzen.«

Roveg beschloss, die Frage nicht weiter zu verfolgen. Ihm fiel ein, wie er am Vortag ihren Scribus in Peis Shuttle benutzt hatte. Er beschloss, auch darüber nicht weiter nachzudenken.

Ouloo machte ein paar Gesten zu ihrem Scribus hin, und alle Lichter im Five-Hop wurden gedimmt und gingen aus. Rovegs Augen gewöhnten sich rasch an das Zwielicht. Sterne, es war wirklich schön hier draußen.

Er ließ seinen Blick schweifen und bemerkte Speaker, die in ihrem Anzug ebenfalls eine sitzende Position einnahm. Sie schien sich nicht ganz sicher zu sein, was sie tun sollte. »Kannst du dich in dem Ding hinlegen?«, fragte Roveg.

»Ich … ja?«, sagte Speaker. »Mechanisch spricht eigentlich nichts dagegen. Ich habe es nur noch nie getan.«

»Du hast dich noch nie hingelegt und dir die Sterne angesehen?«, fragte er.

Speaker schien nicht zu verstehen, worauf er hinauswollte. »Ich lebe im Weltraum«, sagte sie. »Ich sehe die Sterne andauernd.«

»Wir leben *alle* im Weltraum«, sagte Pei. »Aber … es ist anders auf einem Planeten.«

»Na los«, sagte Roveg. »Probier es mal aus. Und wenn du

mit dem Anzug hängen bleibst, helfen wir dir wieder auf die Beine.«

Speaker hatte recht gehabt, was die mechanischen Eigenschaften des Anzugs anging, aber es war seltsam, sich auf diese Weise hinzulegen. Sie verbrachte ohnehin nicht viel Zeit auf dem Rücken, und in ihrem Cockpit war es geradezu skurril. Doch als sie sich erst einmal daran gewöhnt hatte, wie seltsam es war – und herausgefunden hatte, wie man den Becher mit dem widerlich süßen Pudding halten musste, ohne dass er überall hinplatschte –, betrachtete sie den Himmel mit nachdenklichem Schweigen. Sterne sah sie wirklich ständig. Die Fenster ihres Schiffes waren die meiste Zeit voll davon.

Aber Pei hatte recht. Das hier war *wirklich* anders.

»Sie sind so … verschwommen«, sagte Speaker erstaunt. »Man sieht sie gar nicht richtig. Ist das wegen der Kuppel?«

»Nein«, sagte Roveg. »Das ist die Atmosphäre. Die dämpft sie. Und sieh doch, wie sie …«

»… sich bewegen«, sagte Speaker. Sie lachte. »Ich habe auf Klip Bücher gelesen, in denen vom Funkeln der Sterne die Rede war, aber ich dachte … ich hielt das einfach für lyrisch. Für einen Vergleich mit Schmuck oder Glas. Ich hätte nie gedacht …«

»Dass sie wirklich funkeln?«, fragte Roveg.

»Genau«, sagte Speaker.

»Wieso funkeln sie?«, fragte Tupo.

»Luftströmungen«, sagte Pei. »Wenn du dir einen Tee machst und dann reinschaust, wenn er noch richtig heiß ist – da siehst du dann, wie die Flüssigkeit um sich selbst wirbelt. So ähnlich ist das hier.«

»Ich mag keinen Tee«, sagte Tupo.

»Aber Suppe magst du«, sagte Ouloo.

»Ja«, sagte Tupo.

»Und hast du den Wirbel schon mal gesehen?«, fragte Ouloo.

»Ja«, sagte Tupo.

»Bei Luft passiert das Gleiche«, sagte Pei. »Und dadurch sieht das hindurchscheinende Licht verschwommen aus.«

»Welcher Stern ist Uoa?«, fragte Tupo. Das Sonnensystem der Laru.

Ouloo stieß jenen universellen Seufzer eines Elternteils aus, dem man eine legitime Frage stellt, auf die es jedoch keine Antwort hat. »Ich habe keine Ahnung«, sagte sie.

»Okay, dann lass es uns herausfinden.« Roveg fummelte ein paar Beine nach hinten, um zu dem Rucksack an seinem Unterleib zu gelangen, der gerade zwischen seinem Rücken und dem Boden zusammengequetscht wurde. »Tupo, kommst du an die große Seitentasche meines Tornisters heran? Ich hätte gern meinen Scribus.« Er wusste zwar, dass Ouloos Scribus praktischer war, aber … nein. Nie wieder. Zum Glück kam Tupo seiner Bitte nach und legte Roveg den Scribus in die wartenden Zehen. »Vielen Dank«, sagte Roveg. Er machte ein paar Gesten, dann hielt er das Gerät gen Himmel. Mit einem Zirpen zeigte der Scribus die Karte der dahinterliegenden Sterne an. »Okay«, sagte Roveg, während er den Himmel scannte. »Also, wir sind zwar noch nicht bei Uoa, aber siehst du den orangefarbenen Stern dort?«

»Wo?«, fragte Tupo.

»Ja, wo?«, fragte Pei.

»Hier, schau in die Richtung, in die mein Bein zeigt.« Roveg streckte ein einzelnes Brustbein aus und wies damit vom Horizont aus zum Himmel. »Von hier nach oben, dann ein Stück nach links, und dann …«

»Oh, ich glaube, ich kann ihn sehen«, sagte Pei.

»Ich nicht!«, rief Tupo.

»Geduld, Tupo«, sagte Ouloo. »Schau in die Richtung, in die Roveg zeigt.«

»Oh!«, sagte Tupo. »Ja, ich sehe ihn!«

»Wirklich?«, fragte sire Mutter. »Oder hast du nur geraten?«

Das Kind schnaubte. »Wenn ich doch sage, dass ich ihn sehen kann.«

»Das ist das Aandrisk-Sonnensystem«, sagte Roveg.

»Oh«, sagte Pei. Ihre Sprachbox übertrug zugleich ein Lachen, und Roveg empfand das Gleiche wie sie. Er hatte viele Male auf Hashkath gestanden, während die Sonne unheimliche Schatten über die Rotfels-Täler geworfen hatte. Auch Wärme und gleißende Helligkeit gehörten zu der Erinnerung – nichts, was er mit dem fahlen Fleck in Verbindung bringen würde, der neben all den anderen so unbedeutend wirkte.

»Cool«, sagte Tupo und gleich darauf, kaum eine Sekunde später: »Und Uoa?«

Roveg suchte schnell in seiner Sternenkarte. »Ah«, sagte er bedauernd. »Der ist heute Abend nicht zu sehen. Anscheinend ist er auf Gora ein Winterstern.«

»Was ist ein Winterstern?«

»Das bedeutet, dass man den Stern erst im Winter sieht.«

Speaker mischte sich ein. »Könntest du Iteiree suchen?«, fragte sie.

Roveg kannte den Stern nicht – und angesichts von Speakers Tonfall war ihm das ein wenig peinlich. Er startete die Suche; der Scribus gehorchte. »Mal sehen.« Er fuhr mit dem Scribus hin und her, scannte, richtete ihn aus. »Da«, sagte er. »Siehst du die vier Sterne dort, die Linie ist – ah, wie erkläre ich das am besten – ganz leicht gebogen, so wie der Rand einer Schüssel.«

Speaker sah hin; er konnte praktisch hören, wie sie schweigend die Stirn runzelte. »Oh«, sagte sie. »Ja, ja, ich sehe ihn.«

»Geh von dem Stern ganz links etwa fünfundvierzig Grad nach oben. Siehst du diesen gelben …«

»Ja.«

»Das ist er«, sagte er.

Nicht einmal Tupo brach das darauffolgende Schweigen. »Er ist nichts Besonderes, oder?«, fragte Speaker leise, aber gefasst.

»Das sind sie alle nicht«, sagte Roveg, »es sei denn, man sucht einen ganz bestimmten Stern.«

»Kennt dein Volk Sternbilder?«, fragte Ouloo.

»Keine Ahnung«, sagte Speaker. »Ich kenne das Konzept, aber ich weiß nicht, ob es welche bei uns gab.«

»Und bei euch?«, fragte Roveg Ouloo.

»Ich habe ebenfalls keine Ahnung«, sagte Ouloo. »Über den Heimatplaneten meiner Spezies weiß ich so gut wie nichts.«

»Bei uns gibt es Sternbilder«, sagte Roveg. »Ich kannte mal eine Handvoll. Keine Ahnung, ob ich mich noch an ein paar davon erinnern würde.« Er sah zu Pei hinüber. »Und du?«

»Wir kennen keine Sternbilder«, sagte Pei. »Wir achten immer nur auf die Sterne, die eine erkennbare Farbe haben. Alle anderen hielten die Astronomen auf Sohep Frie nicht für wichtig.«

Roveg lachte. »Weil sie nicht mit euch reden?«

»Genau. Ganz im Gegensatz zu den farbigen Sternen – oh, mit äluonischen Astrologiebüchern könnte man Tage verbringen. Manche Leute nehmen sie immer noch ernst. Blaue Sterne bringen Glück, gelbe Sterne Unglück und so weiter. Es ist unfassbar dumm.«

»Ich habe noch nie gehört, dass eine Äluonerin Aberglauben als dumm bezeichnet«, meinte Roveg lachend.

»Nun, *diese* Äluonerin hier hat vor gelben Sternen keine Angst«, sagte Pei. »Oder vor Primzahlen. Oder vor Jahren ohne Schnee.«

»Wieso kennen wir auf Gora keine Sternbilder?«, fragte Tupo.

»Weil wir keine brauchen«, sagte Ouloo. »Sternbilder hat man, um sich ohne technische Hilfsmittel am Himmel zurechtfinden zu können.«

»Ja, aber wir konnten *tagelang* keine technischen Hilfsmittel benutzen«, wandte Tupo ein. »Jedenfalls nicht richtig. Eigentlich sollten wir Hilfsmittel für den Notfall haben.«

»Dann bau doch welche«, schlug Roveg vor. »Zeichne sie und stell sie in deinem Museum aus.«

»Ach ja«, sagte Tupo. »Das hatte ich ganz vergessen.« Das Kind wälzte sich herum, stand auf und entfernte sich ein Stück weit aus Rovegs Blickfeld. »Ich habe Geschenke für euch.«

Pei sah, wie Tupo etwas von einem Tisch nahm. Ser kehrte auf zwei Beinen zurück, in den Vorderpfoten drei in Stoffreste gewickelte Päckchen. »Ich wollte jedem von euch etwas schenken. Jeder bekommt ein Stück aus meinem Museum.«

Ser reichte Pei das erste Päckchen; sie packte es unverzüglich aus. In dem Stoff befand sich ein opalisierender Stein. Er war nicht poliert, aber obwohl es schon fast dunkel war, erhaschte sie ein winziges Funkeln.

»Den bekommst du, weil er genauso aussieht wie du«, sagte Tupo. »Er ist hübsch, aber auch taff.«

Pei lachte ein entzücktes Grün. »Der gefällt mir«, sagte sie. »Danke, Tupo.«

»Kannst du mir beim Auspacken helfen?«, bat Speaker, ihr Päckchen in den Anzughänden. »Schnur ist schwierig für den Anzug.«

Tupo nahm das Päckchen, wickelte es mit den Pfoten aus und hielt einen hellroten Kristall in die Höhe, beinahe so lang wie Speakers Unterarm, in einem Einschluss aus grauem Gestein. »Okay, das ist vielleicht kein so gutes Geschenk, eigentlich ist es nämlich eher für deine Schwester. Du hast gesagt, dass sie Kristalle mag, und ich weiß, dass du zu ihr willst, also bekommst du ein Geschenk für sie, da wir sie leider nicht kennengelernt haben. Also wenn das Sinn ergibt.« Ser legte den Kristall wieder in die Hände des Anzugs.

»Tupo, das ist perfekt«, sagte Speaker. »Diese Art, Geschenke zu machen, ist typisch für die Akarak.«

»Wirklich?«, fragte Tupo erfreut.

»Wirklich.« Sie klapperte liebevoll mit dem Schnabel. »Und weißt du was – wenn ich das nächste Mal herkomme, bringe ich Tracker mit. Ich glaube, dein Museum würde ihr gefallen.«

Ouloo strahlte. »Wir freuen uns, wenn ihr wiederkommt«, sagte sie.

Roveg erriet, was in dem Päckchen war, sobald das Kind es ihm überreichte, und war heilfroh, dass Tupo ihn nicht lesen konnte. Er verstand genau, wieso Tupo es ihm schenkte, und er verstand, dass Tupo *nicht* verstand, wie Roveg dabei zumute war, und Sterne, er kam sich so kompliziert vor.

Er öffnete das Päckchen und nahm den Lyrikstein heraus.

»Es hat mir richtig gut gefallen, wie du ihn mir vorgelesen hast«, sagte Tupo. »Deine Sprache ist echt cool.« Ser sah sich verstohlen zu sirer Mutter um und senkte die Stimme. »Außerdem habe ich über das nachgedacht, was du über gestohlene Sachen in Museen gesagt hast, und, äh, so ein Museum will ich nicht.«

»Vielen Dank«, sagte Roveg und verneigte sich höflich. »Ich nehme die Rückführung dieses schönen Artefakts dankbar an. Es wird in meiner häuslichen Galerie einen Ehrenplatz bekommen.« Er drückte sich absichtlich blumig aus, aber es war auch die Wahrheit. Der billige Nippes in seinen Händen vermittelte ihm zugleich ein Gefühl für die Gegenwart, die er in Ehren halten, und eine Erinnerung an die Vergangenheit, die er für immer verabscheuen würde. Nur die größten Kunstwerke schafften beides gleichzeitig.

EPILOG

DANKE, DASS SIE IHRE LOKALE PLANETENKOOPERATIVE UNTERSTÜTZEN

TAG 240, GU-STANDARD 307

PEI

Sie hatte nicht die Farben, um auszudrücken, wie schön es war, wieder im Weltall zu sein.

Eigentlich hätte es keine Rolle spielen dürfen. Ihr Shuttle war immer noch dasselbe Shuttle. Ihr Stuhl war immer noch derselbe Stuhl. Aber jetzt befanden sich Sterne vor ihrem Fenster – nicht nur über ihr, sondern überall um sie herum. Unter ihr wurde Gora immer kleiner, eine riesige Kurve, die zu einer bescheidenen Kugel schrumpfte. Es war beunruhigend, das Trümmerfeld aus der Nähe zu sehen, aber die automatischen Wrackdrohnen taten ihre Arbeit und pflügten systematisch hin und her, zogen mit ihren magnetischen Sammelarmen passiv den Schrott mit sich. Es war erstaunlich befriedigend, ihnen dabei zuzusehen.

Erwartungsgemäß gab es viel Verkehr in der Umlaufbahn, aber die flinken Leitschiffe der Transitbehörde, die die Reisenden auf ihre Flugbahnen lotsten, leisteten heldenhafte Arbeit. Hinter den Flugbahnen gab es fünf klar definierte Bereiche, in denen der Verkehr zum Erliegen kam – die Sicherheitskorridore rund um die Tunneleingänge, die immer nur ein Schiff hindurch ließen. Am Ende der Korridore warteten die Wurmlöcher, jedes von ihnen stabilisiert von einem polyedrischen Schutzkäfig, der rings um das Loch konstruiert war, ein Geflecht aus Metall und blinkenden Lichtern mit einer tiefschwarzen Kugel darin, die weniger Objekt war als Gestalt gewordenes Nichts.

Pei lenkte ihr Schiff in die Spur für Tunnel Nummer vier und ließ es den Autopilotbojen folgen. Wahrscheinlich wartete auf der anderen Seite ein ähnliches Szenario auf sie, und ihre Reise nach Ethiris würde genauso kontrolliert ablaufen. Sie freute sich schon darauf, in ein paar Tagzehnten wieder im offenen Weltraum zu sein und fliegen zu können, wohin sie wollte und so schnell die örtlichen Gesetze es erlaubten. Aber diese Form der Freiheit lag noch in weiter Ferne. Zuerst musste sie ihr Ei befruchten lassen.

Nein. Das war nicht das, was zuerst kam. Zuerst musste sie Ashby schreiben, dass sie nicht kommen würde.

Es fühlte sich kindisch an, dass sie ihm nicht sofort geschrieben hatte, sobald die Comms wieder funktionierten. Sie hatte sich gesagt, es sei nicht nötig, ihn über ihre Verspätung zu informieren. Die war schon offensichtlich gewesen, als sie ihm vor fünf Tagen von Gora aus ein Update zu ihrer Reise geschickt hatte, und so, wie sie Ashby kannte, hatte er bestimmt die Nachrichten gecheckt oder ein bisschen recherchiert und herausgefunden, was los war. Aber je länger sie ihm nicht schrieb, desto mehr wurde ihr klar, dass ihr Zögern nichts mit Flugrouten-Updates zu tun hatte, sondern vor allem damit, dass sie den Moment hinauszögerte, in dem sie ihn enttäuschte.

Da ihr nichts anderes übrigblieb, als in der Schlange zu warten, beschloss sie, sich endlich zusammenzureißen und sich wie eine Erwachsene zu benehmen. Sie wandte sich ihrer Comm-Konsole zu, ließ die Farbe für *Neue Nachricht* aufleuchten, schaltete die Eingabe auf Klip um und begann zu schreiben.

Es tut mir so leid, aber ich werde leider nicht

Sie löschte den Satz und begann von vorn.

Es tut mir so leid, was ich dir jetzt sagen muss. Auf Gora kam es zu einer massiven Verspätung, und während ich dort war, habe ich zu flimmern begonnen. Ich habe eine Krippe gefunden, die etwa ein Tagzehnt von hier entfernt liegt, aber das bedeutet, dass ich nicht

Sie löschte auch diese Zeilen, gelbe Flecken traten auf ihre Wangen.

Du kennst doch den Spruch: Pläne zu machen ist die Garantie, sie zu verhindern? Nun,

Löschen, löschen, löschen.

Ich würde dir das lieber nicht schreiben, und ich finde einfach nicht die richtigen Worte. Ich weiß gar nicht, weshalb das so schwer ist. Auf Gora hat bei mir das Flimmern eingesetzt, und ich habe eine Krippe gefunden, aber ich

Pei atmete scharf aus, auf ihren Wangen lagen frustriertes Gelb und wehmütiges Orange. Sie presste die Fingerspitzen fest auf das Tastaturfeld und löschte all die unzulänglichen Worte.

Sie nahm einen neuen Anlauf.

Ich will nicht

Sie verschränkte die Hände im Nacken. Das Shuttle kroch vorwärts, geführt von den Autopilotbojen.

Sie schloss das Schreibfenster und aktivierte stattdessen die

Comm-Kamera. Da gerade kein Anruf lief, sah sie auf dem Bildschirm nur sich selbst.

Sie atmete ein, schloss die Augen, tauchte tief ein und ließ ihre Farben wirbeln, wohin sie wollten.

Sie dachte an die Rin-Krippe mit ihrem fröhlichen Info-Chip, in dem genau die richtigen Dinge standen. Sie stellte sich vor, wie sie an etwas Uraltem, Wunderbarem teilhatte, etwas, das jedem ihrer Vorfahren geglückt war. Sie dachte daran, wie Ehrfurcht gebietend es sich anfühlen würde, diese Kette fortzusetzen und all das zurückzugeben, was ihr so selbstlos geschenkt worden war. Sie rief sich all die Gespräche mit Freunden ins Gedächtnis, die von ihrem Flimmern zurückgekehrt und geschwärmt hatten, wie wunderbar es gewesen war. Eine so dringend benötigte Pause, hatten sie gesagt. Eine so besondere Erfahrung. Guter Sex, viel Ruhe und das bleibende Gefühl, eine wesentliche Bestimmung erfüllt zu haben.

Sie öffnete die Augen und betrachtete ihr Spiegelbild. Sie sah viele Farben auf ihren Wangen, aber die Töne, die bei weitem dominierten, waren Rot, Gelb, Orange. Furcht. Ablehnung. Unbehagen.

Der Anblick machte sie zittrig, aber er überraschte sie nicht. Irgendwie hatte sie gewusst, dass sie genau das sehen würde.

Sie kniff die Augen zusammen und ballte die Fäuste. Ganz bewusst lenkte sie ihre Gedanken in eine andere Richtung.

Sie dachte an Ashby. Sie dachte an sein gemütliches, altmodisches Schiff und an die guten Leute, die dort mit ihm lebten. Sie stellte sich vor, wie sie sie diesmal richtig kennenlernte – ohne Verstellung, ohne Halbwahrheiten, ohne ihre Farben bei jeder Begegnung zu fixieren, damit ihre Crew nicht merkte, wie ihr in seiner Nähe zumute war. Sie überlegte, wie sein Bett wohl war. Sie war noch nie in *seinem* Bett, in *seinen* Privaträumen gewesen. Wie es wohl wäre, für eine Weile mit ihm zusammen in einem Kontext zu existieren, der nicht geheim war? Seltsamerweise musste sie an Doktor Miriyam denken und daran, wie nur wenige Silben Klip mit exodanischem Akzent ihr das irrationale Gefühl gegeben hatten, dieser Fremden vertrauen zu können. Sie dachte an Käse und Wasserball und Haarbürsten und Grashüpfer-Burger und Gänsehaut und Weinen und all die anderen verrückten menschlichen Kleinigkeiten, die inzwischen Platz in ihrem Kopf beanspruchten. Das alles war wirklich verdammt seltsam, aber sie war dennoch froh, es zu kennen.

Überraschenderweise musste sie an Speaker denken. Ihr fiel ein, was die Akarak in den langen Stunden auf dem Shuttle zu ihr gesagt hatte, als sie zusammen über Tupo gewacht hatten.

Du willst nicht, hatte Speaker gesagt. *Und das genügt. Das genügt vollkommen.*

Pei öffnete die Augen und sah zwei Dinge vor sich.

Sie sah ein tiefes Blau, so dunkel wie das Meer, das in seinen Strömungen nichts als Liebe transportierte.

Sie sah Orange, grell und kummervoll. Das war kein Widerspruch zu dem anderen Farbton. Wenn man vor zwei Türen stand und wusste, dass eine davon geschlossen bleiben würde, war Kummer eine normale Empfindung.

Ihre Entscheidung verfestigte sich. Eigentlich hätte sie ihr Angst machen müssen. Sie hätte sich falsch anfühlen müssen. Aber je länger Pei sie sacken ließ, desto mehr wurde ihr klar, dass sie nichts als Erleichterung empfand. Diese eine Entscheidung brachte keine Antwort auf alle ihre Fragen, nicht einmal ansatzweise. Wie wäre das auch möglich gewesen? Das Leben war niemals nur die Frage einer einzigen Entscheidung. Das Leben bestand aus lauter winzigen Schritten, einer nach dem anderen, und jede Entscheidung zog ein Dutzend weitere Fragen nach sich. Sie hatte immer noch keine Ahnung, was sie mit ihrem Job, ihrer Crew oder allem anderen anstellen sollte. Aber sie kannte jetzt die Richtung, und das war besser als nichts.

Sie rief das Schreibfenster wieder auf und begann erneut zu schreiben.

Bitte entschuldige die Verspätung. Auf Gora gab es ein Riesenchaos, und ich musste fünf Tage lang dortbleiben. Aber es geht mir gut, und ich bin jetzt unterwegs. Ich erzähle dir alles, wenn ich da bin.
Ich freue mich auf dich.

Sie schickte die Nachricht ab, bevor sie es sich anders überlegen konnte. Es kribbelte in ihren Adern, als sie es tat.

Es war richtig so.

Sie schüttelte den letzten Rest Anspannung aus ihren Händen und startete einen Voice-Anruf beim Orbiter der Transitbehörde.

Auf dem Bildschirm erschien ein Aandrisk-Mann, die Schuppen grün wie Gelächter, die Federn ein wilder Streit. »Hallo, ich bin Agent Siksish«, sagte er. »Was ist Ihr Anliegen?«

»Ich bin Captain Tem, Schiff-ID-Nummer 9992–3–23434–7A. Ich befinde mich gerade in der Schlange für Tunnel 4, muss aber meine Route ändern.«

Der TB-Agent sah sie skeptisch an. »Das ist ganz schön knapp, Captain.«

»Ich weiß«, sagte sie.

Agent Siksish gab mit seinen Krallen rasch ein paar Befehle ein. »Sie sagten, Ihre Schiffsnummer sei …?«

»9992-3-23434-7A.«

»Okay. Und welchen Tunnel möchten Sie stattdessen ansteuern?«

»Tunnel Nummer 1.«

Er blickte auf seine Bildschirme. »Da Sie sich wieder neu einreihen müssen, verzögert sich Ihr Abflug dadurch um eine Stunde. Ist das für Sie in Ordnung?«

»Ja«, sagte Pei. Auf eine Stunde kam es jetzt nicht mehr an.

Er gab noch ein paar Befehle ein. »Okay, gleich wird ein Leitschiff zu Ihnen kommen, dass Sie von Ihrer derzeitigen Warteschlange zur nächsten bringt. Deaktivieren Sie einfach Ihren Autopiloten und folgen Sie dem Schiff.«

»Vielen Dank«, sagte Pei. Das Gespräch war beendet. Sie ließ ihre Befehle aufleuchten, und das Shuttle verließ die Spur. Sie lehnte den Kopf gegen die Kopfstütze und blinzelte mit den inneren Augenlidern.

Scheiße nochmal, sie tat es wirklich.

Das Leitschiff war nach wenigen Minuten da; Pei flog ihm in gleichmäßiger Geschwindigkeit hinterher. Als ihr Schiff ausscherte, kam Gora zurück in ihr Sichtfeld. Die Tage, die sie dort verbracht hatte, begannen in ihrem Kopf bereits ineinanderzufließen – die Leute, die sie getroffen, die Gespräche, die sie geführt hatte. Eine Idee formte sich in ihr. Es war ein Schuss ins Blaue, aber … hmm. Je mehr die Idee Gestalt annahm, desto mehr gefiel sie ihr.

Wieder wandte sie sich dem Comm-Bildschirm zu und rief ihre lange Liste beruflicher Kontakte auf. Sie scrollte hindurch, nicht ganz sicher, wonach sie eigentlich suchte. Sie brauchte jemanden, der die richtige Art von Einfluss hatte, jemanden, der sie mochte, jemanden, der … *da.* Sie zeigte auf den Bildschirm, auf dem der Name Kalsu Reb Lometton aufgetaucht war. Ja, sie war perfekt.

Die gute Kalsu nahm den Sib-Anruf nach wenigen Minuten an. »Meine liebe Captain Tem!«, sagte sie. »Was für eine angenehme Überraschung!« Die Harmagianerin saß in dem überladenen Büro, in dem Pei bereits einige Male gestanden hatte, wenn sie beruflich in der Hauptstadt gewesen war. Pei übernahm nicht sehr oft Aufträge, für die Kalsus Stempel erforderlich war, aber wenn sie es getan hatte, war es immer eine … spannende Erfahrung gewesen.

»Wie läuft's auf Hagarem?«, fragte Pei.

»Nun ja, das Wetter ist gut, der Strand ist schön, die Politik eine Katastrophe. Das Übliche.« Kalsu blickte zur unteren Ecke ihres Displays. »Da Sie sich offensichtlich nicht gerade in der Nähe befinden, gehe ich davon aus, dass Sie nicht einfach so anrufen.«

»Damit haben Sie wie immer recht«, sagte Pei. Kalsu entging niemals etwas, und genau deswegen war sie so gut in dem Job, über den sie sich unaufhörlich beklagte. »Ich wollte Sie um einen Gefallen bitten.«

»Für Sie? Was immer Sie wollen.«

»Nicht so schnell. Ich weiß nicht, ob Ihr Einfluss dafür ausreicht.«

Kalsus Tentakel kräuselten sich gespannt. »Eine Herausforderung! Wie aufregend.« Sie beugte sich vor und senkte die Stimme. »Es ist doch hoffentlich nichts Ungebührliches?«

»Also bitte, Kalsu, ich bin's«, sagte Pei. »Natürlich nicht. Und tatsächlich rufe ich Sie genau deshalb an. Das hier bringt nur etwas, wenn es korrekt über die Bühne geht.«

»Eine juristische Herausforderung! Das sind mir die liebsten. Na los. Erzählen Sie mir alles.«

Pei lächelte blau und schob ihr Schiff weiter in die richtige Richtung. Schön, wenn man seine Beziehungen spielen lassen konnte.

TAG 267, GU-STANDARD 307

ROVEG

Sie hatten den Torbogen verändert.

Wenn man auf dem Nobel-Raumflughafen landete und sein Schiff verließ, wurde man vom Anblick eines dekorativen, über und über mit Ranken bewachsenen Steinbogens empfangen, der sich über den Weg zum Zollgebäude spannte. Roveg hatte ihn Dutzende von Malen gesehen, bei den verschiedensten Gelegenheiten, von den Urlauben seiner Kindheit bis zu seiner vom Staat verordneten Ausreise. Diesmal jedoch war es anders. Diesmal sah er den Steinbogen nicht, denn man hatte ihn abgerissen und durch eine geschmacklose Lichtinstallation ersetzt. Roveg hatte sich innerlich gewappnet, bevor er an den Ort zurückkehrte, von dem er geglaubt hatte, er würde ihn nie wiedersehen; aber er war nicht darauf vorbereitet gewesen, dass es ohne ihn weitergegangen war.

Unverändert war der Geruch, ein überwältigender Duft, der ihn bis ins Mark traf. Die Luft war feucht – köstlich, wunderbar, auf die richtige Weise feucht – und erfüllt von den Gerüchen nach beschaulichen Seen, nach leeren Treibstoffschläuchen, nach dem Gewimmel der Imbissbuden, die ihn erwarteten, sobald er um die Ecke bog, und den Pheromonen zahlloser Angehöriger seiner Spezies, durchdringend oder schwächer werdend, Erzählungen von den Leuten, die sich in der Nähe aufhielten oder bereits gegangen waren. In den letzten acht Standards war er hin und wieder anderen Quelin begegnet – Verbannten wie ihm –, aber nie mehr als einem oder zwei auf einmal. Niemals in einem Kontext, in dem sie die Mehrzahl stellten. Seit seinem letzten Aufenthalt in Nobel war Roveg nie mehr an einem Ort gewesen, der von Quelin und *nur* von Quelin bevölkert wurde. Er hatte vergessen, wie es war, wenn man nicht herausstach.

Nur dass er natürlich durchaus herausstach. Er roch den heftigen Abscheu der Passanten, die das zerstörte Brandmal auf seinem Panzer sahen. Außer ihm wurde niemand, der heute in Nobel landete, hinter der Luke von einem Vollstrecker-Paar erwartet. Wenigstens war er auf nur zwei Vollstrecker heruntergestuft worden, stellte Roveg mit grimmiger Erheiterung fest. Bei seinem Weggang hatten ihn vier Vollstrecker begleitet.

Es wurde Zeit, diese unerfreuliche Angelegenheit in Angriff zu nehmen. Er spreizte die Brustbeine und bereitete sich auf die Durchsuchung vor. »Vollstrecker, hiermit unterwerfe ich mich untertänigst dem Willen des Protektorats und Ihrer Befehlsgewalt«, sagte er. Jedes Wort, das er mit Mund und Kehle gleichzeitig bildete, schmeckte faulig. Der Geschmack blieb auch, nachdem die Laute ihn verlassen hatten. »Mein Name ist Roveg, und ich habe einen bestätigten Termin bei der Justizbehörde.«

Die weibliche Vollstreckerin trat vor und scannte sein Armband, während ihr Kollege unverzüglich die Tornister öffnete, die Roveg sich um Unterleib und Brust geschnallt hatte. Als sein Armband gescannt war, blickte die Vollstreckerin auf ihren Scribus. »Ihr Termin war um 14.00 Uhr«, sagte sie.

»Ja«, sagte Roveg.

Sie sah ihm in die Augen. »Sie sind zu spät.«

»Ja«, sagte er. »Es tut mir sehr leid, auf meiner Reise hat sich ein …« Er stockte. O Sterne, o verdammt, er konnte sich nicht mehr an das Wort erinnern. Er hatte so lange keine förmliche Unterhaltung mehr auf Tellerain geführt, dass ihm das verflixte Wort nicht mehr einfiel. »… ein Unglück ereignet, weshalb ich aufgehalten wurde. Ich bin gekommen, so schnell es mir auf legalem Weg möglich war.«

Roveg verneigte sich unterwürfig, während er sprach, aber die Vollstreckerin machte sich auf ihrem Scribus eine Notiz, in der sie ohne Zweifel sowohl seine Verspätung als auch sein eingerostetes Tellerain festhielt. Roveg sank der Mut. Er war noch nicht einmal eine Minute hier und hatte doch schon das starke Gefühl, dass die Reise umsonst sein würde.

Verdammt, er musste es versuchen.

Die Vollstrecker nahmen ihn in die Mitte und führten ihn zur Justizbehörde, wortlos und ohne ihn zu berühren. Roveg spürte die Blicke der Menge, während er sich vorwärtsbewegte. Er war daran gewöhnt, von anderen intelligenten Spezies angestarrt zu werden, und schenkte den Blicken normalerweise keine Beachtung mehr. Diese Blicke jedoch – von Augen wie seinen eigenen – ließen seinen Panzer bröckeln, schnitten winzige Stückchen aus ihm heraus und ließen sie zum Bleichen in der Sonne liegen.

Er war wegen Boreth hier, sagte er sich. Er war wegen Segred und Hron und Varit hier. Wieder und wieder sagte er sich innerlich ihre Namen vor, eine Litanei der Tapferkeit, die ihn weitertrug.

Das Justizbüro war kahl und viel zu hell, so wie alle Behörden. Es war unglaublich, wie bedrohlich ein beinahe leerer Raum wirken konnte. Der einzige Gegenstand war ein kreisrunder Schalter exakt in der Saalmitte, an dem ein einsamer Justizbeamter saß. Roveg ersetzte die Litanei der Namen seiner Lieben mit einem nervösen Schnelldurchgang der Eventualitäten, auf die er sich vorbereitet hatte.

Sie werden dich nach deiner Arbeit fragen, dachte er, *und in dieser Hinsicht hast du nichts zu befürchten. Stell klar, dass du nur Urlaubs-Sims machst. Sie werden dich fragen, wo du wohnst und ob du mit anderen Spezies zusammenlebst. Du lebst allein, und sie können dir kaum vorwerfen, dass du in einer gemischten Stadt lebst – wo zum Teufel sollst du auch sonst hin, nachdem du hier nicht mehr leben darfst? Anschließend werden sie deine Hämolymphe scannen. Wahrscheinlich werden sie deine Bots überprüfen. Danach werden sie deinen Scribus sehen wollen, und das ist in Ordnung, auf dem ist nichts Ungehöriges. Das hast du dreimal überprüft. Wenn sie wegen deiner Verspätung nachhaken, weise sie ebenso nachdrücklich auf den Grund deines Besuchs hin. Du stehst für Tradition. Das mögen sie. Streng dich an. Du weißt, wie das geht. Boreth. Segred. Hron. Varit. Du schaffst das.*

Du musst *das schaffen.*

Der Beamte blickte kurz von seinem Tresen auf; er roch, als hätte er in seinem ganzen Leben noch nie über einen Witz gelacht. »Sie müssen mein Vierzehnuhrtermin sein«, sagte er, während er mittels Gesten Befehle in sein Terminal eingab.

»Ja, ich bin Roveg«, sagte er. »Und es tut mir wirklich leid. Es gab einen Zwischenfall …« – inzwischen hatte er Zeit gehabt, um sich an das Wort zu erinnern – »… der unvermeidlich eine Verspätung zur Folge hatte.« Er öffnete eine Tasche (die Vollstrecker verfolgten aufmerksam, was er tat) und zog ein sorgfältig eingewickeltes Päckchen mit Pixel-Ausdrucken und Infochips heraus. Nachweise über seine Wohnung, seine Arbeit, seine Finanzen, seine Krankengeschichte, seine Reiseroute, sein ganzes Leben. Er hatte Tagzehnte gebraucht, um das alles zusammenzustellen, und obwohl er wieder und wieder überprüft hatte, dass auch jedes Detail stimmig war, blähten sich seine Atemlöcher bei dem Gedanken, dass er etwas vergessen haben könnte. Der Vollstrecker, der sein Armband gescannt hatte, sah ihn an, und Roveg musste nicht nach dem Grund fragen. Er wusste, dass er nach Besorgnis stank.

Höflich reichte er dem Vollstrecker das Päckchen, wobei er es zwischen vier Zehenpaaren hielt. Der Agent musterte es kurz. »Das wird nicht nötig sein«, sagte er.

Roveg war zumute, als wären sämtliche seiner zahlreichen Knie kurz davor, nach innen wegzuknicken. Nein. Nein, sie mussten ihm eine Chance geben. Sie durften ihn nicht einfach abweisen, ohne ihm auch nur eine *Chance* zu geben. »Aber … bitte, ich … «

Aus einem Gerät, das auf dem Schalter stand, fiel etwas heraus – eine Art Plakette. Der Beamte nahm sie, brannte sechs verschiedene Stempel hinein und reichte sie Roveg. »Befestigen Sie das an Ihrem Rumpf, möglichst nah bei ihrem Gesicht. Der Klebstoff auf der Rückseite wird sich nach einem Tagzehnt auflösen.«

Roveg nahm die Plakette. Sie bestand aus hartem Plex, die Aufschrift war plump und hässlich.

BEFRISTETE AUFENTHALTSERLAUBNIS
GÜLTIG BIS: 277/307
DER INHABER IST EIN REGISTRIERTER ABWEICHLER
UND MUSS ZU JEDER ZEIT VON EINER POLIZEIESKORTE
BEGLEITET WERDEN.

Stumm stand Roveg da und starrte auf den kostbarsten Gegenstand in der Galaxis, den er jetzt in den Zehen hielt. Die Behauptung, dass er verwirrt war, wäre eine Untertreibung gewesen. Hier musste ein Irrtum vorliegen, aber er würde ihnen sicher nicht sagen, dass sie ihn vielleicht *nicht hereinlassen sollten.* »Muss ich … muss ich gar nicht zur Befragung?«, fragte er vorsichtig.

Der Beamte winkelte verneinend die Beine an. »Gemäß unserem Einwanderungsabkommen mit der GU müssen Sie sich, da Sie derzeit bei einem Parlamentsmitglied beschäftigt sind, nicht wegen eines Gewaltverbrechens verurteilt wurden und die ersten acht Standards ihrer lebenslänglichen Strafe verbüßt haben, für eine befristete Aufenthaltserlaubnis keiner Befragung unterziehen.« Im Geruch des Beamten lag flammende Missbilligung, aber sein Tonfall verriet, dass ihm nichts anderes übrigblieb. Gesetz war schließlich Gesetz.

Roveg kalkulierte kurz. Hier war ohne Zweifel ein Fehler passiert. Er hatte keine Ahnung, von welchem Arbeitsverhältnis und welchem Arbeitgeber die Rede war. Aber sollte er das etwa sagen? Was war schlimmer – wenn er seine Chancen sofort in den Sand setzte oder wenn sie nachträglich herausfanden, dass er sich die Aufenthaltserlaubnis unter Vorspiegelung falscher Tatsachen erschlichen hatte?

Boreth, dachte er.

Er zog die Rückseite der Plakette ab und klebte sie fest auf seinen Rumpf, unter dem Kopf. Der Klebstoff roch widerlich. Es war ihm egal. »Vielen Dank«, sagte er und verwendete jedes Quäntchen seiner Kraft darauf, gelassen zu klingen und zu riechen. »Ich verspreche Ihnen, dass ich mich vorbildlich verhalten werde.«

»Darüber hat Ihre Begleitung zu befinden, nicht ich«, sagte der Beamte. Er deutete auf die andere Seite des Raumes. »Sie können sich dort drüben im Wartebereich aufhalten, bis sie hier ist.« Er nahm einen Infochip vom Tresen und reichte ihn Roveg. »Im Empfehlungsschreiben Ihres Arbeitgebers stand, dass wir Ihnen bei Ihrer Ankunft das hier übergeben sollen. Der Inhalt ist natürlich überprüft worden.«

Roveg nahm den Chip, um nichts weniger verwirrt, aber mehr als gewillt, das Gespräch zu beenden, bevor man ihm noch mehr Fragen stellte. »Vielen Dank.« Er machte sich auf den Weg zum Wartebereich, und die Vollstrecker, deren Missbilligung noch deutlicher zu spüren war als die des Beamten, folgten ihm.

Sobald er nicht mehr beobachtet wurde, nahm Roveg seinen Scribus aus der Tasche und steckte den Infochip hinein, darum bemüht, gelassen zu wirken, obwohl er darauf brannte, zu erfahren, was zum Teufel hier gespielt wurde. Der Chip enthielt zwei Dokumente, mit einem Vermerk, das eine zuerst zu lesen.

Lieber Roveg,
ich bin überaus erfreut, dass Sie den Arbeitsvertrag akzeptieren, um für das GU-Archiv zur kulturellen Weiterbildung künftig Umweltsims zu entwerfen! Es gibt beklagenswert wenig Material dieser Art, das Quelin-Habitate einschließt, und ich freue mich, dass wir in Ihnen einen begabten Bürger Ihres Planeten gefunden haben, der uns helfen wird, diese Lücke zu schließen. Die Quelin sind ein hochgeschätztes Mitglied der GU, und uns liegt daran, die reichhaltige Kultur und komplexe Geschichte Ihrer Spezies angemessen zu würdigen.
Die Einzelheiten zu Ihrem Gehalt und den Abgabeterminen besprechen wir, sobald Sie in den Zentralraum zurückgekehrt sind. Auf dem Chip finden Sie eine Liste der Sehenswürdigkeiten, die Sie für Ihre Sim hoffentlich scannen und kartographieren werden, sofern Ihre Aufenthaltserlaubnis Ihnen den Zutritt zu den betreffenden Gebieten erlaubt. In Anbetracht Ihrer juristisch heiklen Situation und um völlige Transparenz herzustellen, erhalten Sie diese Informationen nicht als direkte Nachricht, sondern zusammen mit Ihrem Empfehlungsschreiben. Ich bitte Sie außerdem, Bilder vom Zeremoniell der Ersten Brandmarkung Ihrer Söhne anzufertigen, das, soviel ich weiß, glücklicherweise

während dieses Einsatzes stattfindet. Unsere Bürger würden großen Nutzen aus einem besseren Verständnis dieser faszinierenden Tradition ziehen.
Eine persönliche Randbemerkung: Unsere gemeinsame Freundin Gapei Tem Seri sendet Ihnen herzliche Grüße. Sie und ich wünschen Ihnen für dieses Projekt nur das Beste. Ich bin sehr gespannt auf das Ergebnis.
Mögen Sie allzeit sicher reisen
Kasu Reb Lometton
Stellvertretende Direktorin der Exportbehörde, GU-Grenzdezernat

Verwirrung war nicht mehr die angemessene Bezeichnung für das, was Roveg empfand. Er war vollkommen sprachlos.

Daran änderte sich auch nichts, als seine Begleitung eintraf – eine Frau mit stabilem Panzer, die er attraktiv gefunden hätte, wenn sie nicht gerochen hätte, als wäre ihr jede Ausrede willkommen, ihn in ein Verlies zu werfen. »Mein Name ist Officer Greshech«, sagte sie so eisig, wie sie roch. »Ich werde Sie während Ihres Aufenthalts auf Vemereng begleiten. Es ist Ihnen verboten, sich von mir zu entfernen. Es ist Ihnen verboten, ohne meine Erlaubnis ein Gebäude zu betreten. Es ist Ihnen verboten, sich an Gesprächen zu beteiligen, deren Themen ich nicht ausdrücklich gebilligt habe. Ich erwarte täglich bis 6.00 Uhr einen detaillierten Plan für die von Ihnen geplanten Aktivitäten. Ein Verstoß gegen diese Auflagen hat den Entzug Ihrer Aufenthaltserlaubnis zur Folge sowie …«

Roveg fixierte sie, als würde er ihr konzentriert zuhören, und ließ die bürokratische Tirade über sich ergehen. Im Geiste wandte er sich glücklich anderen Dingen zu und beschäftigte sich mit den ersten Umrissen seines nächsten Projekts. Es würde eine Menge Arbeit werden, aber er sah bereits die Farben vor sich, die Formen, spürte, wie es sich anfühlen sollte. Es würde wunderschön werden, ganz bestimmt, aber diese Phantasie hob er sich für ein andermal auf. Zuerst würde er seine Söhne besuchen. Er würde ihre Gesichter sehen, ihre erwachsenen Gerüche kennenlernen, sie vielleicht sogar berühren, wenn sie es zuließen. Er hatte sie noch nie mit harten Panzern gesehen und sich tagzehntelang dafür gewappnet, dass er sie vielleicht nicht erkennen würde. Doch jetzt, mit seiner alles andere als wohlriechenden Urkunde auf dem Thorax, machte ihm diese Vorstellung nichts mehr aus. Sie waren seine Söhne, und ganz gleich, wie sie aussahen, auch sie würden wunderschön sein.

TAG 16, GU-STANDARD 308

SPEAKER

»Speaker?«, rief Tracker durch den Gang.

Speaker war wach, hatte ihr Bett jedoch noch nicht verlassen. Sie hatte nicht vor, es so bald zu tun. Es war noch sehr, sehr früh am Morgen. »Was?«, rief sie. Sie lag platt auf dem Bauch und machte sich nicht die Mühe, den Kopf zu heben.

»Erwartest du eine Postdrohne?«

Speaker überlegte. Eigentlich hatte sie in letzter Zeit nichts geordert. »Könnte das die Rumpffarbe sein, die du bestellt hast?«

»Das dachte ich auch, aber …«

»Aber was?«

»Na ja, die Lieferadresse ist das Shuttle, nicht das Schiff.«

Speaker hob den Kopf. »Das ist ja merkwürdig. Wer ist der Absender?«

»Ich habe keine Ahnung, wer …« Tracker unterbrach sich. »Ist das dieser Quelin, den du kennengelernt hast?«

Speaker stand auf. »Lass sie andocken.«

Die von der Drohne angelieferte Kiste war klein und nicht sonderlich schwer. Sie enthielt einen unauffälligen Karton, an dem oben mit einem Stück Schnur ein Infochip befestigt war. Speaker nahm den Chip, steckte ihn in ihren Scribus und las die Nachricht, die auf dem Bildschirm erschien.

Hallo Speaker,
hoffentlich ist es nicht zu aufdringlich, dass ich dir unangekündigt etwas schicke. Ich hatte überlegt, dich vorab zu

kontaktieren, aber du weißt ja, wie sehr ich Überraschungen liebe.
Da ich das Geschenk nicht testen konnte, gehe ich hier ein gewisses Risiko ein. Zugegebenermaßen bin ich mir nicht sicher, ob es funktioniert. Nach unserem Aufenthalt auf Gora habe ich ein wenig nachgeforscht, und offenbar verfügt das Medizinische Institut der GU über zerebrale Karten von allen bekannten intelligenten Spezies. Ich habe noch nie mit einer Karte gearbeitet, die nicht zu einer mitgelieferten Designvorlage gehörte, die Entwicklung mit Hilfe solcher Rohdaten war also eine Herausforderung. Falls das hier nicht so funktioniert, wie ich es mir erhoffe, wäre ich dir dankbar für eine genaue Beschreibung der Fehler, damit ich einen neuen Versuch starten kann.
Aber falls das optimistische Szenario eintritt und es doch funktioniert, hoffe ich sehr, dass es für dich (und für deine Schwester und für alle, mit denen du es teilen möchtest) eine positive Erfahrung sein wird.
Falls du je in der Nähe von Chalice sein solltest, komm unbedingt bei mir vorbei. Ich würde liebend gern die Party für dich schmeißen, die ich dir versprochen habe.
Herzlichst
Roveg

PS: Falls du dir die Frage gestellt hast: Meinen Söhnen geht es hervorragend.

»Was ist das?«, fragte Tracker.

Speaker hatte so eine Ahnung – eine verblüffte, skeptische Ahnung, die aber gleichzeitig aufregend war. Sie öffnete die Schachtel, und ihr Verdacht bestätigte sich.

Roveg hatte ihr einen Sim-Hub, eine Schachtel mit Einweg-Klatschlappen und ein in Klip-Sprache von Hand beschriftetes Datenlaufwerk geschickt. *Wushengat* stand auf dem Etikett.

Blumensee, erinnerte sie sich.

Auf der Rückseite des Laufwerks stand in winzigen Buchstaben:

1. Nehmen Sie eine bequeme Haltung ein (liegend oder sitzend).
2. Legen Sie sich einen Klatschlappen in den Nacken, direkt unter Ihrem Hirnstamm. Der rote Streifen muss nach oben zeigen.
3. Schalten Sie den Sim-Hub ein. Sie werden einen Signalton hören, sobald er sich mit Ihrem Klatschlappen verbindet.
4. Schließen Sie das Laufwerk an.
5. Schließen Sie die Augen und zählen Sie bis zehn, bis die Sim geladen ist.

Tracker erschien am Rand von Speakers Blickfeld. »Du willst dieses Ding doch nicht ernsthaft an deinem Kopf anschließen, oder?«

»O doch, und ob ich das will«, sagte Speaker. Sie legte alles in die Schachtel zurück, klemmte die Box unter ihren schwächeren Arm und kehrte ins Schlafzimmer zurück.

»Speaker.« Tracker schwang sich hinter ihr her. »Speaker, warte. Wir können diese Dinger doch gar nicht …«

»Wir *benutzen* sie nicht. Das ist nicht das Gleiche wie *wir können nicht.*« Speaker hielt ihrer Schwester die Schachtel hin. »Hältst du mal kurz?« Sie machte eine Kopfbewegung zu ihrem Bett, in das sie nicht einhändig hineinklettern konnte.

Stirnrunzelnd ergriff Tracker die Schachtel mit den Füßen. »Du könntest dich dabei verletzen«, sagte sie. »Das ist Modderkram. Das ist irgendein Gefrickel …«

»Das ist kein Gefrickel«, sagte Speaker. »Roveg ist ein Profi. Er weiß, was er tut.«

»Ja, für *andere Arten von Gehirnen*. Willst du nicht erst mal darüber nachdenken?«

»Ich habe schon darüber nachgedacht.«

»Für zwei Sekunden.«

Speaker setzte sich auf ihr Bett und zog sich als Stütze ein Kissen in den Rücken. Sie sah ihrer Schwester in die Augen. »Ich vertraue ihm.«

Tracker runzelte immer noch die Stirn. Langsam, widerstrebend reichte sie Speaker die Schachtel.

»Danke«, sagte Speaker. »Und wenn es dir hilft, dann setz dich währenddessen zu mir.«

»Oho, und ob ich das tun werde«, sagte Tracker. Sie schwang sich aufs Bett und nahm direkt vor Speaker Platz.

»Also«, sagte Speaker und stellte den Hub hin. »Nehmen Sie eine bequeme Haltung ein – erledigt. Legen Sie sich einen Klatschlappen in den Nacken …« Sie öffnete die Schachtel und nahm einen der Klatschlappen heraus. Er war dünn, nicht dicker als ein Mullverband, und irgendwie weich, trotz der Drähte, die hindurchliefen. Sie legte sich den Klatschlappen in den Nacken, gleich unterhalb der Schädelbasis.

»Tut es weh?«, fragte Tracker.

»Nein. Es fühlt sich nach … gar nichts an«, antwortete Speaker. Sie schaltete den Hub ein. In dem Klatschlappen breitete sich sanfte Wärme aus. Der Hub piepste, als die Verbindung hergestellt wurde. »Okay«, sagte sie und hielt das Laufwerk in die Höhe. »Los geht's.«

»Wenn du auch nur *zuckst,* reiße ich dir das Ding ab«, sagte Tracker.

Speaker zog die Augen zusammen, streckte die Hand aus und zog die Handfläche ihrer Schwester zu ihrem Herzen.

»Da«, sagte sie. »Falls ich mich irgendwie komisch anfühle, darfst du den Hub runterfahren.«

Sie verband das Laufwerk mit dem Klatschlappen, schloss die Augen und begann zu zählen.

Eins. Zwei. Drei. Vier. Fünf. S…

Alles war gleichzeitig da.

Da war Licht. Sie hatte schon auf Dutzenden von Planeten gestanden, und auch auf Monden, Märkten und Transitstationen, in Parks und auf Raumflughäfen, die alle von fremden Sonnen gewärmt wurden. Aber jedes Mal war ihr Sichtfeld auf das Fenster ihres Mech-Anzugs beschränkt gewesen, eine Abschirmung in einem Metallrahmen, die sie von allem trennte, was es in der Galaxie zu sehen gab. Die einzigen Orte, die sie jemals ohne ihren Anzug betreten hatte, waren Schiffe und Shuttles gewesen, und auch die bestanden aus Metall, aus Wänden, aus Endpunkten. Hier, in dieser Illusion, die Roveg erschaffen hatte, gab es keine Trennscheibe zwischen ihr und der Welt, nichts, was ihr Sichtfeld halbierte. Alles war unfassbar, unvorstellbar, überwältigend hell.

Da war die Weite. Auch diese Erfahrung hatte sie zu kennen geglaubt – schließlich hatte sie schon auf Planeten gestanden, deren Untergrund sich flach in alle Richtungen erstreckte. Aber ohne den Halt ihres Anzugs, ohne den Schutz vor ihrer Umgebung, den er ihr gewährte, bewirkte schon allein die schiere Ausdehnung ihrer Umgebung, dass sie sich unglaublich klein fühlte.

Da war das Gefühl auf ihrer Haut, das ihr Kopf sogleich als Gefahr interpretierte. *Irgendwo ist ein Leck,* dachte sie. *Irgendwo ist ein kaputtes Ventil, eine schadhafte Abdichtung, eine Luke oder ein Schott, das sich demnächst lösen wird.* Sie brauchte ein paar Sekunden, um das Gefühl neu zu bewerten, langsam, wie eine Forscherin. Wie eine Wissenschaftlerin. Der

Luftdruck war unverändert. Sie konnte problemlos atmen. Da war kein Gasleck. Sie *bewegte* sich nur. Sie stieß einen kleinen, zittrigen Schrei aus, als ihr klarwurde, was das bedeutete.

Sie spürte den Wind.

»Speaker?«, sagte Tracker. Es klang auf unangenehme Weise falsch, denn Speaker wusste, dass ihre Schwester direkt vor ihr saß, aber sie befanden sich nicht mehr am selben Ort. Die Stimme kam aus dem Nirgendwo.

Mühsam fand Speaker die Sprache wieder. »Alles in Ordnung«, sagte sie mit bebender Stimme. »Alles bestens.« *Alles bestens*, wiederholte sie innerlich, obwohl sie sich da durchaus nicht sicher war – nicht, weil die Sim ihr Schmerzen verursachte, sondern weil es einfach so *viel* war.

Roveg hatte eine Welt für sie erschaffen, und sie hatte diese Welt am Seeufer betreten. Sie kniete direkt im Sand – weiß wie Sahne und weich wie Zucker. Das Wasser war amethystfarben und plätscherte sanft gegen Steine, die mit der Zeit glatt poliert worden waren. Der See lag mitten in einem Wald, dessen Baumkronen sich vor Blüten bogen. Ein Paddelboot, das in der Größe genau für sie passte, festgebunden an einem Pfahl, schaukelte in den hellen lila Wellen. Direkt über dem Wasser irrte ein winziger goldener Gliederfüßler umher, in comicartiger Schnelligkeit schoss er mal hierhin, mal dorthin. Und überall rings um sie, neben ihr im Sand und bis zu den Bäumen hin standen praktische Pfosten aus glattem, weißem Holz, jeder von ihnen mit Einkerbungen, von denen sich eine Akarak weiterschwingen konnte.

Speaker kletterte die Pfosten nicht hoch. Sie näherte sich dem Boot nicht. Sie blieb auf den Knien liegen, die Hände im Sand vergraben. Sie ballte die Fäuste, streckte die Finger wieder aus und trieb sie dann noch tiefer in den Sand. Sie überlegte, womit sich das Gefühl vergleichen ließ. Eine

Schüssel Lebensmittelstärke. Eine Tüte hydroponischer Erde. Die Asche, die man alle paar Wochen aus einem Motorfilter holen musste. Nein, nichts davon hatte auch nur ansatzweise Ähnlichkeit damit, wie sich der Sand unter ihren Fingern anfühlte. Dagegen war alles andere klein, begrenzt, abgepackt. Alles, was sie über *Berührung* zu wissen geglaubt hatte, über die Sinneseindrücke auf den Planeten, die sie besucht hatte, darüber, was ein Planet *war* … Alles falsch. Völlig falsch.

Sie war noch nie irgendwo gewesen.

Speaker hob die Hand und riss sich den Klatschlappen von ihrem Nacken. Schlagartig war die Wirklichkeit wieder da, und sie zitterte am ganzen Leib, obwohl ihr Schiff warm und trocken war. Ihr Schiff. Ihr Bett. Ihre Schwester. Alles in dem kompakten Maßstab, den sie bisher gekannt hatte. Jetzt war der Anblick eine Qual, und doch war es alles, nach dem sie sich sehnte. Es war vertraut. Es war sicher.

»Hey, hey«, sagte Tracker und hielt Speakers Handgelenke sanft fest. »Hey, Moment mal, was ist …«

Ohne ein Wort ließ sich Speaker gegen ihre Schwester sinken und begann zu klagen wie ein verletztes Kind. Schreie entrangen sich ihrer Kehle, reflexartig, hemmungslos, eine unaufhörliche Abfolge trillernder Wehlaute. Tracker reagierte so, wie es jeder Zwilling getan hätte: Sie umarmte die andere Hälfte ihrer Seele, blieb stumm, hielt sie ganz fest, gab dem Schmerz Raum. Speaker hatte keine Ahnung, wieso sie sich so aufführte, aber aufhören konnte sie trotzdem nicht. Sie klagte und klagte, bis sie heiser war.

»Ich bin noch nie«, keuchte sie schließlich, »ich bin noch nie … wir … wir begreifen … nicht …« Sie klammerte sich an Tracker fest, als würde sie fallen. »Wir begreifen nicht, *wie es wäre.*«

Tracker liebkoste sie, streichelte ihren Kopf, rieb ihren

Schnabel an dem von Speaker. »Ach, mein Herz, mein Herz, mein Herz«, sagte sie, ihre Worte klangen wie ein Wiegenlied. »Was ist passiert?«

Speaker rückte ein wenig von ihr ab, versuchte zu atmen, zu denken. Nach einer Sekunde beugte sie sich vor, nahm die Klatschlappen und hielt die Schachtel Tracker hin. »Du musst das unbedingt sehen«, sagte sie.

Tracker starrte sie an, aber sie protestierte nicht, wie sie es beim Öffnen von Rovegs Kiste getan hatte. Jetzt waren die beiden woanders – dort, wo man den anderen ohne Worte verstand, eine Übereinstimmung, die nur Geschwister miteinander teilten und die nur entstand, wenn man sich vollständig öffnete. Speaker wollte, dass Tracker sah, was sie gesehen hatte, also würde Tracker es sich ansehen. Sie legte sich einen Klatschlappen in den Nacken. Sie schloss die Augen. Sie atmete normal … und dann nicht mehr. Ihr Atem stockte, beschleunigte sich, setzte aus und begann dann zu zittern – nicht auf die Art, die Speaker veranlasste, sie nachts aufzuwecken, sondern so wie bei Speaker, bevor sie geweint hatte.

Speaker hielt Trackers Hände ganz fest. Sie spürte, wie der Puls ihrer Schwester heftig unter ihren Handflächen klopfte.

»Oh«, keuchte Tracker. »Oh … oh, Scheiße.« Sie lachte, irgendwie. Ihr Gesichtsausdruck wechselte von Freude zu Trauer, und Speaker spürte das Echo in ihren Knochen. Beschwörend schüttelte Tracker ihre miteinander verschränkten Hände. »Komm wieder rein«, sagte sie. »Ich will nicht allein hier sein.«

»Willst du dortbleiben?«, fragte Speaker.

»Ja«, sagte Tracker. »Sterne, ja.«

Speaker legte den Klatschlappen wieder an, den sie sich zuvor abgerissen hatte, und kehrte zum See zurück.

Tracker sah merkwürdig aus. Speaker hatte nie ein Leben

ohne Tracker gekannt, und der Körper ihrer Schwester war ihr so vertraut wie ihr eigener … aber sie hatte Tracker noch nie ohne ihren Anzug außerhalb eines Schiffs gesehen. Sie hatte sie noch nie im vollen Sonnenlicht gesehen.

Ihrem Blick nach zu urteilen, empfand Tracker das Gleiche. »Sehe ich auch so klein aus wie du?«, fragte sie.

Speaker begriff, was Tracker meinte. Sie konnte nicht damit umgehen, ihre Schwester – die immer größer gewesen war als sie selbst, groß und stark – an einem windigen Ufer so zart und zerbrechlich zu erleben. Speaker wollte auf Tracker zukrabbeln, um sie zu trösten, aber eine unerwartete Empfindung ließ sie innehalten. Sie legte den Kopf schief, krabbelte eine Handbreit weiter und lachte. »Das musst du auch probieren«, sagte sie.

»Probieren … was?«, fragte Tracker.

»Krabbeln«, sagte Speaker. »Und achte darauf, dass dein Bauch den Sand berührt.«

Tracker warf ihr einen skeptischen Blick zu, aber sie ließ sich auf ihre vorderen Gliedmaßen herab und krabbelte los. »Ha!«, rief sie. Sie ließ ihren Rumpf vor und zurück schaukeln, und Sandkörnchen spritzten unter ihr hervor. »Oh, das fühlt sich so *merkwürdig* an.« Sie sah Speaker an, ihre Augen strahlten. »Was können wir noch ausprobieren?«

Zusammen lernten sie, wie sich Sand anfühlte. Sie lernten, wie sich Wasser an ihren Beinen anfühlte und wie es sich anfühlte, in einem Boot zu treiben und zu lachen, nachdem das Boot gekentert war. Sie kletterten auf einen Baum und ließen sich von den Ästen herabhängen. Sie lagen auf dem Boden und blickten in den Himmel. Sie verbrachten Stunden an Rovegs Lieblingsort und vergaßen all die Pflichten und Reparaturen, die in dem Schiff auf sie warteten, das sie nicht mehr sehen konnten. Der See war nicht real. Er war nicht echt, aber das spielte keine Rolle. Eine echte Welt würden sie nie auf diese Weise erleben, das wusste Speaker. Niemand von ihrem Volk würde das tun, nicht während ihrer Lebensspanne. Aber vielleicht …

… vielleicht würde es ja eines Tages einem von ihnen gelingen.

Die Sim war nicht real, aber ihre Körper waren es, und irgendwann konnten nicht einmal ein violetter Himmel und Puderzuckersand sie vom Knurren ihrer Mägen ablenken.

»Wir können nach dem Essen wiederkommen«, sagte Speaker. »Oder irgendwann.«

»Ja«, sagte Tracker. »Bist du bereit?«

Sie nahmen ihre Klatschlappen gleichzeitig ab. Blinzelnd betrachteten sie ihr Zuhause, als hätten sie es noch nie zuvor gesehen. Wortlos streckten sie die Arme aus und hielten sich bei den Händen.

»Was fangen wir damit an?«, fragte Tracker und nickte zu dem Hub hinüber. »Wir können es nicht für uns allein behalten.«

Speaker zog das Laufwerk heraus und hielt es in den Händen. Mit einem Finger strich sie über das Etikett, das Roveg für sie geschrieben hatte. »Wir machen Kopien«, sagte sie, »und zeigen sie allen. Wir geben sie an alle weiter, die wissen wollen, wie sich eine Welt anfühlt.«

»Und wozu führt das?«, fragte Tracker.

»Ich weiß es nicht«, sagte Speaker. »Sie sollen einfach nur sehen, was wir gesehen haben. Fühlen, was wir gefühlt haben.« Sie drehte das Laufwerk in den Händen hin und her und kostete die Erinnerung an die Phantasiewelt aus. »Ich weiß nicht, ob es zu irgendetwas führen wird. Ich weiß nicht, ob es irgendjemanden kümmern wird. Aber ich glaube, genau das müssen wir tun.«

TAG 119, GU-STANDARD 308

OULOO

Ouloo erwachte nicht aus Gewohnheit oder weil ihr Rhythmus es ihr sagte, sondern wegen eines Geruchs. Sie zog den Kopf unter ihrem Hinterbein hervor und nahm einen tiefen Atemzug. Das genügte, damit sie aufsprang und loslief.

Irgendwo brannte es.

Die Richtung, in der sich das Unglück in ihrem Haus ereignete, war leicht ausfindig zu machen, denn in der Küche brannte Licht, und es ertönte reichlich Lärm und Geklapper. Ouloo stürmte durch die Tür, wobei sie in der Eile über die eigenen Pfoten stolperte, das ungekämmte Fell ganz flauschig vor Panik.

»Alles in Ordnung!«, brüllte Tupo so gereizt wie jemand, der gehofft hatte, ein Problem unbemerkt beseitigen zu können. »Wirklich, alles gut!« Ser stand am Wasserspender und spritzte Wasser in eine qualmende Pfanne. Dampf und Rauch vermischten sich über den verkohlten Überresten von dem, was ser gerade herauskratzte.

»Tupo, was …« Der Adrenalinstoß, der sie geweckt hatte, lag immer noch im Krieg mit ihrer vom Schlaf vernebelten Wahrnehmung, und sie brauchte einen Augenblick, um den Anblick zu verarbeiten. Die Küche, die sie abends makellos hinterlassen hatte, sah jetzt aus, als wäre der Inhalt ihrer Schränke explodiert und hätte sich auf sämtliche verfügbaren Arbeitsflächen ergossen. Aus einer Schüssel, die schief ganz oben in einem Stapel weiterer Schüsseln stand, tropfte Teig.

Überall lagen benutzte Löffel und Tassen herum. Unter dem Rauch roch es durchdringend nach Bratöl – in einer Pfütze am Boden lagen mehrere durchweichte Putztücher, offenbar ein gescheiterter Versuch, das Zeug aufzuwischen. Die barsche Ermahnung, die Ouloo auf den Lippen lag, erstarb, als Tupo sich zu ihr umdrehte. »Ich wollte Frühstück für dich machen«, sagte ser kummervoll.

Ouloo schloss die Augen, atmete tief durch und ging zur Spüle. »Was wolltest du denn zubereiten?«

»Morgenklößchen.« Tupo seufzte.

Ouloo spähte in die schwarze Pfanne und identifizierte tatsächlich die zerlaufenen Umrisse von etwas, das vielleicht eine Portion Morgenklößchen gewesen war, oder jedenfalls ein Versuch. Solange sie nicht als Aschehäufchen daherkamen, gehörten sie zu ihren Lieblingsgerichten, aber wieso ein Kind, das sich nur selten in der Küche blicken ließ, sich an einem so komplizierten Rezept versuchte, überstieg ihren Verstand. »Wie bist du denn auf die Idee gekommen?« Sie griff nach Pfanne und Spatel und begann, die verbrannte Masse herauszukratzen.

Tupo fuchtelte mit den Pfoten. Inzwischen war ser genauso groß wie sire Mutter – eine Entwicklung, die sich in atemberaubender Geschwindigkeit vollzogen hatte und mit der Ouloo erst noch klarkommen musste –, aber sire Bewegungen waren so tollpatschig und weich wie immer. Ein Erwachsenenkörper, in dem der Geist eines Kindes wohnte. Genau das war wohl Pubertät, dachte sie, aber Sterne, hätte sie ihr kleines Tupo-Kind doch nur noch ein wenig länger behalten können.

»Na ja«, sagte Tupo, »heute docken ja keine Gäste an, und morgen kommen ganz viele, deshalb dachte ich …« Das Gefuchtel wurde wilder. »Ich dachte, eine Pause würde dir guttun.«

Als typischer Elternteil schwankte Ouloo zwischen der Rührung über die Freundlichkeit ihres Kindes und der Tatsache, dass die morgige Gästeliste in der Tat lang war und sie *wirklich* eine ungestörte Nacht hätte gebrauchen können … und eine Küche, die sie nicht noch einmal putzen musste. »Du kleines Dummerchen«, sagte Ouloo, als schließlich die Rührung siegte.

Sie rieb ihre Halsseite an Tupos Kopf und blinzelte. »Hast du dir das Fell gestutzt?«

»Ja.«

Der Schnitt war außerordentlich ungleichmäßig, aber nicht in einer Million Jahren hätte Ouloo das laut gesagt. Sie hatte von Tupo verlangt, sich das Fell zu kürzen, und wollte den Sieg nicht in Frage stellen. »Sieht gut aus«, log sie und fügte dann aufrichtig hinzu: »Es ist schön, mal deine Augen zu sehen.«

Tupo murmelte etwas Unverständliches; ser sah erfreut aus.

»Also«, sagte Ouloo, während sie die Küche in Augenschein nahm. »Wollen wir vielleicht ein bisschen Platz schaffen? Dann kann ich die Klößeproduktion übernehmen.«

»Nein«, sagte Tupo und reckte energisch den Hals. »Frühstück mache ich.« Ser senkte den Kopf, drückte ihn gegen Ouloos Seite und schob sie sanft zur Tür. »Geh wieder ins Bett. Oder tu irgendwas anderes.«

»Aber …« Allmählich begann Ouloo, sich über die Unordnung zu ärgern, über das vergeudete Öl, die Pfanne, die vermutlich ruiniert war. Ihr Kind starrte sie finster an und runzelte die Stirn. »Na gut«, sagte Ouloo. Sie fuhr sich mit der Zunge über die Schneidezähne und dachte nach. »Aber vielleicht … vielleicht könnten wir die Morgenklößchen ja zusammen machen, bei einer anderen Gelegenheit. Ich bringe es dir bei. Wie wäre es, wenn du jetzt Melonenporridge machst?«

Tupo ließ den Hals durchhängen. »Das macht aber nicht so viel Spaß.«

»Aber das kannst du. Die letzte Portion hat richtig gut geschmeckt.« Auch das entsprach der Wahrheit, auch wenn beim Anrichten noch reichlich Luft nach oben gewesen war.

Tupo wirkte unwillig, sich geschlagen zu geben, aber zugleich auch sehr erleichtert über die Hintertür, die sich auf einmal öffnete. »Na ja … okay.« Das finstere Gesicht war wieder da. »Aber helfen darfst du nicht.« Ser nahm Pfanne und Spatel an sich und versetzte ihr erneut einen Stoß. »Geh.«

Ouloo lachte und ergab sich. »Also gut«, sagte sie und verließ rückwärts die Küche. »Na schön. Du bist der Boss.«

Wieder schlafen zu gehen, kam nicht in Frage, also machte sich Ouloo auf den Weg zu ihrer Frisierkammer und ging in Gedanken den Tag durch, während die Roboterhände ihr Fell wuschen und in Locken legten. So gern sie auch die Kuppel voller Besucher hatte, die Geschäfte liefen gut, und ein Tag ohne Gäste war eine seltene Gelegenheit, um nebenbei ein paar Projekte in Angriff zu nehmen. Sie könnte den Anstrich ihres Shuttles ausbessern, dachte sie, aber das war nicht so dringend, und sie war auch nicht in der Stimmung dazu. Der Vorrat an Schuppenpaste im Badehaus ging langsam zur Neige, aber solange die Küche *so* aussah, würde sie keine neue machen. Oh, aber der Garten – den hatte sie beinahe vergessen, weil so viel zu tun gewesen war. Vor einem knappen Tagzehnt hatte sie ein paar neue Pflanzen für den Garten bekommen, die immer noch in ihren Drohnenkisten warteten. Sie hatte sich so über ihre Ankunft gefreut, aber wie so oft war alles Mögliche dazwischengekommen. Ja, das war perfekt für einen freien Tag. Sobald das Pflegeprogramm stoppte, verließ sie zielstrebig die Kammer, ordentlich frisiert und voller Tatendrang.

»Ich gehe in den Garten«, rief sie auf dem Weg nach draußen. »Bitte fackel nicht das Haus ab.«

Wahrscheinlich hörte Tupo sie, aber die einzige Antwort war das Geräusch von irgendetwas Unzerbrechlichem, das klappernd zu Boden fiel, gefolgt von gedämpftem Fluchen.

Ouloo verließ das Haus, ohne noch etwas zu sagen. Sie wollte es gar nicht zu genau wissen.

Sie machte einen kurzen Umweg ins Büro, um sich zur Überbrückung ein Stück von dem Jenjenkuchen ihrer Nachbarin zu holen, dann belud sie ihre Schubkarre mit Drohnenkisten, Gartenwerkzeugen und Pfotenschützern. Während sie ihre Ladung über den Weg schob, flogen Schiffe und Shuttles über ihr hin und her – einige landeten, andere starteten, wieder andere kreisten hoch oben in der Umlaufbahn. Ein ganz normaler Tag. Kurz nach dem Kauf dieses Stücks Planeten unter ihren Füßen hatte es eine Zeit gegeben, in der sie den Hals bis ganz nach hinten verrenkt hatte, wenn einer dieser Himmelstransporter ganz nah über ihr hinwegflog. Sie erinnerte sich, wie Tupo – damals noch so flauschig und rührend klein – jauchzend die Unterarten der Schiffe verkündet hatte, die ser erblickte. *»Das ist ein Kreuzer! Das ist ein Frachtschiff! Das ist ein … äh … Schiff!«* Der Charme dieser Gewohnheit hatte sich rasch abgenutzt, aber sie konnte nicht leugnen, dass sie Tupos Staunen geteilt hatte. Damals hatte sie geglaubt, sie würde den Anblick dieser erstaunlichen Konstruktionen niemals satthaben, würde sie immer als ein wenig magisch empfinden. Und wenn sie sich hin und wieder die Zeit nahm, darüber nachzudenken, dann waren sie das auch. Aber jetzt musste sie sich nicht mehr jedes Schiff ansehen. Sie würden immer erstaunlich für sie bleiben, aber im Moment beanspruchte ihre Aufmerksamkeit am meisten der Boden, auf dem sie stand. Die Schiffe über ihr waren Maschinen, die Fremde transportierten, die ihr eigenes Leben lebten und ihre eigenen Pläne verfolgten. Die Welt in Ouloos Kuppel war klein, ja – aber gab es eine Welt, für die das nicht galt, wenn man sie an allem anderen maß? Die Kuppel war *ihre* Welt, und das zählte. Sie hatte mit einem unbeschriebenen Blatt begonnen und etwas darauf aufgebaut. Sie konnte hier ein Schild aufstellen, dort ein bisschen Farbe draufklatschen, verändern, was immer sie störte. In Ouloos Augen lag darin große Macht, mehr Macht als die des größten Schiffs mit den eindrucksvollsten Waffen. So ein Schiff taugte nur für eine Aufgabe. Das Five-Hop dagegen konnte alles sein, was sie sich wünschte. In ihren Augen war das spannender.

Der Weg schlängelte sich durch den Garten, die befestigen Ränder abgemildert von herunterhängenden Ästen und verspielten Ranken. Aus den Sommerfarnen explodierten neue Blätter, sie waren noch eingerollt und warteten auf den richtigen Augenblick, um sich zu entfalten. Der Nachtbeerenstrauch war von Blüten übersät, und die Bestäuber-Bots schlängelten sich von einer zur anderen und sorgten dafür, dass es später Früchte geben würde, die man in Teig hüllen konnte.

Ouloo stellte ihre Schubkarre neben einem Beet ab, in dem Nebelknollen wuchsen – aber nicht mehr lange. Sie würde sie durch die Neuankömmlinge ersetzen. Sie öffnete die kleinere der beiden Kisten, und dreißig eiförmige Kapseln kamen zum Vorschein, die unter schützendem Schaumstoff ordentlich aufgereiht auf sie warteten. Die Kapseln waren durchsichtig, und in jeder stand eine kleine Pflanze, die in geisterhaft blauem Nährgel wuchs. Man hatte Ouloo vorab mitgeteilt, wie die Pflanzen hießen und wie sie sie pflegen musste, aber jede Sorte in dieser Schachtel war für sie ein Mysterium, eine fremde Spezies, die sie erst kennenlernen musste. Wahllos griff sie sich eine Kapsel und umfasste sie mit der Vorderpfote, drehte sie bewundernd hin und her. Es war ein seltsames kleines Ding, mit Korkenzieherästen und runden, zartblau gestreiften Blättern. Die Pflanze war klein, aber üppig grün, die Wurzeln weiß und kräftig. Ein Schatten strich über Ouloo und die Pflanze, als über ihr ein Raumfahrzeug vorbeibrummte; sie schenkte ihm keine Beachtung.

Ouloo legte die Kapsel wieder zwischen ihre Kameraden, zog die Pfotenschützer an, nahm ihre Schaufel und machte sich an die Arbeit, wobei sie sich zunächst noch nicht den neuen Pflanzen widmete, sondern den hübschen Nebelknollen mit den weißen Blüten, denen nun das Ende bevorstand. Sie hatte ein schlechtes Gewissen, weil sie Pflanzen herausriss, mit denen alles in Ordnung war. Sie waren gesund. Die Leute mochten sie, da war sie sich ziemlich sicher. Aber sie wollte sie nicht mehr haben, und damit war ihr Schicksal besiegelt. Es fühlte sich ein wenig töricht an, so viel Zeit und Mühe und Wasser an etwas verschwendet zu haben, das jetzt auf den Kompost kam, aber was sie früher so schön gefunden hatte, war heute nur noch Kulisse, und sie war bereit für Formen und Farben, mit denen sie noch nicht gespielt hatte. Sie beschwichtigte ihre Schuldgefühle, indem sie sich sagte, dass Pflanzen in ihrer natürlichen Umgebung immer gegessen und niedergetrampelt wurden. So war nun mal der Lauf der Dinge, und sie durfte daran teilhaben. Dadurch fühlte sie sich zwar nicht besser, während sie die dicken Wurzeln herausriss, aber es bewahrte sie vor dem Zögern.

Ein Erdklumpen landete in Ouloos Fell, gleich über dem Saum ihres Schutzhandschuhs. Stirnrunzelnd stippte sie ihn von den frischen Locken weg. Wenn sie ehrlich war, hatte sie für das Gärtnern an sich nicht viel übrig. Gegen die Arbeit an sich war nichts einzuwenden, sie war ihr deutlich lieber, als die Wasserfilter zu reinigen oder in einem verklebten Getriebe herumzukratzen. Aber das eigentlich Reizvolle an der Gartenarbeit war für sie, einen Garten zu *haben*. Sie plante auch sehr gern, stellte sich vor, wie er aussehen und wie sie darin sitzen würde, wenn er fertig war. Der mittlere Teil mit dem Graben und dem Ausputzen und dem Pflanzensaft auf den Pfoten und dem Dreck im Fell und dem steifen Rücken – darauf hätte sie gern verzichtet. Aber ohne den mittleren Teil bekam man keinen Garten, es sei denn, man bezahlte jemanden dafür, ihn anzulegen, und dann war es im Grunde nichts Eigenes. Auf diese Weise würde nie der Garten daraus werden, den sie sich vorstellte.

Nicht dass der Garten, in dem sie gerade stand, ihrer Vorstellung entsprach. Er vermittelte in etwa die Stimmung, die sie sich erhofft hatte, und erfüllte seinen Zweck, aber seine Gestalt und sein Aussehen hatten nur wenig Ähnlichkeit mit dem, was sie sich zu Beginn vorgestellt hatte. Sie hatte in die Mitte keinen Seshthin-Baum pflanzen wollen, und es war auch nicht geplant gewesen, dass der Nachtbeerenstrauch das ganze Beet einnahm oder dass sie irgendwann die Nebelknollen herausreißen würde, in die sie vor fünf Standards so verliebt gewesen war. Und egal, wie viel Arbeit sie hineinsteckte, irgendwas war immer. Oft trat sie einen Schritt zurück und dachte, *ja, so ist es richtig,* oder *na ja, ich probiere es in ein paar Wochen noch mal,* aber es fühlte sich niemals *fertig* an.

Doch im Grunde spielte das keine Rolle, denn der Garten war nicht für *sie* bestimmt. Wenn die Blumen nur für sie gewesen wären, hätte Ouloo sie einfach rund um ihr Haus gepflanzt und es dabei belassen. Nein, dieser Garten war für ihre Gäste da, und deswegen hatte sie den Seshthin ausgesucht, dessen Duft die Aandrisk liebten, und deswegen hatte sie die blauen Nachtbeeren gewählt anstatt der violetten, die ihr eigentlich besser gefielen – den äluonischen Gästen zuliebe; und deswegen bereitete sie das Beet für die Kiste vor, die neben ihr stand. Die neuen Pflanzen waren Gemüsesetzlinge, und sie hatte sie von Speaker erhalten – nicht *direkt* von ihr, aber auf ihre Veranlassung hin. Einer ihrer zahllosen Kontakte hatte sie ihr besorgt, nach einem längeren schriftlichen Austausch über Akarak-Rezepte, der Ouloo zu der Frage geführt hatte, ob Akaraks noch irgendwelche Pflanzen von ihrem Heimatplaneten kannten. Speaker hatte bejaht, allerdings nur essbare Nutzpflanzen nennen können.

Ouloo hatte darüber nachgedacht und war zu dem Schluss gekommen, dass es eine wunderbare Idee war. Wenn die Akaraks in ihrem Garten keinen Kuchen essen konnten, dann würde Ouloo etwas für sie anpflanzen, das sie mitnehmen konnten. Was die jeweiligen Spezies von ihr bekamen, war ihr nicht wichtig. Es zählte nur, dass sie sich willkommen fühlten. Und wenn nicht, nun, dann würde sie der Sache auf den Grund gehen und es erneut versuchen.

Die Nebelknollen kamen leichter heraus, als sie erwartet hatte. Sie zog das Beet mit dem Rechen glatt, brachte eine Schicht Kompost aus und machte sich dann an den kniffligen Part. Das Schwierige bei Akarak-Gemüse war die richtige Atmosphäre, und das war der Grund für die zweite Kiste, die alle Bauteile für ein großes, luftdichtes Terrarium enthielt, mit einem eigenen kleinen lebenserhaltenden System. Ouloo brannte darauf, es zusammenzubauen, aber zuerst musste sie die Pflanzen in die Erde bringen, und das konnte sie nicht, solange sie in einem mit Methan gefüllten Behälter standen. Speaker hatte ihr in ihrem letzten Brief den Rat eines Bekannten namens Arikeep – *Bauer* – weitergegeben, der ihr versicherte, die Pflanzen würden direkt nach dem Kälteschlaf für eine kleine Weile in sauerstoffreicher Luft zurechtkommen, aber nicht länger als eine Stunde.

Ouloo machte sich deswegen keine Sorgen. Sie konnte schnell arbeiten, wenn es nötig war.

Mit der Kelle grub sie ein kleines Loch, hob eine der Kapseln aus der Kiste und nahm den Deckel ab. Natürlich veränderte sich die Pflanze nicht, aber sie wusste, dass nach dem Öffnen des Siegels die winzige Stase-Einheit im Inneren abgeschaltet wurde. Jetzt erwachten die Zellen in der Pflanze aus ihrem interstellaren Schlaf, erinnerten sich daran, wie man Wasser und Kohlenstoff transportierte, wie man aus Sonnenlicht Zucker herstellte.

So sanft wie möglich zog sie die von Gel umhüllten Wurzeln aus ihrem Behälter und setzte das zarte Pflänzchen in das wartende Erdreich. Mit den Pfoten häufelte sie Erde auf, klopfte sie über den Wurzeln fest, sorgte dafür, dass der Stängel genug Halt hatte, um allein zu stehen. Das Gel würde sich zur rechten Zeit auflösen; die Wurzeln würden sich ausbreiten, immerfort auf der Suche. Mit dem Zehenballen putzte sie ein wenig Erde von einem Blatt und nickte zufrieden. Das hier war vielleicht nicht ihre Lieblingsbeschäftigung im Garten, aber sie konnte nicht leugnen, dass gesunde kleine Pflänzchen in einem frischen Beet furchtbar nett aussahen. Nichts fühlte sich je so sauber und ansprechend an wie der Beginn von etwas Neuem.

Sie nahm die Kelle und hob ein weiteres Loch aus.

DANKSAGUNG

Eine Serie zu Ende zu bringen ist bittersüß, vor allem nach dem Erdbeben, das diese hier in meinem Leben ausgelöst hat. Wie alles Große hätte ich das niemals allein geschafft.

Beruflich schulde ich Molly Powell, Oliver Johnson und Seth Fishman riesigen Dank für ihre fortwährende Unterstützung und ihren Rat. Je eine Umarmung geht an meine Teams von Hodder & Stoughton und Harper Voyager US sowie meine Verleger rund um die Welt.

Persönlich danke ich Susana, die mir geholfen hat, ein paar knifflige Details zu klären und die meistens besser als ich weiß, was ich sagen will. Danke an Greg, das beste Mädchen für alles und meinen Freund fürs Leben. Danke an die Hammers, die meine kreativen Akkus wieder aufgeladen haben, wenn nichts anderes dazu imstande war. Ich danke meiner Familie und meinen Freunden dafür, dass sie wieder einmal meine Marotten ertragen haben. Ich danke meiner Frau Berglaug, die mir mehr Freude schenkt als alle Wörter im Wörterbuch und alle Sterne am Himmel. (Zu kitschig? Wahrscheinlich. Egal. Wenn auch nur ein Fitzelchen meines Schreibens mich überleben sollte, dann bitte das, in dem steht, dass ich sie geliebt habe, also schreibe ich es so oft wie möglich.)

Das Folgende habe ich schon so oft gesagt, aber hier kommt es noch einmal: Ohne die unzähligen Menschen, die ich überhaupt nicht kenne, wären ich und meine Bücher